I0678399

«Hai voglia di morire, tesoro?» mi chiese Ryder, inarcando un sopracciglio.

Il suo sguardo divertito non si addiceva alla stretta minacciosa della sua mano attorno alla mia gola. Ma forse era proprio quello a far brillare di allegria i suoi occhi scuri come la notte. La mia debolezza, la mia morte imminente. Tipico di un vampiro.

Mi fece venir voglia di sfidarlo. Pronunciando il mio nome, anziché rifiutarmi di rivelarlo. Mostrandogli così che avevo vissuto per anni in un mondo di sfide. Che la sua oppressione non significava nulla per me. Che avrei superato tutto, anche se avesse richiesto la mia morte.

«Willow» mimai con le labbra, visto che la mancanza di aria mi rendeva impossibile emettere qualsiasi suono.

Il suo sguardo cadde sulla mia bocca. «Dillo di nuovo».

«Willow» ripetei, poi inspirai violentemente quando allentò la presa.

«Un'altra volta» mi ordinò.

«Willow». La voce mi uscì roca. I miei polmoni bruciavano, riempiendosi in fretta dell'ossigeno di cui avevo tanto bisogno.

«Willow» disse lui, come assaporando il mio nome. «Sì, mi piace».

Trascinò il pollice sul mio collo, là dove poteva sentire il battito sotto la pelle. Il suo corpo massiccio era stretto al mio.

«Cosa dovrei fare con te?» rifletté a voce alta, scendendo con lo sguardo sul punto in cui i miei seni incontravano il suo petto. Le sue pupille si dilatarono. E così le sue narici, inalando il mio profumo.

Deglutii a fatica, con la gola che ancora mi doleva per quello che avevo subito.

«Mi affascini, animaletto» disse dopo qualche istante. «Ti consiglio di continuare a farlo. È l'unico motivo per cui sei ancora viva».

Non sapevo cosa dire. Come reagire. Anche solo dove guardare. Così continuai a fissare i suoi occhi insondabili, quei pozzi scuri e ipnotici che non lasciavano trasparire nulla.

Irradiava età ed esperienza.

Era un vampiro molto antico. Letale. Un reale. E aveva appena detto che lo affascinavo. Cosa diavolo avrei dovuto farmene di quell'informazione?

ANIME RIBELLI

ALLEANZA DI SANGUE

TRADUZIONE ITALIANA:
CLAUDIA SARTORI
A CURA DI:
ERIKA VENNARUCCI

LEXI C. FOSS

Titolo originale: *Rebel Bitten*

Copyright © 2020 Lexi C. Foss

Traduzione italiana: Claudia Sartori

A cura di: Erika Vennarucci

Design di copertina: Manuela Serra

Fotografia in copertina: CJC Photography

Modello di copertina: Eric Guilmette & Samantha Wisecarver

ISBN eBook: 978-1-68530-060-9

ISBN stampa: 978-1-68530-061-6

❀ Creato con Vellum

A Tracey, per la nostra amicizia e perché riesci sempre a farmi sorridere. Il tuo Jace sarà il prossimo <3
E a Wendy, spero di aver reso giustizia al tuo Ryder. ;)

ANIME RIBELLI

ALLEANZA DI SANGUE
LIBRO QUARTO

ANIME RIBELLI

Willow

Corri, corri, corri!
Mi inseguono anche nei sogni.

E quando mi sveglio c'è lui. Straordinari occhi azzurri con
una luce diabolica. È il mio salvatore e il mio peggiore
incubo.

Perché mi possiede.
Mi ha trovata.
Mi ha salvata.

Ma non voglio essere la proprietà di qualcuno. Voglio
essere libera. A costo di morire.

Ryder

Avevo bisogno di un diversivo, un gioco, qualcosa che mi
distraesse da questa noia perpetua. E lei è comparsa sulla
mia strada, come se una divinità superiore avesse ascoltato
le mie preghiere.

O forse, per essere più precisi, il diavolo.

Perché non sono una brava persona. Ciò che di umano

c'era in me è morto molto tempo fa. Era l'unico modo per sopravvivere.

Ma è un oggettino così carino. Penso che la terrò. Almeno per un po'. Dopotutto, gli umani sono così fragili.

Benvenuti nella regione di Ryder.
Forse non è ancora mia, ma lo sarà presto.
Perché non ho vissuto così a lungo facendo il bravo.
Preferisco mordere.

Nota dell'Autrice

Caro lettore,

grazie per esserti unito a me in questo viaggio nel futuro. Un futuro oscuro, perverso e in cui è così bello giocare. Quando ho iniziato a creare il mondo dell'Alleanza di sangue, la storia di Willow e Ryder era quella che avevo concepito per prima. Ma più ho imparato a conoscerli, più ho capito che non potevano essere loro ad aprire la serie.

Perché?

Perché Ryder è terrificante. È spudoratamente sadico e manca di qualsiasi parvenza di umanità. Farlo incazzare è una pessima idea. È l'epitome del vampiro, un mostro della notte che vede gli umani come fonte di cibo. E ciò traspare da ogni lato del suo essere.

Eppure, in qualche modo, è esattamente ciò di cui ha bisogno Willow. E a volte riesce quasi a farmi perdere la testa.

Spero che apprezzerai la loro storia. Quando hai finito, mi piacerebbe molto sapere cosa ne pensi di Ryder e Willow in una recensione o in un commento nel mio gruppo di lettori su Facebook!

Buona lettura! <3
Un abbraccio,
Lexi

PS: iscriviti alla mia newsletter per estratti esclusivi, notizie sulle nuove uscite e tanto altro ancora!

Un tempo,
il genere umano governava il mondo, mentre vampiri e
licantropi vivevano nell'ombra.

Ma ora non è più così.
Benvenuti nel futuro, in cui a dettar legge sono le stirpi
superiori.

Procedete a vostro rischio e pericolo.

L'ALLEANZA DI SANGUE

La legge internazionale sostituisce ogni governo nazionale e sarà amministrata dall'Alleanza di sangue, un consiglio composto in egual misura da vampiri e licantropi.

Tutte le risorse devono essere distribuite equamente tra vampiri e licantropi, compresi i territori e gli schiavi. La posizione sociale e la ricchezza, tuttavia, saranno a discrezione di ogni casata o branco.

Uccidere, ferire o provocare un essere superiore è punibile con la morte. Tutte le controversie devono essere presentate all'Alleanza di sangue per il giudizio finale.

Le relazioni sessuali tra vampiri e licantropi sono strettamente proibite. Le collaborazioni commerciali, se appropriate e fruttuose, sono invece permesse.

Gli umani sono considerati beni di proprietà e non hanno alcun diritto legale. Ognuno sarà giudicato attraverso un sistema basato su merito, intelligenza, ascendenza, abilità e bellezza. La classificazione sarà effettuata alla nascita e finalizzata nel Giorno del sangue.

Ogni anno, dodici mortali saranno selezionati dall'Alleanza di sangue e dovranno competere per l'immortalità. Di questi dodici, due riceveranno il morso che li sottrarrà allo scorrere del tempo. Gli altri soccomberanno. Creare un vampiro o un licantropo al di fuori di questo processo è illegale e punibile con la morte.

Tutte le altre leggi sono a discrezione dei branchi e dei reali, ma non devono sfidare l'Alleanza di sangue.

Un avvertimento da parte di

Ryder

Okay, le cose stanno così. Non sono un eroe. Non sono una brava persona. Non sono un principe. Beh, tecnicamente, quella è una bugia, visto che al momento sono il reale temporaneo della regione di Silvano. Che presto verrà chiamata regione di Ryder, perché, diciamocelo, suona decisamente meglio.

Comunque, come stavo dicendo, non sono un cavaliere senza macchia e senza paura. Se cercate il tipico eroe pretenzioso, potete rivolgervi a Jace. Ho sentito dire che è bravo a salvare la gente.

Io sono molto più pratico. Se qualcuno si mette sulla mia strada, lo rimuovo. In modo permanente. Se qualcosa mi diverte, ci gioco. Il che mi porta al cuore del mio racconto.

Willow.

Ah, Willow.

È uno splendido oggettino. Il tempo trascorso con i lupi l'ha segnata, ma è proprio la sua fragilità ad attrarmi. E non ho nessuna intenzione di migliorare le sue imperfezioni. Anzi, voglio sfruttarle. Voglio trasformarla in un giocattolo in frantumi concepito solo per il mio piacere.

Quindi se state cercando una storia piena di fiorellini e arcobaleni, cambiate libro.

1

Sono un uomo brutale.

C'è un motivo se ho vissuto da solo per più di un secolo.

E non sono un fan delle stronzate politiche che affliggono le stirpi immortali.

Questo è un mondo oscuro. Gli umani sono i nostri schiavi. A dettar legge sono i vampiri e i licantropi, le specie superiori. È così dalla rivoluzione avvenuta centodiciassette anni fa. E dubito che le cose cambieranno molto presto.

A meno che qualcuno non decida di impugnare le armi.

Ma non credo di essere il tipo. D'altro canto, l'Alleanza di sangue è piena di sorprese.

Benvenuti nella mia mente.

È un posto fottutamente pericoloso.

Non dite che non vi avevo avvertiti. Ne avete la prova qui, nero su bianco.

Buon divertimento.

Willow

Dolore.

Così. Tanto. Dolore.

Cercai di muovermi, di urlare, di implorarli di smetterla. Ma non funzionava nulla. Né le mie labbra, né la mia gola. E nemmeno i miei polmoni. Ero imprigionata nel mio stesso corpo, ma riuscivo a sentire ogni orribile attacco con cui mi stavano spezzando a metà.

Le droghe mi anestetizzavano abbastanza da impedire che il concetto di realtà mi fratturasse la mente. Eppure sentivo ogni tocco. Ogni affondo dei loro artigli. Ogni colpo di lingua.

C'era qualcosa che non andava.

Di solito venivano da me uno alla volta, puzzando di alcol e fumo.

Ma quella volta il tanfo di alcol era diverso. I graffi erano più violenti e mi fecero sanguinare.

«Sta crollando» osservò uno di loro.

«Ma non mi dire» fu la risposta pungente di un altro.

«Andatevene» sbottò un terzo. «Fuori. Ora».

Cercai di aprire gli occhi, di scorgere i miei aggressori, di capire cosa fosse cambiato. Mi mantenevano sempre abbastanza lucida da *sentirli*, per forzare la mia involontaria partecipazione a quella squallida danza con il destino.

Eppure, in quel momento mi ritrovai a fluttuare.

In alto, sempre più in alto.

Mmm, che bello. Una nuvola di beatitudine e di vuoto assoluto. Lugubre. Oscuro. Proprio come me.

L'elettricità mi sfrigolò nelle vene, costringendomi a tornare in me.

No. No. No.

Non voglio essere qui.

Non voglio vedere.

Non costringetemi a farlo, vi prego!

I ringhi mi penetrarono nelle orecchie, un'agonia straziante mi lacerò le viscere. Era troppo. Spalancai gli occhi di scatto, e la luce abbagliante della stanza accese un interruttore nella mia mente. Due iridi di un verde fiammeggiante mi guardarono. Un sorriso brillò nelle loro profondità. Il divertimento ferino della creatura era palpabile.

Poi cadde il silenzio, in cui l'unico suono che riuscivo a percepire era il battito del mio stesso cuore.

Mi guardai attorno alla ricerca dei miei aguzzini, ma mi resi conto di essere sola in un oceano di bianco e rosso sangue.

La porta era spalancata su un corridoio di pietre scure.

Dove sono?, mi chiesi. Deglutii, trasalendo subito per la sensazione di carta vetrata di cui sembrava rivestita la mia gola. *Questa non è la mia gabbia.*

Mi ricordava l'ambulatorio di un medico, simile a quelli in cui venivo visitata ogni mese ai tempi dell'università. Avevano preso altri campioni?

No. Mi accigliai. *Non sono più all'università. Dove diavolo sono?*

Poi lo sguardo mi cadde sull'addome, e un grido fu sul punto di sfuggirmi dalle labbra. Mi premetti una mano sulla bocca per bloccarlo, mentre un fiotto di puntini neri mi danzò davanti agli occhi, frutto del macabro spettacolo sottostante.

Segni di artigli.

Morsi.

Sangue.

Oh, Dea… Avevano cercato di *mangiarmi*. *Fottuti licantropi!*

Volevo massacrarli tutti.

Mettere il mondo intero a ferro e fuoco, fino a ridurlo in cenere.

Avrei dovuto essere una vigilante. No, avrei dovuto partecipare al Torneo dell'immortalità. Non essere spedita nei campi per la riproduzione.

Mi piegai in due, colpita da un'ondata di nausea, e rigettai il contenuto del mio stomaco sul pavimento di linoleum. Non ne uscì fuori molto, solo succhi gastrici.

Quel posto era l'ambientazione perfetta per un incubo. Solo che fino a quel momento non me n'ero mai resa conto, troppo stordita dalle droghe.

Ma finalmente ero lucida.

Perché?

Mi avevano lasciata a morire in un lago di sangue?

Al diavolo. Non ero sopravvissuta a tutto quell'orrore solo per incontrare la mia fine sul tavolo di un laboratorio.

La porta, pensai, cercandola di nuovo con lo sguardo. *È ancora aperta*.

Una parte di me si era aspettata di trovarla chiusa, come se la mia mente mi avesse giocato uno scherzo crudele. Perché, alla fin fine, non c'era modo di evitare la vita che mi aspettava.

Gli esseri umani erano come bestiame.

Prede.

Il gradino più basso della catena alimentare.

Erano i licantropi e i vampiri a dominare. Erano loro

che emanavano editti. Erano loro a scegliere il nostro destino. Erano stati loro a spedirmi lì.

Li odiavo. Volevo ucciderli tutti. Una fantasia irrealizzabile, dato che erano troppo forti. Delle creature soprannaturali. Immortali. Ma una ragazza poteva sempre sognare.

La porta, pensai di nuovo, alzando la schiena dal tavolo. *È ancora aperta.*

Doveva essere un trucco. Un gioco. Forse i licantropi avevano deciso di invitarmi a una delle loro famigerate cacce della luna.

Il solo pensiero mi fece rabbrividire. *No, grazie.*

E se fossi riuscita a farcela? A correre più veloce di loro?

Le mie gambe erano a posto.

Non sarebbe meglio morire dignitosamente, che soccombere su questo tavolo?, riflettei, sconvolta dall'idea di scappare. Ero troppo esausta. Probabilmente non sarei sopravvissuta. Ma non sarebbe stato peggio di essere scopata fino alla morte.

Che sarebbe stata sicuramente la mia fine, se fossi rimasta tra le grinfie dei licantropi.

Riprodurmi era l'ultima cosa che volevo.

Potevano crearsi i loro fottuti lupi da soli. Il mio corpo era mio.

Provalo, sussurrò una voce oscura nella mia mente. *Scappa.*

E dove potrei andare?, chiesi a me stessa

Qualsiasi altro posto è meglio di questo.

Gemetti; il mio stomaco si agitò in una nuova ondata di tormento. Mi rannicchiai in posizione fetale e me ne pentii immediatamente. Le mie viscere pulsavano in un modo orribile. C'era qualcosa che non andava.

Sto per morire, mi resi conto. Quella consapevolezza mi

incendiò il sangue. *Sto per morire su questo fottuto tavolo. In questa fottuta stanza. Fottutamente sola.*

Il senso di ingiustizia mi sovrastò al punto che quasi mi venne da ringhiare.

Mi ero impegnata così tanto per ottenere una certa posizione in società. Venire relegata nei campi per la riproduzione era stato un enorme schiaffo in faccia. Il fatto che quelle bestie mi avessero ridotta a un mucchio di carne martoriata mi faceva infuriare ancora di più.

No.

Non sarei morta così.

Non lì.

Avrei visto un'ultima volta il sole. Al diavolo i licantropi. Al diavolo tutto.

Un urlo soffocato mi sfuggì dalle labbra quando mi costrinsi a scendere dal tavolo. Riuscii a reggermi in piedi a stento.

Le ferite sulle cosce pulsavano a ogni passo che mi portava verso la porta, mentre una sostanza appiccicosa mi scendeva lungo le gambe. *Sangue. Il mio sangue.*

«Dai» esortai me stessa, ansimando dalla fatica e dal dolore. «Non pensare. Corri. Corri e basta». Riconobbi a stento la mia voce. Un suono roco, che probabilmente i licantropi sarebbero riusciti a sentire. Solo che il corridoio era deserto.

Non avevo mai visto quella parte del complesso. I muri erano spogli. C'era qualche altra stanza simile a quella in cui mi trovavo io, ma poco altro.

Mi ricordava il reparto di un ospedale.

Ma in quello in cui ero stata visitata all'università dopo un piccolo incidente c'era molto più movimento. Silas mi aveva infilzata durante un esercizio. La lama del suo pugnale si era avvicinata troppo alle mie costole, squarciandomi la carne. Lui c'era rimasto malissimo, ma ero guarita senza problemi.

Abbassai lo sguardo. *Non so se guarirò da tutto questo.*

Avevo il palmo cremisi e le dita spezzate. I segni degli artigli somigliavano a delle orrende decorazioni intagliate nella mia pelle. Non riuscivo a ricordare quando e come fossero comparsi, e non ero certa di volerlo sapere.

Raggiunsi l'uscita senza che nessuno mi bloccasse.

Quando spinsi la porta che dava sull'esterno, non suonò nessun allarme. Ma a darmi il benvenuto fu la luce della luna, non quella del sole. Rabbrividii e ne controllai le dimensioni. *Ti prego, non essere piena.* Se mi avevano lasciata andare solo per darmi la caccia... *Oh, Dea, no.* Avrei lottato. Sarei morta urlando. Non mi importava più. Mi rifiutai di essere stuprata di nuovo. Di essere usata per i loro dannati allevamenti.

Cazzo!

Iniziai a muovermi. L'adrenalina mi scorreva nelle vene, dandomi la carica. Fin troppa, visto che inciampai e mi ritrovai a rotolare...

Giù, giù, giù, fino alla riva del fiume.

Il mondo vorticava impazzito. L'acqua mi accolse nel suo abbraccio gelido. Non ero nemmeno sicura di come fossi arrivata così lontano; i ricordi degli ultimi minuti erano già svaniti dalla mia mente.

Questa è la morte.

I miei ultimi momenti.

No! Continua. A. Correre.

Il fetore mi ricordò l'inferno che mi ero appena lasciata alle spalle. Denso. Torbido. Disgustoso.

Mi circondai il ventre con le braccia. Il fango si stava mescolando alle mie ferite.

Forse avrebbe dissuaso i licantropi dal divorarmi.

Corri. Corri. Corri.

Girava tutto. Il mondo. La mia vita. Così tanto sangue. Mi voltai, spaventata dalla luce che mi sovrastava, ma capii che si trattava sempre della luna. L'isteria si impossessò della mia mente, annichilendo i miei pensieri per un istante fin troppo breve.

Ma continuavo a correre.

Incerta sulla direzione.

Corri, corri, corri e basta.

Il tepore dell'aria mi teneva in vita. L'acqua e il fango avvolgevano la mia pelle in un bozzolo di sciagura. La mia vita era un incubo. Cos'avevo fatto per meritare un simile destino? Avevo studiato così tanto. «Non dovrei essere qui» borbottai tra me e me, guardandomi di nuovo attorno, senza trovare nient'altro che gli alberi, il fiume e un cielo infinito.

I miei piedi avevano perso sensibilità.

Erano tutti coperti di tagli e ferite.

Il mio corpo era una massa contorta di angoscia e disperazione.

Ma la cantilena continuava a risuonarmi nella mente. *Corri. Corri. Corri.*

Non potevo arrendermi. Solo che non avevo idea di dove stessi andando.

Finché dall'alto non riecheggiò una voce. Raggelai. Il suo tono sinistro sembrava celare un oscuro presagio che mi fece rabbrividire. *I licantropi. La caccia della luna. Sono qui. Mi hanno trovata. Ora mi divoreranno!*

Ripresi a correre, ma qualcuno mi catturò il braccio. Cercai di colpire l'assalitore con tutte le mie forze, facendo affidamento sul mio addestramento come ultima risorsa.

Corri, corri, corri, mutò in *combatti, combatti, combatti.*

Gli colpii l'inguine con una ginocchiata, strappandogli un'esclamazione sorpresa che fu come musica per le mie orecchie. Poi un altro cercò di afferrarmi da dietro. Reagii abbandonandomi all'istinto, scalciando, mordendo, urlando. Rendendomi una preda il meno appetibile possibile. Mi sarei fatta uccidere, piuttosto che dover sopportare ulteriormente le loro torture.

Solo che una gomitata alla tempia mi fece barcollare all'indietro.

Un'imprecazione maschile rimbombò nell'aria.

Seguita da un'esplosione di stelle davanti ai miei occhi.

Mi afflosciai e caddi.

Non nell'acqua, a differenza dell'ultima volta, ma nel fango che costellava la riva del fiume.

Spero che mi lascino annegare, pensai, mentre il mondo ricominciava a girare. *Lasciatemi annegare.*

Ryder

Fissai a bocca aperta l'umana a brandelli che giaceva ai miei piedi. Stava ingurgitando boccate di fango come fosse ossigeno. «Che cazzo è appena successo?».

«Qualcuno deve aver perso il suo giocattolo» osservò Damien, incrociando le braccia sul petto. Nei suoi occhi ambrati c'era l'ombra del sospetto.

Già, un giocattolo che aveva quasi danneggiato la mia principale fonte di orgoglio con un colpo all'inguine. Se non mi fossi spostato in tempo, sarei finito in ginocchio. Un'impresa che nessuno era mai riuscito a compiere. Nemmeno Damien.

La femmina iniziò a rantolare e sputacchiare, in bilico tra la vita e la morte. Un altro minuto in quella posizione e sarebbe annegata. Forse anche meno di un minuto. Non sembrava in gran forma, ma si era difesa bene. Non che io e Damien avessimo cercato di farle del male; eravamo troppo sorpresi dalla sua comparsa improvvisa per reagire.

Eppure si era avventata su di noi come una dannata arpia, cosa che stranamente apprezzai. *Mmm…*

Mi voltai verso Damien. «Comunque, come stavo dicendo, Lilith mi ha temporaneamente promosso reale della regione di Silvano».

Il mio migliore amico mi lanciò un'occhiata incuriosita. «Sarebbe una punizione?».

«Sono sicuro che lo sia più per lei che per me» risposi divertito. «Cosa dici? Dovrei rendere il territorio definitivamente mio?».

«Sospetto che ad alcuni non farà molto piacere».

«Quello è un punto a favore» ammisi, mentre la mortale era ormai sul punto di soffocare. «Non è un suono molto attraente» la informai.

«Che sia il caso di porre fine alle sue sofferenze?» chiese Damien, seguendo il mio sguardo. «Ha un aspetto patetico».

Inclinai la testa di lato e la studiai. «Aveva uno spirito combattivo. Ho sentito che di questi tempi è una dote rara».

«È vero» confermò. Dato che Damien passava più tempo di me in società, mi fidai del suo giudizio e mi accucciai accanto alla femmina. Il suo sguardo si fissò sul mio. Fiamme azzurre le danzavano nelle iridi.

Così tanta rabbia.

Dolore.

Sete di vendetta.

Emozioni che capivo fin troppo bene.

Quando allungai una mano verso di lei, spalancò gli occhi. Le diedi una piccola spinta, quanto bastava per toglierle la bocca e il naso dal fango.

«Torturarla mi sembra una crudeltà» mi fece notare Damien.

«Sono curioso di vedere quanto durerà la sua voglia di lottare». C'era qualcosa in lei che mi intrigava. Ed era passata un'infinità di tempo dall'ultima volta che avevo trovato qualcosa di anche solo lontanamente interessante. «Ti ho detto che Kylan ha decapitato Silvano?» chiesi a

Damien, pur restando concentrato sulla femmina boccheggiante.

«Dev'essere stato un bello spettacolo».

«Oh, assolutamente» ammisi. Eppure, quell'umana mi affascinava ancora di più. Soprattutto quando mi rivolse un adorabile sguardo omicida. «Sei proprio una piccola guerriera, eh?». Le diedi un'altra spinta, facendola finire sulla schiena, poi alzai gli occhi su Damien. «A proposito, sta succedendo qualcosa di strano tra Kylan e Jace. Voglio sapere di cosa si tratta».

«In che senso strano?».

«Andavano d'accordo». Scostai una ciocca di capelli infangati dal viso della donna, desideroso di osservarne i lineamenti. «E Kylan non va d'accordo con nessuno».

«Mi informerò».

«Ho anche bisogno di una lista di persone che potrebbero opporsi, se la mia nomina diventasse permanente». Non ero sicuro se mantenere o meno la posizione di reale, ma avere quei dettagli mi avrebbe certamente aiutato a prendere la decisione migliore.

«Altro?» chiese Damien.

La femmina iniziò a tossire. A ogni sussulto, un po' di fuoco svaniva dal suo sguardo. «No» risposi. «Penso che per il momento sia tutto». Accigliato, osservai l'umana vacillare tra la vita e la morte.

I mortali erano così penosi.

Spezzati.

Deboli.

Ma lei aveva cercato di lottare. Una scelta ridicola, se non fosse stata anche così terribilmente triste. Feci scorrere le dita tra i suoi capelli biondi incrostati di fango. *Che aspetto avrebbe avuto in un'altra realtà?*, mi chiesi, trascinando le nocche sulla sua guancia. «Morire sulle rive del fiume

Sabine» mormorai, scuotendo la testa. «Non è il luogo di sepoltura che sceglierei».

Damien grugnì. «Il suo corpo sarà sparito prima che faccia giorno. Se non per mano di un lupo, sicuramente nelle fauci di un alligatore».

«Uhm…». Feci per alzarmi, quando vidi nei suoi occhi il bagliore di qualcosa che mi trattenne ancora una volta al suo fianco. *Un luccichio dorato. Come quello di un licantropo.* Svanì in un attimo, ma lo spirito battagliero rimase. Così come il suo sguardo omicida. Una promessa di morte. Una tentazione che non potevo ignorare. «Va bene, piccola umana». Feci scivolare le braccia sotto di lei e la sollevai senza fatica.

«Cosa stai facendo?» mi domandò Damien. La puzza sprigionata dalla ragazza gli fece arricciare il naso. «Hai intenzione di restituirla?».

«Perché mai?». Riportarla ai lupi mi sembrava uno spreco. «La terrò con me».

«Cosa? Perché?».

Mi strinsi nelle spalle. «È interessante».

«Ma se sta morendo!».

«Lo so» concordai, abbassando di nuovo lo sguardo su di lei. «Tutto sangue sprecato».

Damien aveva l'espressione di qualcuno che aveva appena ingoiato un rospo. «Sei malato, Ryder».

Non avevo mai negato di esserlo. Anzi, ero orgoglioso della mia reputazione. C'era un motivo se non mi piaceva avere a che fare con gli altri. «Chiamami quando hai le informazioni di cui ho bisogno» gli dissi. Poi mi avviai lungo il sentiero che costeggiava la riva del fiume.

«Cerca di non prenderti niente» mi rimbeccò lui.

«È un'umana, non un procione» replicai. Non che i vampiri potessero essere contagiati dagli animali. O da qualsiasi altra cosa.

16

«Sembra più un ratto» lo udii borbottare mentre apriva la portiera del suo veicolo. Era venuto con uno di quei fuoristrada rumorosi. Ne avevo anch'io qualcuno in garage; la maggior parte aveva più di un secolo.

Uno dei vantaggi di vivere in campagna era l'abbondanza di spazio. Avevo risorse più che sufficienti per vivere in solitudine per qualche altro secolo. Il mondo era andato in malora centodiciassette anni prima, quando i vampiri e i licantropi avevano preso il potere e avevano degradato gli umani alla posizione di bestiame.

Non avevo mai voluto niente del genere.

Ero d'accordo che fossimo esseri superiori? Certo. Eravamo in cima alla catena alimentare. Ma questo non significava che mi piacesse trasformare le mie prede in docili coniglietti. Che divertimento c'era nel cacciare un roditore, quando prima inseguivamo delle tigri?

Sedurre una donna per portarmela a letto era stato uno dei miei passatempi preferiti.

Ormai si inginocchiavano come brave bambine e te lo succhiavano col pilota automatico.

Al diavolo.

Volevo faticare. Volevo che le mie conquiste urlassero per averne di più, non per il dolore. Beh, non che infliggere dolore mi dispiacesse, ma preferivo che fosse combinato al piacere.

«E tu, piccola guerriera?» chiesi alla femmina che tenevo tra le braccia, raggiungendo l'entrata del mio vialetto. «Come lo prendi il cazzo?».

Non che mi aspettassi una risposta, visto che respirava a malapena e aveva gli occhi rovesciati all'indietro.

Sospirai. «Voi mortali siete condizionati a piegarvi e prenderlo. Il che ha i suoi lati positivi, ma toglie tutto il divertimento».

Salii gli scalini del portico due alla volta, poi aprii la porta con un calcio.

Gli allarmi che avevo predisposto non scattarono, perché mi avevano riconosciuto grazie a una scansione del mio corpo. Mi fermai un istante a controllare che non ci fosse nulla di diverso dal solito, qualche suono estraneo. Ma le mie orecchie non colsero niente di anomalo. Solo pace e quiete. Proprio come piaceva a me.

Mi venne quasi da sorridere, finché non mi ricordai del motivo per cui avevo dovuto abbandonare il mio santuario quasi una settimana prima.

Dannato Silvano.

Aveva attraversato il mio cortile come un re, facendo scattare ogni maledetto allarme. Ero così arrabbiato che l'avevo seguito fino al quartier generale del clan Clemente per vedere cosa stesse combinando.

Quando si scatenò l'inferno, decisi di rimanere. La battaglia in qualche modo mi divertiva.

E quello era stato un errore madornale, di cui mi resi conto nell'istante in cui fece la sua comparsa Lilith. Quella stronza si credeva una dea. «L'unica cosa regale di Lilith è la sua pomposa torre a Chicago» borbottai, scendendo le scale che portavano allo scantinato. «E sarebbe ancora più bella se fosse ridotta a un cumulo di macerie».

La gerarchia del "nuovo mondo" non aveva alcun senso.

E ormai ne facevo parte anch'io.

Forse Damien aveva ragione: ero stato io a essere punito.

Beh, di certo avrei reso un inferno anche la vita di Lilith. Così, per divertimento.

D'altro canto, ero stato io a decidere di farmi avanti. Anche se l'avevo fatto soprattutto per non avere quella strega in mezzo ai piedi.

Perché la adoravano tutti? Era una normalissima vampira. Giovane, tra l'altro. Almeno rispetto a me e Kylan. E Cam.

Dove diavolo è Cam?

Non avevo mai creduto alla sua morte. Neanche per un secondo.

Doveva essere imprigionato da qualche parte, in attesa di essere trovato. La sua *erosita* era viva e vegeta nel territorio del clan Majestic, cosa di cui nessuno sembrava essersi accorto. Ma io sì. Esattamente come avevo capito che Jace e Kylan stavano tramando qualcosa. Che speravo implicasse la morte di Lilith.

La femmina tra le mie braccia sussultò. Non per la sorpresa, ma in un ultimo disperato tentativo di salvarsi.

«Bene». Mi accucciai e la adagiai sul pavimento di cemento. «Cosa dovrei fare con te?».

Le feci scorrere un dito sul collo, poi più in basso, lungo lo sterno, fino alle ferite che le coprivano il ventre. Sembrava che qualcuno l'avesse operata usando zanne e artigli, piuttosto che degli strumenti chirurgici.

«Vieni dal campo per la riproduzione» indovinai. Purtroppo, la mia proprietà confinava con il complesso che si assicurava di creare altri licantropi per il clan Clemente. *Che Edon abbia intenzione di continuare con questa pratica?*, mi chiesi. Nel nuovo alfa c'era qualcosa che lo rendeva diverso dai suoi simili. Sembrava quasi umano.

Sarebbe stato interessante vederlo all'opera.

Non che mi importasse abbastanza per essere attivamente coinvolto.

Certo, se fossi rimasto un reale, non avrei avuto altra scelta.

«Così tante decisioni» commentai ad alta voce, esaminando ancora una volta le ferite della piccola guerriera. Capivo perché i licantropi l'avessero scelta.

Aveva dei bei fianchi. Gambe toniche. Seni un po' troppo piccoli, ma nulla che una sana alimentazione non potesse risolvere. Lo stesso valeva per le sue costole sporgenti.

«Uhm». Mi portai il polso alla bocca e lo morsi. «Vediamo che effetto ti fa un po' del mio sangue, eh?». Premetti la ferita aperta sulle sue labbra, permettendo alla mia essenza vitale di gocciolarle in bocca. «Devi ingoiarlo, piccola».

Lei non obbedì subito, il che la fece gorgogliare. Si stava soffocando.

Con un sospiro drammatico, mi risistemai sul pavimento. Usai l'altra mano per posizionarle la testa sulla mia coscia, in modo che avesse un'angolazione adatta a bere. La sua gola iniziò a deglutire automaticamente, come se il suo spirito avesse preso il sopravvento, riconoscendo il regalo che le stavo offrendo.

Le accarezzai i capelli mentre si nutriva, mormorandole parole di incoraggiamento. Se Damien mi avesse visto, sarebbe rimasto a bocca aperta. Perché un comportamento del genere non era da me. Ma mi sembrava la cosa giusta da fare per il mio nuovo animaletto.

«Quando sarai un po' più lucida, ti sceglieremo un nome» le dissi piano. «O forse ne hai già uno. Mi andrà bene anche quello». A meno che non fosse qualcosa tipo Veronica o Whitney. Non mi piacevano proprio.

A dire la verità, c'erano un sacco di nomi che non mi piacevano.

Quindi forse avrei dovuto sceglierne uno io.

La mia ferita iniziò a rimarginarsi, così la riaprii e la premetti di nuovo sulle sue labbra. «Continua a bere» le ordinai. «Quando hai finito, ti faccio un bel bagno».

Poi l'avrei mangiata, o ci avrei giocato per un po'.

Sarebbe dipeso da lei.

Speravo per il suo bene che avrebbe dimostrato di possedere il fuoco che le brillava negli occhi. Altrimenti, avrei soffocato ogni traccia delle sue fiamme. E con loro la sua vita.

Willow

F reddo.
    Duro.
Cemento.

Quasi gemetti per come lo sentivo premere su ogni centimetro del mio corpo. Quel materiale spietato non faceva che tormentarmi. Avevo desiderato così tante volte di strisciarci sotto e nascondermi, ma era impossibile. Mi lasciava sempre esposta. Vulnerabile. *Sofferente*.

Però non mi ero svegliata indolenzita come al solito. Strano, visto che avevo dormito sul pavimento per almeno qualche ora. Le mie membra erano piene di vitalità. Mi sentivo traboccante di energia.

Mi stiracchiai, e i miei muscoli si sciolsero e scaldarono in risposta. *Strano*. Non riuscivo a ricordare l'ultima volta che mi ero sentita così bene.

Le mie labbra si piegarono all'ingiù.

In realtà, non riuscivo a ricordare quasi niente. Mi sembrava tutto offuscato, come se avessi trascorso la vita avvolta nella nebbia e ne stessi uscendo solo in quel momento.

Devono essere le droghe, pensai, rotolando sulla schiena. Mi ritrovai a fissare delle sbarre di ferro. *Queste sono nuove.*

Voltai la testa a destra; altre sbarre. Stessa cosa alla mia sinistra.

Sono in una gabbia.

Non era piccola, forse tre metri per tre. Sotto di me c'era una lastra di cemento gelido. I muri della stanza in cui si trovava la mia prigione erano privi di finestre. C'era un leggero odore di muschio, e una miriade di particelle di polvere fluttuavano nell'aria.

Oh, che interessanti. Le fissai, osservando come catturavano la luce soffusa, mutando colore. Era come se non avessi mai visto davvero della polvere in tutta la mia vita. Era sempre stata così ipnotica?

E la mia pelle è sempre stata così morbida?, pensai, sfiorando la mia coscia nuda con le dita. Trascinai le unghie lungo il fianco e fino all'addome, rapita dall'ondata di calore che mi accarezzò la pelle. *Così liscia, così perfetta.*

Ero tutta nuda, una condizione che non mi sorprese. Ma ero anche pulita, e quello mi colpì. Anche se non riuscivo a ricordare perché. Il motivo del mio stupore era perso da qualche parte nella mia memoria; la nebbia fitta mi impediva di aggrapparmi a un ricordo specifico.

Importava?

Era una sensazione bellissima.

Rotolai sulla pancia, poi mi alzai da terra. La gabbia mi forniva almeno una trentina di centimetri sopra la testa. Alzai le braccia e avvolsi le dita attorno all'acciaio freddo di una delle sbarre. Fui meravigliata dalla sua consistenza setosa. *Robusta. Pesante. Perfetta.*

Piegai le ginocchia per testare la mia presa. Rimasi appesa senza problemi e provai addirittura a fare qualche trazione. *Wow.* Quand'era stata l'ultima volta che ci ero riuscita? All'università? Durante una lezione con Silas?

Inclinai la testa, cercando di ricordare di quale corso si

trattasse, ma la risposta si librava al di fuori della portata della mia mente.

La mancanza di concentrazione avrebbe dovuto preoccuparmi. Ma dopo aver trascorso mesi, o forse anni, a venire riempita di droghe, ero solo felice di essere lucida.

Niente incubi.

Niente licantropi.

Niente lezioni.

Solo il puro e semplice esistere.

Lasciai andare le sbarre e feci una giravolta, sentendomi più leggera dell'aria. Assunsi allora una posa da combattimento. Le mie gambe si muovevano con perfetta naturalezza. Saltai, attenta a non sbattere la testa, poi iniziai un esercizio che il mio corpo sembrava ricordare meglio di quanto lo facesse la mia mente.

Me l'ha insegnato Silas, ricordai, incerta su quando fosse successo. Il giorno prima? Un mese prima? Anni prima, forse? Il tempo era irrilevante. Soprattutto considerando quanto si muovevano velocemente le mie mani. Eseguii ogni kata con una precisione che sentii nelle profondità della mia stessa anima.

Una volta terminata la serie di movimenti, avevo la fronte imperlata di sudore e il petto che si alzava e abbassava in fretta. Ma mi sentivo anche rinvigorita. Potente. Completa.

Altre particelle di polvere tremolarono nell'aria, attirando la mia attenzione sulle ombre più scure presenti nella stanza. *Dove sono?* La mia mente si rifiutò di rispondere. Qualcosa su dei campi di riproduzione... no, sbattei immediatamente la porta in faccia a quel pensiero. Che mi avessero spostata in una nuova prigione? Quando sarebbero tornati? Mi avrebbero drogata di nuovo?

Rabbrividii. Doveva essere quella la causa del bizzarro

stato in cui mi trovavo. Forse avevano aumentato le dosi e quello era tutto un sogno.

No. Impossibile. La mia mente non mi concedeva nessuna immagine positiva. Vivevo in un incubo costante. Intrappolata. Considerata per sempre…

E quello cos'è? Mi concentrai sul luccichio immerso nell'oscurità. Un bagliore argentato che brillava nell'ombra.

E che poi iniziò a muoversi.

Balzai all'indietro, verso le sbarre alle mie spalle.

Ebbi l'impressione che la creatura diventasse più imponente, come se fosse stata seduta sul pavimento e si stesse alzando in piedi. E poi fece un passo avanti, ritrovandosi illuminata dalla luce fioca.

Il mio cuore si fermò. *Oh, merda…* Era troppo perfetto per essere umano. I suoi lineamenti erano privi di qualsiasi difetto e sembravano scolpiti nel marmo.

Naso diritto.

Zigomi taglienti.

Occhi luminosi come diamanti neri.

Capelli scuri e arruffati, che ben si abbinavano alla leggera spolverata di barba che gli adombrava la mascella squadrata.

Deglutii. *Un vampiro.* Eppure, mentre si muoveva verso di me, scorsi un che di animalesco in lui. Uno strano fascino sottolineato dal suo sguardo crudele.

Dove sono?, mi chiesi ancora una volta, decisamente più interessata alla risposta. Com'ero finita nel covo di un vampiro?

Descrivere come "potente" il maschio che si era fermato appena al di là della porta della gabbia mi sembrava riduttivo. Trasudava forza e sesso. Dominio. Superiorità. Arroganza.

La sua presenza era quasi soffocante. Il suo sguardo ipnotico mi aveva già rapita.

I miei professori vampiri non erano niente al confronto. Potevano tenere in riga una classe, ma quel maschio sembrava in grado di comandare un intero esercito con un'unica occhiata.

«Dove hai imparato a fare quelle cose?» chiese. La sua voce era così profonda e sensuale da farmi venire la pelle d'oca.

Avevo improvvisamente la bocca secca. «A... all'università». Mi aggrappai alle sbarre dietro di me. Il suo sguardo penetrante mi stava facendo cedere le gambe. Non mi aveva ancora tolto gli occhi di dosso, anzi, stava esaminando con cura ogni centimetro del mio corpo.

«Hai seguito delle lezioni di combattimento?».

«Sì» sussurrai.

«Perché?». I suoi occhi color mezzanotte incontrarono di nuovo i miei. «Qual era il tuo scopo?».

Il mio cuore passò dal battere a stento a una corsa forsennata. Le risposte mi popolarono la mente prima che potessi rifletterci sopra. «Volevo diventare una vigilante». Anche se in quel momento non riuscivo a ricordare perché. *Tutto così offuscato. Che strano.*

A cos'era dovuto il bagliore argenteo che avevo notato nell'ombra?, pensai, dando un'occhiata ai suoi vestiti. Jeans, maglietta... poi mi accorsi dell'orologio che cingeva il suo polso destro. *Quello. Come ho fatto a non vederlo?*

«E invece ti hanno mandata nei campi per la riproduzione» osservò. Il suo sguardo peccaminoso si abbassò sul mio petto, per poi scendere ancora più giù, tra le mie cosce.

Un brivido mi corse lungo la schiena.

Ero stata nuda davanti a innumerevoli immortali e

anche a molti umani, ma c'era qualcosa in quel vampiro che mi faceva venire il cuore in gola.

«Penso che saresti stata più utile in un harem» commentò. «Ma il tuo patrimonio genetico deve averti segnalata come un esemplare adatto alla riproduzione».

Non ero sicura di come rispondere, quindi rimasi in silenzio.

Continuò a studiarmi come se fossi stata un regalo. Un regalo apprezzato, considerando il suo sguardo compiaciuto.

«Come sono finita qui?» gli chiesi istintivamente, salvo poi bloccarmi subito, quando i suoi occhi guizzarono sui miei.

«Non ricordi?».

«N… no» ammisi.

«Interessante». Inclinò la testa in modo sinistro. «Presumo tu abbia assorbito un bel po' della mia essenza».

Le mie sopracciglia schizzarono in alto. «Cos'è che ho fatto?».

«Il mio sangue, animaletto. Hai bevuto il mio sangue».

«Perché?».

«Per sopravvivere» rispose, come se quelle parole spiegassero tutto. «I tuoi ricordi torneranno presto. Accompagnati dagli incubi».

Parlò con nonchalance, il che non fece che accrescere il gelo che mi lambiva la spina dorsale.

Non voglio ricordare.

Ma c'erano alcune cose che volevo sapere. Come ad esempio… «Tu chi sei?». Capii che la mia domanda era stata un passo falso nel momento stesso in cui il vampiro spalancò gli occhi.

Una serie di regole iniziò a rieccheggiarmi nella mente. Lezioni ricevute da bambina, impresse per sempre nella mente. Nonostante la mia apparente perdita di memoria.

Gli umani non si rivolgono ai loro superiori.
Gli umani non guardano i loro superiori.
Gli umani non affrontano i loro superiori.
Gli umani si inchinano ai loro superiori.
Gli umani esistono per compiacere i loro superiori.
Gli umani sono cibo.
Gli umani non...

«Ero convinto che la società avesse privato gli umani della loro tendenza a parlare a sproposito» disse il vampiro, strappandomi alla mia cantilena interiore.

Dovevo scusarmi, implorare il suo perdono, inginocchiarmi ai suoi piedi. Eppure, il mio corpo si rifiutò di fare tutte quelle cose, come se fossi stata una marionetta sorretta da fili invisibili che mi obbligavano a disobbedire.

Una parte di me era completamente distrutta.

Avevo rinunciato all'idea della perfetta remissività. Non volevo più essere un'umana obbediente. Ma non riuscivo a capire quando o come fosse successo. Il ricordo decisivo fluttuava da qualche parte negli anfratti della mia mente.

In ogni caso, la ribellione mi sembrava l'unica cosa giusta da fare.

Era potente.

Liberatoria.

«Io sono Ryder» mormorò dopo qualche istante di silenzio. Non suonava per nulla seccato. Anzi, sembrava divertito. «Per quanto riguarda la tua domanda di prima su come sei arrivata qui... Sei finita nella mia proprietà e hai attaccato me e il mio tenente. Beh, presumo ora sia il mio sovrano».

«Il tuo sovrano?» ripetei. Quel titolo rappresentava qualcosa di molto pericoloso. *Solo i reali hanno sovrani.*

«Già. Un cambiamento recente, avvenuto mentre dormivi sul pavimento». Fece spallucce. «Avevo bisogno di qualcuno su cui poter contare per gestire alcuni affari giù a San José, e lui è l'unico di cui mi possa fidare».

«San José?». Tutto quel ripetere le sue parole mi faceva sentire un pappagallo, ma non riconobbi il luogo che aveva nominato. *Dove sono?*, mi chiesi per l'ennesima volta.

«Ah, giusto, non l'hai mai sentito nominare, vero?». Emise un sospiro palesemente infastidito. «Non ho mai apprezzato il cambiamento dei nomi, ma presumo che dovrò adattarmi. E rinominare la regione. Non posso permettere ai vampiri che vivono qui di pensare che Silvano sia ancora al potere, visto che Kylan l'ha ucciso».

Kylan.

Silvano.

Due reali.

Se Kylan aveva ucciso Silvano, allora c'era stato un cambio di regime. E se quel maschio parlava di sovrani e di rinominare la regione... allora... «Sei un reale» mormorai. L'avevo già dedotto qualche minuto prima, solo che il suo nome non mi era familiare. Di conseguenza, non avevo fatto il collegamento.

Fino a quel momento.

«A quanto pare» borbottò. «Non che fosse il lavoro dei miei sogni. Eppure, eccoci qui». I suoi occhi tornarono a posarsi sui miei; aveva uno sguardo calcolatore. «Il che significa, mio dolce animaletto, che devo decidere cosa fare con te».

Tremai. Le sbarre alle mie spalle mi sembrarono d'un tratto ancora più gelide.

Ventidue anni di studi e addestramento per diventare una bambola sforna bambini. E poi ritrovarmi nella gabbia di un reale.

No, grazie.

Ne avevo avuto abbastanza di quella vita del cazzo. Se non mi avesse uccisa direttamente, avrei lottato e...

«Hai fame?» chiese, interrompendo i miei pensieri.

Se ho fame? Cos'è, umorismo da vampiri?

Invece di rispondere, mi limitai a fissarlo.

Lui mi studiò a sua volta, innervosendomi con il suo sguardo indagatore. Era lo stesso tipo di occhiata che un mostro avrebbe dato alla sua preda prima di giocarci.

«Sei ancora strafatta del mio sangue, probabilmente è per quello che non la senti. Ma con tutta quella attività fisica, unita allo sforzo che ha fatto il tuo corpo per guarire da diverse ferite mortali, dovresti essere più che affamata». Si infilò una mano in tasca e tirò fuori una chiave. «Cosa ne dici se discutiamo del tuo destino a tavola?».

Doveva essere un trucco.

Un qualche giochetto crudele.

Quale reale avrebbe mai invitato il suo cibo a cena, a meno che non volesse renderlo la portata principale?

Spalancò la porta. «Vieni. Cerchiamo qualcosa da mangiare». E mi voltò le spalle come se niente fosse. Il che, dal suo punto di vista, probabilmente era proprio così. Non ero nient'altro che un'umana. Una mortale. Ai suoi occhi ero in fondo alla catena alimentare.

Ma forse non si era reso conto che non avevo niente da perdere.

Se non aveva intenzione di riportarmi al campo, allora mi avrebbe dissanguata. Nessuna delle opzioni mi sembrava particolarmente allettante.

Ma non avrei rifiutato il suo invito a lasciare la gabbia. Solo che non l'avrei seguito in sala da pranzo.

Camminai sul pavimento gelido guardando a destra e a sinistra, cercando un qualsiasi oggetto da usare per metterlo fuori gioco. Dipendeva tutto anche dalla mia abilità di coglierlo di sorpresa, ma non sarebbe stata dura, visto che mi dava le spalle.

Pensava che fossi una piccola debole umana.

Una bambola rotta da prendere in giro.

Oh, come si sbagliava.

Ero spinta dall'odio e dalla sete di vendetta. Dal desiderio di uccidere. Di massacrare. Di *sopravvivere*. L'avrei messo al tappeto e sarei fuggita. O sarei morta provandoci.

Lì, mi esortò il mio cervello mentre girammo un angolo, per poi dirigerci verso una rampa di scale. Appoggiato al muro che la precedeva c'era un tavolo coperto di attrezzi. Il metallo brillava in maniera invitante.

Prendimi.

Usami.

Fagli del male.

Ecco cosa mi stavano dicendo quegli oggetti. Passando, ne afferrai uno. Le mie dita si avvolsero attorno al manico di legno che terminava con dell'acciaio smussato. *Un martello. Perfetto.*

Lo alzai in aria, mirai alla testa del vampiro e lo calai verso il mio bersaglio con tutta la forza che avevo.

Solo che lui si girò su se stesso in meno di un secondo e mi afferrò il polso, bloccando il mio movimento a mezz'aria. Con la mano opposta, mi spinse verso il muro di fronte al tavolo.

«Mollalo». Un ordine pronunciato col tono con cui ci si rivolgerebbe a un cane.

Non avevo scelta. La sua forza era superiore alla mia da ogni punto di vista. Lasciai andare il martello, che cadde a terra con un forte rumore metallico.

«Brava» disse, schiacciandomi contro la parete con le cosce premute sulle mie. Mi liberò il polso e mi strinse la gola. «Dimmi il tuo nome». I suoi occhi catturarono e intrappolarono i miei, sfidandomi a mentire.

Sapevo benissimo che non era il caso di provarci.

I mortali venivano catalogati meticolosamente. Quando ero all'università, ero stata sottoposta a un'infinità di valutazioni. E tutte richiedevano un prelievo di sangue e la registrazione delle impronte digitali.

«Numero settecentouno dell'anno centodiciassette» risposi in tono formale, con le mani abbandonate lungo i fianchi. Ai tempi dell'università, all'inizio avrei aggiunto anche "candidata". Ma non ero più una candidata. Ero stata assegnata ai campi per la riproduzione.

Mi fissò con un miscuglio di fastidio e stupore. «Ti ho chiesto un nome, non un mucchio di numeri del cazzo. Come ti chiama la gente?».

«Numero settecentouno dell'anno…».

Il suo palmo si strinse attorno alla mia gola, rubandomi il respiro e mettendomi a tacere. «No. Come ti chiamavano gli altri umani con cui andavi all'università?». Non mi lasciò andare, rivolgendomi invece un'occhiata minacciosa. «Se mi dai un altro dannato numero, potrei non permetterti mai più di respirare. Annuisci, così so che hai capito».

Cercai di deglutire, ma senza riuscirci. La sua presa era talmente stretta che la mia visuale iniziò a riempirsi di puntolini bianchi.

Così annuii, sperando che avrebbe quantomeno allentato la presa.

Ma non lo fece.

Disse invece: «Mima il tuo nome con le labbra».

Le lacrime iniziarono a pungermi gli occhi. La mia voglia di lottare cercava di sopprimere l'impulso a lasciarmi strangolare. Ero talmente combattuta da non riuscire nemmeno a sollevare le mani per cercare di liberarmi. Tanto, non sarebbe servito a niente. Anzi, forse mi avrebbe spezzato il collo.

Non sarebbe stato molto più semplice cessare di esistere? Ma allora avrei trascorso anni a lottare per niente.

Che poi era stata la stessa sensazione che avevo provato quando mi avevano sbattuta in quel dannato allevamento.

Eppure, ero ancora confusa. Come se fosse solo un brutto sogno. Anche se sapevo che era tutto reale. Inclusa la mano che mi stringeva la gola, minacciando di uccidermi se non avessi rivelato il mio nome al reale.

Che richiesta bizzarra. I nomi erano riservati agli esseri soprannaturali, non ai mortali.

Ciò non significava che non ne avessi uno. Un nome segreto.

E infatti lo avevo.

Solo che mi era stato insegnato a non usare nient'altro che il mio numero.

La mia compagna di stanza all'università, Rae, mi aveva dato quel soprannome più di dieci anni prima. Aveva detto che avevamo bisogno di un modo di comunicare. Era una maniera per ribellarci. In quel momento, non riuscii a rammentare perché fosse così importante. Il ricordo era svanito prima che potessi afferrarlo. Ne fui profondamente delusa, perché in qualche modo sapevo che era una giornata che non avrei mai voluto dimenticare.

«Hai voglia di morire, tesoro?» mi chiese Ryder, inarcando un sopracciglio.

Il suo sguardo divertito non si addiceva alla stretta minacciosa della sua mano attorno alla mia gola. Ma forse era proprio quello a far brillare di allegria i suoi occhi scuri come la notte. La mia debolezza, la mia morte imminente. Tipico di un vampiro.

Mi fece venir voglia di sfidarlo. Pronunciando il mio nome, anziché rifiutarmi di rivelarlo. Mostrandogli così che avevo vissuto per anni in un mondo di sfide. Che la sua oppressione non significava nulla per me. Che avrei superato tutto, anche se avesse richiesto la mia morte.

«Willow» mimai con le labbra, visto che la mancanza di aria mi rendeva impossibile emettere qualsiasi suono.

Il suo sguardo cadde sulla mia bocca. «Dillo di nuovo».

«Willow» ripetei, poi inspirai violentemente quando allentò la presa.

«Un'altra volta» mi ordinò.

«Willow». La voce mi uscì roca. I miei polmoni bruciavano, riempiendosi in fretta dell'ossigeno di cui avevo tanto bisogno.

«Willow» disse lui, come assaporando il mio nome. «Sì, mi piace».

Trascinò il pollice sul mio collo, là dove poteva sentire il battito sotto la pelle. Il suo corpo massiccio era stretto al mio.

«Cosa dovrei fare con te?» rifletté a voce alta, scendendo con lo sguardo sul punto in cui i miei seni incontravano il suo petto. Le sue pupille si dilatarono. E così le sue narici, inalando il mio profumo.

Deglutii a fatica, con la gola che ancora mi doleva per quello che avevo subito.

«Mi affascini, animaletto» disse dopo qualche istante. «Ti consiglio di continuare a farlo. È l'unico motivo per cui sei ancora viva».

Non sapevo cosa dire. Come reagire. Anche solo dove guardare. Così continuai a fissare i suoi occhi insondabili, quei pozzi scuri e ipnotici che non lasciavano trasparire nulla.

Irradiava età ed esperienza.

Era un vampiro molto antico. Letale. Un reale. E aveva appena detto che lo affascinavo. Cosa diavolo avrei dovuto farmene di quell'informazione?

Non interruppe il contatto visivo, mentre le sue labbra si incurvarono in un sorriso crudele. «Attaccami di nuovo e te ne pentirai».

Con un'ultima occhiata che prometteva un'orrenda punizione nel caso avessi disobbedito, si voltò di nuovo verso le scale.

«Vieni, piccola Willow» mi chiamò quando non lo seguii immediatamente. «E lascia giù il martello. Al piano di sopra ho delle armi molto più efficienti».

Lo fissai a bocca aperta. Era una minaccia o un invito?

C'era solo un modo per scoprirlo...

Un martello. Dovetti reprimere un sorriso. Sicuramente non la soluzione più creativa, ma era bello sapere che il mio nuovo animaletto aveva uno spirito combattivo. Più tardi avremmo esplorato quel lato del suo carattere.

Camminava dietro di me con dei piccoli passi silenziosi. Esitanti.

Probabilmente pensava che avessi intenzione di morderla.

Non aveva tutti i torti: prima o poi l'avrei fatto di sicuro. Ma non quel giorno. Si era appena ripresa; volevo assicurarmi che fosse bene in forze, prima di giocare con lei.

La condussi in cucina, poi indicai con un cenno un paio di sgabelli posizionati ai lati dell'isola. «Siediti».

Prese posto senza discutere e incrociò le braccia sul petto nudo. La mancanza di vestiti non sembrava infastidirla. Sospettai che fosse dovuto alla sua educazione.

Un gentiluomo le avrebbe offerto una maglia.

Avendo saltato la scuola di galateo, non ne vidi il motivo. Se voleva saltellare nuda per tutta la casa, perché impedirglielo? Inoltre, aveva delle belle tette, che rimasi ad ammirare dall'altro lato dell'isola.

Una bella vista.

Avrebbe potuto trascorrere la giornata seduta lì, così, e io sarei stato un uomo molto felice.

Oltretutto, era un po' che una donna non metteva piede in casa mia. Per non parlare di una donna splendida come Willow. Ero sconvolto che avessero deciso di sprecare quel corpo in un campo per la riproduzione. Aveva "harem" scritto dappertutto, con quelle gambe lunghe e quello sguardo seducente.

Avrebbe potuto trascorrere la giornata seduta lì, così, e io sarei stato un uomo molto felice.

Oltretutto, era un po' che una donna non metteva piede in casa mia. Per non parlare di una donna splendida come Willow. Ero sconvolto che avessero deciso di sprecare quel corpo in un campo per la riproduzione. Aveva "harem" scritto dappertutto, con quelle gambe lunghe e quello sguardo seducente.

Ma forse ormai ogni umano era così, grazie agli allevamenti specializzati messi in piedi da Lilith.

Tutto così meccanico e noioso. Ma doveva essere un sistema efficiente, visto che aveva creato Willow.

Raggiunsi il frigo e presi del pane, una confezione di affettato e del formaggio. Nel corso della sua recente visita, Damien mi aveva portato un po' di prodotti freschi provenienti dalla regione di Silvano. Viveva nella città più vicina, il che lo rendeva una buona connessione col mondo esterno.

Nonostante in casa avessi praticamente tutto quello che mi serviva, a volte desideravo qualcosa di diverso. E Damien conosceva bene i miei gusti.

Willow mi osservò preparare due panini; uno per lei e uno per me. Man mano che procedevo, i suoi occhi si spalancavano sempre di più. Quando infine spinsi il suo piatto verso di lei, lo fissò con un'espressione scioccata.

«Il tacchino non ti piace?» le domandai.

«C... cosa?». Cercò di tornare in sé. «Ehm... penso... penso di sì». Guardò il cibo aggrottando la fronte, come se fosse un qualcosa di totalmente sconosciuto.

«Non vi danno panini all'università?». Non avevo idea di quali fossero le abitudini alimentari degli umani, in quel periodo.

«Uhm... no» rispose, sollevando la fetta di pane per esaminare il contenuto.

Presi il mio panino e diedi un morso. Lei continuava a osservarmi. Allora le chiesi: «Cosa vi danno da mangiare?».

«Verdure. Proteine». Rimise a posto la fetta di pane, poi afferrò il panino nello stesso modo in cui l'avevo fatto io. Solo che, invece di portarselo alla bocca, lo accostò al naso e lo annusò.

Sorrisi. «Hai paura?».

«N… no» balbettò piano, dando un piccolo morso al pane. Masticando, si accigliò. «Che nutriente è questo?».

«Pane».

«Pane» ripeté. «È tipo un carboidrato?».

«Sì». Gustai un altro boccone della mia creazione culinaria mentre lei posò il suo panino sul piatto.

«Non ci è permesso mangiare carboidrati» disse con un tono intriso di confusione. «Non sono i nutrienti corretti per la chimica del nostro corpo».

La fissai. «Stai scherzando? Vuoi veramente discutere con me per un panino?».

«No… io… no, è solo che… non capisco. È un test?».

«Sì» borbottai. «Un test per la mia pazienza. Adesso mangia quel maledetto panino, Willow». *Non sono i nutrienti corretti? Ma di cosa diavolo stava parlando?*

Non c'era da stupirsi che fosse così magra. La società l'aveva costretta alla fame.

Mangiò un altro boccone, senza mai staccarmi gli occhi di dosso. Come se avesse paura che potessi punirla per avermi disobbedito.

Dov'era finita la mia guerriera? Preferivo la ragazza col martello a quella fragile cerbiatta. Avevo già soffocato il suo spirito? Quella sì che sarebbe stata una delusione.

Continuò a mangiare, arricciando il naso. Il suo disgusto era evidente.

Cosa c'era da non apprezzare in un dannato panino?

«Hai bisogno di un po' di maionese o qualcosa del genere?» le chiesi.

«Maionese?» ripeté. «Non lo so. Cos'è?».

Restai in attesa che aggiungesse qualcosa, convinto che scherzasse. Ma era seria.

Wow. Sapevo che Lilith era una stronza, ma non immaginavo fino a quel punto.

«Presumo tu non abbia molta familiarità nemmeno col cioccolato, vero?».

Il suo sguardo vacuo mi fornì la risposta, prima ancora che la femmina sussurrasse: «No, non so cosa sia».

Scossi la testa e mi concentrai sul mio cibo. Lei fece lo stesso. Continuammo a mangiare in un confortevole silenzio, lei sullo sgabello e io in piedi, dall'altro lato dell'isola. Avere compagnia era un po' strano, ma non del tutto spiacevole. Certo, avremmo dovuto lavorare sul suo palato.

Niente maionese.

Niente pane.

Niente carboidrati.

«Vedi, questo è esattamente il motivo per cui non volevo avere nulla a che fare con il nuovo mondo» le dissi. «Per quanto alcune regole possano avere senso, la maggior parte sono un'inutile esagerazione. E, onestamente, è noioso da morire. Non c'è più il brivido della caccia. Non c'è più niente di emozionante». Sospirai e riposi il piatto nel lavello. Proprio in quel momento, il mio orologio si mise a vibrare.

Accigliato, controllai la notifica. Poi andai al monitor appeso al muro, accanto al frigo.

Lo schermo collegato alla telecamera numero quattordici mi mostrò la causa dell'allarme.

Damien.

Mi salutò con la mano, sapendo che lo stavo

guardando, poi si avviò verso la porta d'ingresso. Premetti un pulsante accanto al monitor e la aprii per lui.

Quando mi voltai di nuovo verso Willow, la trovai intenta a fissare il mio sistema di sicurezza. «Dovresti vedere quello nel mio ufficio» le dissi. «Questa è solo la versione ridotta». Avevo uno di quegli aggeggi in ogni stanza della casa.

La maggior parte dei vampiri investiva in un team di sicurezza.

Io preferivo la tecnologia.

«Ora che sei consapevole di quanto tenga alla sicurezza, spero che seguirai il mio consiglio di non andare da nessuna parte senza il mio permesso. Le telecamere sono solo la punta dell'iceberg. Non vuoi sapere cos'ho allestito là fuori».

Damien entrò in cucina sull'ultima frase. I suoi occhi ambrati si posarono subito sulla splendida bionda e sui resti del suo panino. «Si è data una bella ripulita» commentò.

«Già» concordai, senza preoccuparmi di presentarli l'uno all'altra. Sapeva dove l'avevo trovata. Finché non avessi deciso cosa fare di lei, non c'era motivo di fornirgli ulteriori dettagli. «Suppongo tu abbia qualche novità».

Non la formulai nemmeno come una domanda. Non c'era nessun altro motivo per cui Damien avesse deciso di passare a trovarmi così presto dopo il nostro ultimo incontro. E avevamo parlato al telefono solo il giorno prima, quando lo avevo chiamato per informarlo della sua nomina a sovrano.

«È così». La sua attenzione rimase concentrata su Willow. Le sue pupille si dilatarono per l'interesse, osservando il suo bel corpo nudo. «A quanto pare, alcuni non hanno preso seriamente la tua candidatura. A Silvano

City gira voce che più di qualcuno si sia già fatto avanti per prendere il tuo posto».

«Ah sì?».

Annuì e continuò: «Penso sia necessaria una dimostrazione di forza».

«Jolkin non ha accettato il tuo nuovo titolo?» gli chiesi.

«No» confermò il mio migliore amico. «Ho valutato l'opzione di ucciderlo personalmente, ma ho pensato che avresti preferito farlo tu».

Riflettei sul precedente sovrano di quella che un tempo era nota come Houston. «Hai... cosa, cinquecento anni più di lui? Seicento?».

«Settecento» precisò Damien, staccando finalmente gli occhi dal mio nuovo animaletto e rivolgendo la sua attenzione su di me. «Ma il cucciolo si crede ancora un re».

Grugnii. «Re di Houston». Che titolo infelice. «Vuoi rimanere a Houston come sovrano, o preferisci un'altra area?». Offrirgli la possibilità di cambiare zona era il minimo che potessi fare per Damien. Era l'unica persona al mondo di cui mi fidassi.

Beh, non era del tutto vero.

Un'altra persona aveva tutta la mia fiducia, ma non le parlavo da più di un secolo. Molti pensavano fosse morta. Ma era viva e vegeta. Si stava solo nascondendo, in attesa del momento giusto.

Un po' come me.

Solo che io avevo deciso di nascondermi da solo.

«Vorrei venire con te a Silvano City» disse Damien. «È lì che ci sarà tutta l'azione, e sai bene quanto mi piaccia godermi un bello spettacolo in prima fila».

Un sorrisetto si fece strada sulle mie labbra. «Sei sadico quanto me».

«Forse leggermente meno» rispose, avvicinandosi a

Willow. «L'hai già assaggiata?». Allungò una mano verso i capelli di lei, scostandoli per scoprirle il collo.

La raggiunsi anch'io, dal lato opposto, ripetendo l'azione di Damien.

Willow non si mosse.

Si limitò a malapena a respirare.

Ma colsi un lampo nel suo sguardo, un fuoco in netto contrasto col modo in cui il suo corpo si sottomise apertamente a noi.

Mi chinai verso di lei per inalare il suo odore, sfiorandole il collo col naso. «No» ammisi piano, con le labbra sulla sua pelle morbida. «Si sta ancora riprendendo».

Lei deglutì, innervosita. Capii che la stavamo mettendo a disagio. Eppure rimase immobile, come l'umana ben addestrata che era.

Il mio sospiro si infranse sulla sua gola. «Devo lavorarci un po' su». Non apprezzavo per nulla la sua remissività.

«A me sembra perfetta» ribatté Damien.

«Perché a te piace la manipolazione mentale orchestrata da Lilith». Una passione che non riuscivo a capire. Era una stupida farsa che andava contro natura.

Damien le sfiorò il capezzolo turgido con le nocche. «Non c'è niente di sbagliato a insegnare agli umani qual è il loro posto».

Logica impeccabile, solo che ero convinto ci fosse un modo migliore per ottenerlo.

«Cos'hai intenzione di fare con lei?» mi chiese.

Mi raddrizzai e osservai il profilo della donna. «Non lo so ancora». Trascinai il dito lungo il suo braccio, poi tornai a concentrarmi su Damien. «Ho bisogno che tu mi faccia una lista».

«Di idee?».

Ridacchiai. «No. Di quelle ne ho già abbastanza. Ho bisogno di una lista di chi va messo in riga nella regione».

«Okay». Sollevò gli occhi dalle tette di Willow al mio viso. «Me ne occupo io».

«Ottimo». Premetti il palmo sulla schiena dell'umana. «Hai qualcos'altro da riferire, Damien?».

«No». Si accorse del mio gesto possessivo e si allontanò di un passo dal mio animaletto. «Ti farò avere la lista il prima possibile».

«Bene». Seguii col pollice la spina dorsale di Willow e notai compiaciuto la pelle d'oca suscitata dal mio tocco. «Esamina anche le varie zone della regione e fammi sapere quale preferisci, così posso organizzare tutto quanto. Dopo che avremo finito con Silvano City, ovviamente». Non avevo nessuna intenzione di rifiutare la sua offerta di aiuto. Avrei avuto bisogno del suo supporto.

I vampiri davano molto valore alla lealtà.

Avevo voltato le spalle al nuovo ordine sociale, scegliendo di vivere sul confine tra due regioni in conflitto tra loro. Nessuno mi aveva mai dato fastidio, perché me ne stavo per conto mio. Ma rivendicare una posizione da reale, seppur temporanea, aveva cambiato tutto.

Non ero un ingenuo. Sapevo che alcuni non sarebbero stati d'accordo. E se volevano affrontarmi, erano i benvenuti.

C'era un motivo se Lilith aveva accettato la mia candidatura.

Dovevo solo assicurarmi che lo capissero anche tutti quelli che vivevano nella regione di Silvano.

Damien annuì. «Ti farò sapere quale zona preferisco, ma prima mi dedicherò alla lista dei tuoi oppositori. Sarà bella lunga».

«Lo so». I membri della mia specie adoravano le gerarchie e rispettavano l'anzianità. Tutto ciò di cui avevano bisogno era un promemoria del perché avrebbero dovuto inchinarsi a me. Avrei usato la lista di Damien come punto di partenza, mettendo pubblicamente al loro posto tutti quelli che si opponevano al mio governo. «Hai finito col panino, animaletto?».

Accarezzai di nuovo la schiena di Willow e sentii il suo battito accelerare.

«Sì, mio principe» rispose lei, rivolgendosi a me in modo formale.

Lanciai un'occhiata a Damien. «È una cosa a cui dovrò abituarmi?».

«Sì, mio principe» ripeté il mio migliore amico, scoccandomi un ghigno provocatorio. «Adesso sei un reale».

«Già, adesso sono un reale» mormorai. «In una società che non riesco a capire». Avevo assistito ad abbastanza situazioni da farmene un'idea generale, ma non conoscevo bene le norme che regolavano il comportamento degli umani.

Il che mi diede un'idea.

Afferrai il fianco di Willow e la feci girare verso di me, dando così le spalle a Damien. «Ora so come usarti».

Non incontrò il mio sguardo, perseverando nel suo atteggiamento sottomesso.

Mi irritava da morire.

«Willow, guardami quando ti parlo» le ordinai.

«L'hanno addestrata a non farlo» intervenne Damien.

Borbottai un'imprecazione. «Quando siamo in privato o in presenza di Damien, voglio che ci guardi. Al diavolo le regole». Le catturai il mento tra pollice e indice, costringendola a sollevare lo sguardo. «Va bene?».

«Sì, mio principe».

«Ecco, evita anche quello. Chiamami Ryder».

«Un'altra cosa che le hanno insegnato a non fare» mi

informò Damien. Sempre così utile. Beh, tecnicamente *era* un'informazione utile. Solo che non me ne importava nulla.

«Adesso puoi anche andare, Damien» gli dissi.

Lui alzò le spalle. «Sì, beh, ho del lavoro da fare».

«Già».

«Allora vado» reiterò con un sorrisetto, e finalmente uscì dalla cucina. Attesi finché non udii l'allarme attivarsi di nuovo, cosa che Damien fece premendo un pulsante accanto al cancello esterno. Poi riportai la mia attenzione su Willow.

«Mi aiuterai a imparare tutte le regole che sono attualmente imposte agli umani» la informai. «Presumo che tu abbia studiato anche la situazione politica corrente e le varie gerarchie, giusto?».

Mi guardò con un'espressione sconcertata. «Io… sì».

«Sai i nomi di tutti i reali e degli alfa dei clan?» insistetti. La maggior parte li conoscevo anch'io; quella domanda riguardava la sua capacità di stare al passo con me, in caso di necessità.

«Sì. Almeno quelli che erano al potere mentre frequentavo l'università».

«E hai finito nell'anno cento…?».

«Diciassette».

«Quest'anno, quindi» dissi. «Il che significa che sei stata rinchiusa nel campo solo per qualche mese, visto che non è passato molto dal Giorno del sangue». Un dettaglio che conoscevo soltanto grazie al mio recente soggiorno presso il clan Clemente. Il nuovo compagno di giochi dell'alfa era diventato un membro del branco in seguito al Torneo dell'immortalità.

Spalancò gli occhi. «Solo qualche mese?».

«Sì. Uno o due al massimo. Non ne sono certo, perché non ci sono mai stato».

«Ma sei un reale» obiettò. «Tutti i reali partecipano al Giorno del sangue».

«Quindi immagino dovrò andare al prossimo. Che fortuna» commentai con un tono piatto.

Schiuse le labbra, ma non ne uscì nulla, come se le avessi sottratto la capacità di ribattere. Bene. Non era di quello che volevo parlare.

«Dovrai insegnarmi tutto quello che sai sulle usanze correnti» dissi. Non perché avessi intenzione di rispettare quelle norme ridicole, ma perché volevo esserne a conoscenza. «In privato, mi chiamerai sempre Ryder. E mi guarderai in faccia quando ti parlo. Per farla breve, quando siamo insieme non si applica nessuna regola. Preferisco che tu sia chiunque tu sia, piuttosto che un burattino senza cervello».

La sua bocca mi ricordava quella di un pesce, e i suoi occhi erano ancora sgranati per lo stupore.

«Non è un'espressione particolarmente attraente, Willow» la informai. «Dovresti affascinarmi, ricordi? O hai perso tutta la voglia di vivere, quando Damien ha fatto la sua comparsa?».

Le sue narici si dilatarono, ma non disse nulla.

«Risposta sbagliata, animaletto». Le strinsi il fianco e la tirai verso di me, mentre le avvolgevo l'altra mano attorno alla gola.

Fiamme divamparono nelle sue profondità cristalline. «Come vuoi che ti risponda?».

«A parole».

«A parole» ripeté lei.

Le rivolsi uno sguardo minaccioso. «Parole creative».

«Parole creative».

Iniziai a stringere. Non molto, ma abbastanza per farle capire che i suoi giochetti non funzionavano con me.

«Attenta, Willow. La tua disobbedienza potrebbe avere conseguenze spiacevoli».

«Ma non è esattamente ciò che vuoi? Che sia disobbediente?» ribatté.

Parte della mia irritazione si dissolse. «Stai cercando di fare la furba?».

«Non ti capisco» disse lei. Le avvolsi un braccio attorno alla vita, stringendola a me, ma senza smettere di cingerle il collo con la mano opposta.

Era così bella e delicata.

Fragile, eppure forte.

«Mmm, sei davvero interessante, animaletto» la elogiai, decidendo di lasciar correre la sua precedente ricaduta nel condizionamento inflittole dalla società. Perché riuscivo a scorgere la combattente che si annidava sotto il suo atteggiamento remissivo. Dovevo solo convincerla a venire fuori a giocare. «Questo mondo è progettato per spezzare gli umani, il che rende la tua tenacia ancora più attraente».

«Ti stai complimentando con me perché voglio vivere?».

«Sì».

«Beh, forse non è così» suggerì lei. Ogni traccia di sottomissione svanì, travolta da un'ondata di ribellione.

«Io penso di sì, Willow». La lasciai andare lentamente e feci un passo indietro. «Sono convinto che tu non sia sopravvissuta così a lungo solo per arrenderti adesso. Ed è per questo che mi seguirai al piano di sopra come un bravo animaletto obbediente e lascerai che ti mostri la tua nuova stanza».

Avrei potuto tenerla nel seminterrato, ma avevo una camera riservata agli ospiti molto più confortevole e connessa alla mia. Finché non avesse provato di nuovo ad attaccarmi con un martello, le avrei permesso di stare lì.

«Hai finito con questo?» le chiesi, alzando il suo piatto.

«Sì» rispose, lanciando un'occhiata al mezzo panino rimasto. «Non… non sono abituata a pasti abbondanti».

L'ennesima conseguenza della sua programmazione. Invece di commentare, gettai il resto del cibo nella spazzatura e misi il piatto nel lavello. «Seguimi».

Non si mise a discutere.

Né cercò di afferrare un coltello dal blocco sul bancone della cucina, mentre ci passavamo davanti.

Si limitò a venirmi dietro. Salimmo le scale e percorremmo il lungo corridoio, raggiungendo la porta che si trovava proprio in fondo. La aprii, rivelando un salottino che collegava due camere da letto. Indicando quella a sinistra, spiegai: «Io dormo lì. Ti sconsiglio di entrarci, sempre che tu non abbia voglia di scopare». Poi la condussi nell'altra stanza e aggiunsi: «Tu starai qui».

C'erano un letto matrimoniale, due cassettiere, un comodino e una cabina armadio. Nonché un bagno privato. La camera dava su un balcone che circondava tutto il piano. La portafinestra, però, aveva dei sensori collegati. Se fosse uscita, l'avrei saputo subito. Essere al secondo piano avrebbe dovuto dissuaderla dal tentare la fuga, ma qualcosa mi diceva che ci avrebbe provato lo stesso.

Se l'avesse fatto, l'avrei catturata subito.

E poi l'avrei punita.

Fui sul punto di sorridere al solo pensiero. *Potrebbe davvero piacermi.*

Accesi la luce per permetterle di darsi un'occhiata in giro. Mi ero aspettato almeno un po' di entusiasmo, ma non sembrava neanche lontanamente colpita. Anzi, continuava a guardarsi attorno innervosita.

«A meno che tu non preferisca restare nel seminterrato?» suggerii, voltandomi verso di lei.

«Personalmente, penso che questa sistemazione sia un po' meglio».

«Sì, è… è carina». Aveva un tono incerto.

«Carina?».

«È…». Arricciò le labbra di lato, come se stesse frugando la mente alla ricerca del termine corretto. Rimasi in attesa, dandole il tempo di formulare qualsiasi cosa stesse cercando di dire. Ma invece di continuare a parlare, si avviò verso il bagno.

Incuriosito, la seguii.

Le luci si accesero automaticamente grazie a dei sensori di movimento, attivati dall'interruttore accanto alla porta della stanza. Lei trasalì e alzò lo sguardo sul soffitto, per poi sbirciare verso la doccia nell'angolo. Era ampia, pensata per almeno due persone, con un doppio soffione, il pavimento riscaldato e varie impostazioni per il getto.

Solo perché vivevo da solo, non vedevo il motivo di privarmi del lusso.

Willow si mordicchiò il labbro inferiore e poi si girò verso di me. «Non… non ho idea di come funzioni tutto questo. All'università c'erano i dormitori. Condividevamo il bagno. E non… i miei ricordi…». Rabbrividì e abbassò lo sguardo.

Mi avvicinai a lei. «Cosa c'è che non va?».

«Sono tutti annebbiati, confusi» ammise sottovoce. «Faccio fatica a ricordarmi del campo e di altre cose del mio passato».

«Capisco». Di solito, succedeva quando un umano mutava in un essere soprannaturale. Riuscivo a stento a ricordare i miei giorni da mortale. Certo, ero fottutamente vecchio, quindi c'era da aspettarselo. «Probabilmente è dovuto al fatto che hai bevuto il mio sangue».

I suoi occhi guizzarono verso i miei. «Cancella i ricordi agli umani?».

Ridacchiai. «No. Concede un'immortalità temporanea, che è il motivo per cui sei riuscita a guarire. Ma parte della transizione implica il dimenticarsi della propria vita mortale». Allungai la mano per giocherellare con una delle sue ciocche bionde, che si arricciavano all'altezza del seno. «Passerà. È che hai avuto bisogno di molta della mia essenza».

«Il sangue di vampiro concede l'immortalità agli umani?».

«Presumo che quello all'università non te l'abbiano insegnato» mormorai con una smorfia. «Non sia mai che queste cose si sappiano».

Quella era esattamente la ragione per cui Willow avrebbe potuto essermi utile. Finché avesse continuato a parlare liberamente, sarei stato in grado di sfruttare le sue conoscenze e la sua esperienza per modellare il mio approccio al nuovo mondo. Per uno strano caso del destino, la giovane donna ne sapeva più di me sulla società. Almeno fino a un certo punto. Lavorando insieme, avremmo potuto connettere tutti i pezzi.

«Vieni» le dissi, dandole un piccolo strattone giocoso ai capelli. «Ti mostro come usare la doccia e tutto il resto. Poi ti lascerò ad ambientarti». Damien mi aveva inviato dei documenti, e dovevo controllarli.

Giocare a fare il reale sarebbe stata una fatica non da poco.

Forse, alla fin fine, avrei davvero mantenuto il ruolo solo temporaneamente.

Sarebbe stato il tempo a dirlo.

A*mbientarmi.*

Non ero nemmeno sicura di cosa intendesse davvero con quel termine. Né di come reagire al fatto che mi avesse lasciata sola.

Se n'era andato.

Senza chiudere la porta a chiave.

Mi ci volle quasi un'ora prima di riuscire a fare un giro per la stanza. Credevo che sarebbe tornato, dicendomi che era stato solo uno scherzo crudele. Ma non accadde. Non ricomparve nemmeno quando decisi di farmi una doccia. O quando mi avvolsi in un asciugamano. O quando uscii sul balcone per ammirare il paesaggio immerso nel cielo notturno.

Un'infinità di stelle brillava sopra di me, e così la luna, non del tutto piena.

Rimasi con lo sguardo rivolto verso l'alto per svariati minuti. L'aria fresca era un concetto estraneo, che mi bloccò. Avevo mai vissuto un momento del genere? Uno in cui non sarei dovuto andare subito da qualche parte, in cui non avevo un mostro che mi sorvegliava e mi dava ordini, in cui non ero all'esterno solo per qualche esercitazione?

Frugai nella mia mente annebbiata e ne uscii a mani vuote.

Poi alzai di nuovo il viso al cielo, inspirando ed espirando lentamente.

Fu solo quando sentii un profumo di dopobarba portato dal vento che mi resi conto di non essere sola.

I peli sulle braccia si rizzarono, la gola mi si strinse. «Scusami, stavo… stavo solo…».

«Ammirando la notte?» terminò Ryder, uscendo dall'ombra e ritrovandosi illuminato dal chiarore lunare.

Poi alzai di nuovo il viso al cielo, inspirando ed espirando lentamente.

Fu solo quando sentii un profumo di dopobarba portato dal vento che mi resi conto di non essere sola.

I peli sulle braccia si rizzarono, la gola mi si strinse. «Scusami, stavo... stavo solo...».

«Ammirando la notte?» terminò Ryder, uscendo dall'ombra e ritrovandosi illuminato dal chiarore lunare. «Ti è permesso stare qui fuori, Willow». Trascinò un dito lungo il mio braccio. Il suo tocco era stranamente rassicurante e terrificante al tempo stesso.

È un vampiro. Ed è un reale.

Il che lo rendeva antico. Potente. Pericoloso.

Mi feci coraggio e mi costrinsi a voltarmi verso di lui. Avevo bisogno di guardarlo negli occhi. Erano un palese promemoria di quanto fosse letale. La freddezza del suo sguardo mi raggelò fin nel profondo dell'anima. Non era una persona di cui volevo fidarmi, anche se mi aveva offerto qualcosa che nessuno mi aveva mai concesso. Un attimo di pace.

«Mi sto preparando per andare a letto» mi informò con una gentilezza che mi sorprese. «Volevo solo assicurarmi che non avessi bisogno di qualcos'altro. Magari dell'altro cibo?».

Al solo sentirne parlare, mi si rivoltò lo stomaco. Il panino era ancora là, pesante come un macigno. «No, grazie». La risposta mi uscì così educata. Così tranquilla. Così... strana.

Sto parlando con un reale.

Perché diavolo sto parlando con un reale?

Man mano che passavano le ore, i ricordi avevano cominciato a riaffiorare. Non tutti insieme, solo qualche sprazzo della mia storia, inclusi momenti terrificanti e punizioni che avrei preferito dimenticare per sempre. Corsi che non avrei mai voluto frequentare. Esami che infestavano i miei incubi.

Una parte di me voleva inginocchiarsi ai suoi piedi. Era la parte obbediente e servile, quella che era stata addestrata negli anni a sottomettersi sempre e comunque.

Non guardare mai un superiore negli occhi.

Inchinati.

Implora.

Accontentalo sempre.

Rabbrividii. La mia esperienza nell'*accontentare* i licantropi era una di quelle che non avrei mai voluto ripetere. Fortunatamente, il campo era ancora un'immagine nebulosa. Forse per via delle droghe. O forse a causa del sangue di Ryder. In tal caso, probabilmente di lì a qualche ora mi sarei svegliata urlando.

«Ti sconsiglio di fuggire» disse piano Ryder. «Perché se non ti prendono i lupi, lo farò io. E nessuna delle due opzioni avrà un lieto fine per te». Mi sfiorò la guancia con le nocche, indugiando poi sul mio collo. «Ti ho messo dei vestiti sul letto. Sentiti libera di farci quello che vuoi».

E con quello mi voltò le spalle e sparì attraverso una portafinestra che doveva condurre alla sua camera. Non la chiuse, spingendomi a chiedermi se fosse stata aperta tutto il tempo. Oppure era uscito sul balcone passando dalla mia stanza?

La mia stanza, ripetei tra me e me, corrugando la fronte. Che concetto bizzarro. Io e Rae avevamo condiviso una stanza, o perlomeno era così che la definivano all'università. Era più che altro uno spazio ricavato in un enorme salone da delle pareti divisorie. I nostri letti erano accostati. Avevamo solo due piccole cassettiere per le nostre uniformi e nient'altro. Il bagno era aperto e condiviso, così come le docce. Ed erano usate indistintamente da maschi e femmine, un aspetto che nel periodo della pubertà iniziò a suscitare qualche disagio. Ma imparai presto a non dare peso alla nudità.

E Ryder mi aveva appena regalato dei vestiti.

La curiosità spinse i miei passi verso la mia stanza e le mie mani ad afferrare quello che mi aveva lasciato sul letto.

Una maglietta bianca che aveva il suo odore.

E un paio di pantaloncini sportivi troppo larghi.

Erano i tessuti più spessi che mi fosse mai stato concesso di possedere. Non usurati o traslucidi, ma veri e propri vestiti.

Chi sei?, pensai, turbata dal suo comportamento. *Perché stai facendo tutto questo?* Non avevo mai incontrato un reale, ma conoscevo bene la loro reputazione. Si divertivano a giocare col cibo, e i loro passatempi erano notoriamente crudeli.

Stava cercando di rabbonirmi? Di darmi un falso senso di speranza?

Se era quello il caso, avrebbe dovuto impegnarsi molto di più.

Sapevo che tutto quell'atteggiamento cavalleresco era una farsa.

Tutti i vampiri avevano sempre un secondo fine. Voleva che gli insegnassi le regole della società, ma dato che era un reale, sicuramente le conosceva già. Solo che non si stava comportando come un reale. Nemmeno la sua casa rispecchiava la sua carica. *Dove sono tutti i vigilanti? L'harem? Il personale umano?*

L'unica persona che avevo visto fino a quel momento era Damien, e lui corrispondeva molto di più alle mie aspettative. Eppure, anche il loro candore era un qualcosa di unico.

Oh, ma quando si erano messi entrambi a toccarmi, fui certa di essere appena diventata la cena. E invece di essere terrorizzata, mi ero sentita... *affamata*. Interessata.

Il che era così dannatamente sbagliato.

Ma anche previsto.

I vampiri erano le più seducenti creature della notte, avevano dei lineamenti perfetti e un fascino ipnotico. Quella combinazione letale contribuiva alla loro abilità nella caccia.

E io ne ero caduta vittima.

Mi ero quasi sporta verso Ryder, per indurlo a mordermi.

Solo che aveva detto di non essere pronto, il che implicava la sua intenzione di divorarmi in futuro. Usandomi al tempo stesso per ottenere le informazioni che gli servivano.

Scossi la testa. L'intera esperienza stava mutando in un cataclisma di pensieri confusi.

Avevo bisogno di riposare, sfruttare ciò che avevo a disposizione finché me lo avesse permesso e progettare un piano di fuga. Perché diventare la cena di Ryder non era tra i miei progetti per il futuro. Ma non potevo scappare finché non avessi avuto idea di dove fossi, e soprattutto di dove sarei andata.

Indossai gli abiti che mi aveva lasciato e mi infilai sotto le coperte, sul materasso troppo morbido. Mi misi a sedere e lo osservai, accigliata. Perché era così soffice? Dov'erano i bozzi? La dura lastra di cemento sottostante? Chi avrebbe mai potuto dormire in quel modo?

Piuttosto che provarci, tolsi le coperte e mi preparai un letto vero sul pavimento. Senza cuscino.

Oh, così era molto meglio. Più solido. Mi ricordava la mia casa precedente.

La vita che non vivevo più.

Un mondo che mi ero lasciata alle spalle.

Per un futuro che non riuscivo a comprendere.

Willow

T re giorni più tardi, non ero ancora riuscita a inquadrare Ryder.

«Vuoi che ti attacchi» dissi lentamente, osservando la sua posizione sul tappetino di gomma.

Eravamo nella sua palestra privata, circondati da una varietà di armi. Mi aveva dato un pugnale da usare per allenarci; un'idea sua, non mia. Proprio come tutto quello che avevamo fatto negli ultimi giorni.

«Voglio che ci provi» rispose. «Consideralo un test delle tue abilità. O preferisci che usi il termine "esame"? L'hai utilizzato un paio di volte, parlando dei tuoi corsi».

Quell'uomo era ossessionato dalla mia esperienza all'università. Non aveva alcun senso. Avrebbe già dovuto sapere quali corsi avevo frequentato, che voti avevo ottenuto e quali strade avrebbero potuto aprirmi.

Eppure, continuava a farmi domande come se non sapesse nulla del mondo in cui vivevamo. Faticavo a crederci, ovviamente, considerato che era un reale. Solo che non si comportava come quelli che avevo studiato. Viveva da solo, senza sicurezza né servitori. E mi chiedeva di fare un sacco di cose strane, come ad esempio allenarmi con lui.

«Tutti i miei esami coinvolgevano avversari umani» gli spiegai. «Non ho mai attaccato un superiore».

«Davvero?». Inarcò un sopracciglio. «Quindi la faccenda del martello era solo un modo per sedurmi, non per farmi del male?».

«Quello era diverso».

«In che modo?».

«Volevo scappare. Non era un esame».

«Vuoi scappare anche adesso?» chiese, camminando verso di me. I suoi occhi neri ardevano di malvagità. «È così che posso provocarti a lottare? Facendoti paura?».

Deglutii e barcollai all'indietro, solo per ritrovarmi con la schiena premuta sulla parete e un vampiro a petto nudo sempre più vicino. Cercai di sfrecciare verso destra, ma il suo braccio scattò, bloccandomi il passaggio. Poi ripeté il movimento anche dall'altro lato, intrappolandomi tra lui e il muro.

«È questo lo stimolo di cui hai bisogno, Willow?». Si sporse verso di me. Il calore del suo corpo premuto sul mio era una prospettiva allettante.

Era letale.

E stupendo.

Un predatore che aveva messo all'angolo la preda.

Una creatura dell'oscurità che non avrei mai dovuto ammirare.

Eppure, la sua vicinanza mi fece mancare un battito. Il suo respiro al profumo di menta era come un invito che aleggiava tra di noi.

Solo tre giorni prima, volevo combattere per sopravvivere. Poi mi aveva trattata con una gentilezza che non avevo mai provato. Mi parlava come se contassi qualcosa. Mi aveva nutrita, mi aveva dato un letto e dei vestiti.

Ogni sua mossa mi lasciava a bocca aperta.

Percepivo il pericolo che si annidava sotto la superficie, ma le sue azioni erano insopportabilmente anomale. Mi chiamava il suo animaletto, ma sembrava più un nomignolo affettuoso che una classificazione.

Premette il naso sulla mia guancia e tracciò una linea fino al mio orecchio. Quella delicata carezza mi fece venire le farfalle nello stomaco. Non sapevo come processare tutto quanto. Il mio corpo era sul punto di abbandonarsi al suo, ma la mia mente lo trattenne.

Era tutto un trucco. Le sue abilità da vampiro che avevano la meglio sulla mia ragione.

Non è un amante.

Non è un amico.

È il tuo avversario.

«Dovresti stuzzicare il mio interesse» mi ricordò dolcemente. Il calore del suo respiro mi solleticò il collo. «Questo atteggiamento timoroso non è particolarmente attraente, Willow».

Rabbrividii. Le mie labbra cercarono di formulare qualcosa, ma non ne uscì alcun suono. Cosa voleva che gli dicessi? Forse nulla. Quello che desiderava veramente era che lottassi. Avevo ancora il coltello stretto tra le dita, e le mie braccia erano libere, abbandonate lungo i fianchi.

Sarebbe stato facile attaccarlo.

Fargli del male.

Poi forse sarei riuscita a scappare.

Quello era il mio piano originario. Negli ultimi giorni l'avevo ignorato, perché avevo bisogno di tempo per abituarmi alla mia nuova situazione. Ma la confusione era ancora lì.

«So che stai avendo problemi a ricordare» mormorò. «Ti sei dimenticata anche come lottare?».

Non erano veri e propri problemi, era solo tutto avvolto dalla nebbia. Rammentavo ogni cosa, ma era come se attorno a ogni pensiero ci fosse un'impalpabile patina grigia, che gettava sulla mia memoria un alone onirico.

Le uniche esperienze che non riuscivo proprio a ricordare erano quelle relative alla permanenza nel campo. Doveva essere successo qualcosa di terribile. Qualcosa a cui non volevo pensare. Qualcosa che coinvolgeva dei fiammeggianti occhi verdi.

Mi concentrai invece sul tempo trascorso all'università, sulle lezioni che avevo seguito e sulle amicizie che avevo instaurato, richiamando tutto alla mente. Non erano ricordi perfetti, ma almeno erano lì, immersi nella nebbia bizzarra che mi infestava il cervello.

Ryder sospirò. «Se non vuoi allenarti, allora sarò costretto a mangiarti».

Riportai ancora una volta la mia attenzione sui suoi occhi ardenti. Aveva un'espressione tremendamente seria. Mi avrebbe morsa proprio lì, in quel momento, se non avessi fatto quello che mi aveva chiesto. La convinzione di cui era permeato il suo sguardo non lasciava alcun dubbio.

Non ero mai stata morsa da un vampiro.

E non volevo di certo iniziare in quel momento.

Le sue sopracciglia erano ancora sollevate, la sua pazienza si stava esaurendo in fretta.

Voleva che lottassi con lui? Bene. Ero io quella con un'arma. E le sue mani erano impegnate a reggerlo, appoggiate al muro, in quella sorta di gabbia corporea in cui mi aveva intrappolata.

Lo attaccai di scatto, scagliandomi verso di lui con il pugnale stretto in mano. Fece un salto all'indietro appena in tempo, ma la punta della lama riuscì comunque a graffiargli l'addome. Le sue labbra si stesero in un sorriso ferino.

«Ottima scelta» si complimentò. «Ancora».

Quell'uomo era completamente pazzo.

Forse tutta la faccenda dell'essere un reale era una bugia. Una fantasia perversa che si era creato in quel posto in mezzo al nulla. Continuavo a non avere idea di dove fossimo, tra l'altro. Tutta la geografia che avevo studiato era basata sulle regioni; non ci era mai stato spiegato dove fossero i campi e altre destinazioni del genere. Solo i vari territori e le loro capitali.

Ryder si accovacciò. La sua espressione esaltata era un chiaro invito a giocare.

Un invito che accolsi. Se fossi riuscita a fargli del male, anche solo un po', sarebbe stata l'occasione perfetta per fuggire. E, se non altro, mi sarei fatta un'idea più accurata delle abilità del mio avversario.

Considerai per qualche istante l'idea di lanciargli il pugnale, sfruttando quello che avevo imparato durante un corso dedicato esclusivamente alla lotta con i coltelli. Ma non volevo perdere la mia unica arma.

Così, schizzai dietro di lui, tentando di colpirlo alle spalle. Solo che lui si girò su se stesso, allungò una mano e mi catturò il polso. Piroettai sul posto, cercando di divincolarmi, ma la sua presa d'acciaio mi fece contorcere il braccio, costringendomi a lasciar cadere il coltello.

Cazzo.

Avrei dovuto lanciarglielo addosso.

Ma non c'era tempo per rimediare. Ryder stava già venendo verso di me, cercando di trovare un modo per soggiogarmi.

Mi torse il braccio dietro la schiena, ma io sfruttai lo slancio a mio vantaggio per girarmi e provare a colpirgli il ginocchio. Ryder schivò il mio attacco e reagì centrandomi dritta nello sterno.

Dannazione, è velocissimo.

All'università, Silas era stato il mio principale

avversario. A volte anche Rae. E nessuno dei due era nemmeno lontanamente paragonabile a Ryder.

Si muoveva con una precisione che avrebbe suscitato la mia ammirazione, se non fossi stata il suo bersaglio.

Sfuggii di nuovo alla sua presa e corsi verso la rastrelliera con le armi. Lo sentii ridacchiare alle mie spalle, una risatina che sfumò in un'imprecazione quando si accorse che avevo trovato degli shuriken, le stelle volanti dei ninja. Li lanciai entrambi verso il suo petto, ma lui riuscì a evitarli piegandosi all'indietro in un modo umanamente impossibile.

Restai talmente scioccata che mi bloccai, solo per essere sbattuta sul tappetino un secondo più tardi dal suo corpo massiccio. Cercai di liberarmi di lui sfruttando le mosse con cui ero stata addestrata, ma Ryder catturò i miei polsi con una mano e li immobilizzò sopra la mia testa. Poi avvolse il palmo opposto attorno alla mia gola. Mi osservò con aria pensosa, mentre mi contorcevo sotto di lui.

«Hai barato» mi informò. Il suo respiro era molto più regolare del mio. «Ti ho dato un coltello. L'hai perso».

Inspirai profondamente, poi risposi: «Non hai detto che non potevo prendere altre armi».

Sorrise. «No, è vero». Inclinò la testa di lato, accarezzandomi il collo col pollice. «Non è stata una performance orribile, Willow. A dire la verità, è andata meglio di quanto mi aspettassi».

Non sembrava esattamente un complimento. Non che un complimento sarebbe stato giustificato. Quanto ero durata contro di lui? Un minuto? Forse due?

Quasi ringhiai dalla frustrazione.

Poi si sistemò tra le mie gambe, e la mia frustrazione si trasformò in qualcosa di completamente diverso. Uno strano calore mi inondò le vene, partendo dal punto in cui i nostri inguini si toccavano. Il mio cuore assunse un ritmo irregolare.

Mi ha immobilizzata in una posizione di vulnerabilità, senza che possa fare nulla per liberarmi.

E la cosa lo eccita.

Mi si seccò la bocca. *Sono completamente in suo potere.*

«Devi mangiare di più, Willow». I suoi occhi scuri brillavano di una fame che rivaleggiava con la sua crescente erezione. «Ti aiuterà ad accrescere la massa muscolare e a riempire le tue curve». Il suo sguardo scese sulla mia bocca e poi ancora più in basso, sul tessuto che copriva il mio petto ansimante.

Avevo addosso i suoi vestiti: una maglia bianca e un paio di pantaloncini. Nessuno dei due lasciava molto all'immaginazione, specialmente quando l'eccitazione iniziò a impregnarmi le cosce.

È un cacciatore, pensai, inspirando profondamente. *Un vampiro. Un predatore racchiuso in un miraggio di perfezione.*

E tutta quella perfezione era premuta su di me. I suoi muscoli erano come un muro che troneggiava sul mio corpo.

I suoi occhi scuri tornarono infine sui miei. La consapevolezza che custodivano nelle loro profondità mi privò della capacità di pensare. Era in grado di annusare la mia reazione alla sua vicinanza. Poteva sentirla sfiorando col pollice il punto in cui il mio collo pulsava. Sapeva di essere in vantaggio in ogni modo possibile.

Non ero nulla di fronte alla sua superiorità.

"No" era un termine che non avrei mai potuto pronunciare in sua presenza. Non senza essere immediatamente punita.

Eppure, una parte di me dovette ammettere che non l'avrei rifiutato, a prescindere dalle regole imposte dalla società. La sua presenza minacciava i miei sensi, rendendomi difficile anche solo pensare.

Fu per quel motivo che mi ci volle qualche istante per accorgermi dell'allarme che risuonava attorno a noi. L'ululato della sirena era riuscito a malapena a penetrare nei miei pensieri, finché Ryder non balzò in piedi e si affrettò a raggiungere uno dei suoi pannelli di controllo.

Ne aveva uno in ogni stanza, inclusa quella degli ospiti. Il giorno prima avevo provato ad armeggiare con quello presente nella mia camera, ma non riuscii ad attivarlo. Giunsi alla conclusione che potevano essere usati solo da lui.

«Mmm» mormorò, scorrendo le immagini del sistema di sicurezza che popolavano lo schermo. «Abbiamo compagnia». Mi guardò. «Sai usare una pistola?».

«No». Agli umani non era permesso maneggiare quel tipo di armi. Solo bastoni e pugnali. Una delle tante cose che avrebbe dovuto sapere.

«Allora più tardi dovremo rimediare» disse, poi digitò sul pannello un codice che fece aprire la parete lì accanto.

La stanza che rivelò mi lasciò di stucco. Era un'enorme armeria. Il martello impallidiva al confronto di tutto quello che si trovava lì dentro. Ryder non scherzava, quando mi aveva detto che al piano di sopra c'erano delle armi migliori.

Wow.

Vantava diverse file di coltelli, pistole, granate e una varietà di altri strumenti letali. Ryder girò a sinistra, uscendo dal mio campo visivo.

Mi costrinsi ad alzarmi in piedi, intenzionata a seguirlo. Ma il pannello attirò la mia attenzione. Lo schermo mostrava uno sfondo viola su cui si muovevano delle sagome giallo-arancio. Mi ricordò gli scanner termici che avevo studiato all'università durante un corso sulla sicurezza. Lo scopo del corso era dimostrare tutti i modi in cui gli umani venivano osservati e "protetti". In realtà, era un modo per dissuaderci dalla fuga. Perlomeno io, Rae e Silas l'avevamo interpretato così.

«Quanti?» mi chiese Ryder dall'interno dell'armeria. Quando mi voltai verso di lui, lo trovai intento a osservarmi dalla soglia. Non sembrò importargli che stessi controllando il filmato. Anzi, ne sembrò compiaciuto.

«Nove» risposi, supponendo che volesse conoscere il numero di macchie giallo-arancio presenti nella schermata che stava esaminando prima.

«Dodici» mi corresse, sparendo di nuovo nella stanza segreta. «Ma ci sei andata vicino» aggiunse.

Osservai il pannello corrugando la fronte. «Dove sono gli altri tre?».

«Stanno arrivando da ovest» rispose.

«Da ovest?» ripetei, cercando di individuarli nelle varie schermate presenti sul monitor. Ce n'erano sei e coprivano la proprietà da varie angolazioni.

«In alto a destra» disse, tornando con una pistola in mano. La usò per indicare l'immagine sul pannello, poi la assicurò alla cintura, dove ce n'erano già altre due.

Strizzai gli occhi per individuare le sagome che aveva scorto. Aggrottai le sopracciglia, accorgendomi di una leggera sfumatura sullo sfondo viola. «Cosa sono?». Non erano dello stesso colore delle altre. «Perché questi intrusi sono così sbiaditi?».

«È l'età» rispose. «Va' a prendere un po' di coltelli. Ti serviranno».

Non era un buon segno. Volevo chiedergli cosa stesse succedendo, ma entrò di nuovo nell'armeria prima che potessi aprir bocca.

Così, feci come mi aveva ordinato e mi diressi verso la parete della palestra dov'erano appese le armi che usava per allenarsi. Erano strumenti concepiti per il combattimento corpo a corpo, molto diversi da quelli che si trovavano nell'altra stanza.

Afferrai tutti i pugnali che riuscii a trovare e anche due shuriken. Ne nascosi uno nella parte posteriore dei pantaloncini, tenendo invece il secondo in mano. Nell'altra stringevo già due coltelli.

Non molto efficiente, pensai. Nel frattempo, Ryder fece di nuovo la sua comparsa. Indossava un gilet nero, intonato ai pantaloni. Sotto era ancora a torso nudo, lasciando in mostra le sue braccia muscolose. Si gonfiarono minacciosamente quando infilò un pugnale nella cintura colma di scomparti. Mi ricordava quelle che usavano i vigilanti, solo molto più sofisticata.

Stavo per chiedergliene una anche per me, ma le parole mi morirono in gola quando colsi il bagliore oscuro che gli illuminava lo sguardo.

«Se entrerai lì dentro senza il mio permesso, te ne farò pentire» disse, avvicinandosi a me. Poi catturò il mio mento tra le dita e mi costrinse a guardarlo. «E se ti dovesse venire in mente di usare quelle armi su di me, stanotte, scoprirai come amo usare i coltelli. Capito?».

«Sei tu quello che mi ha detto di attaccarti» gli ricordai. Non era il momento di discutere, ma la mia mente esausta non poté evitare di rispondergli per le rime. Tutto quello che faceva era contrario alle regole.

Non avrebbero dovuto essere i suoi vigilanti a occuparsi degli intrusi? Garantire la sicurezza di un reale non era la loro principale responsabilità?

Ryder è davvero ciò che dice di essere?

Mi fulminò con lo sguardo. «Non è il momento di fare la furba».

«Ti sto solo facendo notare che continui a cambiare le

tue stesse regole». Rendendomi impossibile capire cosa aspettarmi da lui.

«Allora impara a comprendermi meglio» replicò, stringendo la presa sul mio mento. «Quegli stronzi vogliono uccidermi. È per questo che sono qui. Se vuoi sopravvivere, ti consiglio caldamente di fare ciò che ti dico».

«Cosa vuoi che faccia?».

«Voglio che mi aiuti a farli fuori».

«Come?».

«Proteggendo l'interno» mormorò, allentando leggermente la presa. «E cerca di non morire. Non ho ancora finito con te».

Che fortuna, pensai, sospirando mentalmente.

«Grazie ai miei protocolli di emergenza, la corrente andrà via tra circa sessanta secondi» aggiunse. «Va' a cercare un buon nascondiglio prima che accada. Se qualcuno che non sono io ti dovesse toccare, accoltellalo. Okay?».

Una parte di me voleva dargli una risposta sarcastica, ma le sagome che si muovevano sullo schermo mi fecero rivalutare la mia posizione e annuire. «Okay».

«Brava» mormorò, posandomi un bacio sulle labbra che mi fece correre un brivido lungo la schiena. «Buon divertimento».

Ryder

Gli stronzi pensavano di potermi cogliere di sorpresa. Se non mi fossi sentito così insultato, mi sarei messo a ridere.

Strisciai sul tetto della mia casa, attento a rimanere nell'ombra. Il sistema di sicurezza era scattato circa quaranta secondi prima, avvolgendo la proprietà nelle tenebre. Ma non poteva fare niente per la luna che brillava alta nel cielo.

Quegli idioti desideravano una morte prematura. Si stavano avvicinando da tutti i lati, rendendomi difficile scegliere una posizione. Alla fine optai per l'angolo di fronte ai tre che emettevano la minor quantità di calore corporeo. Erano quelli più anziani. I vampiri non diventavano più freddi col passare del tempo; semplicemente, avevamo bisogno di meno sangue per sopravvivere. E i miei scanner termici avevano colto quell'aspetto, che mi era utile per capire con chi avessi a che fare prima ancora di trovarmelo davanti.

Erano tutti sicuramente più giovani di me, comunque, a meno che Kylan non avesse deciso di farmi inaspettatamente visita. Da quello che ricordavo, però, aveva un cervello. Di conseguenza, non si sarebbe mai trovato lì.

Roteai il collo e rilassai le spalle, poi mi sistemai accanto al fucile da cecchino che tenevo lassù proprio per occasioni del genere. Ne avevo sette, tutti in punti diversi e rivolti in direzioni opposte.

In una posizione come la mia, non si era mai troppo preparati.

Quando mi ero ritirato in quella tenuta, invece di assumere un ruolo di comando, avevo fatto incazzare più di qualche vampiro. Ma la maggior parte aveva rinunciato a tentare di punirmi per le mie azioni. Quindi quei bastardi dovevano essere lì per un motivo diverso.

Okay, Imbecille Numero Uno, vediamo un po' dove ti trovi.

Il mio mirino aveva anche l'opzione per la visuale notturna, permettendomi di spiare il mio bersaglio da cinquecento metri di distanza. E quello era precisamente il motivo per cui avevo installato l'impianto di sicurezza lungo il confine. Mi dava il tempo di prepararmi, e non sarebbe stato possibile udire gli allarmi in lontananza, nemmeno con le orecchie di un licantropo.

Controllai la zona alla ricerca dell'Imbecille Numero Due e dell'Imbecille Numero Tre.

Si erano sparpagliati, impedendomi di poterli fare fuori in sequenza. Il che significava che uno o due di loro sarebbero potuti svanire dopo il primo sparo.

Aspettai mezzo secondo, misurando la distanza tra le loro traiettorie, poi centrai con un proiettile il cranio dell'Imbecille Numero Due. Sarebbe sopravvissuto, seppur con un brutto mal di testa. Ma non si sarebbe svegliato per almeno un'ora, dandomi così il tempo di liberarmi degli altri in maniera più definitiva. E al suo risveglio l'avrei interrogato.

L'Imbecille Numero Uno si gettò a terra, proprio come mi aspettavo. Premetti il grilletto per assicurarmi che ci rimanesse per sempre, poi mi concentrai sull'Imbecille

Numero Tre. Anche lui si era accucciato sull'erba; la mancanza di alberi nella mia proprietà rendeva difficile nascondersi.

Cinque.

Quattro.

Tre.

Due.

Sparai anche a lui, prevedendo facilmente in che direzione avrebbe tentato di fuggire.

Quelli erano i più anziani del gruppo. Mi erano rimasti nove vampiri più giovani con cui giocare.

Usare il fucile aveva rivelato la mia posizione, privandomi dell'effetto sorpresa, ma ne era valsa la pena: avevo abbattuto chi avrebbe potuto rappresentare il pericolo maggiore.

Rimanendo accucciato, mi spostai lungo il bordo del tetto per raggiungere una delle scalette improvvisate che avevo ricavato dal muro di mattoni. Qualche rapido passo più tardi, i miei stivali toccarono il suolo.

Non persi tempo a guardarmi attorno. Anche se i vampiri avessero corso, non avrebbero mai fatto in tempo a essere già lì.

Mi diressi qualche metro più a destra, verso una delle botole che circondavano la casa. La aprii e mi calai nel tunnel sottostante. L'intera proprietà giaceva su un labirinto sotterraneo, costellato di entrate segrete a cui si poteva accedere solo con l'impronta del mio pollice.

Forse avrei dovuto far venire qui Willow, pensai, richiudendo la botola sopra di me. Poi mi accigliai.

Da quando cercavo di proteggere gli altri?

Scossi la testa e iniziai a correre verso il punto in cui il mio sistema di sicurezza aveva individuato il gruppo di intrusi più numeroso. Era probabile che si fossero già separati, ma avrei potuto coglierne qualcuno alla sprovvista, grazie ai ricordini che avevo lasciato in giro per il cortile.

Qualche minuto più tardi, rallentai il passo e infine mi fermai accanto a uno dei pannelli, per valutare la situazione.

Due intrusi avevano già raggiunto la porta d'ingresso.

Altri tre stavano facendo il giro della casa, verso l'entrata posteriore.

Uno era in piedi accanto al confine esterno, immobile. Forse non aveva più voglia di giocare. Sarebbe stata una decisione saggia.

Uno era a meno di tre metri dalla mia posizione. Si era bloccato, probabilmente perché aveva percepito la mia presenza.

Lo ignorai, concentrandomi invece su Willow. La trovai in soggiorno, con la schiena premuta contro una parete. Era chiaramente all'erta, e il suo corpo aveva assunto una postura difensiva. Aveva scelto di nascondersi in piena vista, con due vie di fuga disponibili, entrambe illuminate dalla luce della luna che entrava dalle finestre.

Brava, pensai, poi mi misi a scandagliare la proprietà in cerca degli ultimi due intrusi.

Là. Sorrisi. Erano a circa un chilometro dalla casa. *Venite un po' più vicino*, li esortai, avvicinando le dita al pannello di controllo e selezionando alcune opzioni.

Su. Un altro paio di passi.

Bravo, così.

Perfetto, anche tu.

Tre... due...

Premetti un pulsante e ridacchiai tra me e me quando l'esplosione fece tremare l'intera struttura. I miei tunnel sarebbero stati al sicuro, dato che il raggio dell'esplosione era limitato all'area in cui erano appena entrati gli intrusi, lontano dal mio rifugio sotterraneo. Ma i due vampiri erano morti o gravemente feriti, in base alla loro vicinanza al punto in cui era detonato il mio ordigno.

Bene, me ne restavano sette.

Quello più vicino a me aveva ricominciato ad avanzare, facilitandomi il compito.

Sfruttando il mio pannello, attivai una trappola per orsi presente nella sua traiettoria. Quando ci finì dentro, sorrisi. Le sue conseguenti urla di dolore erano musica per le mie orecchie. L'unico modo per uscirne era perdere un arto. Oh, alla fine sarebbe ricresciuto, ma non abbastanza in fretta da salvarlo da me.

Il trio dietro casa accorse nella mia direzione, perché l'idiota sopra di me stava urlando che mi trovavo nelle vicinanze.

Sì, da questa parte, li incoraggiai. Una vecchia canzone mi si affacciò alla mente; iniziai a mormorarla tra me e me. Nessuno componeva più musica del genere. Le arti cinematografiche erano morte con la civiltà umana. Un vero peccato, perché adoravo quel tipo di intrattenimento. I licantropi ne erano appassionati, e a volte giravano qualche film, ma non era la stessa cosa.

Cominciai a ballare sulla melodia che avevo in testa, osservando sul monitor i cretini che stavano andando esattamente dove volevo. Con una piccola giravolta, attivai un altro esplosivo e ridacchiai di nuovo quando ci finirono dritti sopra.

«Grazie di aver partecipato» mormorai, incurante di essere udito o meno dal coglione di sopra. «Chi vuole farsi avanti adesso?».

Continuando a canticchiare lo stesso motivetto, esaminai le varie schermate presenti sul pannello di controllo e trovai gli altri due vampiri. Erano già all'interno della casa e stavano andando verso Willow. L'Intelligentone, quello rimasto vicino al perimetro, era sparito dalla proprietà. L'avrei rintracciato più tardi, seguendone l'odore.

Prima dovevo liberarmi degli ultimi due pagliacci rimasti.

La tensione che traspariva dal corpo di Willow mi rivelò che li aveva sentiti arrivare. Sperai che riuscisse a trattenerli finché non li avessi raggiunti.

Avrei proprio dovuto lasciarla in un posto più sicuro.

Perché mi importa?, mi domandai, iniziando a correre nella sua direzione. La conoscevo a malapena. Eppure, una parte di me l'aveva rivendicata.

Willow mi affascinava in un modo, come dire, rinfrescante. Era obbediente, ma al tempo stesso insolente. Dal punto di vista della società, era tutta sbagliata. Il che la rendeva perfetta per me.

Percepivo anche il suo odio innato per la mia specie e il desiderio di fuggire dalla vita che le era stata imposta. In più, dentro di lei si celava una guerriera determinata a sopravvivere. Che avesse anche un odore molto appetibile e delle splendide curve non guastava.

Oh, e i suoi occhi.

Mmm, sì, in quei pozzi cristallini nuotavano una miriade di emozioni trattenute. Volevo distruggere le sue barriere e liberare il vulcano che ribolliva sotto la superficie, ma stavo aspettando il momento giusto per farlo. E nel frattempo continuavo a trastullarmi con i nostri giochetti.

Doveva essere per quello che mi stavo precipitando verso di lei.

Non avevamo ancora finito, e se quei bastardi mi avessero portato via il mio nuovo animaletto non li avrei soltanto uccisi. No, avrei annientato le loro stesse anime, prima di gettarli tra le grinfie dell'eterna consolatrice.

Raggiunsi la botola del seminterrato in tempo record,

poi accesi il pannello di controllo per farmi un'idea della situazione.

Gli intrusi si erano divisi. Ignorai quello al secondo piano e seguii con lo sguardo quello al primo. Stava per voltare l'angolo dietro cui si nascondeva Willow.

L'aveva trovata immediatamente; il suo odore era come un faro nella notte per l'olfatto di un vampiro.

Ma non aveva potuto vedere i suoi coltelli.

Gliene lanciò uno con una precisione notevole, colpendolo dritto al petto. Poi mirò al suo collo con una delle stelle, centrandolo anche con quella.

Ben fatto, commentai, colpito. Ma le sue azioni attirarono l'attenzione del secondo predatore, che si precipitò giù dalle scale alla ricerca del suo compagno e di lei.

Aprii la botola del seminterrato col sangue che mi ribolliva nelle vene al solo pensiero che potesse raggiungere la mia Willow.

Il suo ansimare mi penetrò nelle orecchie, mentre il suono di un ringhio maschile risuonava tra le pareti.

Entrai nella stanza e la trovai intenta a duellare col vampiro. La sua tecnica era perfetta, ma non poteva competere con la forza soprannaturale di lui. Uno degli shuriken era conficcato nel muro, il che significava che le era rimasto soltanto un pugnale.

«Maledetta!» gridò il vampiro. Seguì il suono di un osso che si spezzava, che mi fece correre un brivido gelido lungo la schiena. L'urlo di dolore di Willow mi spinse ad agire.

Senza nemmeno rifletterci sopra.

Afferrai la pistola, mirai, sparai. Il proiettile lo colpì in testa, costringendolo a lasciarla andare.

Ma non era una punizione sufficiente.

Camminai verso di lui e gli piantai altri tre proiettili nel cranio. Poi due nel collo. I raggi lunari che entravano dalla finestra illuminarono il coltello di Willow, che giaceva sul pavimento. Riposi la pistola e lo raccolsi, per poi usarlo per decapitare il vampiro.

L'altro tizio ricevette lo stesso trattamento, e solo quando ebbi finito mi resi conto che il suono violento che mi tormentava le orecchie proveniva dal mio stesso petto.

Stavo ansimando.

Ero assetato di sangue.

Furioso.

Willow si era rannicchiata per terra e si cullava il braccio mordendosi il labbro inferiore, cercando di non piangere. *La mia piccola guerriera.*

Lasciai cadere il pugnale, poi mi diressi verso il mio animaletto tremante e mi inginocchiai accanto a lei. Quando allungai la mano verso il suo braccio, trasalì e cercò di sottrarsi al mio tocco. La sua sofferenza era palese. «Ssh, non ho intenzione di farti del male. Fammi vedere».

Rabbrividì, ma fece ciò che le avevo chiesto.

Il bastardo le aveva rotto le ossa dell'avambraccio, probabilmente torcendole il polso nel tentativo di farle mollare il coltello.

Sapevo benissimo che sarebbe guarita. E dovevo uscire ad assicurarmi che i vampiri che avevo abbattuto non si svegliassero mai più. Ma non riuscivo a lasciarla.

Così mi sedetti per terra accanto a lei e mi morsi il polso. Poi glielo portai alla bocca, dicendole: «Bevi».

I suoi occhi cercarono i miei. Le lacrime trattenute a stento li facevano brillare nella penombra; era un'immagine che non volevo vedere mai più.

«Adesso, Willow» sbottai, incapace di permetterle di soffrire anche solo un altro secondo.

Lei deglutì visibilmente, arricciando il naso per il disgusto. Ciò nonostante, obbedì e premette le labbra sulla mia ferita. La prima leccata fu un piccolo movimento esitante, tutto il contrario di quello che volevo. Aprii la bocca per istruirla, ma lei iniziò a succhiare prima ancora che potessi esortarla a farlo.

Un basso gemito vibrò lungo il mio braccio. Bere il mio sangue sembrava piacerle. Una rivelazione che mi rallegrò. Con la mano libera, le infilai le dita tra i capelli e la tirai delicatamente verso di me.

Il suo corpo si abbandonò sul mio. Teneva ancora il braccio ferito premuto sul petto, mentre io le cingevo la vita col mio, sostenendola.

Stringerla mi sembrava la cosa giusta da fare. Era un gesto così affettuoso. Così reale.

Cosa mi sta succedendo?, mi chiesi. Non ero un tipo da coccole.

Decisi di ignorare la stranezza della situazione, scegliendo invece di accettarla. Mi assicurai che si prendesse tutto il sangue che le serviva. Avrebbe accelerato la sua guarigione, proprio come era successo una settimana prima.

«Presto sentirai una sensazione di formicolio nel braccio» le dissi dolcemente. «È così che capirai che l'osso sta guarendo. Bisogna che lo sistemiamo correttamente e che resti nella stessa posizione per tutta la durata del processo. Poi dovrebbe tornare alla normalità nel giro di qualche ora, o anche meno». Il mio sangue era antico, la mia immortalità consolidata. Di conseguenza, un umano ubriaco della mia essenza sarebbe guarito molto in fretta.

Le accarezzai i capelli, notando al tempo stesso il sangue che mi macchiava la pelle.

Oh, beh. Avremmo comunque avuto bisogno entrambi di una doccia.

Dopo qualche minuto, scostai il polso dalle sua labbra. «Dovrebbe essere sufficiente».

Non rispose, limitandosi a guardarmi con aria sognante.

La sua espressione felice mi strappò un sorriso. «Sì, decisamente».

Per tutta risposta, mormorò qualcosa di incomprensibile.

«Mi piaci in questo stato» commentai tirandomela in grembo. Sospirando, lasciò cadere la testa sul mio petto. Il suo corpo era completamente rilassato. «Potrei farti qualsiasi cosa, e qualcosa mi dice che approveresti, se solo ti dessi un po' più di sangue».

Le mie parole non ebbero alcun effetto su di lei, confermando la mia supposizione.

«Il processo di guarigione potrebbe turbare la tua beatitudine» la avvertii. «La ricostruzione di un osso è molto più dolorosa della frattura originaria».

Almeno non era una ferita da arma da fuoco. Riprendersi da quelle era un incubo, come stavano sperimentando i vampiri stesi in cortile. Prima del loro risveglio, dovevo assolutamente occuparmi di loro e scovare l'ultimo intruso rimasto. Quello abbastanza intelligente da fuggire.

«Ti farò calare temporaneamente in uno stato onirico» sussurrai a Willow. «Sarai al sicuro e ti riprenderai più velocemente».

Mormorò di nuovo, ma non suonava come una protesta.

Mi alzai con lei tra le braccia e andai verso il divano. La misi in una posizione comoda, poi le sistemai l'avambraccio in modo che le ossa potessero guarire correttamente.

Willow non fece nessuna smorfia, né si lamentò. La sua mente era persa in un sogno estatico, regalo del mio sangue. La sua euforia sarebbe sfumata con l'inizio del processo di guarigione, ma per il momento mi guardava con un'espressione soddisfatta che avrei voluto replicare in camera da letto.

Mi chinai su di lei e le posai un bacio sulla tempia, immergendola in un sonno profondo che l'avrebbe aiutata ad affrontare quello che la aspettava. Le mie premure erano un modo per scusarmi, per quanto non ne comprendessi appieno la necessità. Se l'avessi protetta meglio, non si sarebbe fatta male. Eppure, al tempo stesso, avevo bisogno di sapere come avrebbe reagito a una situazione pericolosa.

«Cosa devo fare con te, animaletto?» le chiesi per la milionesima volta, sconcertato dallo strano attaccamento che si stava creando tra di noi. Certo, prima o poi sarebbe passato. Ma per il momento ne ero intrigato.

Scossi la testa e la lasciai riposare. Avevo ancora un po' di vampiri da decapitare.

Willow

Degli occhi verdi mi stavano perseguitando. Degli occhi verdi dallo sguardo intenso e ardente, che mi ricordavano qualcosa che non riuscivo ad afferrare.

Un altro sogno?

Un ricordo sinistro?

Non riuscivo a capirlo. Qualcosa mi trascinò di nuovo nella realtà, facendo svanire il lampo di consapevolezza che mi aveva sfiorato la mente. Una tregua che accettai volentieri; non ero pronta ad avventurarmi nel periodo più oscuro del mio passato.

Qualcosa che riguardava…

«Willow». La voce si intromise tra i miei pensieri, richiamando la mia attenzione e allontanandomi dalle esperienze che volevo dimenticare.

Aprii gli occhi. Tutte le luci erano accese. Lui era in piedi davanti a me, con i capelli bagnati e un asciugamano avvolto attorno alla vita.

Nient'altro.

Tutta quella perfezione mi fece seccare la bocca e rese la mia lingua assetata di un altro tipo di assaggio.

Ecco il motivo per cui i vampiri erano così pericolosi. Erano splendidi. Seducenti. Letali. Avrebbe potuto spezzarmi il collo con la facilità con cui l'altro mostro mi aveva spezzato il braccio, e prosciugarmi fino all'ultima goccia. Avrebbe potuto farmi cadere in ginocchio senza sforzo, solo grazie al suo fascino. E lo sapeva bene.

«Ti senti meglio?» mi chiese, abbassando lo sguardo sul mio avambraccio.

Lo guardai anch'io e corrugai la fronte. Era completamente guarito.

«Per quanto tempo sono stata incosciente?».

«Circa sei ore». Mi aiutò a rotolare sul fianco, poi si sedette sul divano accanto a me. «Come nuovo» mormorò, sfiorandomi il braccio con le dita.

Cos'ha che non va questo vampiro? Le sue azioni e le sue parole mi confondevano. Erano praticamente l'opposto di quello per cui mi aveva preparata l'università.

All'epoca, i licantropi e i vampiri spezzavano spesso le ossa agli umani, costringendoli poi a soffrire per tutto il periodo della guarigione. Era un promemoria del loro potere su di noi e un modo per mettere in riga chiunque osasse oltrepassare i limiti.

Stando alla mia esperienza, la morte non rientrava tra le loro punizioni più crudeli.

La tortura poteva fare molto più male. E costringere le loro vittime a sopravvivere col ricordo di quello che avevano passato era il castigo supremo.

Eppure Ryder mi aveva curata. *Due volte.*

Non aveva alcun senso. I reali prendevano tutto ciò che volevano. Erano delle creature feroci. Ma nonostante Ryder emanasse la stessa violenza, mi trattava come un qualcosa di prezioso. Non un semplice spuntino.

I suoi occhi scuri catturarono i miei. Le sue dita risalirono lungo il mio collo, posandosi sul punto in cui il mio battito era più percettibile. «Cos'è che ti innervosisce così tanto?» chiese, chinandosi a sfiorarmi la guancia col naso in un atteggiamento decisamente animalesco.

Perché non è umano.

«Hai un odore inquieto» mormorò. «È per via del braccio? Ti fa male?».

«No, è che... mi hai guarita...» farfugliai. Gli avevo detto la prima cosa che mi era passata per la mente, ma non sapevo come continuare.

Scostò il viso dal mio e mi guardò negli occhi. La sua vicinanza era come una torrida carezza per i miei sensi. «Sì. Hai voglia di ringraziarmi?».

Il modo in cui lo disse mi fece venire la pelle d'oca. Avevo una mezza idea di come voleva che esprimessi la mia gratitudine.

La sua mano mi risalì lungo la gola e andò a posarsi sulla mia guancia. «Hai ancora male?».

Scossi lentamente la testa.

«Bene» sussurrò. «E i tuoi ricordi come stanno?».

Il suo respiro al profumo di menta offuscò l'atmosfera, avvolgendo i miei sensi in un abbraccio seducente. Sarebbe stato così facile assaggiarlo; le sue labbra erano a pochi centimetri dalle mie.

Smettila, mi rimproverai. *È pericoloso.*

Ripensai al modo in cui aveva ucciso i due vampiri nel suo soggiorno, a quanto furono precise e brutali le sue azioni. Non ci aveva pensato due volte, accecato com'era dalla rabbia.

Ed era esattamente ciò che avrebbe fatto a me, non appena si fosse stancato della mia presenza.

No, la mia morte sarebbe stata anche peggiore. Mi avrebbe prosciugata con un morso, riprendendosi il sangue che mi aveva concesso e anche tutto il resto.

Tremai al solo pensiero.

«Sono ancora annebbiati?» chiese Ryder, insistendo con le sue domande sulla mia memoria.

«Sì» ammisi. «Come se avessi passato tutta la vita a sognare, finché non mi sono svegliata nel tuo seminterrato».

«Uhm...». Mi accarezzò lo zigomo col pollice, per poi tornare sul mio collo. «Sembra che tu abbia avuto una reazione avversa al mio sangue, o forse ha a che fare con le droghe che ti hanno dato al campo. O magari è una combinazione di entrambi». Il suo sguardo cadde sulle mie labbra. «Cercherò di trovare al più presto una spiegazione».

Lo fissai con un'espressione stupita. «Perché?» gli chiesi, anche se quello che volevo davvero sapere era perché gli importasse.

«Perché posso» rispose. «E tu sei il mio animaletto. Voglio sapere cos'è successo ai tuoi ricordi. È un segnale che la programmazione ha fallito, un qualcosa che la società troverebbe affascinante».

Adesso mi pento di averglielo chiesto, pensai, deglutendo a fatica.

«Non preoccuparti, mia dolce Willow. Non lascerò che nessuno ti tocchi. Tu sei mia». Mi sfiorò le labbra con un bacio, come aveva fatto nella sua palestra. Un bacio rapido. Rovente. Colmo di promesse.

«Cosa sono per te?» gli chiesi, cercando il suo sguardo. «Com'è classificato il mio ruolo nel tuo mondo?».

«Sei il mio animaletto» disse, con l'ombra di un sorriso che gli increspava le labbra. «Posso giocare con te e accarezzarti quando e quanto mi pare, e in cambio ti terrò al sicuro».

«Perché?». All'università non avevamo mai discusso la categoria di "animaletto", e qualcosa mi diceva che Ryder l'aveva appena inventata. Un po' come tutto il resto. *Che sia davvero un reale?*, mi domandai per l'ennesima volta, confusa dal suo atteggiamento.

La sua bocca incontrò di nuovo la mia, indugiando per un lungo istante. Poi ripeté: «Perché posso». Quelle due parole mi infiammarono il corpo, risvegliando un'emozione proibita che non sapevo come gestire.

Per ventidue anni avevo rifiutato di concedermi anche solo un briciolo di speranza. Fino al Giorno del sangue, quando fui praticamente certa di diventare una vigilante. Nel momento in cui il magistrato aveva annunciato il mio destino, il mio cuore si era frantumato in un milione di pezzi. Una delusione straziante mi aveva travolta, tingendo l'intera esperienza coi colori di un incubo.

Ricordavo tutto perfettamente, nonostante avessi l'impressione che fosse successo un secolo prima.

La speranza era un'emozione pericolosa, la felicità era ancora peggio. E non avevo nessuna intenzione di permettermi di provarle ancora.

Ryder non voleva tenermi con sé. Non voleva proteggermi. Voleva solo giocare con me per qualche minuto, salvo poi gettarmi via per nuova carne fresca.

«Perché ci sono undici corpi senza testa nel tuo vialetto?» si intromise una voce profonda, che fece sorridere Ryder sulle mie labbra. Dopo un ultimo bacio si raddrizzò, pronto ad accogliere il maschio dai capelli scuri che stava entrando in soggiorno.

Damien.

Ma non era stato lui ad attirare la mia attenzione, bensì il punto in cui era morto uno dei vampiri. Specificatamente, il tappeto bianco che era di nuovo immacolato, esattamente come il resto della stanza.

Non solo Ryder si era fatto una doccia, ma si era occupato anche di riordinare.

«Perché il dodicesimo intruso ha ancora la testa attaccata al collo, nel mio seminterrato» rispose a Damien. Rabbrividii, sia per l'immagine evocata dalle sue parole, che per il suo palmo, volato a stringermi il fianco. Il suo pollice risalì lungo il mio torace, fermandosi appena sotto il mio seno.

«Capisco». Damien si infilò le mani in tasca e si avvicinò al divano. «Ho interrotto la cena?».

«No, ho finito una sacca di zero positivo giusto dieci minuti fa». Ryder continuò ad accarezzarmi, con un atteggiamento possessivo che mi confondeva. Mi faceva venire voglia di stringermi a lui e al tempo stesso di scappare via. Il mio conflitto interiore mi faceva battere forte il cuore, mentre il mio corpo si stava trasformando in fuoco liquido sotto la sua mano.

Non sapevo come gestire l'incendio che mi divampava dentro.

Non sapevo come gestire *lui*.

«Perché ti stai privando di una bella dose di A negativo?» chiese Damien. Ricordarmi della sua presenza mi aiutò a malapena a domare le fiamme.

A negativo era il mio gruppo sanguigno. Per quanto fosse nel mio fascicolo, ero abbastanza sicura che non fosse quello il motivo per cui lo sapeva.

«Perché si sta riprendendo» mormorò Ryder, riportando la sua attenzione su di me. Il suo palmo scivolò lungo il mio fianco. Sia il suo tocco che il suo sguardo erano come dei marchi impressi sulla mia pelle. E il tono della sua voce lasciava intendere che presto mi avrebbe morsa.

Rabbrividii, elettrizzata e spaventata.

Damien sbuffò. «È quello che hai detto anche l'ultima volta».

«Si sta riprendendo di nuovo» replicò Ryder, alzando

gli occhi su Damien, ancora in piedi accanto al divano. «C'è qualcosa che vorresti dirmi, vecchio amico?».

L'amico in questione non fece una piega. «La femmina è un problema».

«Perché non l'ho ancora mangiata?».

«No. Perché non ha alcun diritto di essere qui, e gli altri non lo apprezzeranno. Inoltre, non è tua».

Ryder inarcò un sopracciglio. «Adesso sono un reale. Non dovrei avere la libertà di infrangere qualche regola?».

«Sei *temporaneamente* un reale. E sai benissimo cosa farà Lilith non appena lo scoprirà».

Quindi è davvero un reale, pensai. *Un reale molto strano.*

«Lilith può anche succhiarmelo» ribatté Ryder, facendomi spalancare gli occhi.

Nessuno aveva mai osato parlare della Dea in quel modo. Eppure Ryder lo fece come se nulla fosse, e il suo tono suggeriva quanto disprezzasse la regina indiscussa della nostra società. Se un umano avesse detto una cosa del genere, sarebbe stato ucciso all'istante.

«Non me ne frega un cazzo di tutte queste regole inventate» continuò, stringendo la presa sul mio fianco. «E non c'è niente di temporaneo nel mio nuovo ruolo. Quindi o ti adegui, o puoi anche levarti di torno».

Damien sospirò. «Mi hai chiesto tu di farti da consigliere. Sto solo facendo il mio dovere».

«Considerami consigliato, e considera il tuo consiglio ignorato».

«Bene».

«Bene». I due vampiri si fissarono con astio per qualche istante, poi la presa di Ryder si allentò, e la sua postura tornò di nuovo rilassata. «Vuoi conoscere il dodicesimo intruso?».

«Come si chiama?».

«Non gliel'ho chiesto. Ma è stato l'unico che ha cercato

di scappare, motivo per cui l'ho lasciato in vita. Originariamente volevo giocare con uno dei vampiri più anziani, ma dopo aver notato la capacità di ragionamento del Numero Dodici, ho cambiato idea».

Damien inarcò un sopracciglio. «Ma certo. Quindi ne deduco che abbia ancora la lingua?».

Ryder ridacchiò. «Su, lo sai che non sono del tutto un mostro».

«Il macello che c'è nel vialetto dice tutto il contrario».

«Lo considero più un atto di carità che quello di un mostro. Il loro contributo intellettuale alla società era chiaramente limitato, visto che hanno deciso di attaccarmi». Ryder fece spallucce. «Dubito che qualcuno sentirà la loro mancanza».

«Temo che chiunque li abbia assoldati non sarà d'accordo con te» gli fece notare Damien.

«Intendi Janet? Sì, beh, lei potrebbe non averla presa bene. Ma presto porrò fine alle sue sofferenze».

«È stata Janet a mandarli?».

«Sì, almeno stando a quello che ha detto il nostro amico nel seminterrato. Mi ha anche dato i nomi di altri tre vampiri che l'hanno appoggiata».

«Ah, un bel chiacchierone» commentò Damien.

«Già». Ryder sorrise. «Sentiti libero di andare giù a conoscerlo. Poi dovremo discutere i prossimi passi. Gli abitanti di quella che presto diventerà Ryder City hanno bisogno di una bella lezione sulle gerarchie».

«Sì, sembra proprio di sì» concordò Damien.

«Allora mi aiuterai a pianificare tutto?».

«Certo».

Il sorriso di Ryder si allargò. «Ottimo. Buon divertimento con Numero Dodici».

«È quello il nome che hai scelto per lui?».

«È la versione abbreviata» spiegò Ryder.

Damien ridacchiò. «Okay, allora ti farò sapere se *Numero Dodici* ha qualche altra informazione utile».

«Perfetto. Ma non ucciderlo».

«Vuoi farne un esempio?».

«A volte ho l'impressione che tu mi legga nel pensiero» mormorò Ryder.

«A volte» confermò Damien, poi mi guardò. «Verrà anche lei a Silvano City?».

Anche Ryder spostò la sua attenzione su di me, e i suoi occhi scuri mi incendiarono la pelle.

Mi sentii improvvisamente così *sua*.

Il solo pensiero mi fece stringere le cosce, mentre nel mio stomaco guizzò un fuoco proibito. Sapevo benissimo che desiderarlo era una condanna a morte. Ma il mio corpo si rifiutava di dare ascolto alla ragione. La mia reazione era dovuta all'addestramento che mi era stato imposto, che rispecchiava le gerarchie sociali.

Ryder era il cacciatore.

E io la sua preda.

«Sì» mormorò dopo un lungo istante. «Se guardi il video di quello che è successo in soggiorno poco più di sei ore fa, scoprirai perché. Ha un talento speciale per i coltelli». Tornò con lo sguardo sul suo amico. «Tutti si aspetteranno che sia debole, visto che è un'umana. Una convinzione che potrò sfruttare a mio vantaggio».

«Sarà ancora più sottovalutata se la considereranno un membro del tuo harem» disse Damien, facendomi correre un brivido lungo la schiena. Parlava di me come se fossi un oggetto da usare e riassegnare dove necessario; un riassunto sorprendentemente accurato della mia vita.

«Il mio harem?». Il divertimento flirtò con i lineamenti di Ryder. «Ah, giusto. Ho ereditato i giocattoli di Silvano, immagino».

«Già».

«E chi li sta proteggendo in questo momento?».

«Garland» rispose Damien.

Ryder grugnì. «Il che significa che se li sta scopando».

«Probabile».

«Fantastico». Ryder riportò la sua attenzione su di me. Le sue pupille si dilatarono quando il suo sguardo calò sul mio seno, per poi risalire lentamente sul mio viso. «Willow sarebbe una deliziosa aggiunta al mio harem».

«Assolutamente. Ma ha bisogno di un guardaroba adatto».

Ryder annuì. «Giusto. Occupatene tu». Le fiamme oscure che gli danzavano nello sguardo si fecero ancora più brillanti, rivelando il vampiro famelico che si celava sotto la sua splendida maschera.

Feci del mio meglio per non rabbrividire.

Unirmi all'harem di un vampiro era in fondo alla mia lista dei desideri, appena qualche gradino più in alto dei campi per la riproduzione.

Ma l'idea di condividere il letto di Ryder non sopì la mia eccitazione. Motivo in più per combatterla con tutte le mie forze. Il suo interesse nei miei confronti sarebbe stato solo temporaneo, dopodiché mi avrebbe passata a qualcun altro.

E poi a un altro ancora.

Condannandomi a un'esistenza di schiavitù sessuale, in attesa che un vampiro mi uccidesse, accidentalmente o meno.

La sua mano si avventurò sul mio viso, dove le sue nocche accarezzarono dolcemente la mia guancia. «Non avere paura, animaletto» sussurrò. «Mi accerterò che ti diverta anche tu».

Damien sbuffò. «Non parlarle in quel modo davanti a nessun altro. È un giocattolo, Ryder. Tienilo a mente».

Aveva ragione. I vampiri non consideravano gli

umani come dei pari. A loro non interessava che fossimo feriti, spaventati o morenti. Eravamo cibo. Oggetti sessuali. Creature schiavizzate per soddisfare i loro bisogni.

Ma Ryder non mi aveva trattata così. Anche in quel momento, continuava ad accarezzarmi dolcemente il viso. «Vorrai farti una doccia. Poi mangiare qualcosa».

Damien sospirò rumorosamente. «Bene, come ti pare. Io sarò di sotto con Numero Dodici».

Ryder continuò a ignorarlo, incatenando i miei occhi ai suoi. «Domani ti insegnerò come sparare».

«Oh, quello sì che andrà alla grande» udii Damien borbottare in lontananza.

«Poi ci concentreremo sul migliorare le tue tecniche di combattimento» continuò Ryder, incurante del commento di Damien. «Te la cavi bene, ma tutto quello che ti è stato insegnato aveva come scopo far fuori un umano. Come hai visto prima, la mia specie è diversa. Siamo più forti e più veloci. Ma anche i vampiri hanno dei punti deboli. Ti spiegherò come sfruttarli».

«P... perché?» balbettai. Non aveva alcun senso. Aveva voluto che gli raccontassi dei miei corsi, nonostante avesse già accesso a quelle informazioni. E adesso aveva intenzione di aggiungermi al suo harem e insegnarmi delle strategie riservate ai vigilanti.

«Perché sarai la mia piccola guerriera segreta» rispose, con gli occhi che gli brillavano. «L'alleata che nessuno si aspetta».

«Alleata?».

«Non mi sarà facile ascendere». Mi accarezzò i capelli, seguendo con lo sguardo il movimento delle dita. «Alcuni vogliono farmi fuori, come hai potuto sperimentare in prima persona. E tu, mio dolce animaletto, mi aiuterai a massacrarli tutti».

La preda diventa il cacciatore, pensai, rimuginando sugli ultimi sviluppi.

Com'ero arrivata a quel punto? Com'era possibile che fosse quello il mio destino? Quanto a lungo mi avrebbe tenuta con sé? Sarei morta al suo fianco? A causa sua?

Sarei morta ancora più in fretta, senza di lui?

Mi si rivoltò lo stomaco. Voleva allenarmi a uccidere altri vampiri. Forse avrei potuto sfruttare quelle conoscenze per difendermi. Per scappare. Per essere finalmente libera.

E andare dove?

Non ne avevo idea.

Ryder si alzò dal divano e mi porse la mano. «Vieni, è ora che tu ti faccia una doccia. Poi ti preparerò un po' di petto di pollo, visto che fatichi a digerire quello che cucino di solito. Tranquilla, lavoreremo anche su quello».

Quel vampiro mi turbava, eppure mi resi conto che il mio palmo si stava sollevando per incontrare il suo. Un'ondata di calore mi pervase il braccio, irradiandosi dal punto in cui le nostre mani si toccarono. Mi tirò in piedi, posandomi poi l'altra mano sul fianco per tenermi in equilibrio.

«Hai seguito anche delle lezioni sulle arti del sesso, vero?» mi chiese, spostando il palmo sulla mia schiena. Il mio petto trovò il suo torso nudo. Il suo calore era come una morbida coperta che mi avvolgeva i sensi.

«Sì» sussurrai. Avevo la bocca improvvisamente secca.

«Bene» rispose, lasciando andare la mia mano e accarezzandomi il viso. «Dovrai sfruttare il tuo addestramento, quando saremo a Silvano City. Perché ho intenzione di trarne il massimo vantaggio». Premette le labbra accanto alla mia bocca, per poi farle scivolare verso il mio orecchio. «Cerca di usare questa settimana per prepararti al meglio, Willow. Non sono un amante facile. E valuterò le tue tecniche».

Mi si rivoltò lo stomaco. Le sue parole mi gettarono in un oceano di calore e furia.

Volevo mettermi a discutere e al tempo stesso gettarmi ai suoi piedi.

La mia stessa reazione mi sconcertò, lasciandomi senza parole. Un silenzio che Ryder interpretò come consenso.

Mi condusse su per le scale senza aggiungere altro. Il suo palmo era un promemoria rovente premuto sulla mia schiena.

Avevo una settimana per capire cosa fare.

Una settimana prima di dover dare una dimostrazione delle mie abilità in camera da letto.

E se era come gli altri reali, non intendeva solo con lui. Era risaputo che condividessero il loro harem con altri funzionari di alto rango.

Sarei stata in grado di farcela?

Ero preparata?

Il mio addestramento si sarebbe rivelato sufficiente?

Quando entrammo nella mia stanza, le mie gambe iniziarono a tremare. Un'occhiata al letto mi fece stringere le cosce. Non per paura, ma alla prospettiva di quello che Ryder aveva intenzione di farmi.

Non è questo che voglio, mi dissi. Ma quella voce suonava così debole. Impreparata. Terrorizzata.

Perché una parte di me sotto sotto lo voleva. Ed era quella che mi spaventava più di qualsiasi altra cosa.

«Spogliati» disse Ryder, spingendomi in bagno. Invece di guardarmi mentre lo facevo, però, si concentrò sulla doccia.

Quella pausa fu una benedizione. Mi concesse di prendere fiato.

Poi mi ricordai della sua richiesta, e il calore pervase di nuovo la mia pelle.

Non avevo scelta se non obbedire, il che non era un

problema. La nudità non mi dava alcun fastidio. Ma volevo nascondere le prove della mia eccitazione.

Lo sa già, ricordai a me stessa. *Può sentirne l'odore.*

Decisi di smetterla di pensarci sopra e farlo e basta. Così mi sfilai sia la maglia che i pantaloncini, ignorando la vergogna che mi suscitavano le mie reazioni contraddittorie. Non avevo nessuna intenzione di concedergli anche quella vittoria. Anche se non ero sicura di quale gioco stessimo giocando. O se fosse davvero un gioco.

Mise la mano sotto il getto e annuì. «L'acqua è pronta». Poi si voltò e il suo sguardo rovente mi accarezzò dalla testa ai piedi, indugiando tra le mie cosce. «Bisogna che ti depili prima di partire. Ti troverò un rasoio».

«E se decidessi di non farlo?» gli chiesi. Sentivo il bisogno di opporre resistenza, nonostante non riuscissi a identificarne il motivo. Mi sembrava naturale sfidarlo. Almeno un po'.

Invase il mio spazio personale con un sorrisetto stampato in faccia. Il suo avvicinamento mi costrinse a indietreggiare, andando a sbattere contro il mobile con i due lavandini. Ryder afferrò il marmo a entrambi i lati dei miei fianchi, ingabbiandomi col suo corpo.

«Allora me ne occuperei io, Willow». Trascinò il naso lungo la mia guancia, fino a posare le labbra sul mio orecchio. «Ti sfido a disobbedirmi, animaletto. Sono sicuro che punirti mi piacerà». Mi morse bruscamente il lobo, poi aggiunse: «Adesso fa' la brava e lavati. Quando avrai finito, ti porterò un po' di cibo».

Ryder si staccò da me sorridendo, raccolse i miei vestiti e li annusò con fare teatrale. «Mmm» mormorò con tono di approvazione, ammirando il mio corpo per la milionesima volta da quando ci eravamo incontrati. «Non vedo l'ora di assaggiarti, Willow». Si voltò verso la porta, poi si bloccò per un istante, lanciandomi un ultimo avvertimento da dietro la spalla: «Una settimana, animaletto. Una settimana».

Mentre se ne andava, le mie ginocchia cedettero. Mi appoggiai al mobile col cuore che mi batteva all'impazzata.

Una settimana, ripetei a me stessa. *Cazzo*.

Ryder

Una settimana più tardi

«C'è bisogno che ti dica cosa succederà se proverai a scappare, quando saremo a Silvano City?» chiesi a Willow, allacciandole la cintura. Eravamo sul mio jet, seduti uno accanto all'altra.

Avevo scorto il barlume di un piano attraversarle lo sguardo per tutta la settimana, mentre ci stavamo allenando. Aveva un talento naturale per le pistole e aveva imparato in fretta tutte le mosse di combattimento che le avevo insegnato. In più, aveva dimostrato di avere una buona resistenza nella corsa.

Ma non sarebbe mai riuscita ad avere la meglio su di me.

E avevo bisogno che se ne rendesse conto.

Potevo quasi sentire le rotelle che le giravano nel cervello, mentre rimuginava sulla mia domanda. Alla fine, cedette con un secco «No». Perché sapeva cosa le avrei fatto se avesse tentato di fuggire, e non sarebbe stato piacevole per nessuno dei due.

«Bene» risposi, sistemandomi al mio posto e incontrando lo sguardo di Damien, seduto di fronte a me. Teneva un giornale in grembo e il suo abito era una replica esatta di quello che avevo deciso di indossare io. Con l'unica eccezione che lui aveva abbinato al suo una cravatta, mentre io avevo lasciato il collo scoperto.

«Mi piace il suo vestito» gli dissi. Era il mio modo per ringraziarlo, visto che era stato lui a scegliere il guardaroba di Willow.

«Lo so». Prese il bicchiere di whisky che gli aveva appena portato l'assistente di volo e bevve una lunga sorsata. «Ma non mi sembra ancora ben calata nella parte».

Corrugai la fronte. «Ha addosso un abito nero praticamente trasparente e i tacchi a spillo. I capelli sono acconciati alla perfezione. Cos'altro potremmo fare?». Il mio cazzo si era messo sull'attenti non appena era uscita dalla sua stanza, mezz'ora prima, ed era ancora mezzo duro. Perché con quel vestito Willow era incredibilmente attraente. E il fatto che l'avessi desiderata per tutta la settimana non aiutava.

D'altro canto, quel giochetto estenuante mi stava piacendo. Durante le nostre lezioni, avevo percepito diverse volte il suo interesse. In particolare quando la bloccavo sul pavimento.

Mi voleva, non avevo dubbi al riguardo. Avrei potuto prenderla in quel momento e si sarebbe sottomessa senza battere ciglio. Ma trovavo molto allettante la prospettiva di sentirla implorare. E non era ancora arrivata a quel punto.

«È troppo rigida» fece notare Damien, mentre il jet iniziava a muoversi. Il pilota era un vecchio amico, una delle poche persone di cui mi fidavo. La sua voce risuonò dall'interfono con un orario di arrivo previsto, poi ci portò in posizione per il decollo.

Mentre il jet si librava nell'aria, mi misi a studiare Willow. Aveva le spalle contratte e il battito accelerato. «È la prima volta che voli?» le chiesi.

Lei annuì, conficcando le unghie nei braccioli.

«Vedi, è solo nervosa per il viaggio» dissi a Damien. Non condividevo la sua preoccupazione. «Appena saremo atterrati, si calmerà».

Mi lanciò un'occhiata frustrata. «È troppo rigida in generale. I membri di un harem adorano il loro reale, bramosi di farsi mordere. Lei ti sfiora a malapena. Gli altri vampiri lo noteranno e si chiederanno il perché, che è l'esatto opposto di quello che vuoi, se lei deve essere il tuo piccolo segreto. Non l'hai nemmeno marchiata, Ryder».

Serrai la mascella, registrando le sue osservazioni. Non avevo molta esperienza con la mentalità dell'harem, dal momento che si trattava di un'istituzione appartenente al nuovo mondo. Ma Damien non aveva tutti i torti, soprattutto riguardo le reazioni di Willow nei miei confronti.

Oltre al suo palese interesse, percepivo in lei anche una certa paura. Pensavo fosse dovuta alle sue esperienze al campo per la riproduzione, ma mi aveva detto che non ricordava nulla del tempo trascorso coi lupi. Considerando tutte le droghe che le avevano somministrato, probabilmente non l'avrebbe mai fatto.

Afferrai il mio drink e lo gustai con calma, riflettendo su come gestire la situazione.

Willow necessitava di un'introduzione a ciò che ci si aspettava da lei.

E non avevamo più molto tempo.

Avrei avuto anche l'opportunità di controllare le sue parti intime. Grazie al vestito impalpabile, avevo visto che si era rasata proprio come le avevo chiesto. Ma volevo accertarmi che avesse fatto un lavoro accurato.

«Okay». Posai il bicchiere e guardai Willow. «Vieni con me, animaletto».

Mi slacciai la cintura e mi allungai per fare lo stesso

con la sua, ma lei rimase immobile. Il suo terrore permeava la cabina.

«Visto?» borbottò Damien.

«Sì». Aveva ragione. Così non avrebbe mai funzionato. «Ci penso io».

Damien fece un vago cenno d'assenso con la mano, senza aggiungere altro. La mia attenzione tornò su Willow.

«Alzati e seguimi» le dissi. «O possiamo farlo qui. Con Damien».

I suoi occhi azzurri guizzarono sui miei. Mi fissò a bocca aperta, cogliendo la minaccia che non mi ero preoccupato di nascondere. Se non voleva obbedire, l'avrei punita. E avrei usato Damien per farlo.

«La settimana scorsa ti ho detto quali erano le mie intenzioni» le ricordai. Mi riferivo alla conversazione durante la quale l'avevo avvertita di voler sfruttare il suo addestramento in ambito sessuale, una volta arrivati a Silvano City. «È il momento di mettere alla prova le tue capacità. Quindi scegli, Willow. Preferisci farlo qui, o nell'intimità della camera da letto sul retro?».

Avevo bisogno che fosse pronta, una volta atterrati, il che ci dava meno di quattro ore per rimediare alla sua "rigidità".

«Hai tre secondi per decidere, animaletto».

Quando il mio conto alla rovescia raggiunse l'uno, si costrinse ad alzarsi dal sedile. «Peccato» commentò Damien con un sorrisetto.

Lo ignorai; la mia attenzione era tutta per Willow. «Ottima scelta» dissi dolcemente, alzandomi anch'io e facendo strada verso il retro del jet. Damien sarà anche stato deluso, ma non volevo che fosse coinvolto. Willow era il mio animaletto, non il suo.

L'odore della sua paura mi seguì fino alla porta della stanza situata nella parte posteriore del jet. Quando vide il letto che ci aspettava oltre la soglia, il suo terrore aumentò a un livello vertiginoso. Il mobile occupava praticamente tutta la camera, lasciando spazio solo per due comodini. L'unica porta, oltre a quella di ingresso, conduceva a un bagno privato con un box doccia.

Mi voltai e notai il tremore che le scuoteva le membra. Era in equilibrio precario sui tacchi a spillo, e i movimenti del jet di certo non aiutavano. Ma riuscì comunque a restare in piedi.

«Chiudi la porta» le dissi, sfilandomi la giacca e posandola sul letto.

Obbedì, abbassando lo sguardo sul pavimento in una perfetta dimostrazione di sottomissione. Il suo addestramento stava prendendo il sopravvento, scacciando il suo lato ribelle e rimpiazzandolo con un'insopportabile arrendevolezza.

Mi avvicinai a lei, costringendola a indietreggiare verso la porta, e posai i palmi sul legno ai lati della sua testa. Lasciai tra noi solo lo spazio di un respiro, forzandola a prendere atto della mia presenza.

«Willow» mormorai. «Guardami».

La vidi deglutire a fatica, nervosa come non mai. Il suo battito impazzito era un invito quasi irrinunciabile. Ma le concessi un momento per ricomporsi. Quando i suoi occhi si alzarono per incontrare i miei, sorrisi internamente.

Ecco la mia piccola guerriera, pensai, cogliendo il lampo d'ira che le illuminò lo sguardo. Odiava ciò che l'aveva resa la società. Quel risentimento era una crepa nella sua programmazione, una breccia che avevo tutte le intenzioni di sfruttare.

Feci scivolare il ginocchio tra le sue cosce. Gli spacchi dell'abito le risalivano fino ai fianchi, permettendole di aprire le gambe senza che nulla potesse ostacolarla. Era un vestito pensato per fornire un facile accesso, e... oh, se lo faceva.

I suoi capezzoli si inturgidirono sotto il tessuto. Quei piccoli boccioli rosati erano come il canto di una sirena per la mia lingua famelica.

Ma era la sua bocca ciò che mi affascinava di più. Il modo in cui le sue labbra si schiusero in un'espressione sorpresa e compiaciuta, mentre mi spingevo nel suo spazio personale.

«Sei mai stata con uno della mia specie?» le chiesi dolcemente, chinandomi per trascinare il naso sulle sue guance arrossate. Aveva un odore meraviglioso. Mi sentivo come se il suo sangue stesse invitando la mia bestia interiore a rubarne un assaggio.

«No». Le uscì in un sussurro impercettibile, che ai più sarebbe sfuggito, sovrastato dal rombo del jet. Ma io lo udii forte e chiaro.

Le premetti le labbra sull'orecchio e risposi: «Allora considerala la tua iniziazione». Ci sarei andato piano, dandole quel tanto che bastava per abituarla ai miei metodi.

Tremò quando la mia bocca le accarezzò la gola. Sentivo il suo cuore battere a un ritmo forsennato. Spinsi con più forza la coscia tra le sue gambe, premendo sul punto che desideravo esplorare con la lingua.

«Se dovessi esagerare, dimmelo» mormorai. «Basta che mi chiami "mio principe", e finirà tutto. A meno che non siamo in pubblico. In quel caso, dovrai chiamarmi Ryder».

Damien mi aveva fatto presente che agli umani non era permesso rivolgersi ai loro superiori chiamandoli per nome, il che sarebbe stata la copertura perfetta per allontanare Willow, nel caso ce ne fosse stato bisogno.

«Cos'è che finirà?» chiese Willow, stringendo i pugni.

«Qualsiasi cosa stia accadendo» promisi, trascinandole

il naso lungo il collo. Un gesto che provocò i sensi di entrambi. «Non sono umano, Willow. Ho passioni oscure. Ma non voglio farti del male. Se così fosse, vorrei saperlo. Va bene?». Certo, un po' di dolore non mi sarebbe dispiaciuto, se fosse stato mescolato al piacere. Ma era qualcosa che avrei esplorato più in là, quando avessi compreso pienamente i suoi limiti.

«E per fermarti basta che dica il tuo nome».

«Quando siamo in pubblico, sì. Quando siamo da soli, invece, otterrai lo stesso effetto chiamandomi "mio principe"». I miei denti le accarezzarono la gola, indugiando sul punto in cui il suo battito pulsava impetuoso, smaniosi di perforare la sottile membrana per raggiungere l'ambrosia sottostante. Ma prima avevo bisogno di assicurarmi che fossimo sulla stessa lunghezza d'onda. «È tutto chiaro?».

«Sì». Nel suo tono c'era una nota di esitazione, che mi rivelò come non avesse ancora afferrato del tutto quello che stavo cercando di dirle. Probabilmente perché era stata addestrata a non dire mai di no. Avremmo rimediato insieme a quell'idiozia.

«Come vuoi chiamarmi in questo momento?» le chiesi, per testare i suoi limiti.

«Ryder».

Sorrisi. «Sicura? Saremo chiusi qui dentro per le prossime quattro ore. Le cose che potrei farti sono infinite, tesoro».

«Le farai con o senza il mio consenso» rispose con un tono vagamente astioso, che me lo fece diventare ancora più duro.

«Oh, Willow. Non devi acconsentire verbalmente, per darmi il permesso» la informai dolcemente.

Mi scoccò un'occhiata irritata. «È questa la tua scusa?».

«No, è la mia spiegazione. Lascia che te lo dimostri».
Le piazzai un bacio a bocca aperta sul collo, strappandole
un fremito. Ma invece di morderla, le afferrai i fianchi e
indietreggiai verso il letto, tirandola con me. Mi seguì
vacillando sui tacchi, senza staccare nemmeno per un
istante gli occhi dai miei.

Che bravo animaletto, pensai, soddisfatto. «Adesso mi
siederò, e tu ti metterai a cavalcioni su di me».

Per quanto mi fosse piaciuto ingabbiarla contro la
porta, dubitavo che le sue gambe sarebbero riuscite a
reggerla, nel corso della nostra piccola lezione. Sedersi
sarebbe stato più facile per entrambi.

Scivolai sul letto finché il bordo del materasso non colpì
la parte posteriore delle mie ginocchia e tenni i piedi ben
piantati per terra. Poi la trascinai tra le mie cosce
spalancate. Il tremore suscitato dalla mia vicinanza
confermò le obiezioni di Damien.

Ero stato così ossessionato dall'idea di insegnarle a
difendersi, che mi era completamente sfuggita
l'importanza di prepararla sessualmente.

Se avesse agito in quel modo davanti agli altri, non
l'avrebbero considerata nient'altro che cibo. Per quanto
essere il membro di un harem non rappresentasse chissà
quale privilegio, almeno sarebbe stata etichettata come un
oggetto di mia proprietà. E nessuno avrebbe mai toccato la
proprietà di un reale senza permesso.

Scesi con una mano verso la sua coscia e le strizzai il
muscolo. «Metti la gamba sul letto».

Fece come le avevo detto. Le sue guance assunsero un
colorito più intenso quando lo spacco dell'abito fece il suo
dovere, regalandomi una splendida visuale della sua pelle
diafana. Il tessuto semitrasparente copriva ancora la parte
che non vedevo l'ora di divorare. Mmm, il pensiero di

spalancarle le cosce mi spinse a stringerle con foga anche l'altra gamba.

«Adesso questa» le dissi. La aiutai a sollevarsi da terra per soddisfare la mia richiesta, poi la guidai verso il punto in cui la desideravo, con il suo sesso rovente premuto sulla cerniera dei miei pantaloni. «Tirati su la gonna, Willow. Voglio sentirti tutta».

Un guizzo di ribellione le attraversò lo sguardo, per poi svanire nel giro di un istante. Segretamente, speravo che mi sfidasse. Ma la determinazione le rilassò i lineamenti, mentre con le dita si affrettava a sollevare l'abito, adagiandolo sui fianchi.

«Più in alto» la esortai. Ero curioso di vedere se fosse bagnata quanto mi aspettavo.

Willow rabbrividì. I suoi occhi lasciarono i miei per un attimo, concentrandosi sul vestito, che sollevò fin sopra l'addome. Le posai una mano sulla schiena per sostenerla e mi chinai all'indietro, per ammirare la sua carne rosata in tutto il suo splendore.

Mmm, sì, ha fatto proprio un bel lavoro con quel rasoio. Ero quasi geloso. La prossima volta l'avrei rasata io stesso. E poi l'avrei assaggiata. Solo la vista di tutto quel luccichio mi faceva venire l'acquolina in bocca. Ma quel giorno non avevo abbastanza tempo per godermela appieno, purtroppo. Poco male; l'avrei introdotta ai piaceri dei rapporti con i vampiri in modo diverso.

«Questo è il motivo per cui non ho bisogno che tu dia voce al tuo consenso» le dissi. «Sei tutta bagnata per me, Willow. Ma ti sfido a chiamarmi "mio principe" e dirmi di fermarmi».

Il suo rossore si intensificò, e le sue labbra si schiusero senza che ne uscisse alcun suono.

«La tua sottomissione è meravigliosa» sussurrai,

stringendola ancora una volta a me. Premetti il suo calore sulla mia erezione, quanto bastava per darle un assaggio del piacere che la attendeva. «E adesso ti farò bruciare ancora di più».

Nonostante le sue pupille fossero dilatate per l'eccitazione, scorsi nel suo sguardo anche l'accenno di una sfida. Voleva che glielo provassi. O forse era il suo modo di cercare di disobbedirmi, scommettendo che non avrebbe reagito.

Il mio povero dolce animaletto non aveva idea delle mie capacità. Ma le avrebbe scoperte molto presto.

Le premetti di nuovo le labbra sull'orecchio e abbassai la voce. «Lascerai i miei pantaloni così fradici, che il tuo odore mi avvolgerà per tutto il resto della serata. Tutti sapranno che ho giocato con te, durante il viaggio. Vorranno un assaggio, ma glielo proibirò. Perché tu sei il *mio* animaletto, e io non amo la condivisione».

Le nuove norme sociali la prevedevano, anzi, la imponevano. Ma non avevo nessuna intenzione di conformarmi a quelle stronzate.

Al diavolo le regole di Lilith.

Le cosce di Willow si strinsero attorno alle mie. Le mie parole l'avevano resa ancora più eccitata.

Sorrisi con le labbra posate sul suo collo, compiaciuto dalla sua reazione.

«Mmm, non abbiamo nemmeno iniziato» mormorai, trascinando il naso sulla sua gola. Inalai profondamente; il suo fascino impregnava l'aria con un profumo inebriante, il suo sangue sembrava chiamarmi. Le accarezzai con la lingua il punto dove la sua pelle palpitava a ritmo col suo cuore, col risultato che anche il mio cazzo si ritrovò a pulsare con loro.

Era passato fin troppo tempo dall'ultima volta che mi ero abbandonato ai piaceri della carne, e avere una splendida donna sotto il mio tetto per due settimane non aveva certo aiutato.

Premetti il palmo sulla parte bassa della sua schiena, costringendola a strofinarsi su di me. «Continua» sussurrai. «Insegui il piacere, Willow».

Lei si aggrappò alle mie spalle, lasciando andare l'abito. Il tessuto ricadde tra di noi, privandomi della mia visuale. Ma non mi importava. Volevo che si abbandonasse al desiderio, che si perdesse nell'oblio sfruttandomi per il suo godimento.

Le succhiai e le mordicchiai la gola, le spalle, il petto, per poi tornare sul punto che avevo bisogno di mordere. Non aveva senso continuare ad aspettare. Sentivo attraverso i pantaloni quanto fosse pronta.

Le serviva solo una piccola spinta, che fui felice di fornirle con la mia bocca.

Le conficcai i denti nella pelle, trovando subito la vena. Willow gridò, sorpresa, ma nel giro di un istante stava già gemendo.

Tra di noi era tutto un dare e avere: il suo sangue in cambio di un piacere travolgente.

Cadde a pezzi sul mio grembo. Il suo corpo non era abituato al bacio di un vampiro. Qualcosa di incoerente lasciò la sua bocca, un suono sorpreso che mi rivelò come non avesse mai provato un orgasmo del genere.

Mi limitai a sorridere in risposta. La sua essenza sulla lingua mi mantenne concentrato sul compito di divorarla.

Aveva un sapore unico.

Potente.

Quasi soprannaturale.

Ma percepii anche la sua umanità. Prendere troppo sangue l'avrebbe indebolita, ed essendo un vampiro anziano, non me ne serviva molto per sopravvivere.

Però... cazzo, aveva davvero un sapore incredibile. E se

non mi sbagliavo, c'era anche un accenno di licantropo che le scorreva nelle vene.

Interessante.

Leccai la sua ferita, poi tracciai un sentiero di baci fino al suo petto. Volevo lasciarle il mio marchio proprio lì, in modo che tutti potessero vederlo. Sussultò quando le abbassai la scollatura del vestito, per poter affondare le zanne nel suo seno, appena al di sopra del capezzolo.

Willow ricominciò immediatamente a contorcersi, travolta da un secondo orgasmo. L'ondata di piacere che le provocò si riversò sui miei pantaloni.

Oh, che voglia di immergermi in quel calore delizioso. Era così pronta per me. Forse anche stretta, chissà.

Dannazione, non vedevo l'ora di prenderla. Era mia. Il mio animaletto. Il mio regalo. L'avrei scopata in ogni buco, riempiendola con la mia essenza fino a farla annegare. Solo per poi ricominciare tutto da capo.

Mi avrebbe implorato di farlo.

Mi avrebbe supplicato di portarla oltre il limite, in un oblio diverso da qualsiasi cosa avesse mai provato.

E ne avrebbe voluto di più, sempre di più.

La mia guerriera. Willow. Dicevo sul serio: adoravo il sangue e adoravo il dolore. Se non mi avesse fermato, avrei distrutto entrambi. Ma almeno saremmo morti felici.

La sentii gemere sopra di me, conficcandomi le unghie nella camicia.

Lasciai andare il suo seno per guardarla negli occhi, accorgendomi di come il desiderio le avesse offuscato lo sguardo. Era sul punto di avere un altro orgasmo; il suo corpo si dimenava sul mio con dei brevi scatti. Eppure mugolava come se non fosse abbastanza, con le guance arrossate dallo sforzo.

«Toccati» la esortai. «Mostrami come ti piace essere accarezzata».

Fremette e lasciò cadere la testa all'indietro, chiudendo gli occhi. Il rossore le si diffuse lungo il collo, fino al petto, sparendo sotto il tessuto traslucido che le copriva il seno. Le afferrai le spalline e gliele abbassai, rivelando i suoi splendidi capezzoli.

«Willow» mormorai. «Toccati. Vieni di nuovo». La spostai sul mio grembo, allontanandola dal mio inguine, su cui si era strusciata fino a quel momento.

Un minuscolo suono di protesta le sfuggì dalle labbra, ma poi le sue dita scesero a fare esattamente ciò che le avevo ordinato. Pur tenendole una mano sul fianco, usai l'altra per sollevarle il vestito e ammirare la sua opera.

Le sue carezze esitanti mi dissero che per lei quei gesti erano una novità, che non le era mai stato insegnato come darsi piacere. Ma lo capì in fretta. Ogni volta che si sfiorava il clitoride, il suo corpo era scosso da tremiti violenti.

Poi premette il pollice su quella piccola fonte di gioia e iniziò ad accarezzarlo con piccoli movimenti circolari, ipnotici e sexy da morire. Avrei voluto stenderla sul letto e rimpiazzare le sue dita con la mia bocca.

Ma non era quello il punto dell'esercizio. Volevo solo osservare.

«Continua» la incoraggiai. «Ti voglio bagnata e soddisfatta, Willow. E questa volta, quando vieni, voglio che urli il mio nome. Più forte che puoi».

Era stupenda in quello stato. Il modo in cui la sua mente si calmava, permettendo ai bisogni del corpo di prendere il sopravvento, la rendeva il ritratto della perfezione.

«È questo che si prova a stare con un vampiro» le dissi, accarezzandole un seno. L'altra mano rimase salda sul suo fianco, per fornirle un po' di stabilità ed essere pronta a sorreggerla nel caso l'orgasmo successivo l'avesse gettata in uno stato di incoscienza. «Quando siamo insieme, devi ricordarti di tutto questo. Di come ti senti. E sapere che non è nient'altro che una breve introduzione a ciò che posso farti».

Le torsi il capezzolo abbastanza forte da farle male, poi alleviai il dolore con la lingua. Willow gemette in risposta, muovendo le dita sempre più in fretta. Il suo ritmo era una miscela caotica di passione e lussuria.

«Posso scoparti fino a farti dimenticare come ti chiami».

Le mie parole le strapparono un mugolio smanioso, seguito da una lacrima che le corse lungo la guancia. Era sopraffatta dagli stimoli. Il suo corpo si stava spezzando sotto l'assalto di tutta quell'estasi. Ma sarebbe riuscita a reggerlo.

«Ci sei quasi, tesoro» mormorai. La mia bocca tornò sul suo collo, per leccare la ferita che le avevo lasciato impressa nella carne.

Il gemito che ne risultò mi colpì dritto tra le gambe. Mi ci volle uno sforzo incredibile per non strapparmi di dosso i pantaloni e affondare dentro di lei. Ma non era il mio piacere lo scopo di quella dimostrazione. Avevo bisogno che capisse come sarebbe stato tra di noi. E soprattutto che ne volesse ancora.

Le sue gambe iniziarono a tremare, il rossore non abbandonava più la sua pelle.

«Ecco, così» sussurrai. «Vieni, Willow. Vieni per me». La morsi di nuovo, sul seno opposto, accogliendo con un ringhio il suo ennesimo orgasmo.

Gridò il mio nome con tutto il fiato che aveva. Il suo splendido corpo era mio, e potevo farne ciò che volevo. Invece di succhiarle altro sangue, cercai la sua bocca. La baciai con tutto me stesso, soffocando le urla che ero riuscito a strapparle.

Il suo corpo fu scosso da degli spasmi violenti, al punto che pensai che il piacere si fosse trasformato in dolore. La tenni stretta tra le braccia, mormorandole una serie di rassicurazioni, finché le sue emozioni non si furono placate. Fu solo dopo qualche minuto che il suo corpo si rilassò, abbandonandosi sul mio.

Le accarezzai i capelli, incurante di rovinarle l'acconciatura. Anche il suo vestito avrebbe avuto bisogno di una sistemata, o di essere sostituito.

Quando il suo respiro si fece più regolare, mi staccai da lei, arretrando appena, e la guardai negli occhi. «Mostrami le dita, Willow».

Deglutì, poi alzò lentamente la mano. Sulla sua pelle luccicava il frutto del suo piacere. Una vista che mi fece bramare un assaggio.

Riuscendo a malapena a resistere, le dissi di leccare via tutto, osservandola mentre mi obbediva. Poi la baciai di nuovo, gemendo per il sapore di cui era impregnata la sua lingua. Era perfetto, era tutto ciò che agognavo. Ma preferii evitare di concedermi un assaggio vero e proprio; almeno, così, avrei avuto qualcosa di infinitamente piacevole ad attendermi, non appena avessi finito di recitare la parte del reale a Silvano City.

Willow riprese ad ansimare. I suoi occhi azzurri brillavano di desiderio e confusione.

Non le diedi alcuna spiegazione, ma mi concessi un altro bacio. In cui infusi qualche goccia del mio sangue.

Lo riconobbe sussultando e spalancando gli occhi, in cui nuotavano almeno una decina di domande. Ancora una volta non chiarii nulla, principalmente perché neanch'io avevo una risposta. Sapevo solo che aveva bisogno della mia essenza, come una specie di rivestimento protettivo, nel caso in cui la serata non fosse andata secondo i miei piani.

Quando ritenni che avesse bevuto abbastanza, la scostai da me e studiai la sua espressione. Sembrava che avesse scopato da poco, proprio come speravo. E per quanto il mio sangue l'avrebbe aiutata a guarire in fretta, il mio marchio sarebbe rimasto impresso sulla sua pelle abbastanza a lungo da far capire a tutti a chi appartenesse.

Era perfetta.

«Penso che adesso tu sia pronta» la informai dolcemente, per poi baciarla di nuovo. Perché potevo. Lei ricambiò con movimenti lenti e pigri, con un vago sorriso compiaciuto stampato in faccia.

Sì, mi piaceva proprio in quello stato.

Forse l'avrei tenuta così per il resto della serata.

Willow

I miei studi non mi avevano minimamente preparata per il morso di Ryder.

Mi aspettavo di essere scopata selvaggiamente, ero convinta che avrei perso i sensi per la sua violenta sete di sangue. Invece mi aveva fatta venire.

Tre volte.

A diciannove anni avevo seguito un corso su come fingere di provare piacere. Non mi era servito minimamente con Ryder. Le mie reazioni erano naturali, sincere e al limite della follia.

Qualche ora più tardi, seduta accanto a lui sull'auto che ci stava portando nel cuore di Silvano City, stavo ancora tremando. Se in parte era dovuto all'ansia crescente per quello che mi aspettava, la causa principale era l'estasi che mi aveva regalato Ryder sul jet.

Quando avevamo finito, mi aveva tenuta stretta tra le braccia, complimentandosi per come avevo reagito al suo morso. Poi si era messo a mormorare un'infinità di promesse peccaminose, corredate da un'accurata descrizione di come gli sarebbe piaciuto scoparmi, delle posizioni in cui l'avrebbe fatto e di come non vedesse l'ora di avere le mie labbra avvolte attorno al suo cazzo.

Ogni affermazione aveva lo scopo di illustrarmi cosa

sarebbe successo, preparandomi ad accettarlo mentalmente. Non espresse nemmeno una volta la sua volontà di condividermi. Anzi, ne parlò esclusivamente per sottolineare quanto odiasse l'idea. Le sue affermazioni andavano contro tutto quello che avevo imparato all'università, ma mi sembravano appropriate alla sua figura. Il comportamento di Ryder non sottostava mai alle norme sociali.

Sbirciai nella sua direzione, osservando la sua espressione imperturbabile. Aveva lo sguardo fisso oltre il parabrezza, intento a esaminare gli edifici che ci circondavano.

La città era immersa nell'oscurità della notte. Solo una manciata di lampioni illuminavano le strade. Erano più che sufficienti per i vampiri, grazie alla loro vista soprannaturale. Stranamente, però, bastavano anche per me. Pensai che fosse dovuto al sangue di Ryder che avevo bevuto durante il volo.

Strinsi le cosce al solo pensiero. Ne volevo di più. Mi aveva resa dipendente dalla sua essenza, che era improvvisamente diventata il mio cibo preferito.

Si chinò verso di me e mi posò un bacio sulla tempia. «Sei già pronta per un altro orgasmo?» mi chiese dolcemente, facendomi avvampare.

Damien grugnì dal sedile davanti. «Sono contento che tu abbia domato il tuo animaletto, ma il suo odore mi sta facendo venire fame».

«Mmm, lo so, è delizioso» commentò Ryder, trascinando il naso lungo il mio collo e inalando profondamente. Il mio cuore mancò un battito. Tutto il mio corpo sembrò risvegliarsi ancora una volta per lui.

Una parte di me voleva implorarlo di mordermi ancora.

Una parte di me voleva scappare.

Era un mix inebriante di desiderio e paura, che mi faceva mancare il respiro.

Ero entrata in quella camera da letto convinta di essere usata come un giocattolo, ma avrei dovuto saperlo che non sarebbe andata così. Ryder tendeva a fare esattamente l'opposto di quello che ci si aspettava da lui.

Se avesse continuato a comportarsi in quel modo, forse avrebbe iniziato a piacermi.

Il che lo rendeva la creatura più pericolosa che avessi mai incontrato.

I suoi denti presero a stuzzicarmi la gola, mentre le sue dita afferrarono una spallina dell'abito. Non era lo stesso che indossavo sull'aereo, ma un vestito color zaffiro in un tessuto ugualmente impalpabile.

Ryder abbassò la spallina, mettendo in mostra il mio seno. Deglutii, incerta di come intendesse proseguire. Non dovetti attendere molto per scoprirlo. Un istante più tardi, le sue labbra si strinsero attorno al mio capezzolo e lo succhiarono.

Lottai contro un gemito. Il mio ventre si contrasse, lacerato dal desiderio.

Cazzo, quell'uomo sarebbe stato letteralmente la mia fine. Come confermò affondando i denti nella mia carne, appena sopra il capezzolo.

Stavolta non riuscii a evitare di gemere. Il suo morso gettò i miei sensi in un'euforica frenesia, che sparì rapida com'era venuta, quando Ryder staccò la bocca da me. Poi si risistemò al suo posto, lasciandomi ansimante e vogliosa.

Un ringhio dal sedile anteriore attirò la mia attenzione. Alzai gli occhi sullo specchietto retrovisore, dove incontrai lo sguardo affamato di Damien. «Sei stato chiaro, Ryder».

«Dici?» chiese, chinandosi ancora una volta verso di me e leccando le ferite che mi aveva impresso sulla pelle. «Non ne sono così sicuro». Mi baciò la gola, conficcandovi di nuovo le zanne. Quell'ennesimo morso mi spinse sull'orlo del baratro, ma Ryder si staccò prima che potessi precipitare.

«Okay, è tua, non serve che continui» confermò Damien.

«Sembri deluso» rispose Ryder. Il suo respiro all'aroma di menta si infranse sulla mia guancia rovente.

«Gli altri non la prenderanno bene».

«Lo dici come se fosse un problema» commentò Ryder, risalendo con una mano lungo lo spacco del mio vestito e stringendomi la coscia.

Con l'altra rimise a posto la spallina del mio vestito. Poi scese lentamente con le dita a sistemare anche la scollatura, senza perdere l'occasione di sfiorare il segno del suo morso.

«Tutti sapranno che sei mia, Willow. Toccarti senza permesso sarebbe un insulto gravissimo, degno di essere punito con la morte». Mi accarezzò il petto col pollice, poi mi afferrò il mento, costringendomi a guardarlo negli occhi. «Dovrai rimanere al mio fianco tutta la notte, a meno che non ti dica di fare altrimenti. Hai capito?».

«Sì» risposi con una voce roca che riconobbi a stento come la mia. La sua vicinanza e il suo tocco avevano un effetto su di me che non sembravo in grado di combattere. Avrebbe dovuto usarmi. Prosciugarmi. Uccidermi. Non incendiarmi il sangue.

Premette le labbra sulle mie, in un bacio che fu al tempo stesso una minaccia e una promessa. «Brava» mormorò, poi rivolse la sua attenzione verso il sedile anteriore. «Non preoccuparti, Damien. Potrai soddisfare la tua sete con l'harem che ho ereditato da Silvano».

«Oh, Garland ne sarà entusiasta» rispose Damien.

Ryder sbuffò. «Garland può anche andare al diavolo».

Damien non aggiunse altro, ma scorsi nello specchietto retrovisore un sorrisetto divertito spuntargli sulle labbra.

L'autista non aveva ancora detto una parola. La sua imperturbabilità mi ricordava quella dei miei insegnanti all'università. Era venuto a prenderci all'aeroporto. Si chiamava Rick; non si era presentato, ma avevo sentito Ryder chiamarlo così. Avevano scambiato qualche parola in una lingua che non conoscevo. Dal modo in cui interagivano, era chiaro che si conoscessero da molto tempo.

Ero curiosa di sapere da quanto, e come si fossero incontrati. Ma sapevo che non era il caso di fare domande. Cosa che mi ripetei quando ci fermammo davanti a un enorme palazzo di vetro, o almeno sembrava che lo fosse, con le finestre che arrivavano fino al cielo.

Scesi dall'auto e alzai lo sguardo, notando come fosse più alto di tutti gli edifici circostanti. La luna si rifletteva sulle finestre, illuminando la notte con un bagliore quasi mistico.

Ryder si sistemò il colletto della camicia e chiuse i bottoni della giacca elegante. Aveva decisamente l'aspetto di un reale, con la sua postura maestosa, il viso eternamente giovane e lo sguardo sicuro di sé. Damien era accanto a lui, con le mani in tasca e la cravatta immacolata. Si voltò verso l'amico.

«Pronto a far rotolare qualche testa?» gli domandò.

«Ho intenzione di fare molto di più» rispose Ryder, posandomi il palmo sulla schiena. «Ricorda quello che ti ho detto, Willow. Resta al mio fianco».

«Sì, mio principe» risposi. Chiamarlo in quel modo mi sembrava sbagliato, ma c'erano altre persone presenti. Di conseguenza, dovevo recitare anch'io la mia parte. Un atteggiamento sottomesso sarebbe dovuto venirmi naturale, solo che non era così.

Ryder mi accarezzò la schiena, esposta dall'abito, seguendo col pollice la mia spina dorsale. Era un piccolo gesto, quasi trascurabile, ma ebbi l'impressione che irradiasse un alone protettivo. Mi resi conto di voler credere a quella muta promessa, di volermi fidare di lui.

Le mie labbra minacciarono di piegarsi all'ingiù. La mia mente si ribellava all'idea di fare affidamento su qualcun altro che non fossi io. La sua gentilezza, se così la si poteva chiamare, sarebbe stata una condizione temporanea. Presto il vampiro avrebbe mostrato il suo vero volto.

Cercai di scrollarmi di dosso tutti quei pensieri, preferendo concentrarmi su quello che ci circondava, incuriosita. L'università si trovava nei pressi di un deserto. L'aria era sempre calda, secca, così diversa dall'umida carezza che mi sfiorava la pelle in quel momento.

Il piazzale era decorato da una varietà di piante che non avevo mai visto, e l'entrata dell'edificio era incorniciata da fiori tropicali di tutti i colori. Volevo toccare le foglie verdi e rigogliose, accucciarmi per annusare la fragranza dei petali viola. Ma non feci nulla di tutto ciò, limitandomi a seguire Ryder attraverso le porte automatiche che conducevano all'interno del palazzo.

Damien entrò dopo di me. La sua presenza letale aleggiava alle mie spalle come un avvertimento.

L'aria fredda mi sferzò il viso, facendomi rabbrividire. All'interno dell'edificio, l'atmosfera era molto diversa da quella esterna. Ryder mi spinse in avanti, verso la reception. La sua andatura era diversa dal solito. Più... regale.

Dietro alla scrivania c'erano due vampire, la cui attenzione era rivolta a una serie di schermi. Procedendo al fianco di Ryder, mi ricordai di abbassare lo sguardo sul pavimento di marmo, al fine di mantenere la mia facciata di animaletto servile. Quando raggiungemmo le due donne, Ryder si schiarì la voce.

Un sussulto perfettamente udibile scosse una di loro, mentre l'altra si affrettò a farfugliare: «Oh, Vostra Altezza. Mi… mi dispiace. Non vi stavamo aspettando».

«Non sapevo di dover essere atteso, per venire qui» replicò Ryder. «Avremmo dovuto chiamare, Damien?».

«No. È il tuo territorio. Puoi andare dove preferisci» affermò Damien, affiancandomi dall'altro lato. Il suo braccio sfiorò il mio. «Ma mi è stato detto che la suite degli ospiti è già stata preparata per il tuo arrivo. Dovrebbe essersene occupata Benita».

«È così». La voce femminile ci raggiunse da un punto imprecisato alle nostre spalle, seguita da un ticchettare che riecheggiò in tutta la lobby.

Ryder si voltò, trascinandomi con sé. «Ah, Benita, tesoro. È qualche decennio che non ci vediamo».

«Sì, mio principe». Le sue lunghe gambe nude comparvero nel mio campo visivo. Indossava dei tacchi scarlatti, che risaltavano sul marmo candido. Ryder si sporse verso di lei e la baciò. Subito un'ondata di calore mi strisciò lungo il collo. Era solo un bacio sulla guancia, ma la loro familiarità dipingeva un quadro che mi fece stringere lo stomaco.

Non dovrebbe importarmene nulla. Sono solo il suo animaletto, niente di più.

Dovevo sfruttare quell'esperienza per ricordarmi quale fosse il mio posto. Da quello che avevo capito, c'era un intero harem ad aspettarlo. Perché avrei dovuto rappresentare qualcosa di più di un semplice morso?

Era esattamente quello il motivo per cui temevo il suo comportamento. Incoraggiava delle false aspettative, basate su speranze ingenue.

«Ti ho preparato una delle vecchie suite per gli ospiti di Silvano. L'attico ha ancora bisogno di lavori, così come gli alloggi dell'harem e qualsiasi altra cosa tu voglia cambiare». Benita rimase accanto a lui, senza indietreggiare. Anzi, iniziò a trascinare le unghie laccate di rosso lungo il suo sterno.

Il palmo di Ryder era ancora premuto sulla mia schiena, tenendomi accanto a lui come fossi un accessorio. Cosa a cui probabilmente somigliavo, là, immobile nel mio vestito trasparente.

«Ti sei portato dietro uno spuntino» osservò Benita.

«È il mio animaletto» la corresse Ryder, col pollice che iniziò a tracciare dei piccoli cerchi sulla mia pelle nuda. Non capii cosa intendesse, né perché lo stesse facendo.

«Capisco». Benita si schiarì la voce e tolse la mano dal petto di lui. «Beh, se hai fame, abbiamo molte opzioni per cena. Altrimenti posso mostrarti la suite. Cosa preferisci, Altezza?».

«Conosco bene la disposizione delle stanze» intervenne Damien. «Se ci dai i codici, mi assicurerò che sia tutto a posto per il nostro soggiorno. Così come sarò io a sovrintendere la ristrutturazione dell'attico».

«Ma certo» rispose Benita. «Allora, prima la cena?».

Ryder si spostò leggermente, mentre Damien mi si avvicinava dall'altro lato. Non osai alzare gli occhi, ma ero abbastanza sicura che stessero comunicando con lo sguardo. Quei due erano chiaramente vecchi amici. Percepivo la lealtà che li legava. E il loro silenzio la diceva lunga su qualsiasi cosa stessero architettando.

«Sì» confermò lentamente Damien. «Prima la cena».

«Sono d'accordo» disse Ryder. «Ma possiamo arrangiarci da soli, Benita. Hai fatto abbastanza, e il tuo aiuto non sarà dimenticato».

La donna rispose con un piccolo inchino, mormorando qualche frase di circostanza. Poi passò un dispositivo elettronico a Damien. «Qui c'è tutto quello che hai richiesto».

«Eccellente» mormorò lui. «Ora ci pensiamo noi, Benita».

«Ma certo» ripeté lei. La sua voce non aveva più il tono allegro sfoggiato al nostro arrivo. Fece un altro piccolo inchino, poi si allontanò ancheggiando.

Diedi una rapida occhiata al resto di lei, notando le sue forme sinuose e i suoi capelli ramati. Indossava un abito molto corto, quasi quanto il mio. Solo che il tessuto del suo era opaco, mentre il mio metteva in mostra ogni dettaglio.

«Ricordati le regole» mi sussurrò Damien all'orecchio, facendomi venire la pelle d'oca.

Ryder mi baciò la tempia. «Forse ha voglia di essere punita».

Abbassai in fretta lo sguardo.

«Vieni, animaletto» mormorò Ryder. «Adesso inizia la parte divertente».

Ryder

O h, come adoravo il silenzio.

In particolare quello suscitato da un evento scioccante.

Come il mio arrivo inaspettato nella famigerata sala da pranzo di Silvano.

Le tavolate erano disseminate di corpi umani, circondati da vampiri che si stavano godendo le loro vene preferite. La maggior parte dei mortali era appesa a un filo; i loro occhi avevano un bagliore vitreo che i miei simili sceglievano di ignorare.

Ai miei tempi, lasciavamo le nostre vittime in vita, per evitare che si spargesse la voce sulla nostra esistenza. Ma dopo la rivoluzione era cambiato tutto.

Per quanto capissi la necessità di far evolvere il genere umano, non rispettavo il modo in cui era stato fatto. Avevamo bisogno di sangue per sopravvivere. Nell'ultimo secolo, i vampiri erano diventati golosi, e sembrava se ne fossero dimenticati.

Mi fermai appena oltrepassata la soglia, osservando gli avventori dall'espressione inebetita.

Grazie alle allusioni ben piazzate di Damien, si aspettavano tutti che arrivassi la settimana dopo. Anche Benita aveva contribuito a diffondere le voci, facendo in modo che tutti si sentissero al sicuro, dando per scontato che il mio arrivo non fosse imminente.

Il punto era proprio quello. Volevo che fossero tutti a loro agio. Aveva reso quell'incontro involontario molto più semplice da organizzare. Soprattutto visto che l'avevo organizzato io.

Il giorno prima, Numero Dodici, che avevo scoperto chiamarsi Julian, aveva recapitato un messaggio molto preciso. Da quello che potevo vedere, aveva agito esattamente come gli era stato ordinato.

Sembra proprio che il ragazzo vivrà, pensai, compiaciuto.

Feci un altro paio di passi all'interno della sala, con Willow al mio fianco e Damien dietro di noi. Quel movimento fu la scintilla che fece scattare tutti quanti. Molti vampiri si alzarono in piedi, pronti a darmi un benvenuto formale.

Stetti al gioco. Passai da un tavolo all'altro stringendo mani e scambiando baci sulla guancia, agendo come se non avessi nessun altro scopo se non essere socievole.

Willow restò sempre accanto a me, obbedendo al mio ordine, mentre la sfoggiavo in giro per la stanza. Molti la guardarono con interesse. Le loro occhiate fameliche rivaleggiavano con le mie.

Nessuno osò toccarla, ma percepii il loro desiderio di averne un assaggio. Due addirittura lo dissero esplicitamente, dopo essersi complimentati per i suoi attributi. Non acconsentii né negai la loro richiesta. Principalmente perché non mi aspettavo che sarebbero rimasti in vita ancora a lungo.

Quando raggiungemmo l'ultimo tavolo, quello a cui puntavo fin dall'inizio, sorrisi. «Ti dispiace se mi unisco a te, Janet?».

«Certo che no, Vostra Altezza» rispose lei, recitando a meraviglia la parte della sottoposta, fingendosi onorata che volessi sedermi con lei. Quello fu un altro indicatore dell'ottimo lavoro svolto da Julian. Se la vampira avesse saputo che ero a conoscenza del suo tentativo di uccidermi, sarebbe fuggita. Non sarebbe rimasta ad attendere pazientemente che mi avvicinassi a lei.

Presi posto su una delle due sedie disponibili, e Damien fece lo stesso con l'altra. Willow si inginocchiò tra di noi, con il capo chino. Le accarezzai i capelli; volevo che si sentisse protetta e al sicuro. Ebbi l'impressione che la posizione che aveva scelto fosse il risultato del suo addestramento, rivelandomi un ulteriore aspetto dei suoi studi universitari.

Janet schioccò le dita per richiamare l'attenzione di una cameriera poco distante da noi. «Il tuo reale temporaneo è qui. Portagli del sangue fresco o offrigli il polso» sbottò.

L'umana impallidì, e il suo labbro inferiore tremò quasi impercettibilmente. «Porterò una selezione da cui potrà scegliere ciò che preferisce» rispose, tenendo gli occhi bassi. Poi si allontanò in fretta, come un topolino spaventato.

«È un abbigliamento normale?» chiesi a Damien, notando che la donna non indossava nient'altro che dei piercing di metallo da cui pendevano delle catene.

«Sì. Più piercing hanno, più a lungo hanno lavorato qui» rispose Damien, sollevando il braccio abbandonato di fronte a lui, sul tavolo, e spostandolo sull'addome del maschio morente. Janet si era nutrita dalla sua arteria femorale. I segni di morsi presenti sul sesso flaccido dell'umano indicavano come si fosse goduta anche quell'estremità.

«Capisco» fu tutto quello che riuscii a dire. Quando tutti ripresero a nutrirsi, l'intera sala fu piena di scene simili, che mi fecero rivoltare lo stomaco. I mugolii e i rantoli dei mortali erano un rumore di fondo a cui nessuno sembrava prestare attenzione.

Serrai la mascella.

Dov'era l'emozione della caccia? La ricerca della preda? Che divertimento c'era in una situazione del genere?

Trovavo tutto così noioso.

Irritante.

Deludente.

I gemiti che avevo strappato a Willow sull'aereo erano molto più gratificanti delle urla che riecheggiavano nella stanza. Si era sottomessa a me perché quello che le avevo fatto le piaceva. I mortali presenti in quel momento si stavano lamentando di dolore, consapevoli di essere a un passo dalla morte. Un suono completamente diverso.

«Allora, quanto hai intenzione di fermarti, mio principe?» chiese Janet, i cui occhi nocciola lampeggiarono, colmi di emozioni soppresse. Quello che non aveva capito era che non c'era bisogno che nascondesse i suoi segreti; li conoscevo già.

Era il momento di proseguire con il mio piano.

«Il tempo che ci vorrà» risposi con tono vago. «Ci sono così tante cose che devo imparare su questo territorio».

«E sui protocolli sociali» aggiunse lei. Il suo sguardo guizzò sulla testa china di Willow, per poi posarsi su uno dei membri dello staff.

«Hai l'impressione che il mio animaletto non sia vestito in modo appropriato?» le domandai, non capendo cosa sottintendesse la sua occhiata.

«Oh, no. Anzi, ha un aspetto molto commestibile, con quell'abito addosso. Sono solo sorpresa che tu non ci abbia ancora offerto un assaggio».

«Mi sono appena seduto, non ho ancora avuto modo di decidere cosa fare». Willow accolse le mie parole con un tremito, facendomi pensare che non aveva creduto a quello che le avevo detto sul jet. Avrei rimediato più tardi, o magari le mie azioni le avrebbero tolto ogni dubbio.

Il vampiro seduto alla sinistra di Janet si schiarì la voce. «Silvano amava condividere il suo harem con altri membri dell'élite». Un leggero accento spagnolo addolciva il suo tono.

«Ah sì?» chiesi, osservando il maschio ormai defunto che giaceva sul tavolo. «Amava condividere anche i suoi servi?».

Janet scoppiò a ridere, ma si trattò di un suono più condiscendente che divertito. «Oh, Ryder, le tue abitudini da recluso hanno lasciato il segno». Indicò con un gesto vago i corpi disseminati attorno a noi. «Questi mortali provengono dalle fattorie. Sai, dove vengono allevati gli umani destinati alle nostre tavole».

Il vampiro seduto dall'altro lato annuì. «Purtroppo siamo un po' a corto di adulti, al momento, perché ci sono stati dei problemi in una delle fattorie giù a sud. Silvano e Arrick avevano detto che se ne sarebbero occupati».

«Sì? E dov'è la prova che l'hanno fatto?» intervenne un altro.

Dei sei vampiri seduti al nostro tavolo, ne avevo riconosciuti solo tre: Janet, Tandem e Dom. Gli altri non erano particolarmente giovani, ma nemmeno tanto vecchi.

Tandem era quello che aveva messo in dubbio l'operato di Silvano e Arrick, con il suo solito tono sardonico. Stando a quello che mi aveva detto Julian, Tandem aveva approvato il piano di Janet. E lo stesso aveva fatto anche Jorge, che al momento era seduto al tavolo accanto al nostro, con la fronte imperlata di sudore. Quando sbirciò per l'ennesima volta verso di noi, catturai il suo sguardo e inarcai un sopracciglio. «C'è qualche problema?» gli chiesi, senza preoccuparmi di celare l'irritazione.

«N... no, Vostra Altezza. Nessun problema».

Ah, pensava di aver detto la verità. Sfortunatamente per lui, non era così. Perché un problema c'era, eccome se c'era. E l'avrei risolto di lì a poco.

Rivolsi un breve sorriso a quella sottospecie di omuncolo, poi riportai l'attenzione su Janet, facendo del mio meglio per apparire disinvolto.

Quella era la parte del gioco in cui la facevo sentire a suo agio, senza lasciar trasparire nulla. In quel modo la sua punizione sarebbe stata ancora più dolce.

Rimasi in silenzio mentre gli altri vampiri si lamentavano della mancanza di cibo nella regione. Dom contribuì alla discussione sottolineando il problema della varietà; affermava che la maggior parte degli umani erano 0 positivo, e lui bramava un buon A negativo.

Sentendo nominare il suo gruppo sanguigno, Willow rabbrividì. Cercai di rassicurarla spostando la mano sul suo collo, dove le massaggiai dolcemente i muscoli contratti.

La conversazione virò verso il mio animaletto. Il profumo delizioso del suo sangue fece dilatare le pupille di Dom. Quasi lo sfidai a chiedere un assaggio. Già stavano camminando sul filo del rasoio, trattandomi come un pari e non un superiore. Quella sarebbe stata l'occasione perfetta per rimettere lui e tutti gli altri al loro posto.

Ma l'umana coi piercing tornò prima che potesse dire qualcosa. Era accompagnata da un maschio muscoloso, ornato da simili pezzi di metallo. Il suo compito fu immediatamente evidente quando rimosse dal centro del tavolo l'uomo dissanguato. Non fece nessuna smorfia, né mormorò una veloce preghiera. Si limitò a gettarsi il cadavere sulla spalla e sparire oltre delle porte girevoli che conducevano in quella che presumevo fosse la cucina.

Molti altri tavoli stavano venendo sparecchiati allo stesso modo, sempre per opera di umani con la stessa stazza di quello che si era occupato del nostro.

La femmina tolse in fretta la tovaglia sporca di sangue e la sostituì con una pulita. I suoi movimenti erano bruschi e agitati. Janet continuava ad accarezzarla apertamente, strattonando gli anelli di metallo e ridendo per gli strilli della ragazza. Tandem allora diede all'umana uno schiaffo sul sedere, imponendole di comportarsi bene.

Willow iniziò a tremare sotto la mia mano. Il suo battito accelerato attirò la mia attenzione su di lei. Ma proprio quando stavo per tirarmela in grembo, il maschio muscoloso tornò al nostro tavolo, seguito da sette umani completamente nudi.

La sfilata mi fece inarcare le sopracciglia, soprattutto per via dell'età dei mortali. Il più giovane non poteva avere più di dieci anni.

«Vi presento il nostro menu» annunciò il maschio con un tono piatto e privo di qualsiasi emozione. La sua presentazione mi ricordò quella di un maître che illustrava la carta dei vini. Passò in rassegna ogni opzione, informandomi dell'età e del gruppo sanguigno di ciascun umano.

Mi ero sbagliato: il più giovane aveva undici anni. E quello più vecchio diciannove.

Tutti tacquero in attesa che prendessi la mia decisione. «Distribuirai il resto agli altri tavoli?» chiesi, genuinamente curioso.

«Sì, mio principe» rispose il servo, senza alzare lo sguardo.

«E funziona così nella maggior parte dei ristoranti?» insistetti, rivolgendomi a Damien.

«Sì» confermò il mio più vecchio amico. «Nei ristoranti di lusso, se non altro».

«Capisco». Mi appuntai mentalmente di chiedergli maggiori chiarimenti sugli altri ristoranti. «Bene...». Finsi di valutare il menu, per nulla interessato a ciò che veniva offerto.

«Mio principe». La flebile voce femminile proveniva dalla serva che aveva sostituito la tovaglia. «Abbiamo anche un menu di organi, se preferite ordinare quelli».

«Organi?» ripetei.

«Sì» intervenne Janet, fissando la ragazza. «I cuori freschi erano il piatto preferito di Silvano. Aveva perfezionato l'arte di estrarli direttamente al tavolo. Vuoi provarne uno?».

L'umana tremò visibilmente, una reazione che fece ringhiare Janet. Ma improvvisamente capii quello che la povera ragazza mi stava offrendo. I *suoi* organi.

Cazzo. Damien non aveva mai parlato di quella pratica, una mancanza di cui lo accusai con un'occhiataccia. Ma il suo sguardo era fisso sulla mortale, con un accenno di irritazione che ribolliva nelle sue profondità ambrate. Mi resi conto che nemmeno lui ne era a conoscenza, e che provava la mia stessa repulsione.

«Chi è il responsabile di questa sala da pranzo?». Cercai di formulare la mia richiesta come una domanda educata, ma lasciò le mie labbra con un tono completamente diverso. Il silenzio calò sulla stanza; ebbi addirittura l'impressione che gli umani avessero smesso di respirare.

«Sono io, mio principe».

Dovetti ruotare sulla sedia per vedere chi aveva parlato, ritrovandomi col ginocchio accanto alla testa di Willow.

La responsabile era una donna snella, che teneva la schiena ben dritta nonostante il nervosismo le sprizzasse da tutti i pori.

«E tu saresti…?». Non l'avevo mai vista, ed ebbi l'impressione che fosse molto giovane.

«Meghan» rispose.

«Meghan» ripetei, inarcando un sopracciglio. «Il vostro menu include organi e bambini?». Avevo bisogno di una spiegazione. Possibilmente un'*ottima* spiegazione.

«S… sì, Vostra Altezza» farfugliò, per poi schiarirsi la voce. «Erano i piatti preferiti di Silvano, di conseguenza il nostro ristorante ne è ben fornito».

Strinsi i denti, furioso. Willow sussultò, ricordandomi che avevo ancora il palmo avvolto attorno al suo fragile collo. Allentai subito la presa e le diedi una piccola carezza di scuse. Poi riportai la mia attenzione su Meghan.

«Stasera smetterete di servire cibo prima del solito» la informai.

Lei corrugò la fronte. «Ce… certo, Vostra Altezza».

«Non puoi fare una cosa del genere» protestò Dom. «Ho mangiato pochissimo».

Congratulazioni, Dom. Ti sei appena guadagnato un posto in prima fila per il mio spettacolo. Ovviamente non lo dissi ad alta voce, ma mi voltai verso di lui e lo rassicurai: «Non preoccuparti. Ho portato qualcos'altro».

Willow smise di respirare, raggelata.

Fui sul punto di ringhiare. Chiaramente, non aveva sentito un accidente di quello che le avevo detto sull'aereo. Quale parte del mio non volerla condividere con nessuno non aveva capito?

«Oh, ora sì che sono interessato» mormorò Dom, il cui tono lascivo era diretto al mio animaletto.

Col cazzo.

Ignorando sia lui che la donna tremante ai miei piedi, mi rivolsi a Damien. «Puoi recuperare le nostre borse? Penso sia arrivato il momento di condividere quello che ho portato per l'élite della regione».

Willow

Non riuscivo a respirare.

La rabbia di Ryder mi stava soffocando. Ebbi la netta impressione di affogare. E il suo commento sull'aver portato qualcosa da condividere mi aveva fatto letteralmente fermare il cuore.

Ero io l'unico oggetto commestibile su quel dannato jet.

Certo, mi aveva promesso che non mi avrebbe mai condivisa con nessuno, ma sapevo che mentiva. Ne avevo appena avuta la prova.

Un leggero strattone ai capelli mi fece trasalire, riportandomi alla realtà. Il mio battito accelerò all'istante, quando mi resi conto che mi ero persa le ultime parole di Ryder. Avrei dovuto muovermi? Arrampicarmi sul tavolo per essere divorata?

Oh, Dea, quei poveri umani. Erano tutti morti. Prosciugati. *Andati.* Presto mi sarei unita a loro, un'altra anima sperduta nell'aldilà. Speravo solo di non essere costretta a rinascere.

Un altro strattone, un po' più forte, a cui risposi con una smorfia.

Ryder mi avvolse la mano attorno al collo. Doveva proprio essermi sfuggito qualcosa, perché Damien non era più seduto accanto a me.

Cercai di ricordare quale comando mi avesse dato Ryder, di capire cosa volesse da me, ma un suono impetuoso assaltò le mie orecchie, rendendomi impossibile udire qualunque cosa. Cercai di deglutire senza troppo successo, mentre i polmoni mi bruciavano per il bisogno di ossigeno.

Ci siamo. È così che morirò. Adesso mi costringerà a salire sul tavolo e permetterà ai suoi amici di…

Una porta sbatté da qualche parte dietro di me; il rumore che riecheggiò nella sala mi strappò dai miei lugubri pensieri. Fu solo in quel momento che mi accorsi che Ryder mi aveva lasciata andare. Era ancora seduto accanto a me, ma la sua mano era avvolta attorno al calcio di una pistola.

Spalancai gli occhi. *Ha intenzione di spararmi, prima?* Teneva l'arma posata sulla coscia, nascosta dall'orlo della tovaglia. Dalla mia posizione era chiaramente visibile, ma non da dove si trovavano gli altri.

«Ecco la tua borsa». La voce profonda penetrò la confusione che mi offuscava il cervello, permettendomi ancora una volta di udire. Un tonfo proveniente dalle mie spalle mi fece sobbalzare.

«Perfetto» rispose Ryder.

«Cos'è quell'odore?» chiese uno dei maschi seduti al nostro tavolo. La sua voce aveva un timbro nasale che mi faceva accapponare la pelle. Era lo stesso che si era lamentato per la scarsa disponibilità di A negativo. Di tutti i vampiri presenti, era quello che mi innervosiva di più. Speravo con tutto il cuore che Ryder non mi condividesse con lui.

«Temo che alcuni dei miei regali si siano rovinati» lo informò Ryder, spingendo indietro la sedia.

Se qualcuno notò la pistola, non fece nessun commento. Io rimasi nella mia posizione sottomessa, incerta di quale fosse il piano di Ryder. Sia lui che Damien si trovavano alle mie spalle, intenti ad aprire il borsone. Il suono della cerniera rimbombò nella sala fin troppo silenziosa.

Arricciai il naso per il fetore che ne uscì.

«Sapete, una settimana fa un gruppo di vampiri è venuto a farmi visita» iniziò a spiegare Ryder, col tono disinvolto di una conversazione tra amici. «Li ho portati qui con me per vedere se qualcuno di voi li riconosce».

Poi si mise a lanciare il contenuto della borsa sui tavoli vicini, suscitando una serie di esclamazioni orripilate. Mi ci volle qualche istante per capire *cosa* stesse gettando agli altri vampiri, e accadde più o meno quando uno dei suoi "regali" rotolò giù dalla tovaglia e atterrò accanto alle mie ginocchia.

Il mio stomaco si ribellò d'impulso all'odore della carne in decomposizione. Damien mi posò una mano sulla spalla e si chinò per raccogliere la testa decapitata, che poi rimise sul tavolo facendo più attenzione. Ma lasciò il palmo lì dov'era e mi diede una leggera stretta di avvertimento.

Deglutii la bile che mi era risalita in gola e schiusi le labbra per inspirare, incapace di sopportare il grottesco fetore che permeava l'aria.

«Cosa diavolo è questa roba?» sbottò la voce nasale, alle cui parole seguì il rumore di una sedia trascinata sul pavimento. «Come osi venire qui…».

Ryder lo zittì con un proiettile. Il botto costrinse di nuovo la sala in un silenzio di tomba.

«A quanto pare, la mia ascensione non è stata accettata da tutti» disse Ryder dopo qualche secondo, con un tono imperioso. «Se ancora non avete capito, permettetemi di spiegarmi meglio. Sono *io* al comando della regione. La mia parola è legge. Introdurrò dei cambiamenti, a cui dovrete attenervi. O levarvi di torno. Ci sono domande?».

Silenzio.

Damien strinse di nuovo la presa sulla mia spalla. Non riuscivo a capire perché. Ero ancora seduta sui talloni, con le mani posate sulle cosce. Era colpa del mio battito? Riusciva a sentire che il mio cuore stava correndo all'impazzata? Non era un qualcosa che potevo controllare, soprattutto non con l'atteggiamento dominante di Ryder che mi faceva ribollire il sangue.

«Ora, alcuni di voi potrebbero pensare che sia tutto temporaneo e che non ci sia bisogno di darmi retta. Sappiate che non è così, e che ho tutte le intenzioni di restare. E visto che sono tra i membri più antichi della nostra specie, Lilith non potrà dirmi di no. Quindi vi suggerisco di allearvi con me, invece che contro di me. Il che mi porta ai miei regali».

Ryder fece un passo in avanti per risistemare la sedia, sfiorandomi il braccio con la coscia. Poi lo vidi piegarsi per recuperare qualcosa dal tavolo. Nonostante non potessi vedere di cosa si trattasse, ero abbastanza certa che fosse la testa raccolta in precedenza da Damien.

«Qualcuno riconosce questo ex immortale?» chiese Ryder. «O uno qualsiasi degli altri?».

Una manciata di risposte risuonò nell'aria; provenivano tutte da diversi vampiri sparpagliati in giro per la sala.

«Karim viveva nel condominio a poche porte dal mio».

«Alfonzo lavorava nel team di sicurezza del palazzo di Silvano».

«Stiles si occupava del trasporto degli umani dalla fattoria che si trova nella zona di Hugo».

Ulteriori dettagli continuarono a volare per la stanza. I vampiri sembravano ansiosi di soddisfare la richiesta di informazioni di Ryder.

Quando il vociare iniziò a scemare, il reale gettò di nuovo la testa sul tavolo. «Bene. A quanto pare iniziamo a capirci. Ma c'è un pezzo del puzzle di cui ancora non abbiamo discusso. Ossia il fatto che qualcuno ha mandato dodici vampiri ad assassinarmi».

In seguito alla sua affermazione, la sala sembrò riempirsi di elettricità. La tensione mi fece accelerare ulteriormente il battito. La mano di Damien era ancora lì, sulla mia schiena, come un marchio. La sua presenza alle mie spalle era diventata una costante, un punto fermo che rifiutava di spostarsi.

C'era qualcos'altro in arrivo.

Qualcosa di brutto.

«Ora, per quanto riguarda il mio prossimo regalo...» continuò Ryder. La sua mano comparve nel mio campo visivo; la infilò in tasca e ne estrasse un dispositivo.

Che fine ha fatto la sua pistola? Forse l'aveva lasciata sul tavolo, o forse ce l'aveva Damien. Tutti si bloccarono, probabilmente per via della presenza dominante di Ryder. Ma percepivo che stava succedendo più di quanto potessi vedere dalla mia posizione.

«Chi ti ha mandato?». La sua voce riecheggiò ancora una volta nella sala, provenendo però dal dispositivo che teneva in mano.

La domanda fu seguita da un gemito di dolore, poi un altro maschio disse: «Cazzo, amico. Ti ho detto che avrei parlato».

«E allora parla. E ti suggerisco anche di ricordarti a chi ti stai rivolgendo» rispose Ryder nella registrazione. Il suo tono sottintendeva un certo scontento.

«C'è un gruppo di vampiri più vecchi che non ti vogliono al potere». Il maschio si schiarì la voce. «Non volevo partecipare, lo giuro! Ma il mio Sire mi ha costretto».

«Chi è?».

Ryder interruppe la registrazione e domandò: «Volete

provare a indovinare cos'ha risposto?». Fece una piccola pausa, poi aggiunse: «Vi darò un indizio. Si trova in questa stanza».

Un sibilo trafisse l'aria.

Damien mi spinse a terra, facendomi sbattere col naso sul marmo. Grida e imprecazioni rimbombarono nella sala, così come una serie di colpi di pistola. Sussultai a ogni detonazione, cercando di appiattirmi sempre di più sul pavimento.

Seguirono delle urla.

Poi un orrendo gorgoglio.

Tonfi.

Il caos.

E a sovrastare tutto quanto, la voce furibonda di Ryder.

Piuttosto che rimanere per terra, mi misi a strisciare il più velocemente possibile verso il tavolo, sperando di potermici nascondere sotto. Ma una presa violenta mi arpionò la caviglia. Mi ritrovai a scivolare all'indietro sul marmo, mentre il colpevole mi trascinava verso di sé.

Scalciai alla cieca, riuscendo a colpire il mio avversario sullo sterno. Il suo grugnito si trasformò in un ringhio, e prese a strattonarmi ancora più forte.

Solo qualche istante prima, ero convinta che sarei morta per mano di Ryder e sarei diventata la cena dei suoi amichetti.

Ma in quel momento vidi la mia morte riflessa in un paio di malvagi occhi azzurri, incastonati in uno splendido viso dal sorriso crudele.

La sua fame mi travolse come un'ondata di calore, le sue mani mi ricordarono gli artigli dei licantropi. Cercò di bloccarmi sotto di sé.

No.

No.

No!

Non volevo fare la parte della vittima, ritrovarmi di nuovo in una situazione come quella del campo. Giorni infiniti trascorsi a essere drogata e stuprata. Brandelli di ricordi mi affollarono la mente, facendomi rivivere il dolore e il tormento che mi avevano inflitto. Furono sufficienti a far scattare il mio istinto di sopravvivenza.

Il mio addestramento prese il sopravvento; le mie braccia e le mie gambe iniziarono a muoversi con una precisione affinata nel corso degli anni.

Mi era successa la stessa cosa anche al campo. Un vago ricordo mi balenò davanti agli occhi. Avevo fatto sanguinare un licantropo, che ricambiò il favore squarciandomi l'addome con i suoi artigli.

L'immagine sparì in fretta com'era arrivata. Il mio cervello cercava di proteggermi da qualsiasi cosa orrenda fosse venuta dopo.

Non questa volta, pensai, lottando con tutte le mie forze. Ma il vampiro riuscì lo stesso a salire sopra di me, superiore e implacabile. Provai a tirargli una ginocchiata, un calcio, un pugno. Tentai di strappargli gli occhi con le unghie. Fu tutto inutile: in un attimo mi aveva già catturato i polsi, stringendoli in una morsa dolorosa.

Il momento dopo, però, non c'era più.

Un ringhio provenne da poco distante, seguito dalla testa del mio aggressore, che atterrò sul marmo accanto a me.

La fissai a bocca aperta, poi alzai lo sguardo. Ed ecco Ryder, che torreggiava su di me col suo completo ancora immacolato.

Si rimise la pistola nella fondina appesa alla cintura, un elemento del suo guardaroba di cui non mi ero accorta. Poi mi tese la mano.

La accettai, seppur confusa e piena di domande. Mi

aiutò a sollevarmi, poi mi posò un bacio sulla fronte e mi spinse dietro di sé, in un gesto protettivo.

Mi avvinghiai alla sua giacca. Mi sentivo sopraffatta. I polmoni mi dolevano, come se fossi sul punto di soffocare. Inspirai profondamente, inalando l'aroma alla menta di Ryder. La sua vicinanza riuscì subito a calmarmi i nervi. Era un effetto sbagliato e preoccupante, ma in quel momento ne avevo bisogno. Avrei analizzato più tardi il motivo per cui trovavo la sua presenza così confortante.

Quando il mio battito cominciò a rallentare, feci lo sbaglio di guardarmi attorno.

Il mio cuore riprese immediatamente il suo ritmo caotico, ma per un motivo completamente diverso.

I tavoli erano decorati da corpi senza testa, e il sangue tingeva di rosso gli abiti, le sedie e il pavimento.

Li ha massacrati... ma come ha fatto? Aveva solo una pistola.

La risposta giaceva tra le mani di Damien, che si stava avvicinando a noi. «Fatto» fu tutto quello che disse, appoggiando sul tavolo lì accanto un pugnale dall'aspetto letale.

Sbirciai da dietro le spalle di Ryder e scorsi un gruppetto di vampiri in piedi in un angolo della sala. La maggior parte osservava la scena con il mio stesso sgomento, ma due di loro sfoggiavano un sorriso compiaciuto.

Invece che abbassare lo sguardo, come avrei dovuto, osservai sia loro che il resto della stanza. Mi sentivo al tempo stesso elettrizzata e sconcertata.

Era stato tutto così preciso ed efficiente, due aggettivi che avevo imparato ad associare a Ryder. Oh, e potente, come testimoniava il corpo senza testa del vampiro dagli occhi azzurri che giaceva poco lontano. Un'altra lama gli spuntava dal petto. Doveva essere di Ryder.

Che i coltelli fossero stati nel borsone con le teste? Erano troppo grandi per nasconderli sotto la giacca. Beh, a prescindere da come avesse fatto, ero colpita. Non solo era riuscito a far fuori una decina di vampiri in un battito di ciglia, ma non si era nemmeno sporcato i vestiti. Perfino le sue mani erano ancora pulite.

Ryder aveva ridefinito il termine "mostro". E invece che esserne terrorizzata, mi sentivo... *eccitata*.

Aveva appena ammazzato un'intera stanza piena di creature malvagie in un modo che non avrei nemmeno potuto sognarmi di fare.

Chi sei?, pensai, incantata.

La sua pretesa di essere un reale era vera, ma era completamente diverso da tutti quelli che avevo studiato. Era duro e spietato come il resto della sua specie, ma aveva agito contro altri vampiri, non contro degli umani. Già quello lo rendeva unico. Ma tra gli eventi della serata e tutto quello che già sapevo di lui, non avevo la più pallida idea di chi fosse davvero.

«Questo era solo un avvertimento» disse poi, rivolgendosi al gruppetto nell'angolo. «Non tollererò nessuna disobbedienza. Non tollererò nessun tentativo di uccidermi. E non tollererò nessuna mancanza di rispetto. Non sono Silvano, ma sono il vostro nuovo reale. Ora è vostro dovere informare gli altri».

Un coro di: «Sì, mio principe» e «Sì, Vostra Altezza» si levò dai vampiri superstiti.

«Bene. Per assicurarmi che capiate veramente chi sono e cosa posso fare, voglio che ripuliate insieme tutto questo casino. I corpi dovranno essere bruciati. E non potete farvi aiutare dagli umani. Perché? Perché il mio messaggio è diretto solo e soltanto a voi». Poi si rivolse a Damien. «Ci sono delle telecamere in questa stanza?».

«Sì» rispose il suo amico. «Tutte le aree comuni

dell'edificio sono coperte dalle telecamere di sicurezza, incluse le cucine, le zone destinate alla servitù e gli inceneritori sul retro, che di solito vengono usati per smaltire i resti».

«Perfetto, così potrò verificare che i miei ordini vengano eseguiti correttamente». La sua attenzione tornò sugli altri vampiri. «Se qualcuno di voi decidesse di non collaborare, lo andrò a trovare personalmente per conoscerne il motivo. E temo che la mia reazione non vi piacerà».

Nessuno osò protestare o dire qualcosa.

Forse erano sbalorditi quanto me.

«Inoltre, da oggi in poi, non verranno più serviti bambini» continuò. «E nemmeno organi, che siano sul menu o meno. Sono stato chiaro, Meghan?».

«S... sì, Vostra Altezza».

«Se dovessi mostrarti incapace di obbedire, verrai sostituita» aggiunse con un tono severo. «E manda i bambini che hai già portato qui nel vecchio attico di Silvano. Troverò un modo di usarli. Per quanto riguarda la donna che mi ha offerto i suoi organi, diventerà la mia cameriera personale. Non voglio che interagisca con nessun altro cliente. Solo con me».

«Sì, mio principe. Mi occuperò di tutto».

«Ti conviene» rispose lui, poi si voltò verso il suo amico. «Andiamo?».

Damien annuì. «Penso che il tuo messaggio sia stato ricevuto forte e chiaro».

«Lo spero» commentò Ryder, voltandosi verso di me.

Il suo sguardo fu attraversato da un lampo di sorpresa, che mi confuse per un istante, prima che mi rendessi conto di quello che avevo fatto.

Merda.

Chinai immediatamente il capo, assumendo una posa

sottomessa. Ma era già troppo tardi. La sua tensione era palpabile, la percepii anche attraverso la mano che mi posò sulla schiena.

Mi condusse nella lobby. Camminai in silenzio, col cuore che mi martellava nel petto.

Ma si trattava di un'agitazione dettata dalla ribellione, non dalla paura.

Avevo infranto una delle regole più importanti imposte agli umani.

Anzi, anche più di una.

Il vampiro che mi aveva attaccata aveva tutto il diritto di conficcarmi le zanne nel collo, almeno secondo le gerarchie sociali. E io avevo lottato contro di lui. Poi avevo esaminato la sala e avevo guardato Ryder negli occhi. La consapevolezza di aver compiuto quei gesti mi faceva sentire potente. Viva. *Indistruttibile*. Il che era ridicolo, visto che Ryder avrebbe potuto spezzarmi il collo con un semplice movimento del polso.

Ma a qualche strana parte di me non importava.

Avevo tutto il diritto di fare le mie scelte. Se anche mi avessero condannata a morte, almeno sarei finita nell'aldilà con l'anima intatta.

«Ti serve una tessera» disse Damien, venendo verso di noi. Azzardai un'occhiata e vidi che teneva in mano un altro borsone. Conteneva altre teste? Armi? Oggetti pericolosi?

Ma non feci domande, preferendo invece abbassare lo sguardo e riflettere sul nuovo potere che si annidava nelle profondità del mio spirito. Non volevo prostrarmi e subire. Volevo alzare la testa e lottare. Volevo fare quello che aveva appena fatto Ryder a quei mostri.

Tra i vampiri era come un dio, antico e potente.

Sbirciai nella sua direzione, indugiando sui suoi splendidi zigomi e la sua mascella squadrata. Tipici tratti da vampiro, che però mi sembravano ancora più mascolini e letali. Perché sapevo cosa fosse in grado di fare.

Il suo sguardo incontrò il mio, e le sue labbra si arricciarono su un lato. Avrebbe dovuto rimproverarmi per aver osato guardarlo. Punirmi per aver affrontato quel vampiro. Massacrarmi per aver infranto gli schemi della mia programmazione.

Ma non fece nulla di tutto ciò.

Semplicemente... sorrise.

Un campanello trillò, avvisandoci dell'arrivo dell'ascensore. Ryder mi guidò all'interno. Damien ci seguì e lasciò cadere per terra la borsa.

«Qui è dove devi usare il primo codice» gli spiegò Damien, elencando le cifre ad alta voce mentre le digitava sull'apposito pannello. «Questo è quello del piano in cui si trova la suite degli ospiti. Ce n'è una seconda serie per l'attico».

«E come si fa a bloccare l'ascensore?» chiese Ryder.

«Bloccarlo?» rispose Damien con un'espressione stupita. «Perché?».

«Perché ho ancora una lezione da impartire». I suoi occhi piombarono sui miei. «Willow si è comportata male, e voglio assicurarmi che non capiti più».

Willow

I l mio cuore si fermò.

Cosa?

Ma se aveva sorriso quando lo avevo guardato negli occhi! Quasi come se fosse stato orgoglioso di me, per la mia mancanza di rispetto nei confronti delle norme sociali. Mi aveva anche detto che voleva che mi comportassi così, quando eravamo da soli. E adesso aveva intenzione di punirmi per averlo fatto?

Non eravamo forse soli, quando avevo incontrato il suo sguardo?

Sapeva che avevo esaminato la sala, invece di restare nella mia posizione sottomessa?

Lo avevo completamente frainteso?

L'ascensore si fermò di colpo, e mi ritrovai con la pelle d'oca. *Cos'ha intenzione di farmi?*

Non osai alzare gli occhi su di lui. Le mie spalle si erano afflosciate in un modo che mi faceva sentire piccola piccola. Un ricordo iniziò a riemergere, qualcosa che coinvolgeva artigli e zan…

«Willow». Ryder mi afferrò il mento e mi costrinse a guardarlo. I suoi occhi scuri scrutavano i miei. «Come devi chiamarmi, se mi sto spingendo troppo in là?».

Corrugai la fronte. «Cosa?».

«Non mi stavi ascoltando sul jet?» chiese con un sospiro. «Allora immagino che dovremo fare un piccolo ripasso».

Il suo palmo si spostò dalla mia schiena al fianco. Si mise davanti a me, dando le spalle alle porte dell'ascensore. Tenne l'altra mano sul mio mento, costringendomi a mantenere il contatto visivo.

«Quando siamo in mezzo agli altri, mi chiami per nome. Quando siamo da soli, invece, con il mio titolo. Damien non conta come "altri". Annuisci, così so che hai capito».

Stava forse dicendo che avrei potuto fermare qualsiasi cosa stesse per accadere solo pronunciando il suo nome? No, un attimo, in privato avrebbe smesso se lo avessi chiamato col suo titolo. Ma l'avrebbe fatto davvero? Mi sembrava improbabile, considerando che voleva punirmi per averlo sfidato.

«Non stai annuendo». Mi fece indietreggiare, finché la mia schiena non andò a sbattere contro un petto di marmo. *Damien.* Non l'avevo sentito muoversi, dal momento che tutta la mia attenzione era rivolta verso Ryder.

«Forse non capisce lo scopo di una safeword» suggerì Damien.

«Già. E a quanto pare non mi crede, quando le dico che non amo condividere». La sua mano scivolò dal mio fianco verso lo spacco del vestito, dove le sue dita mi sfiorarono la pelle. Il suo tocco sensuale mi fece rabbrividire.

Cosa mi sta facendo?

La sua vicinanza suscitava in me un mix inebriante di gelo e calore. Come voleva punirmi? Dove avevo sbagliato? Perché aveva un odore così dannatamente buono?

Inalai il suo aroma, bramando un assaggio. Il suo

profumo di menta, combinato a quello speziato del maschio alle mie spalle, mi diede alla testa, al punto da ricordare a stento il mio nome.

Due potenti vampiri, che mi avevano ingabbiata tra i loro corpi massicci e letali.

Oh, Dea...

«Ti batte forte il cuore, Willow» mormorò Ryder, accostando il naso al mio collo. «Riesco praticamente a sentirlo palpitare in bocca. Hai paura? O è qualcos'altro?».

Non potevo rispondergli, perché non lo sapevo nemmeno io. Le mie gambe iniziarono a tremare. Fremevo, vittima di un desiderio sconosciuto, intriso di oscurità.

Ebbi l'impressione che la sua presenza mi stesse ipnotizzando.

No, la *loro* presenza era la causa di quello che sentivo. Due micidiali vampiri che avevano intrappolato la preda, sfruttando il loro fascino per ammansirla.

Non avevo nessuna speranza.

Erano troppo virili e rapaci perché potessi resistere.

Ryder mi sfiorò la gola con le labbra, mentre le sue dita scivolavano lungo la mia coscia, infilandosi tra le mie gambe. Trascinò un dito lungo il mio intimo, in un tocco che ebbe su di me l'effetto di un braciere ardente. Sussultai, per poi trovarmi bloccata dalle mani di Damien. Strette sui miei fianchi, mi tennero in posizione.

«Io non condivido i miei giocattoli, Willow» sussurrò Ryder. Le sue labbra tracciarono un percorso rovente dalla mia gola al mio orecchio. «Te l'ho già detto sull'aereo, ma le tue reazioni, stasera, mi fanno pensare che tu non mi creda. Quindi ti darò una piccola lezione, mio dolce animaletto. Sei pronta?».

No, era ciò che volevo rispondere. E invece annuii, come se non fossi stata altro che una marionetta, di cui lui muoveva i fili. Forse era proprio così. I vampiri erano in grado di controllare la mente, almeno fino a un certo punto. Era nella mia, in quel momento? Intento a dirigere le mie azioni?

Il suo dito mi accarezzò il clitoride, strappandomi un gemito e facendomi scordare a cosa stessi pensando.

La risatina di Ryder si infranse sul mio orecchio. «Lo prendo per un sì». Trascinò i denti sulla mia mascella, facendomi formicolare la pelle. Poi la sua bocca catturò la mia in un bacio al limite della violenza. Ansimai, affamata d'aria. Ma il mio respiro era frammentato, il mio corpo abbandonato a lui, la mia mente completamente ai suoi ordini.

Ryder mi consumava.

Mi divorava.

Mi possedeva.

Ogni sua carezza mi avvicinava sempre di più a un incendio che non mi avrebbe lasciato scampo.

Ogni tocco della sua lingua annullava la mia volontà di combattere.

E ogni ringhio di approvazione abbatteva un'altra delle mie difese.

Ero persa in lui.

Poi anche Damien si unì al gioco. Le sue labbra mi lambirono il collo in una carezza estranea. Le sue mani, che ancora mi cingevano i fianchi, mi bruciavano la pelle attraverso il tessuto impalpabile dell'abito. La sua erezione premeva sul mio sedere.

Volevo urlare, scappare, cadere in ginocchio tra di loro e implorarli.

Paura e confusione lottarono dentro di me, presto messe in fuga da una lussuria impetuosa, che cancellò la necessità di ogni logica.

Ryder mi pizzicò il clitoride. La fitta di dolore

riecheggiò dentro di me, lasciando la mia gola con un gemito. Sulle sue labbra dolci e inquietanti si disegnò un sorriso.

Una parte di me iniziò a piangere, travolta dal potere dei due maschi. Mi sentii annegare in un oceano di erotica follia.

«Mordila» disse Ryder, inginocchiandosi davanti a me. «Fa' sì che si ricordi di te».

Spalancai gli occhi, scioccata. *Non può essere vero.* Aveva appena detto che non mi avrebbe mai condivisa. Era quello il punto di tutta la dimostrazione, no?

Non capivo.

Non sapevo cosa dire.

Damien ringhiò; fu un suono aspro e aggressivo.

Mio principe...

Le parole erano lì, sulla punta della lingua. Una supplica pronta a lasciare le mie labbra, che ingoiai nel momento in cui Damien mi trafisse il collo. Il suo morso riverberò in tutto il mio corpo, fin nel profondo dell'anima.

Mi sentivo carica di elettricità, quasi come se fossi sul punto di esplodere.

Le mie cosce si serrarono, ricordandomi che Ryder si trovava proprio tra loro. *Cosa sta...*

Oh.

Oooh.

Gridai quando i suoi denti presero a tormentare la mia carne sensibile. I suoi mormorii famelici soffocarono qualsiasi protesta avessi intenzione di pronunciare.

Sì, sì, pensai. *Ancora, di più...*

Catturò il mio bocciolo pulsante tra le labbra, torturandomi con la lingua. Al tempo stesso, le braccia di Damien mi avvolsero, stringendomi a lui mentre si nutriva del mio sangue.

Ero in trappola.

Posseduta.

Stregata da entrambi.

Avevo una bocca sulla gola e una tra le gambe, che mi spingevano sempre più in alto, esigendo che il mio corpo cooperasse e si piegasse alla loro volontà.

Ero persa nel momento, persa in loro. Galleggiavo in un'oscura beatitudine, ammirando l'estasi che si profilava all'orizzonte.

Il morso di Ryder mi fece volare. Un morso dove non avrei mai pensato di desiderare la bocca di un vampiro.

Mi gettò in un altro stadio dell'esistenza, immergendomi in un feroce oblio.

Urlai, tremando così violentemente da non riuscire a stare in piedi. Damien mi resse, continuando a dedicarsi alla mia gola, nello stesso modo in cui Ryder si nutriva tra le mie cosce.

Mi ha morso il clitoride, pensai, contemporaneamente sconcertata ed eccitata.

I miei spasmi non accennavano a smettere; l'orgasmo che mi aveva travolta stava proseguendo ben oltre il momento in cui avrebbe dovuto placarsi. Era quasi doloroso, era così intenso che dovetti ricordarmi di respirare.

Se fossi morta in quel momento, non mi sarebbe importato. Quel tipo di estasi era riservato all'aldilà, non al presente. Eppure, ebbi l'impressione che la realtà ricominciasse ad affiorare attorno a me, in un vertiginoso cambio di scenario.

Non eravamo più in una scatola di metallo, ma in un corridoio, e poi in una suite. E il corpo muscoloso alle mie spalle mutò lentamente in un soffice materasso.

Furono scambiate delle parole.

Qualcosa su dei bambini e sulla visita a un harem.

Sentii Damien andarsene e Ryder tornare. Mi

accarezzò il corpo e si chinò su di me per baciarmi appassionatamente. La sua lingua mi introdusse a un sapore unico, che sospettai fosse mio, frutto del morso che mi aveva dato tra le cosce.

Mi aggrappai a lui, spaventata e sconvolta dalla nebbia che offuscava il mio giudizio.

«Va tutto bene» mi rassicurò.

Ma non gli credetti.

Niente andava bene.

Aveva appena mandato in frantumi il mio mondo, imprigionato la mia mente e ottenuto la mia resa con un paio di morsi.

Perché mi trovavo lì? Per quanto a lungo mi avrebbe tenuta con sé? E poi cosa sarebbe successo?

Non potevo dipendere da lui.

Non potevo fidarmi di lui.

Dovevo scappare, ma non avevo un posto dove andare.

«Ssh» sussurrò, con le labbra posate sulla mia tempia. «Imparerai a fidarti di me, Willow».

Fidarmi di lui? Mai.

«Mi hai spedita nei campi per la riproduzione» lo accusai, persa nel mio delirio. «Avrei dovuto essere una vigilante. Partecipare al Torneo dell'immortalità. E adesso sono uno spuntino. Un giocattolo sessuale. Un animaletto». Ed era potenzialmente la cosa migliore che mi fosse mai capitata. Che situazione folle. Scoppiai a ridere, un suono che percepii come vagamente isterico.

Non era divertente.

Neanche lontanamente.

Eppure i miei occhi si riempirono di lacrime che non riuscii a comprendere.

Era tutto così temporaneo.

Nel momento in cui si fosse stancato di me, sarei diventata il suo pasto. E non era forse esilarante? Ero sopravvissuta per più di vent'anni e avevo imparato tutte quelle cose solo per fargli da cena.

Un'altra risata mi sfuggì dalle labbra. Ma aveva un suono sbagliato. Spezzato. Un suono che faceva male all'anima.

«Almeno, come vigilante, avrei avuto un minimo di valore» sussurrai a me stessa, dimenticandomi della presenza di Ryder.

Solo che lui era ancora lì, e aveva sentito tutto quello che avevo detto. Quanti di quei pensieri avevo pronunciato a voce alta? Non ne avevo idea. Quasi non mi importava. Tanto, sapeva tutto. Era la sua specie a svilire la mia, condannandola a un destino di schiavitù.

«Sì, andare a caccia di altri umani dev'essere una vita meravigliosa per un mortale» commentò Ryder, con un tono sarcastico che mi diede sui nervi.

«Sempre meglio di essere braccati e sfruttati da dei mostri» risposi, scioccata dalle mie stesse parole. Cosa mi avevano fatto quei morsi? Tutte le mie inibizioni erano sparite, la mia mente e la mia bocca non avevano più alcun filtro.

Fui quasi sul punto di scusarmi, ma Ryder aveva già ricominciato a parlare.

«Pensi che i vigilanti non diventino anche loro la cena di qualcuno?» chiese, inarcando un sopracciglio. «Su, Willow. So che sei più sveglia di così».

Sarebbe dovuto essere un complimento, ma non suonava come tale.

«Tutta la società è orientata al compiacimento dei propri superiori» continuò. «I vampiri e i licantropi scelgono di fare quello che vogliono, quando vogliono. Potrei scoparti contro il muro, proprio ora, e tu non avresti voce in capitolo. Potrei prenderti sul balcone e spezzarti il collo mentre vengo, e gli altri vampiri sbaverebbero sul tuo cadavere. È un mondo ingiusto e crudele, ma è quello che è. La tua specie è debole. La mia no. Di conseguenza, tu ti devi inginocchiare. Io no».

Lo guardai a bocca aperta. La crudeltà delle sue parole mi stava facendo tornare in me. Era seduto sul letto, accanto a me, e mi osservava con uno sguardo oscuro e rovente. Non sapevo se fosse arrabbiato per quello che avevo detto io, o per il mondo in cui vivevamo. Forse entrambe le cose.

Come aveva fatto la serata a prendere quella piega? La mia beatitudine si era sciolta in una pozza di dolore e confusione. Il mio futuro era un mistero per me. Non sapevo più cosa aspettarmi, e ciò mi terrorizzava.

Ryder voleva che mi fidassi di lui.

Aveva promesso di non condividermi.

Eppure, Damien si era appena nutrito dalla mia gola.

«Questo mondo ti piace?» mi chiese dolcemente Ryder, accarezzandomi la guancia. A un certo punto, doveva avermi messa sotto le coperte. Perché non riuscivo a ricordarlo? Avevo perso i sensi, dopo che mi avevano morsa? Rammentavo solo il piacere che avevo provato, l'accenno di qualche conversazione e il mio risveglio in quel letto.

Ma non mi sentivo ancora del tutto bene. La confusione dettata dall'estasi mi stava ancora soffocando in una nebbia caotica.

«Willow» mormorò Ryder, seguendo col pollice i contorni del mio labbro inferiore. «Ti ho chiesto se questo mondo ti piace. Rispondimi».

«No» ammisi in un sussurro. Era la risposta sbagliata, ma era la verità. E se avesse voluto punirmi per quello che avevo detto, non mi sarei opposta.

«E di me cosa pensi?».

Aggrottai la fronte. Cercai di studiare la sua

espressione, ma senza successo. Cosa voleva che gli dicessi? La verità? Una bugia? Ah, la mia mente non sarebbe stata in grado di formularne una. Tutto ciò che riuscii a borbottare fu: «Non lo so».

Le sue labbra si incurvarono in un sorriso. «Allora stiamo facendo progressi».

Non capivo. Voleva che lo odiassi o che lo adorassi?

«Non sono come gli altri reali, Willow» mormorò. Il suo sguardo cadde sulla mia bocca. «Lo capirai presto». Si sporse e mi diede un bacio che mi accarezzò l'anima. «Dormi bene, mia dolce Willow».

C'era qualcosa in quell'affermazione che mi innervosì, anche se non riuscii a determinare cosa diavolo fosse.

Così chiusi gli occhi, annegando in un oceano nero come l'inchiostro, sorretta da una nuvola fin troppo soffice.

Il profumo di menta mi solleticò i sensi.

Il calore mi avvolse da dietro.

Un'aura protettiva circondò ogni centimetro del mio corpo.

Una parte di me capì che si trattava di Ryder che mi stringeva a sé, cullandomi in uno stato di benessere.

Giurai di averlo sentito canticchiare una melodia, che mi seguì fin nei miei sogni. Ma non poteva essere vero. La mia vita era costellata di incubi.

Solo per quella notte, però, finsi che fosse tutto reale. Lo strazio futuro, causato dalle mie false speranze, sarebbe valso quel sollievo temporaneo.

In questa vita abbiamo tutti un prezzo da pagare. Lacrime e sangue sarebbero stati il mio.

Ryder

Accarezzai dolcemente i capelli biondi di Willow. Erano così soffici, sembravano seta. Avrei potuto continuare così tutta la notte, era un'attività stranamente rilassante.

La mia lezione non era andata come previsto. Volevo farle capire che il morso di Damien sarebbe stato l'unico tipo di condivisione che avrei mai permesso. Ma si era abbandonata al piacere prima che potessi spiegarle quella parte. Poi si era gettata in un affascinante sproloquio su come sarebbe dovuta essere la sua vita.

Era la prova di un difetto significativo nella sua programmazione. Un difetto che le sarebbe valso un'esecuzione, se si fosse comportata così davanti a qualcun altro. Ma io lo trovai stranamente accattivante. Volevo sfruttarlo, far uscire allo scoperto quella parte nascosta di lei e sedurla.

Sapevo che c'era qualcosa di speciale in lei. Un fuoco che non avrebbe dovuto esistere, eppure era lì. Volevo crogiolarmi nelle sue fiamme, sperimentare ogni parte di lei, fino all'inferno e ritorno.

La mia dolce, cara Willow.

Non aveva idea di quello che volevo farle.

Il suo sfogo era stato solo la punta dell'iceberg. Ero

curioso di scoprire se si sarebbe ricordata tutto quello che aveva detto.

Si chiedeva cosa ne avrei fatto di lei, quando mi fossi stancato della sua compagnia. Era una preoccupazione legittima, a cui non avevo risposta. Perché non lo sapevo neanch'io. Non l'avrei mai rispedita al campo, né l'avrei lasciata sul tavolo di un ristorante. Trovavo ripugnanti entrambe le opzioni. E di certo non l'avrei data a un altro vampiro. Lei era mia.

Un ronzio proveniente dal monitor accanto al letto mi strappò dai miei dubbi sul destino di Willow. Mi accigliai quando una voce femminile e sensuale disse: «C'è una chiamata in arrivo da Silvano».

«Ah sì?» chiesi, inarcando un sopracciglio. «Strano, visto che è morto».

«Mi dispiace. Comando "strano, visto che è morto" non riconosciuto. Vuoi rispondere, rifiutare la chiamata o…».

«Rispondere» la interruppi, irritato dalla tecnologia scadente. Che senso aveva usare l'intelligenza artificiale, se non riusciva a cogliere il sarcasmo?

«Hai risposto alla telefonata» disse la voce.

Alzai gli occhi al cielo. «Grazie della telecronaca minuto per minuto».

«Ma non ho ancora iniziato» rispose Damien.

Sbuffai. «L'AI ha bisogno di un aggiornamento».

«Lo so».

«Di' a Benita di occuparsene».

«Già fatto» mi rassicurò Damien. «Ma non è per questo che ti sto chiamando».

Continuai ad accarezzare i capelli di Willow, che era ancora immersa in un sonno pacifico. «È morto qualcuno?». Non c'erano molti altri motivi per chiamarmi a tarda notte. Presto sarebbe sorto il sole, e per quanto non avesse alcun impatto su di me, la luce intensa non era molto amata dalla mia specie. I nostri sensi erano più adatti all'oscurità.

«Sì». Damien si schiarì la voce. «Garland».

Le mie sopracciglia schizzarono in alto. «Come?».

«L'ho ucciso».

«Ah». Non mi era mai importato molto del vecchio vampiro. A dire la verità, non mi piaceva nessuno della mia specie. Damien era l'unica eccezione, probabilmente perché l'avevo trasformato io. Anche sua sorella era una specie di eccezione, principalmente perché non era una di noi.

Il suo compagno, al contrario, era tutta un'altra storia.

Interruppi la mia passeggiata sul viale dei ricordi e mi concentrai sul motivo della telefonata di Damien. «Perché?».

«L'ho trovato nell'attico a intrattenere i suoi amici. Avevano già fatto fuori sei membri del tuo harem, prima che arrivassi».

«Quanti ne sono rimasti?».

«Dei suoi amici o del tuo harem?».

«Dell'harem». Avevo addestrato Damien io stesso. Sapevo che avrebbe ucciso tutti gli amici di Garland, tranne forse uno, che avrebbe usato per mandare un messaggio. Non c'era bisogno di entrare nei particolari, perché era esattamente quello che avrei fatto io al suo posto.

«Otto» rispose. «E sono spaventati a morte».

In altre parole, non erano il mio tipo. Preferivo giocare col fuoco, non con i topi. «Confido che ti prenderai cura di loro».

Sbuffò. «Una scopata farebbe più bene a te che a me. Io sono regolarmente attivo. Tu, d'altro canto, stai giocando con un animaletto che hai a malapena toccato dopo... quanti anni sono che non te la fai con nessuno?».

«Oh, non avevo capito che ti importasse» mormorai. «Adesso mi darai anche un voto sulle mie tecniche?».

«Ti ricordi almeno come si scopa?» ribatté.

«Ti sei dimenticato che ho accumulato quasi quattromila anni di esperienza, prima di trasformarti?» gli chiesi.

«Sì, sì, lo so. Per te è tutto noioso. Senti la mancanza della caccia, della lotta». Quasi riuscivo a sentirlo alzare gli occhi al cielo.

«Hai solo mille anni, Damien. Aspetta un altro paio di millenni, e capirai». C'era un'arte nel divorare le prede, un'arte che la mia specie sembrava aver dimenticato.

«Non capirò mai come sia possibile rifiutare qualcuno disponibile» rispose.

«Disponibile o costretto?» insistetti.

«Chiese il maschio che si era appena nutrito del suo animaletto come se avesse digiunato per anni» replicò Damien. «Non l'ho sentita acconsentire».

«Era implicito nel suo desiderio di venire con noi in città». Le sfiorai la guancia con le nocche. «In più, sei stato tu a suggerirmi di lavorare sulle sue reazioni in campo sessuale. Non se la cava male, vero?».

«Uhm...». Non mi sembrò molto convinto. «Bene, per quanto divertente possa essere questa conversazione, non ti ho chiamato per parlare della tua mancanza di una vita sessuale o di come stia il tuo harem. Ho la situazione sotto controllo. Ma è successo qualcos'altro che richiede la tua attenzione».

«Dimmi».

«Lilith ti cercava. Vuole che la richiami immediatamente».

Sorrisi. «Ah sì?».

«Sì. Allora, vuoi che ti descriva in dettaglio la scena del delitto, per temporeggiare? O ti è bastata la nostra conversazione sulla tua castità?».

«Questo è il motivo per cui ti tengo con me» lo informai. «Sai esattamente come gestirò qualsiasi situazione».

«Non tutte» rispose. Non avevo bisogno di chiedergli a cosa si riferisse. Perché sapevo che parlava di Willow.

Non mi era sfuggita la sua espressione sorpresa, quando avevo messo a letto Willow e le avevo rimboccato le coperte. Per non parlare di quando gli avevo detto di smetterla di nutrirsi del suo sangue, in ascensore, prima che la prendessi tra le braccia e la portassi nella mia nuova suite.

Willow era un'anomalia.

Un'esperienza diversa.

Una sfida che non comprendevo appieno.

Non avevo mai trattato male le femmine, ma non mi ero neanche mai preso cura di loro come avevo fatto con Willow. Damien non mi aveva mai chiesto spiegazioni al riguardo. Il che era un bene, visto che non avrei saputo come rispondergli.

«Presumo sia giunto il momento di richiamare Lilith. Secondo te, cosa vuole? Si accettano scommesse».

«Uhm… immagino che abbia saputo del tuo piccolo massacro di stasera» rispose Damien.

«Probabile». Mi accigliai. «Ma questo significa che qualcuno l'ha informata».

«Ne sei sorpreso?».

«No, solo curioso. Ci sarebbe utile scoprire chi sia stato, per poi usare il canale di comunicazione a nostro vantaggio». In quel modo, ci saremmo assicurati che Lilith ricevesse solo le informazioni che volevamo noi.

«Giusto. Me ne occupo subito».

«Bene». Fissai il pannello accanto al letto. «Come faccio a riattaccare?».

Damien scoppiò a ridere. «Più tardi ti farò avere un tutorial. Comunque, dopo che avrò messo giù, di' all'AI che vuoi chiamare Lilith. Il suo numero è già salvato».

«Sei un buon amico» gli dissi.

«Ed è per questo che mi darai accesso esclusivo al tuo harem» rispose lui.

«Chiamata disconnessa» intervenne la voce femminile.

A quanto sembrava, Damien aveva riattaccato prima che potessi aggiungere altro. Non che avessi avuto qualcosa da dirgli. Se voleva giocare con degli umani a cui era stato fatto il lavaggio del cervello, non sarei stato certo io a fermarlo. L'unica persona off-limits era Willow.

Esalai un sospiro, poi riportai lo sguardo sul pannello. «Chiama Lilith» dissi.

Aspettai che succedesse qualcosa.

Niente.

«Certo, come no, "di' all'AI che vuoi chiamare Lilith"». Borbottai, scendendo dal letto per studiare il pannello più da vicino. «Attivazione» dissi, leggendo il pulsante in alto a destra. «Okay, proviamo con questo». Lo premetti, quasi aspettandomi che esplodesse qualcosa. E invece no, la voce sensuale ricominciò a parlare.

«Ciao. Come posso aiutarti?».

«Potresti riprogrammarti da sola e farmi risparmiare un sacco di tempo» suggerii.

«Mi dispiace. Comando "potresti riprogrammarti da sola e farmi risparmiare un sacco di tempo" non riconosciuto».

«Ovviamente». *Dannata AI.* «Chiama Lilith».

«Sto chiamando Lilith» rispose immediatamente, con un tono soddisfatto.

Stavo alzando gli occhi al cielo, quando Lilith rispose:

«Perché ci hai messo così tanto? Ho chiamato la tua progenie più di un'ora fa. E perché diavolo non hai un telefono tuo?».

«A quale domanda vuoi che risponda per prima?» le chiesi, con un sorriso divertito stampato in faccia. Non solo Damien ci aveva messo un bel po' ad arrivare al motivo della sua telefonata, ma aveva anche aspettato prima di chiamarmi.

Bravo, pensai. Non che potesse sentirmi. Gli avevo donato l'immortalità, non la telepatia.

«Perché non inizi con la spiegazione di cos'è successo stasera? Sono stata informata dell'uccisione non autorizzata di più di dieci vampiri».

«Non autorizzata?» ripetei, grattandomi la mascella. «Impossibile, sono sicuro di averle autorizzate tutte».

«*Ryder*».

«Sì? Mi senti? Sta cadendo la linea?» chiesi, lanciando un'occhiata allo schermo. «Non riesco a raccapezzarmi con questa dannata AI. Preferisci che ti richiami più tardi da un altro telefono?».

Il suo ringhio riecheggiò in tutta la stanza, grazie agli altoparlanti posizionati strategicamente ai quattro angoli del soffitto. «Basta con le stronzate, Ryder. Se non riesci a gestire il tuo nuovo ruolo, verrò lì e me ne occuperò io».

«Chi ha detto che non ci riesco?» ribattei.

«Hai appena ucciso più di dieci vampiri!» urlò.

Inarcai un sopracciglio, rivolto al pannello. Non che potesse vedermi. O forse sì. Chi cazzo sapeva come funzionava quella roba? «Sì, e quindi?».

Riuscii praticamente a vederla stringersi l'attaccatura del naso; la sua irritazione era palpabile. «C'è stato un processo?».

«Oh, è necessario un processo?» le chiesi in tono innocente. Sapevo benissimo che le leggi del nuovo mondo richiedevano una marea di scartoffie e delle motivazioni adeguate per condannare a morte qualcuno. Ma non me ne fregava niente. «In fin dei conti, hanno tentato di uccidermi. Ho semplicemente ricambiato il favore, dando loro una dimostrazione del modo corretto di farlo».

«Cosa vuoi dire, che hanno tentato di ucciderti?».

«Janet ha mandato un gruppetto di vampiri alla mia tenuta in Texas per assassinarmi. Li ho uccisi tutti, tra l'altro. Il che significa che, al momento, ho più di venti cadaveri all'attivo». E avevo intenzione di aggiungerne molti altri nei mesi a seguire.

La mia spiegazione fu accolta dal silenzio.

Le diedi cinque secondi, poi dissi: «Lilith? La mia AI ha riattaccato? La tecnologia di Silvano è veramente datata. Esattamente come il suo stile di governo. Lilith? Sei ancora lì?».

«Sto assorbendo quello che hai detto» rispose a denti stretti.

«Ah. Hai bisogno di rifletterci sopra per cinque giorni, prima di raggiungere un verdetto?» non riuscii a trattenermi dal provocarla.

Di recente, Lilith mi aveva costretto a sopportare un soggiorno di cinque giorni presso il clan Clemente, mentre prendeva una decisione su come gestire un problema di sostituzione ai vertici. Trascorsi i cinque giorni, non ci offrì comunque un verdetto vero e proprio, promettendo invece di aggiornare alfa e reali alla successiva riunione del consiglio.

Che era previsto in circa sei settimane.

Merda, avrei dovuto partecipare.

Bleah. Dannata Chicago. Era molto meglio prima che Lilith ridecorasse la città per soddisfare la sua sete di sangue.

«Mi stai ascoltando?» sbottò Lilith.

«Scusa, non ti sentivo più» la informai. Tecnicamente era vero. Solo che l'avevo ignorata di proposito. Ops.

«Basta uccisioni» ordinò. «Le vite dei vampiri sono sacre. Chi commette un reato merita un processo, a cui seguirà la necessaria riabilitazione. Smettila di fare di testa tua o ti rimuoverò dalla tua posizione *temporanea*».

Oh, tesoro, mi piacerebbe vederti provare, pensai. «Ma certo, *Vostra Altezza*. Hai altri ordini da impartirmi?».

«Sì. Chiamami ogni giorno. Dovrai tenermi al corrente di tutto».

Stavo per ribattere alla sua richiesta, quando l'AI disse: «Chiamata interrotta».

«Stronza» borbottai, sia a Lilith che a quell'aggeggio infernale. Mi passai una mano tra i capelli e sbuffai. «Cazzo».

Non avevo nessuna intenzione di ascoltare Lilith o di seguire le sue regole idiote. Quello era il mio territorio, e non c'era niente di temporaneo al riguardo.

Un dolce aroma mi solleticò il naso, ricordandomi della presenza di Willow. Inspirai profondamente, lasciando che il suo profumo mi calmasse i nervi. Poi abbassai lo sguardo su di lei, solo per rendermi conto che mi stava osservando.

Mi accigliai. «Non dovresti essere sveglia». L'avevo costretta a cadere nel mondo dei sogni.

Ero così distratto da Lilith da averla liberata dal mio giogo? Frugai nella mente alla ricerca della connessione che avevo sfruttato per farla addormentare, ma non la trovai. *Beh, questa è nuova.*

«Quanto hai sentito della telefonata?» le domandai.

«Abbastanza» rispose Willow. Non sembrava minimamente assonnata.

La osservai per un lungo istante. «Hai bisogno di cibo?». Non le avevo dato niente da mangiare da quando avevamo lasciato la tenuta. Di norma, agli umani servivano molti pasti nel corso della giornata. Ero stato talmente preso dal nostro arrivo in città da essermene dimenticato. Invece di darle la possibilità di rispondere, dissi: «Andiamo a razziare la cucina».

Le tolsi le coperte di dosso, facendole capire che non si trattava di una richiesta, ma di un ordine.

Lei scese dal letto, attirando la mia attenzione sulle sue splendide gambe nude.

Le avevo strappato di dosso l'abito mentre era ancora persa nel suo stato di beatitudine, poi l'avevo rivestita con una delle mie camicie. Le arrivava a metà della coscia, lasciandola delicatamente esposta sotto il tessuto candido. Mi sarebbe bastato sollevare l'orlo di qualche centimetro per ammirarla in tutto il suo splendore.

Mmm.

Il suo sapore mi tormentava ancora la lingua, e non vedevo l'ora di concedermi un altro morso.

Ma prima dovevo nutrire lei.

Ryder

Mi voltai verso la porta e la condussi nella zona giorno, appena fuori dalla camera da letto, verso la cucina. Al di là della cucina c'era anche una sala da pranzo con un bel tavolo spazioso. Non era una suite molto grande, ma andava bene come residenza temporanea. C'era perfino un balcone da cui ammirare la città. Non che mi importasse, ma forse a Willow sarebbe piaciuto.

Rovistai nella dispensa e nel frigorifero, trovando soltanto sacche di sangue. Niente cibo per umani.

Ovvio. Nel preparare una suite, non avrebbero mai considerato le esigenze umane.

Osservai lo schermo sul frigorifero e notai con fastidio quanto fosse simile a quello accanto al letto. Cliccai sul pulsante di attivazione, da cui ebbi lo stesso responso. Dopo che la voce femminile ebbe finito con le sue frasette di benvenuto, dissi: «Voglio cibo».

«Che cibo desideri?».

Inarcai un sopracciglio. «Voglio due filetti, purè di patate con extra burro e una porzione di fagiolini». Erano secoli che non mi concedevo un pasto del genere, così decisi di approfittarne.

«Quando desideri che ti venga servito?» chiese l'AI.

«Adesso».

«Ordine inviato. C'è qualcos'altro che posso fare per te?».

«Sì, aggiungi all'ordine anche del gelato alla vaniglia con sciroppo al caramello, codette e panna montata».

«Quando desideri che ti venga servito?».

«Adesso» ripetei.

«Ordine inviato. C'è qualcos'altro che posso fare per te?».

«Puoi variare le frasi» suggerii. «Tutte queste ripetizioni mi annoiano».

«Mi dispiace. Comando "puoi variare…"».

Premetti il pulsante di spegnimento prima che potesse ripetermi tutto quello che avevo detto. «Dannata AI».

Uno strano suono provenne da Willow. Mi girai verso di lei, trovandola con una mano premuta sulla bocca e gli occhi spalancati.

«Hai appena… ridacchiato?» le chiesi.

Scosse vigorosamente la testa.

«Perché stai mentendo?» insistetti. «Hai riso». Ed era un suono dolcissimo. Volevo farglielo fare di nuovo.

Ma lei rimase a fissarmi con quel suo sguardo da cerbiatto accecato dai fari di un'auto.

«Pensi che ti punirò per esserti divertita a mie spese?» le domandai.

Nessuna risposta.

«Non so cosa sia più irritante, se il tuo silenzio o l'incapacità dell'AI di fare conversazione». Mi massaggiai la nuca sospirando profondamente. «Siamo soli qui, Willow. Quali sono le mie regole?».

Deglutì visibilmente, abbassando lentamente la mano che le copriva la bocca. «Non ci sono regole» sussurrò.

«Esatto. Quindi se vuoi ridere fallo, cazzo».

«Okay». Il suo tono indicava che non era affatto "okay", ma decisi di lasciar perdere.

Ci fissammo per qualche istante. I suoi occhi chiari traboccavano di domande. «Avanti» la esortai. «Cosa vuoi sapere?».

Aprì le labbra, poi le richiuse, poi le aprì di nuovo. «Era…». Si schiarì la voce. «Era la Dea al telefono, vero?».

Sbuffai. «Lilith. Sì. Ma non è una dea. È solo una vampira. Giovane, tra l'altro».

Willow aggrottò le sopracciglia. «Giovane?».

«In confronto a me e a qualcun altro, sì. Perché? Quanti anni dice di avere?».

«È senza età» rispose Willow. «E venerata da tutti».

«Da tutti gli umani. Ma non dalla mia specie. È solo una vampira assetata di potere». Incrociai le braccia sull'isola della cucina e mi ci appoggiai; Willow era in piedi dall'altro lato. «Ho quasi cinquemila anni. Lilith deve averne circa duemilacinquecento, forse un po' meno. È potente, ma non è una divinità».

Willow mi fissò a bocca aperta. «Hai quasi cinquemila anni?».

Feci spallucce. «È un po' che sono in giro».

«E sei un reale temporaneo?». La confusione le disegnò una smorfia sul viso. «Non sei abbastanza vecchio da esserlo in modo permanente?».

Sospirai. «Sono uno dei più antichi vampiri esistenti, animaletto. Solo Kylan e Cam hanno la mia stessa età. E non c'è niente di temporaneo nel mio titolo. Lilith sembra convinta che sia solo una prova, ma io sono più vecchio e più potente di lei. Quindi, per quanto mi riguarda, può anche baciarmi il culo». Lei e le sue fottute leggi. Come se le avessi mai dato retta.

«Cam...». Qualcosa lampeggiò nei suoi occhi azzurri. «Ha sfidato la Dea ed è morto».

«È quella la storia che ha confezionato per le giovani menti di questa generazione?» chiesi, divertito. «Come si sbaglia. Cam è vivo e vegeto».

«C'è stata un'esecuzione pubblica». Willow chiuse per un attimo gli occhi, concentrandosi come se stesse richiamando l'immagine di qualcosa. «C'era una foto sul libro di storia».

«Le foto possono ingannare, così come le storie». Mi allontanai dall'isola. La camicia del vestito da sera mi sembrava improvvisamente troppo stretta.

Quando avevo messo a letto Willow non mi ero cambiato, principalmente perché preferivo dormire nudo e non avevo ancora deciso dove farlo. Il divano non era per nulla invitante, e sicuramente non avrei improvvisato un letto sul pavimento.

Senza dire una parola a Willow, la lasciai in cucina e andai in camera da letto. Lì, mi misi qualcosa di più comodo: un paio di pantaloni del pigiama. Niente scarpe, niente calzini, niente camicia. Molto meglio.

Quando tornai in cucina, trovai Willow seduta al bancone. Mi osservò, indugiando sulle mie braccia tinte di inchiostro. Aveva studiato i miei tatuaggi anche durante i nostri allenamenti, ma non mi aveva mai fatto domande.

«Sono dei disegni tribali risalenti a quando ero ancora un umano» le spiegai, sentendo il bisogno di condividere. Non erano come quelli che si erano dipinti sul corpo i mortali negli ultimi secoli, prima della rivoluzione. Tanto per cominciare, i miei erano neri, non colorati. E i simboli potevano essere letti solo dai più anziani della mia specie.

Mentre mi avvicinavo a lei, Willow seguì con gli occhi i segni impressi sulla mia pelle. «Ti hanno fatto male?».

«Non me lo ricordo». I ricordi di quando ero un mortale andavano e venivano. Raccontavano storie così vecchie che mi capitava raramente di pensarci.

Alzò lo sguardo per incontrare il mio. I suoi lineamenti brillavano di meraviglia. «Ci viene insegnato che i reali sono esigenti e letali. Non gentili e compassionevoli. E che obbediscono alla Dea e la adorano. Tu non... non sei come loro».

Ridacchiai. «Tesoro, nessuno di noi lo è. La tua mente è stata riempita di stronzate per soggiogarti».

Non disse nulla, limitandosi a guardarmi con un'espressione incredula.

Così decisi di darle una spiegazione migliore.

«Perché pensi che i vigilanti siano umani?» le chiesi.

«Sono l'élite dei mortali, destinati a proteggere coloro che servono».

«Perché?» insistetti. «Perché mai dovrei aver bisogno di un umano per proteggermi?». Non era una domanda scortese, solo diretta. «Potrei staccarti la testa in meno di un secondo. Hai visto tu stessa cos'ho fatto in quella sala, stasera. A cosa dovrebbe servirmi un esercito di umani?».

Si accigliò. «Non... non lo so». Almeno era onesta.

«Il loro compito principale è tenere in riga gli altri umani» le spiegai. «Siete stati addestrati a combattere tra di voi, creando una società basata sull'oppressione. Vi insegnano fin da bambini a competere gli uni contro gli altri per l'esigua possibilità di ottenere l'immortalità. Al giorno d'oggi non c'è nessuna lealtà tra gli umani, nessuna unità. Perché altrimenti sareste una minaccia per la società creata da Lilith e i suoi scagnozzi».

Probabilmente avevo detto troppo, ma a chi importava? A me no di sicuro. E cosa avrebbe fatto Lilith? Avrebbe preteso che abbattessi il mio animaletto solo per averle fornito un briciolo di verità? Al diavolo. Non rispondevo a nessuno, e men che meno a quella stronza che si credeva superiore a me.

«Non sei assolutamente come mi aspettavo» disse infine Willow.

«Bene. Mi piace essere diverso». Le feci l'occhiolino, poi mi sedetti sullo sgabello accanto al suo. «Forse la prossima volta mi crederai, se ti dico che non ho intenzione di condividerti con nessuno».

«Mi hai condivisa con Damien» mi fece notare.

«Davvero? Ha solo bevuto un po' del tuo sangue. Non gli ho permesso nemmeno un semplice bacio». Sollevai un sopracciglio. «È quella la condivisione che ti aspettavi?».

Rimase in silenzio per qualche secondo, riflettendo. «No. Mi aspettavo... di più».

Perché l'università le aveva insegnato a piegarsi e a subire tutto ciò che le ordinavano i suoi superiori.

Che noia.

Ciò che non mi annoiava, però, era il curioso luccichio nei suoi splendidi occhi.

«Vuoi di più, Willow?». La mia voce si era abbassata di un'ottava. La mia fame stava venendo in superficie.

«Più condivisione?» chiese.

«Di più in generale» la corressi.

«Con te?».

«Sì». Trattenni il suo sguardo.

«Ho scelta?». Le uscì con un tono vagamente insolente, ma glielo concessi. Centimetro dopo centimetro, avrei rimosso ogni strato della sua programmazione, fino a trovare la gemma che si nascondeva all'interno. Perché era così che stavano le cose; la società costringeva gli umani in un involucro che li rendeva noiosi e insignificanti.

In qualche modo, però, Willow era riuscita a incrinare

il suo quanto bastava per permettere alla sua luce di brillare.

E io volevo vederne molta di più.

«Non ti ho mai costretta a compiacermi» mormorai. «Anzi, non ho fatto altro che offrirti piacere. Certo, probabilmente in quello non avevi scelta, ma sappiamo entrambi che hai apprezzato». La sfidai con un'occhiata a negare.

Ma non lo fece.

«Mi confondi» disse.

«Confondo un sacco di gente». Era una delle qualità di cui ero più fiero. «Forse un giorno riuscirai a capirmi».

«Ne dubito».

Sorrisi. «Vedremo».

Un piacevole silenzio calò tra di noi, solo per essere disturbato qualche minuto più tardi dal suono di un campanello. «Il tuo cibo è arrivato» annunciò l'AI.

«Ti piace proprio sottolineare l'ovvio, eh?».

«Mi dispiace. Comando "ti piace proprio…"».

Con un balzo mi lanciai verso il frigorifero, dove sbattei la mano sul pulsante di spegnimento.

Stavolta la risatina di Willow fu un suono vero e proprio, e non si coprì nemmeno la bocca con la mano. Anche se, quando mi girai verso di lei, si sforzò di sembrare il ritratto della serietà. Chissà che aspetto aveva, quando sorrideva.

Lo aggiunsi alla mia lista mentale di cose che volevo fare con lei.

La lasciai di nuovo in cucina e andai verso la porta. La aprii e mi ritrovai davanti la cameriera che mi aveva offerto i suoi organi, con un vassoio in mano. «Vedo che Meghan ha già riferito i miei ordini» mormorai compiaciuto. Non avevo detto che avrebbe dovuto servirmi anche fuori orario, ma non avevo intenzione di lamentarmi.

La ragazza non disse niente. Si limitò a restare immobile.

«Preferisci passarmi il vassoio o portarlo dentro tu?» le chiesi.

Lei sbatté velocemente le palpebre con un'espressione confusa. «Io...». Il vassoio iniziò a traballarle in mano. Stava tremando.

«Dammi, lo prendo io» dissi, afferrandolo qualche istante prima che le sue braccia cedessero. Fu a quel punto che mi resi conto di quanto fosse pesante, soprattutto per un corpo esile come il suo. La ragazza cadde in ginocchio, pronunciando una valanga di scuse per il suo comportamento.

Cosa cazzo stava succedendo?

«Vieni dentro. Adesso» le ordinai, indietreggiando col vassoio in mano. Lei iniziò a camminare a quattro zampe, nell'entrata più lenta a cui avessi mai assistito. «Puoi camminare normalmente».

Si alzò, obbediente, e la sua uniforme si mosse, scoprendole parte della schiena. Colsi un bagliore rossastro, poi un aroma ferroso mi solleticò il naso.

Stava sanguinando.

Andai in fretta ad appoggiare il vassoio sul tavolo della sala da pranzo. Willow era ancora in cucina, in piedi accanto al bancone che separava le due stanze. Quando vide entrare la cameriera, le sue guance si tinsero di un adorabile rosa intenso, e un nuovo odore impregnò l'aria. Un odore primordiale.

Una reazione territoriale, capii. A Willow non piaceva che ci fosse un'altra donna nella suite. Interessante.

Ma avrei approfondito la questione più tardi.

In quel momento, la mia priorità era la cameriera. «Togliti l'uniforme».

L'odore proveniente da Willow si intensificò, distraendomi ancora una volta.

È proprio gelosa, pensai.

Il mio interesse per quella rivelazione svanì nel momento in cui la cameriera si spogliò. La sua pelle color crema era costellata di tagli sanguinanti. «Fammi vedere la schiena» le ordinai.

Si morse il labbro inferiore e si voltò, mostrandomi la pelle martoriata tra le scapole. «Chi è stato? E perché?».

La ragazza tremò violentemente. «Non… non vi ho soddisfatto, quindi sono stata punita».

«Da chi?» sbottai, livido.

«Meghan» rispose con un filo di voce. «Mi dispiace, mio principe. Vi prometto che mi comporterò meglio. Non vi deluderò più. Vi giuro che…».

«*Basta*» esclamai con più violenza di quanto volessi, facendo prostrare di nuovo la cameriera sul pavimento. Era esattamente quello che detestavo della programmazione imposta agli umani. Li rendeva deboli, senza spina dorsale. Toglieva loro ogni desiderio di lottare. Li riduceva a timide creature che facevano di tutto per compiacere i loro padroni, a spese della loro personalità.

Non erano nient'altro che un branco di zerbini con le gambe.

Andai verso il frigorifero per attivare di nuovo l'AI. Non le diedi la possibilità di parlare, ordinandole subito: «Chiama l'attico di Silvano. Adesso».

«Sto chiamando l'attico di Silvano».

Dopo qualche istante, Damien rispose: «Vedo che hai finalmente capito come usare la tua AI».

«Vieni qui. Ora». Premetti il pulsante di spegnimento, aspettandomi che terminasse la telefonata, ma non lo fece. Distruggere quel dannato marchingegno e sostituirlo con le mie apparecchiature era appena salito in cima alle cose da fare.

«Cos'è successo?» chiese Damien.

«Vieni qui e basta. E riattacca il telefono».

Obbedì senza fare commenti, e mi affrettai a premere il pulsante di spegnimento prima che l'AI ricominciasse a parlare.

A differenza dei precedenti, quello scambio non suscitò l'ilarità di Willow. Il suo sguardo era fisso sulla ragazza. L'intenso odore di gelosia era sparito, rimpiazzato dalla preoccupazione.

Serrai la mascella.

Confortare gli umani non era esattamente nelle mie corde. A parte Willow. Lei era... diversa.

Incontrai il suo sguardo, poi indicai la cameriera con un cenno del mento. «Aiutala».

Willow non mi chiese come o perché, se ne andò e basta.

Aggrottai la fronte e la seguii fuori dalla cucina. Poi la vidi sparire in camera da letto. «Cosa diavolo stai facendo?» le urlai.

«Sto aiutando!» gridò di rimando.

Non capii se fosse seria o se stesse cercando di fare la spiritosa, ma quando tornò con una pila di asciugamani tra le braccia ebbi la mia risposta. Ne mise alcuni sotto il rubinetto della cucina per inumidirli, poi li usò per tamponare e pulire le ferite della ragazza.

«Meghan ti ha frustata?» le chiesi, studiando i segni che le squarciavano la pelle.

«Sì, mio principe» rispose con voce roca. «Giuro che non...».

«Smettila. Non sono scontento del tuo lavoro». Meghan, al contrario, avrebbe dovuto prendere appunti su suppliche e scuse. Perché l'avrei massacrata.

I minuti successivi passarono in un silenzio teso. Willow si stava occupando della ragazza, mentre io guardavo il sole sorgere sulla città.

La mia prima notte a Silvano City mi fece desiderare che fosse l'ultima.

Purtroppo, quello era solo l'inizio.

Willow

Sciacquai gli asciugamani nel lavello osservando, come intorpidita, l'acqua tinta di rosso vorticare nello scarico.

I vampiri avevano *frustato* quella povera ragazza.

Aveva quattordici ferite addosso, alcune più profonde delle altre.

Per tutto il tempo in cui mi presi cura di lei, non smise un attimo di tremare di paura. Si rifiutò anche di aprire bocca, nonostante avessi tentato di parlarle. Era come se la luce fosse sparita per sempre dai suoi occhi, scacciata da anni di oppressione.

Capivo fin troppo bene come si sentisse. Senza Rae e Silas, non sarei mai sopravvissuta all'università. Furono dei veri amici. Mi aiutarono a non impazzire, anche durante i momenti più duri.

Finché non venni spedita al campo.

C'ero andata da sola, mentre loro avevano potuto partecipare al Torneo dell'immortalità. Chissà se avevano vinto. Chissà dov'erano.

Una parte di me voleva chiederlo a Ryder. Ma lui aveva ammesso di essere un recluso e di non saperne molto dei fatti recenti, quindi probabilmente non avrebbe potuto rispondermi.

Forse avrei potuto scoprirlo da qualcun altro presente in città.

No. Sarebbe stato troppo pericoloso. E sulla base della mia esperienza con la femmina di cui mi ero appena occupata, nessuno sembrava molto propenso a parlare.

Un tocco leggero alla base della schiena mi fece sobbalzare. Ryder era accanto a me, intento a osservarmi con i suoi penetranti occhi scuri. Si muoveva in modo così silenzioso da ricordarmi un animale furtivo, sempre a caccia della preda.

«Sei sconvolta» disse, esaminando la mia espressione. «È per via della ragazza?».

«Io...» deglutii. «No. Ho visto di peggio». Il ricordo di un'assemblea mi attraversò la mente, portandosi dietro un giovane che gridava, sferzato da ogni lato dai vampiri che di lì a poco lo avrebbero divorato.

Ci avevano costretti tutti a guardare.

Chi piangeva veniva punito.

Lo scopo era insegnarci l'imperturbabilità e l'accettazione. E serviva anche a mostrarci cosa sarebbe successo a chiunque avesse disobbedito ai superiori.

Rabbrividii al ricordo di quelle immagini raccapriccianti, poi mi concentrai di nuovo sugli asciugamani. Avevano ancora una sfumatura rosata. Il tessuto candido era rovinato per sempre. Quando allungai la mano per provare di nuovo a pulirli, Ryder mi catturò il polso e mi allontanò dal lavello.

«Basta. Lasciali lì» disse dolcemente, studiandomi ancora una volta. «Hai fame?».

Avrei dovuto essere affamata, in effetti, dal momento che avevo trascorso tutta la notte a digiuno. Ma il mio stomaco si ribellò all'idea di mangiare. Così scossi la testa. «No».

Mi tirò a sé, poi lasciò andare il mio polso per

prendermi il viso tra le mani. «Damien si occuperà di lei. Non metterà mai più piede nelle cucine».

Avevo sentito quella parte della loro conversazione. Così come la discussione che ne era seguita, quella sulla propensione di Ryder ad aiutare gli umani.

«Non puoi salvarli tutti» gli aveva detto Damien. «Sono solo bestiame, Ryder».

«Non c'è niente di sbagliato nel rispettare il nostro cibo. Eppure tutti sembrano trarre piacere dal trattarli crudelmente, in questo nuovo mondo. Come se dovessimo dimostrare qualcosa. La nostra specie ha vinto la guerra. Non è abbastanza?».

Damien aveva risposto in un'altra lingua, dal tono molto gutturale, che non capii. Ma qualsiasi cosa gli avesse detto, suonava furioso. Di conseguenza, la cameriera iniziò a tremare ancora più violentemente, attirando lo sguardo predatorio di Damien. A quel punto, il vampiro sospirò e borbottò: «Okay, me ne occupo io».

«Non le farà del male» mi rassicurò Ryder, riportandomi al presente. «Esattamente come non ha fatto male a te».

Fissai quel vampiro che non riuscivo a capire e non seppi cosa rispondere. Stava cercando di farmi sentire meglio, e non sapevo perché. Non era una cosa normale. Eppure Ryder continuava a sfidare qualsiasi aspettativa; le sue parole e le sue azioni mi permettevano di vedere l'uomo sotto la maschera da vampiro.

E ciò che vedevo mi spaventava a morte.

Perché quell'uomo mi *piaceva*.

«Le tue pupille si stanno dilatando» mormorò Ryder, il cui sguardo continuava ad accarezzare i miei lineamenti. «Non sembri più turbata, ma non riesco a capire questa espressione. A cosa stai pensando, animaletto?».

«Che sono felice di poterti confondere quanto tu

confondi me» ammisi, rivelandogli a cosa stessi pensando in quel preciso istante.

«Allora dovremmo passare direttamente al dessert». Fece un passo verso di me, spingendomi a indietreggiare verso il bancone alle mie spalle. Premette il corpo sul mio, continuando a tenere il mio viso tra le mani. «Hai mai mangiato un sundae?».

«Non l'ho neanche mai sentito nominare». Che fosse un eufemismo per qualcos'altro?

«Oh, bisogna rimediare subito». Coprì la distanza tra le nostre bocche per sfiorarmi le labbra con un bacio, un bacio così dolce da sembrare quasi affettuoso.

Feci per ricambiare, ma lui stava già indietreggiando verso il frigorifero.

«So che hai detto di non aver fame, ma un gelato non conta come vero cibo. E penso che tu ti sia guadagnata un sundae, dopo tutto quello che abbiamo passato stanotte». Annuì, rivolto alle finestre della zona giorno, come a sottolineare che ormai era mattina.

I raggi del sole che si riversavano su Silvano City si riflettevano sulle vetrate degli altri edifici, creando un'armonia di colori diversa da qualsiasi cosa avessi mai visto. All'università le lezioni si tenevano di notte, perché i nostri professori vampiri preferivano il buio. Non avevo mai saputo perché, né mi ero mai trovata in una situazione in cui avessi potuto chiedere.

«Sei di nuovo immersa nei tuoi pensieri» osservò Ryder, appoggiando due ciotole sull'isola della cucina, attorno a cui eravamo seduti in precedenza.

«Stavo pensando al sole». Suonava ridicolo detto ad alta voce, ma era la verità.

«E…?» mi esortò a continuare, tornando di nuovo al frigorifero. Lì aprì lo scompartimento inferiore. Ne sfuggì dell'aria fredda, che raggiunse le mie gambe nude e mi fece rabbrividire.

«I vampiri preferiscono la notte, di conseguenza all'università vedevamo raramente il sole» spiegai, facendo un passo di lato per evitare di essere lambita di nuovo dal gelo.

Ryder recuperò un contenitore e richiuse lo scomparto, poi aprì l'anta superiore e afferrò qualcos'altro che non riconobbi.

Quando ebbe disposto tutto quanto sul bancone, indicò uno degli sgabelli e disse: «Siediti».

Che maschio eloquente.

Obbedii lo stesso, curiosa di vedere cos'avesse intenzione di preparare. Gli ingredienti provenivano da qualsiasi cosa ci fosse sul vassoio portato dalla cameriera.

Aspettando l'arrivo di Damien, Ryder si era messo a riporre il cibo in vari scomparti. Ebbi l'impressione che fosse tutto un modo per tenersi occupato ed evitare di avere a che fare con la ragazza. Un'altra delle sue stranezze, visto che la maggior parte dei vampiri si sarebbero avventati sulla femmina ferita, prosciugandola.

«È per via dei nostri sensi» disse tutto d'un tratto.

Aggrottai le sopracciglia. «Sensi?».

«Sì». Alzò lo sguardo e interruppe per un attimo quello che stava facendo, ossia prelevare delle palline bianche dal contenitore. «È per quello che non ci piace il sole. È troppo abbagliante per i nostri occhi».

«Oh». Perché me lo stava spiegando?

«Siamo fatti per la notte» aggiunse, tornando al suo compito. «I licantropi per il giorno. Anche se penso che molti di loro adesso operino principalmente nelle ore notturne, adattandosi al ritmo dei vampiri. Ma non è sempre stato così».

«Parli spesso come se tutto quello che esiste fosse una

novità» dissi lentamente. «È a causa di ciò che si è evoluto nel corso della tua vita?». Aveva affermato di avere quasi cinquemila anni. Da quello che sapevo, eravamo solo nell'anno centodiciassette.

«Mi crederesti se ti dicessi che un tempo erano gli esseri umani a governare il mondo?».

Ridacchiai. «Impossibile».

«Non ora, no. Ma per la maggior parte della mia lunghissima esistenza, sono stati i mortali a dominare». Si allontanò per rimettere il contenitore nello scomparto inferiore, poi continuò: «È cambiato tutto quando gli umani hanno scoperto per la prima volta dell'esistenza dei licantropi. Volevano usarli come super soldati. Come puoi immaginare, la cosa non andò bene. Così fummo costretti a mettere i mortali al loro posto».

«Come bestiame» borbottai, facendo riferimento al termine usato da Damien. Non era stato il primo a usarlo in mia presenza.

«È vero che gli animali sono cibo. Ma non esisteremmo senza la tua specie, un dettaglio che i miei simili continuano a dimenticare». Ryder afferrò una bottiglia marrone e sbuffò leggendo l'etichetta. Poi tolse il tappo e la schiacciò, facendo scendere una sostanza liquida sulle ciotole.

Non ero sicura del perché la considerasse una delizia. Non sembrava per nulla commestibile.

Quando finì, ci spruzzò in cima qualcosa di bianco e soffice, per poi cospargere il tutto con delle scagliette colorate. Completò l'opera infilando un cucchiaio in ogni ciotola e ne spinse una verso di me. «Provalo».

Studiai il dessert, notando il modo in cui ogni ingrediente sembrava sciogliersi nell'altro. «Cosa c'è dentro?». Aveva ordinato diverse cose; alcune le avevo riconosciute, altre no. E di sicuro nel dessert non c'erano fagiolini.

«Provalo e te lo dirò». Ne prese una cucchiaiata e gemette non appena il gelato toccò la sua lingua. Il suono, unito alla sua espressione rapita, mi fece stringere le cosce. Era una visione stranamente erotica. E terribilmente invitante. «Continua a guardarmi così e sarai tu a farmi da dessert».

Il suo tono seducente mi fece rabbrividire. Perché gli credevo. E non ero sicura che in quel momento il mio corpo avrebbe potuto reggere un altro morso.

Mi guardò con un sopracciglio inarcato. «Ti devo imboccare, animaletto? Perché se vuoi lo faccio, ma non sarà un sundae». Le fiamme che ardevano nei suoi occhi neri chiarirono perfettamente cosa intendesse.

Una parte oscura di me voleva accettare la sua offerta. *Che sapore avrebbe avuto?*, mi chiesi, ritrovandomi ancora una volta a serrare le cosce.

Quell'uomo era riuscito a farmi perdere la testa col suo comportamento eccentrico e il suo tocco irresistibile. Ero quasi sul punto di cadere in ginocchio e chiedergli un assaggio, un qualcosa che non avrei mai pensato di fare con un essere superiore.

«Preferisci avere me come dessert?» mi chiese, scoccandomi un sorriso minaccioso. Girò attorno al bancone, avvicinandosi lentamente e risolutamente a me. Poi prese il mio cucchiaino e me lo avvicinò alla bocca. «Apri».

Le mie labbra si schiusero automaticamente. Mi sentii come se il suo ordine mi avesse accarezzato i sensi. Osservò la mia bocca, seguendo con lo sguardo il sundae appoggiarsi sulla mia lingua.

Feci una smorfia.

Troppo dolce.

Era come mangiare una cucchiaiata di zucchero.

Mi venne da vomitare, ma riuscii a costringermi a deglutire. L'intera scena sembrò divertirlo immensamente.

Si mise a ridacchiare, tenendo il cucchiaino ancora sospeso a pochi centimetri dalla mia bocca. «Hai seguito un intero corso su come fare i pompini e ti vengono i conati per un po' di gelato? Pensavo l'avessi superato...».

Il richiamo alla mia esperienza universitaria mi strappò un'altra smorfia.

«I miei studi non coinvolgevano sostanze zuccherine» risposi. «E l'ho superato davvero. A pieni voti. Puoi controllare».

«Oh, ho tutte le intenzione di farlo» mormorò. «Sono particolarmente curioso dei voti che hai preso. Voglio dire, come si fa a valutare qualcuno sulla sua abilità nel sesso anale? Cronometrano quanto ci metti a far venire un maschio? E quel maschio è un mortale? Perché se così fosse, sarebbe una preparazione molto carente. Voglio dire, gli umani sono facili. Riesco a farti eccitare con qualche piccolo morso. Non ho nemmeno bisogno di toccarti il clitoride per farti venire».

Il calore mi strisciò lungo la spina dorsale, fino a raggiungere la mia nuca. La sua vicinanza e le sue parole avevano sbrogliato qualche filo nascosto nelle profondità della mia mente, un filo che mi costrinse a rispondere con la prima cosa che mi passava per la testa: «Eravamo valutati in base alla tecnica e alla precisione».

«Ah sì?» chiese, posando il cucchiaino accanto alla mia ciotola. «Potrei testarti io stesso, vedere se sei all'altezza di gestire quello che ho da darti».

Lo fissai dritto negli occhi, travolta da uno strano coraggio.

L'incertezza gli balenò nello sguardo. Come se

pensasse che non fossi in grado di soddisfare i suoi bisogni sessuali.

Forse aveva ragione. Forse era davvero troppo per me. Ma allora mi avrebbe messa da parte e si sarebbe trovato un altro animaletto. E non volevo che succedesse.

Quando aveva invitato la ragazza nella suite, una parte della mia anima si era spezzata, scatenando un bizzarro istinto territoriale. Ero a un passo dal rivendicarlo come mio. Era una reazione completamente idiota, che non sarebbe mai durata. Ma non volevo condividerlo. Almeno non in quel momento.

Quel bisogno animalesco di farlo mio sbocciò dentro di me da una fonte sconosciuta. Da un'entità che ammirava la bestia racchiusa in lui, che lo considerava il compagno ideale. Era un vecchio vampiro enigmatico che faceva sempre tutto il contrario di quello che mi aspettavo da lui, e mi *piaceva*.

Forse erano stati i mesi di prigionia a piegare i miei istinti in quella direzione. O forse al campo era successo qualcosa che aveva distrutto per sempre una parte fondamentale della mia psiche. Probabilmente non l'avrei mai saputo, dato che continuavo a non ricordare molto del tempo trascorso in quel luogo orrendo.

E in quel momento non mi interessava saperlo.

Ciò che mi turbava, in quel preciso istante, era l'incertezza nello sguardo di Ryder.

Volevo dimostrargli che si sbagliava, fargli vedere quello che ero in grado di fare. Volevo che apprezzasse il mio addestramento, dandogli prova delle abilità che avevo affinato nel corso dei miei studi.

Furono tutte quelle considerazioni che mi fecero scivolare giù dallo sgabello, spingendomi a inginocchiarmi davanti a lui. «Mettimi alla prova, Ryder» dissi, esortandolo ad agire. «Lascia che ti mostri cosa so fare».

Ryder

Cazzo.

Volevo solo prenderla in giro. Ma quando si mise in ginocchio, ogni traccia di ilarità sparì dalla mia faccia.

Era stupenda in quella posizione, con i suoi occhi azzurri che irradiavano sfida e determinazione. La combinazione perfetta per un fascino letale.

Come avrei potuto dire di no a una tale perfezione? Il mio cazzo pulsava di desiderio, imponendomi di obbedire alla sua richiesta.

Quanto tempo era passato dall'ultima volta che la bocca di una donna mi aveva fatto godere? Non riuscivo a ricordarlo. Nel corso dell'ultimo secolo, il mio interesse in quelle pratiche era andato scemando sempre di più. Ma Willow aveva risvegliato bisogni sopiti da tempo. La sua stessa presenza istigava una parte di me che avevo seppellito molti anni prima.

Cosa c'era in lei che mi affascinava così tanto? Era solo la conseguenza di decenni di solitudine? O forse quella connessione non era nient'altro che il semplice bisogno di sentire di nuovo un po' di contatto umano.

Allungai la mano verso di lei e le passai le dita tra i capelli setosi, meravigliato del suo straordinario coraggio in quello che consideravo un mondo crudele.

Se voleva davvero che la mettessi alla prova, non mi sarei tirato indietro.

«Sei sicura di essere pronta?» le chiesi, trascinando il pollice lungo la sua mascella, fino a raggiungere il mento. «Non sono come i mortali con cui hai avuto a che fare all'università».

Un incendio azzurro le esplose negli occhi. «Sono pronta».

Così controllata, così sicura di sé.

Mmm. Sì, mi sarei proprio divertito.

«Okay. Seguimi». Indietreggiai fino al soggiorno. Quando fece per alzarsi, scossi la testa. «Oh, no, animaletto. Voglio vederti strisciare. Dimostrami quanto mi vuoi».

Le sue pupille si dilatarono, la sua determinazione era palpabile.

Così iniziò a camminare carponi, con dei movimenti fluidi e aggraziati che mi ricordarono quelli di un gatto selvatico. Un paragone appropriato, data la sua ferocia. Quella donna era sopravvissuta all'inferno. E invece di soccombere alle cicatrici, le aveva sfruttate per diventare ancora più forte e coraggiosa. La sua esperienza era stata una fonte di energia vitale. Era tutto così dannatamente eccitante.

Presi posto sull'unica poltrona presente nella stanza, accanto al divano. La mia posizione mi permetteva di osservare ogni mossa di Willow. I nostri occhi erano incatenati gli uni agli altri, in una danza pericolosa e colma di aspettative. Percepii chiaramente la sua eccitazione; un aroma che impregnava l'aria, intensificando il mio interesse. Ma era la sua espressione a tenermi prigioniero.

Manteneva il contatto visivo con uno sguardo coraggioso e ribelle, in netto contrasto con la sua posizione sottomessa. Mi faceva ribollire il sangue.

Senza nemmeno emettere un suono, mi stava parlando a un livello che non riuscivo pienamente a comprendere.

Quando raggiunse le mie gambe spalancate, risalì i miei polpacci con una lunga carezza, trascinando le mani fino alle mie cosce. Senza chiedere il permesso. Al contrario, mi trasmise il suo intento con gli occhi, promettendomi silenziosamente che avrei apprezzato qualsiasi cosa stesse per fare.

Willow sapeva che possedevo una genetica superiore, che avrei potuto spezzarle il suo piccolo e adorabile collo in un battito di ciglia. Eppure, in quel momento, esigeva il controllo della situazione. Così glielo concessi, curioso di vedere cosa avrebbe fatto.

Le sue dita salirono fino all'elastico dei miei pantaloni del pigiama. Nessuna esitazione. Solo pura seduzione.

«Togliti la camicia». Che tra l'altro era la mia. Ma poteva tenerla; il sottile tessuto candido stava molto meglio a lei che a me.

Fece una pausa e obbedì, regalandomi una bollente dimostrazione di erotismo. I suoi seni sodi mi fecero venire l'acquolina in bocca, con quei capezzoli rosati che imploravano il mio morso. Quasi gemetti per la splendida visione. Volevo solo trascinarmela in grembo. Ma presto le sue mani tornarono sull'elastico dei miei pantaloni.

Fui momentaneamente paralizzato, perso nei suoi gesti ipnotici e seducenti.

Avrebbe potuto chiedermi qualsiasi cosa e gliel'avrei data. Finché avesse continuato a guardarmi in quel modo, le avrei dato tutto.

Sollevai il bacino per permetterle di abbassarmi i pantaloni e sfilarli, rimanendo entrambi completamente nudi.

Era un'esperienza strana, perché di solito non mi concedevo mai di essere così vulnerabile verso un'altra persona. Ma con Willow mi sembrò la cosa giusta da fare. Come se mi stessi mettendo in una posizione di debolezza simile alla sua, sperando che si sentisse più a suo agio.

Spalancai le cosce in un tacito invito, studiando ogni sua più piccola reazione. I suoi occhi azzurri si concentrarono sul mio inguine, e la sua lingua guizzò a inumidirle le labbra.

«Adesso sì che sembri affamata» le dissi piano.

Alzò lo sguardo sul mio, senza dire nulla, poi diede un'esitante leccata al mio sesso.

«*Dannazione*» ansimai. Quel tocco minuscolo era già riuscito a incendiarmi il ventre. Una carezza della sua lingua e la sua espressione consapevole mi avevano fatto perdere la testa.

Chi è questa magica piccola umana?, mi domandai, meravigliato dalla sua capacità di consumarmi così totalmente.

Avvolse la mano attorno alla mia lunghezza, muovendola nella posizione che desiderava, continuando a tenermi imprigionato dal suo sguardo. Poi schiuse le sue bellissime labbra e me lo prese in bocca. A fondo.

Avevo ragione sul suo riflesso faringeo. Perché *wow*. Mi stava praticamente ingoiando tutto. Avevo difficoltà a pensare.

Continuò finché le sue labbra non incontrarono la sua mano, facendomi impazzire e stregandomi in un modo totalmente nuovo.

In quel momento mi possedeva, e i suoi occhi mi confermarono che ne era ben conscia.

Le infilai le dita tra i capelli, bisognoso di riprendere almeno una parvenza di controllo. Mi stava spingendo in un territorio inesplorato, costringendomi a cedere in un modo che non capivo.

Ma, dannazione, valeva ogni istante di confusione. Perché in ginocchio quella donna era una dea.

Sapeva esattamente quanto forte succhiare, quando mordicchiare, dove leccare. E il modo in cui la sua gola si contraeva intorno a me era pura magia. Mi chiesi se fosse in grado di respirare; le lacrime che le brillavano negli occhi mi fecero pensare che probabilmente no, non ci riusciva. Eppure si costrinse a continuare, determinata a offrirmi il miglior orgasmo della mia vita.

Un pensiero che mi fece innamorare ancora di più. La sua dedizione era follemente ammirevole.

Strinsi la presa sulle sue ciocche bionde e la costrinsi a muoversi più in fretta, spingendomi un po' più in profondità nella sua gola. Necessitavo di quell'ulteriore parvenza di potere per avvicinarmi al limite.

Me lo permise, succhiandomelo con un'abilità che avevo tutte le intenzioni di sperimentare almeno un milione di volte ancora. Perché una soltanto non sarebbe mai stata abbastanza. Avevo bisogno di tutto quello che aveva da offrire. Stava per diventare mia, completamente mia, veramente mia.

Per quanto non avessi comunque mai voluto condividerla, *sicuramente* dopo quell'esperienza non sarebbe mai successo. La sua bocca apparteneva a me. Così come tutto il resto, di cui mi sarei appropriato presto. Non vedevo l'ora.

«Ingoia tutto» le dissi, senza darle l'opportunità di dissentire. Dovevo essere dentro di lei. Una parte di lei. Dovevo *possederla* tanto quanto lei possedeva me. «Oh, Willow».

La pressione nel mio addome stava raggiungendo un livello quasi insopportabile. Sarei esploso nella sua dolce gola, riempiendola della mia essenza. E poi avrei ricambiato il favore, leccandogliela fino a farla svenire.

Solo il pensiero di assaporarla mi portò al limite. Bruciavo dal desiderio di rivendicarla e di marchiarla e di... *cazzo*...

La sua lingua danzò sulla punta, mentre con la mano mi strinse più in basso, facendomi sussultare. I suoi movimenti precisi mi gettarono in un caotico oblio, che travolse tutti i miei sensi.

Strinsi ulteriormente la presa sui suoi capelli, muovendomi con una foga ancestrale, liberandomi nelle profondità del suo prezioso corpo mortale. Continuai imperterrito, ansimando. A un certo punto, le unghie di Willow mi si conficcarono nelle cosce. Il suo viso era sfocato, ma percepii chiaramente il panico nel suo odore e la lasciai andare. Lei boccheggiò. Il mio cazzo le scivolò fuori dalle labbra gonfie, permettendole finalmente di respirare.

Il mio povero piccolo animaletto non doveva amare particolarmente il breath play. Annotai mentalmente la necessità di non esagerare in quella direzione, non volendo spingerla fino a un punto di non ritorno.

Avevo bisogno di ripagarla per quello che aveva appena fatto per me. Non poteva saperlo, ma era trascorso un tempo infinito dall'ultima volta in cui ero andato così totalmente in frantumi. Ma non c'era solo quello, c'era qualcosa di più profondo. Aveva appena risvegliato una bestia dentro di me, che esigeva molto di più.

La sollevai da terra e la portai in camera. Spalancò gli occhi, in un'espressione che era un miscuglio di confusione e paura. Probabilmente perché l'ultima volta che aveva scopato era ancora tra le grinfie dei licantropi. Ci avremmo lavorato su. Per il momento, mi sarei accontentato di divorarla e di mostrarle come avrebbe dovuto essere il sesso.

La sua schiena atterrò sul materasso, i suoi capelli

dorati si sparsero sui cuscini. «Afferra la testiera del letto» le dissi. «E spalanca le gambe. È il mio turno».

Stavo ancora fremendo per i postumi dell'orgasmo, ma meritava di sentirsi allo stesso modo. Glielo dovevo. Era già venuta molte volte nelle ultime ventiquattr'ore. Se fosse stato per me, sarebbe venuta altrettante volte prima di andare a dormire. Ma il modo in cui le sue cosce si tesero quando mi sistemai tra loro, mi disse che sarei stato fortunato a strapparle anche solo un singolo orgasmo.

«Ryder...».

«Non è quella la tua safeword» mormorai sul suo clitoride. «Il che è un bene, perché so che puoi farcela, animaletto».

La sua eccitazione aumentò, facendola bagnare ancora di più. Gemetti di approvazione affondando la lingua nel suo calore, gustando il suo sapore unico. Era come una droga. Era il paradiso.

La divorai, leccando ogni centimetro del suo intimo, per poi tornare sul punto in cui più mi bramava. Il suo petto si alzava e si abbassava rapidamente. Una serie di brividi attraversò il suo corpo, mentre la sua testa continuava a muoversi avanti e indietro sui cuscini.

Ma non mi disse di fermarmi.

Anzi, mi afferrò i capelli, esortandomi ad andare più veloce.

Tutte le regole e i protocolli sociali erano ormai solo un lontano ricordo. Si era completamente abbandonata al piacere, prendendo da me ciò di cui aveva bisogno. E glielo diedi con gioia, godendo di quel lato così rilassato di lei e spingendola a un punto di non ritorno.

Il mio nome le scivolò dalla lingua come una dolce preghiera, facendomi sorridere sul suo bocciolo gonfio. Che poi strinsi tra le labbra e succhiai, strappandole un grido. E poi un altro. E un altro ancora, mentre il suo corpo andava in pezzi.

Oh, e il mio animaletto che pensava di non poter venire più.

Sorrisi di nuovo, poi presi a leccarla, regalandole quel miscuglio di piacere e dolore portati dall'estasi.

Si contorse, tendendo i muscoli, attraversata da una serie di spasmi che trasformarono la presa sui miei capelli in una stretta brutale.

Ma un unico orgasmo non mi bastava.

Volevo di più.

Avrei potuto continuare tutto il giorno, se me lo avesse permesso.

Trascinai le zanne sulla sua carne sensibile, provocandola, minacciandola con la prospettiva di un morso. Lei gemette in risposta; il suo consenso era il dono più bello che avessi mai ricevuto in cinquemila anni.

Ma resistetti all'impulso di morderla, consapevole di essermi nutrito abbastanza. Almeno per quel giorno.

Gemette quando tornai a succhiarle il clitoride, per poi sussultare nel momento in cui le infilai dentro un dito. All'aggiunta del secondo, iniziò a dimenarsi. Incurvai le dita verso l'alto, in un'angolazione che ero certo le avrebbe dato una bella spinta verso la sua ricerca del piacere. Il grido che le sfuggì dalle labbra mi confermò di aver trovato il punto giusto. Poi cominciò a stringersi attorno a me, e le sue gambe a tremare.

Le sue reazioni non potevano essere finte. Era tutto vero. Era tutto il frutto dell'alchimia che ci legava, che la gettò in uno stato di beatitudine che avrebbe ricordato per sempre.

«Vieni per me, Willow» le ordinai, desideroso di sentirla delirare di nuovo. «Adesso». La morsi. Non per succhiarle il sangue, bensì per inondarla con le mie endorfine. La reazione del mio dolce animaletto non mi deluse.

Urlò così forte che probabilmente svegliò tutta la città. Era un suono meraviglioso, che volevo udire ancora un milione di volte. Ma le lacrime che le rigavano le guance mi dissero che quello era l'ultimo orgasmo che poteva darmi in quel momento. Il suo corpo era decisamente provato, al limite del dolore.

Alcuni membri della mia specie si divertivano a condurre gli umani sull'orlo della follia mordendoli continuamente, ma preferivo che Willow restasse viva e lucida.

Ritirai lentamente le mie zanne dalla sua pelle delicata, poi leccai le gocce di sangue che apparvero sulla ferita.

«Basta» rantolò. «Ti prego... basta».

«Ssh» mormorai, lasciandole sul corpo un sentiero di baci, finché la mia bocca non raggiunse la sua. Mi tagliai la lingua con la punta del canino e mi avventai sulle sua labbra, riversandole la mia essenza in gola per guarirla.

Fremette sotto di me. Il suo corpo era sovraccaricato da tutte le sensazioni che le avevo fatto provare, la sua mente era intrappolata tra l'euforia e la sofferenza. Ma il mio bacio la riportò pian piano alla realtà, mentre il mio sangue si prendeva cura di lei.

Il suo respiro cominciò a farsi più regolare, così come il suo battito cardiaco. Quando aprii gli occhi, la trovai a osservarmi con un'espressione che non riuscii a interpretare. Ma invece di chiederle una spiegazione, preferii dirle ciò che mi passava per la mente.

«Hai appena dato inizio a un gioco molto pericoloso» la informai dolcemente. «Perché adesso voglio sapere tutto quello che ti è stato insegnato all'università». Le posai un bacio sulla punta del naso. «Quindi spero che tu sia pronta, mia dolce Willow. Hai svegliato la bestia che dormiva dentro di me, e non sarà facile saziarla».

Posto che sia possibile, pensai, incantato ancora una volta dallo splendore davanti ai miei occhi.

Una cosa, comunque, mi era assolutamente chiara: Willow era il mio nuovo sfogo. Mi avrebbe fornito l'evasione di cui avrei avuto disperatamente bisogno durante quel periodo di transizione. E poi l'avrei ringraziata regalandole un nuovo stile di vita.

«Riposati un po', animaletto» sussurrai, sfiorandole le labbra con le mie. «Ne avrai bisogno».

Ryder

Due settimane di riunioni mi fecero rivalutare tutta la dannata faccenda dell'essere un reale.

Yavi, uno dei sovrani di Silvano, era seduto davanti a me e non la smetteva di blaterare sulla carenza di umani in Messico. Voleva il permesso di acquistare altri mortali per farli riprodurre. Era una richiesta ridicola, con almeno una decina di difetti.

«Per farli riprodurre…» ripetei. «Quindi hai tutto ciò che ti serve per allevare degli umani finché non raggiungono il diciottesimo o il diciannovesimo anno di età?».

«Beh, no. Ma c'è mercato per il sangue dei neonati e anche per quello dei bambini piccoli. Quindi non c'è bisogno che calcoli di doverli mantenere per diciotto anni».

Damien inarcò un sopracciglio. Era nell'angolo del mio nuovo ufficio, dal momento che avevo distrutto quello di Silvano, e sembrava curioso di vedere la mia reazione. Solo che Yavi non aveva ancora finito.

«Se dissanguo il lotto che ho attualmente, avrò abbastanza spazio disponibile per la riproduzione. Ma avrò bisogno di almeno trecento femmine e una decina di maschi». I suoi occhi penetranti incontrarono i miei. «Alcune delle donne potrebbero non arrivare al parto, ma ne ho tenuto conto. Ci sono anche dei farmaci che permettono di ottenere dei gemelli, quindi mi serviranno anche quelli».

«Così potrai allevare un esercito di umani da dissanguare» dedussi.

«Esattamente» disse lui, sollevato che avessi compreso la sua richiesta.

Guardai Damien. «Quand'è la prossima telefonata con Lilith?».

«Tra circa due ore» rispose.

Annuii, valutando le mie opzioni. Nel mentre, Yavi era quasi sul punto di saltellare sulla sedia. Pensava che volessi parlare a Lilith della sua richiesta. *Imbecille.*

«Hai parlato di un mercato per il sangue di neonati e bambini. Immagino significhi che hai dei clienti che lo richiedono, giusto?» gli domandai.

«Sì».

«Hai una lista di questi clienti?».

Annuì. «E pagano molto bene. Ho sempre dato a Silvano il dieci per cento del ricavato. Sarò felice di fare lo stesso con te».

Bugiardo, pensai. Avevo già esaminato i libri contabili di Silvano e sapevo che quel cretino piagnucoloso gli dava molto di più.

Damien mi lanciò un'occhiata, ma gli risposi con un impercettibile cenno del capo. *Non ancora.*

«Ho bisogno che tu mi dia quella lista» informai Yavi.

Lui si accigliò. «Beh, è una lista di clienti con cui interagisco personalmente, quindi dovrei…».

«No, Yavi» lo interruppi. «Non hai capito. Non ti sto chiedendo di darmela, te lo sto ordinando».

«Ci… ci vorrà un po' di tempo».

Un'altra bugia. Mi chinai in avanti, con i gomiti piantati sulla massiccia scrivania di quercia, e abbandonai il mio atteggiamento rilassato. Volevo che percepisse il potere che si annidava sotto la facciata disinvolta. «Adesso».

«Non ce l'ho con me».

Fui sul punto di ringhiare per la terza bugia che aveva tentato di rifilarmi in meno di cinque minuti.

«Attento» lo avvertì Damien. «Ryder riesce a sentire le bugie a un chilometro di distanza. Se ho capito io che stai mentendo, lui lo sa con certezza».

Yavi trasalì. «Io... Io...».

Inarcai un sopracciglio. «Tu cosa?».

Aprì il raccoglitore che aveva appoggiato sulla mia scrivania e iniziò a sfogliare vari documenti.

Guardai Damien. «E questo sarebbe sulla lista di Lilith?». Mi aveva inviato i nomi dei candidati che stava considerando per la posizione di reale della regione. Era una lista molto lunga, a cui avevo dato un'occhiata, incuriosito. Principalmente per sapere chi avrei dovuto uccidere, nel caso avesse deciso di mettere in pratica con le sue minacce. Ma si era rivelato più che altro un divertimento.

Nessuno, nel territorio, rappresentava un pericolo per me. Lilith non se n'era ancora resa conto, o forse non lo voleva ammettere. Ma presto l'avrebbe fatto, perché non avevo nessuna intenzione di dimettermi.

Le riunioni erano una noia, e odiavo profondamente gli intrighi politici, ma era lampante quanto il nuovo mondo necessitasse della mia esperienza. Non solo la società aveva toccato il fondo, ma stava continuando imperterrita a scavare. Era necessario ritrovare un barlume di umanità; altrimenti, in un futuro non troppo lontano, la nostra specie avrebbe affrontato una grave penuria di sangue.

E l'idiota seduto di fronte a me rappresentava una delle cause del problema.

Negli ultimi sei mesi, aveva fatto fuori migliaia di umani lasciando che i suoi "clienti" esagerassero. Era palesemente inadatto al suo compito, e il suo operato era fottutamente inaccettabile. Le fattorie avevano bisogno di una gestione capace, non di essere in mano a degli idioti insaziabili.

«Potresti provare a buttare giù i nomi che ti ricordi» suggerì Damien, per poi voltarsi verso di me e mormorare: «Sì, è sulla lista».

Scossi il capo. «Ha completamente perso la testa».

«Vuole un burattino» mi corresse Damien. «Cosa che tu non sei».

«Oh, se le darò un burattino». Con la testa su un piatto d'argento, consegnata direttamente nella sua elegante suite a Chicago.

Anzi. La sua suite a *Lilith City*.

Fui quasi sul punto di alzare gli occhi al cielo, ma mi sembrò una reazione un po' troppo infantile, data la situazione. Non ero mai riuscito a capire perché il consiglio dell'Alleanza avesse scelto proprio lei. Molti membri erano troppo vecchi per avere qualche interesse nei suoi giochetti. Forse erano semplicemente annoiati e volevano vedere fin dove si sarebbe spinta. Beh, si era spinta decisamente troppo in là. Con tutte le sue riforme, aveva distrutto un mondo in cui valeva la pena vivere. E nessuno di loro aveva fatto niente per fermarla.

Era quello il motivo per cui volevo mantenere la mia posizione.

Qualcuno doveva fare qualcosa. E, apparentemente, quel qualcuno ero io.

Sotto la supervisione di Damien, Yavi iniziò a scrivere usando una delle mie penne, senza nemmeno chiedermi il permesso di prenderla. Non mi premurai nemmeno di leggere i nomi, certo che Damien li avrebbe memorizzati e se ne sarebbe occupato in modo appropriato. Nel mio territorio non c'era spazio per vampiri che si nutrivano di bambini. Per quanto mi riguardava, potevano succhiare le rocce sul fondo dell'oceano.

Mentre Yavi era all'opera, controllai su uno dei monitor la situazione nella mia suite. Avevo lasciato Willow a letto, sazia e felice. Il sapore del suo sangue mi solleticava ancora la lingua. Era come una droga a cui non avrei mai potuto rinunciare. Non che volessi farlo.

La trovai ancora stesa a riposare, con i capelli biondi sparsi sul cuscino. Le lenzuola erano aggrovigliate attorno alle sue gambe, lasciando esposto il torace. Vederla così, splendida e sonnolenta, mi fece venir voglia di mollare tutto e tornare da lei. Ma avevo un'intera nottata piena di riunioni del cazzo da affrontare.

Willow si stiracchiò come se avesse saputo che la stavo guardando. Le sue tette sembravano chiamare la mia bocca.

Presto, animaletto, pensai, desiderando che potesse sentirmi.

Nelle ultime due settimane, era stato veramente difficile non scoparla. In realtà, stavo solo rimandando l'inevitabile. Ma adoravo l'effetto che aveva su di me; aumentava la mia bramosia, aggiungendo al mix anche una strana sensazione di sfida. Volevo che mi scegliesse. Che mi implorasse. Che esigesse di farlo.

Solo a quel punto avrei ceduto al desiderio e l'avrei fatta completamente mia.

Alla fine, Yavi completò la sua lista e me la passò con un'espressione vagamente irritata. Non la guardai nemmeno e la consegnai direttamente a Damien. Lui la piegò e se la mise in tasca, poi tornò nel suo angolo.

«Ottimo». Mi sporsi in avanti, con le braccia appoggiate sulla scrivania e le mani intrecciate. «Allora, la situazione è questa. Sto introducendo una nuova legge, nel mio territorio, che proibisce la vendita e il consumo di sangue di qualsiasi umano sotto i vent'anni. Finché non raggiungono l'età adulta, non sono abbastanza maturi. Infatti è solo allora che vengono mandati nelle fattorie o nei campi». Lanciai un'occhiata a Damien. «Giusto?».

«Sì» confermò lui.

«Fantastico». Riportai la mia attenzione su Yavi. «Allora siamo a posto. La tua richiesta è stata negata».

Mi guardò a bocca aperta. «Scusami?».

«Sì, sei scusato. Vai pure» lo liquidai, lasciandomi cadere all'indietro sulla sedia. «Damien, se organizzi un altro incontro del genere ti ammazzo».

«Puoi provarci» replicò Damien con un sorrisetto.

Già. Non sarebbe stato facile, visto che mi conosceva così bene. E aveva imparato dal migliore: me.

«Scusa, ma non capisco» insistette Yavi. «Non puoi semplicemente negare la mia richiesta. Non c'è abbastanza sangue per nutrire tutti gli abitanti di Yavi City».

«Allora forse non avreste dovuto essere così ingordi» suggerii.

«Ingordi...» ripeté. «Il sangue è un nostro diritto. Ce ne serve di più».

«Sbagliato. Il sangue è un privilegio» lo corressi. «E non ne avrete una goccia di più».

«Non puoi fare una cosa del genere» sbottò, lasciando trasparire il suo vero carattere. Sapevo che i piagnistei erano solo una farsa. Finalmente il predatore stava uscendo a giocare.

Benvenuto, pensai. *Quale sarà la tua prossima mossa?*

Sbatté il pugno sulla scrivania. «Racconterò tutto a Lilith! Non sei nemmeno un vero reale. La tua carica è solo temporanea. Ah, vedrai, quando ti sostituiranno sarai finito!».

«Uhm» mormorai tra me e me. «Potevi fare di meglio. Strisciare avrebbe giocato a tuo favore. Certo, ti avrei considerato debole e indegno, quindi forse no. Ma minacciarmi... beh, quella non è stata una scelta saggia».

«Pensi di essere così potente. Aspetta che Lilith ti appenda per le palle!» gridò, alzandosi di scatto.

«Quello sì che sarebbe uno spettacolo bizzarro» commentai, indifferente alla sua piccola scenata. «Purtroppo le dominatrici non sono mai state la mia passione. Quindi temo di dover declinare».

«Nessuno ti vuole qui, Ryder. Se fossi in te, mi guarderei le spalle» mi avvertì, girando i tacchi.

Che scelta di parole interessante, pensai, estraendo una pistola dal fodero che avevo appeso sotto la scrivania. «Yavi» dissi dolcemente, facendolo bloccare sulla soglia. «Non sono io a dovermi guardare le spalle». E premetti il grilletto, conficcandogli un proiettile nella nuca.

Damien sospirò dalla sua posizione defilata. «Ho capito che l'avresti fatto nel momento stesso in cui mi hai chiesto della telefonata con Lilith».

«Eh, avevo bisogno di sapere quanto tempo avrei avuto per organizzare una messinscena» risposi, riferendomi al nostro obiettivo di scoprire chi fosse la talpa. Nell'ultimo paio di settimane, ci eravamo fatti un'idea di chi potesse essere a passare le informazioni a Lilith. «La lista dei sospetti è scesa a cinque, non ci resta che fare un'altra prova».

Damien annuì. «Chi vuoi che chiami per pulire?».

«Cosa ne dici di Benita?» suggerii. «Vorrei eliminarla dalla lista il prima possibile, visto che abbiamo già fatto così tanto affidamento su di lei».

«Buona idea» concordò. «Di questo qui ti occupi tu o preferisci che faccia io?».

«Me ne occupo io. Tu avrai già un bel daffare con la tua lista di bestie» dissi, riferendomi ai vampiri che si nutrivano di bambini. «Puoi offrire loro la possibilità di andarsene. Se non lo faranno, liberati di loro in modo permanente». Cos'era qualche cadavere in più?

«Lilith ne sarà entusiasta» commentò Damien in tono piatto.

«Vero?» risposi, divertito. Poi mi alzai in piedi. «Adesso quanto tempo ho prima della prossima telefonata?».

«Un'ora, perché?».

Staccai un'ascia dal muro, soppesandola tra le mani. «Ho sete» risposi, avvicinandomi al corpo esanime di Yavi e calcolando a occhio la traiettoria migliore. Sollevai l'ascia e la abbattei su di lui, staccandogli la testa in un colpo solo.

«Stai facendo progressi» osservò Damien.

Lo guardai di sbieco. «Ho sbagliato solo una volta, quattro secoli fa».

Lui fece spallucce. «È un ricordo a cui sono particolarmente affezionato».

Ciò spiegava perché lo tirasse fuori ogni cazzo di volta. Lasciai cadere l'ascia accanto al cadavere di Yavi. «Chiedi a Benita di dare una pulita all'ufficio. Sarò di sopra a giocare col mio animaletto».

Trovai Willow esattamente come l'avevo lasciata, appagata e sonnolenta tra le lenzuola nere di seta. Quando mi chinai per baciarla, le sue labbra si schiusero per accogliere la mia lingua. Il suo corpo snello si inarcò con un mormorio di approvazione, mentre scivolavo sotto le coperte accanto a lei.

Non mi chiese cosa volessi o di cosa avessi bisogno. Lasciò che mi nutrissi di lei, arrendendosi a baci e carezze.

Era come se i nostri corpi avessero imparato a comunicare senza parlare. Era stupefacente, considerato che non avevamo ancora scopato.

Le mordicchiai dolcemente il seno lungo il mio tragitto verso la delizia che celava tra le cosce. Azzardò un piccolo gemito di protesta; il suo corpo doleva ancora dall'ultima volta. Ma i suoi mugolii di dolore si trasformarono ben presto in sospiri soddisfatti, mentre la leccavo fino all'orgasmo.

Le sue dita si insinuarono tra i miei capelli e li strinsero, tenendomi fermo, mentre rincorreva il piacere senza nemmeno aprire gli occhi.

La adoravo in quello stato. Così compiacente. Vogliosa. Mia.

Quando anche gli ultimi spasmi svanirono, risalii il suo splendido corpo coprendolo di baci. Il mio sesso pulsava di desiderio, implorandomi di liberarlo, ma non c'era tempo. Così mi accontentai di abbandonarmi a quell'istante di puro erotismo, consapevole che avrei avuto il suo odore addosso per tutto il resto dei miei appuntamenti.

«Sei bellissima» sussurrai. «E la mia distrazione preferita».

Borbottò qualcosa in risposta, ancora stordita e ubriaca di piacere. Probabilmente era anche l'orario. Il mio incontro con Yavi era stato il primo della serata, il che spiegava il mio bisogno di tornare così presto da Willow.

«Voleva parlare della carenza di cibo nella regione» le dissi. «Riesci a crederci?».

Mormorò qualcos'altro, strappandomi un sorriso.

«Vorrei tanto avere il tempo di farci una doccia

insieme, ma devo tornare di sotto per un altro incontro».
Non menzionai il nome di Lilith, perché sembrava
turbarla.

Non rispose, esalando invece un sospiro.

«Tornerò presto, animaletto» le promisi, baciandola di
nuovo. «Sognami». La gettai ancora una volta in un sonno
profondo, che sarebbe dovuto durare almeno qualche altra
ora. Poi mi allontanai. Quando la sentii gemere dietro di
me, il mio sorriso si allargò.

Sì, mi piaceva proprio in quello stato di beatitudine. E
non vedevo l'ora di portarcela di nuovo. Presto.

Willow

Il mio corpo fremette sotto la lingua di Ryder. Aveva passato le ultime due settimane a svegliarmi in quel modo, ripetendo ogni volta come fossi "la sua colazione preferita".

Venni per la terza volta di fila, urlando a squarciagola. Poi la sua bocca reclamò la mia, riempiendola con un delizioso connubio di sangue e lussuria.

Mi lasciò sul letto, completamente esausta, e andò a farsi una doccia. A volte mi trascinava con sé, facendomi mettere in ginocchio. Ma quel giorno aveva una riunione importante proprio al calar della sera. Era qualcosa sulla scarsità di cibo, che sospettai significasse una penuria di sangue.

O forse l'incontro era già avvenuto?

Non riuscivo a ricordare; mi sentivo come se la mia testa fosse piena di ovatta. Non gli domandai nessun chiarimento, preferendo invece crogiolarmi nell'estasi che mi aveva regalato.

Ryder aveva mantenuto la sua promessa di non condividermi con nessuno. Temevo che avrebbe potuto cambiare idea, e il mio nervosismo aveva raggiunto il picco la settimana precedente, quando mi aveva portata in città per un evento. Ma non aveva permesso a nessuno di toccarmi, né tantomeno di usarmi come spuntino.

La vita con Ryder non era male. Non me lo sarei mai aspettato. Certo, non era il caso di nutrire false speranze; di quello ne ero perfettamente consapevole. Per quanto Ryder non sembrasse ancora stanco di me, prima o poi sarebbe successo. Era solo questione di tempo.

Forse avrebbe iniziato ad annoiarsi dopo la nostra prima scopata. Fino a quel momento, ci eravamo dati piacere a vicenda usando la bocca e le mani. La notte prima, Ryder era venuto sul mio petto e mi aveva spalmato il suo seme sulla pelle, per poi ordinarmi di dormire così. Ero troppo stanca per mettermi a discutere, esattamente come in quel momento ero troppo stanca per andare a farmi una doccia.

Diedi un'occhiata alla luna fuori dalla finestra. Era piena.

Quanti licantropi si aggirano in forma di lupo, in questo momento?, mi domandai. *Che siano in cerca di umani? O la caccia della luna si tiene in un altro periodo dell'anno?* Mi dispiaceva per gli umani che venivano detenuti proprio per quell'occasione, così come ero solita provare pena per quelli spediti nei campi di riproduzione.

Ancora non ero riuscita a ricordarmi del tutto cosa mi fosse successo quando ero con i licantropi. Ogni notte sognavo qualche dettaglio importante, che svaniva non appena aprivo gli occhi. Da sveglia, potevo solo visualizzare delle luminose iridi verdi dallo sguardo sadico. In quel momento erano più brillanti del solito; ogni volta che chiudevo gli occhi, erano lì a fissarmi.

Rabbrividii. Non volevo sapere cosa significasse. E la luna là fuori non mi faceva sentire meglio. Anzi, i suoi pallidi raggi mi mettevano ancor più a disagio.

C'è qualcosa che non va, pensai, facendo il punto della

situazione. Il tremore che mi scuoteva le membra non era normale. Ryder mi aveva lasciata spesso in uno stato a dir poco alterato, ma mai così.

Il mio stomaco si strinse, infliggendo ai miei sensi una strana agonia. Sussultai e mi raggomitolai sul letto, lottando contro quella bizzarra fitta di dolore.

Forse non mi ero ancora svegliata. Ciò che stavo provando mi ricordava gli incubi che mi tormentavano fin troppo spesso, da quando ero stata tra le grinfie dei lupi.

Sbattei le palpebre un paio di volte, confusa. *Cosa sta succedendo?*

Doveva essere tutto nella mia testa. Fino a qualche attimo prima stavo benissimo, ancora cullata dall'eco del piacere che mi aveva fatto provare Ryder. Poi era successo qualcosa. Cercai di ricordarmi cosa fosse, in quale oscuro anfratto della mia mente fossi andata a finire, ma niente. I secondi iniziarono a mescolarsi nella mia memoria in una nube di incertezza.

Che mi fossi riaddormentata senza rendermene conto?

Sì. Doveva essere quello.

Allungai una mano per pizzicarmi la coscia e tornare in me. In effetti, quel gesto ebbe l'effetto di farmi schizzare a sedere sul letto, con le lenzuola attorcigliate attorno alle gambe.

Che diavolo…?

Lanciai un'occhiata al mio corpo nudo, notando quanto avessi bisogno di una doccia, e cercai di cogliere qualche rumore che rivelasse la presenza di Ryder. Niente. Nella suite c'era un silenzio di tomba.

Quanto tempo era passato? La luna sembrava un po' più alta nel cielo, la mezzanotte si stava avvicinando.

Corrugai la fronte e scesi dal letto. Poi mi diressi verso il bagno, dove aprii la doccia. Quando se n'era andato Ryder? Perché non riuscivo a ricordare nulla?

Scuotendo la testa, mi misi sotto il getto sperando che lavasse via ogni rimasuglio dei miei incubi. Forse avevo solo sognato che Ryder fosse tra le mie cosce. Non ne sarei stata sorpresa, considerando quanto fossimo stati intimi negli ultimi tempi.

Pensai a lui mentre mi sciacquavo il seno, accorgendomi di come i miei capezzoli si indurissero all'istante, come implorando una carezza della sua lingua. Qualche giorno prima mi aveva morsa proprio lì. Aveva acceso un fuoco dentro di me, alimentato poi da un secondo morso all'arteria femorale.

Essere il membro di un harem aveva i suoi lati positivi. Ma quel giorno mi sentivo come un animale in gabbia; avevo voglia di uscire e respirare l'aria fresca della notte. Un desiderio quantomeno singolare, visto che avevo trascorso la maggior parte della mia vita al chiuso.

Dopo aver terminato la doccia, mi avvolsi un asciugamano attorno al corpo e attraversai la suite, diretta verso il balcone. La luna turbò ancora una volta i miei sensi, facendomi vibrare di un'energia sconosciuta. Un'energia che non riuscivo a comprendere. Le mie ginocchia furono sul punto di cedere. Presi a tremare così violentemente da dovermi rifugiare di nuovo all'interno della stanza.

Deglutii, preoccupata.

Forse Ryder mi aveva succhiato troppo sangue.

Sì, doveva essere quello il motivo. Vagamente rasserenata, andai in cucina, dove trovai uno scaldavivande che conteneva uova, carne e un po' di verdure. Vicino al piatto c'era un bigliettino con su scritto: "A presto, animaletto".

La prima volta che Ryder mi aveva lasciato un messaggio, mi ero interrogata sul motivo di un simile gesto. Perché avrebbe dovuto preoccuparsi di scrivermi qualcosa?

Non avevo ancora trovato una risposta. Ma ormai, ogni volta che lo faceva, una sensazione di calore mi solleticava dentro.

Mi piaceva che comunicasse con me.

L'ennesima attività pericolosa che mi disorientava, confondendomi sempre di più su quale fosse esattamente la nostra situazione.

A dirla tutta, praticamente ogni gesto di Ryder mi lasciava perplessa.

Misi tutto il cibo su un piatto e lo appoggiai sull'isola, per poi prendere posto su uno degli sgabelli. Quegli alimenti erano perfetti per le mie papille gustative, erano esattamente ciò a cui mi ero abituata all'università. Eppure, il primo boccone non mi soddisfò come al solito. Anzi, mi sembrò abbastanza insapore. Ne mangiai un altro po', ritrovandomi ad arricciare le labbra. Strano.

Riuscii a malapena a ingoiare il terzo boccone; non potei proseguire, colta dalla nausea.

Scivolai giù dallo sgabello, sentendomi sempre peggio ogni secondo che passava. Raggiunsi il bagno appena in tempo per rigettare non solo quello che avevo appena mangiato, ma anche la cena del giorno prima.

«Bleah» borbottai, raggomitolandomi sul pavimento. Le piastrelle fresche sotto la guancia erano il mio unico sollievo. *Resto qui solo per un minuto*, pensai, chiudendo gli occhi.

Solo che le iridi color smeraldo presero vita ancora una volta, facendomi vomitare di nuovo.

Mi sentii sul punto di morire.

Una patina di sudore mi copriva la pelle, e il mio stomaco si ribellava anche al più piccolo movimento.

Gli occhi mi si riempirono di lacrime, offuscando la mia visuale. Faticavo a respirare, travolta da un'ondata di malessere dopo l'altra.

Cosa mi sta succedendo?

Mi sentivo come sballottata tra il gelo e l'inferno, i miei sensi acuiti o pericolosamente intorpiditi.

Il ricordo di una risata mi colpì come un pugno nello stomaco. Era un suono incredibilmente crudele. *Ti prego, non farlo. Ti prego!*, implorò la mia voce mentale. Non capii cosa intendesse, né a chi si stesse rivolgendo.

Finché quei dannati occhi non tornarono a perseguitarmi.

Erano incorniciati da una carnagione abbronzata e da lunghi capelli neri. Un volto che sembrava la personificazione del male, con un ghigno che si apriva su delle zanne animalesche.

Scossi la testa, supplicandolo di non penetrarmi ancora, troppo esausta e dolorante per le ore trascorse a subire le sue torture.

Ma aveva in mente qualcosa di nuovo. Un'idea malvagia che gli faceva brillare lo sguardo. Trascinò i denti affilati lungo il mio corpo, scendendo verso l'addome. Mi contorsi sotto di lui, piangendo, pregandolo di non farlo.

Ma era troppo tardi.

La sua mascella si allungò in una trasformazione parziale e si abbassò sul mio ventre, lacerando...

«*Willow!*». Il mio nome mi riecheggiò nella mente. La realtà sembrò scatenarsi in una danza folle e ipnotica.

Così tanti colori.

Alzai lo sguardo e lo riabbassai, incantata dall'arcobaleno di luci.

Poi una voce profonda riuscì a infiltrarsi nella bizzarra confusione che annebbiava i miei pensieri, attirandomi verso il candore del bagno.

Mi ero addormentata sul pavimento. Ryder era accucciato vicino a me. La sua espressione era impregnata di una furia che non capivo. Avevo fatto qualcosa di sbagliato? Forse l'avevo ignorato troppo a lungo. *Scusami*, cercai di dirgli, ma avevo la bocca secca.

Wow, pensai, mentre il mondo iniziava di nuovo a girare. Le sue braccia erano un marchio rovente sulla mia pelle nuda. *Che fine ha fatto il mio asciugamano?* Oh, a chi importava? Stavamo vorticando, e se non avessimo smesso avrei ricominciato a vomitare.

Fui scossa da un conato, ma non mi era rimasto più nulla da rigettare.

Quanto ero rimasta sul pavimento? Cercai la finestra, per individuare in che posizione fosse la luna, ma non ce n'era traccia. *Dove sono?*

Una cella sporca prese forma attorno a me, una che conoscevo fin troppo bene.

Il materasso appoggiato per terra non era pensato per dormirci sopra.

Mi guardai attorno, udendo pianti di donna e grugniti maschili.

Era un film dell'orrore, nonché la mia nuova vita.

Un brivido mi corse lungo la schiena. Perché il magistrato mi aveva mandata lì? Avevo superato tutti i corsi a pieni voti. Sarei dovuta diventare una vigilante!

Oh, no...

Indietreggiai, terrorizzata, quando una bestia dagli occhi verdi comparve all'esterno della mia gabbia.

Un licantropo.

Nudo.

Pronto a scopare.

No, no, no!

Serrai gli occhi, rifiutandomi di accettarlo, per poi ritrovarmi con delle mani calde sul viso che mi costringevano a concentrarmi. *Ryder.*

Cosa sta succedendo? Le lacrime mi rigarono le guance, mentre mi chiedevo perché mi avesse spedita in quel posto orribile. Non ero abbastanza brava? Non l'avevo soddisfatto a dovere?

Volevo solo singhiozzare.

E uccidere.

Era una contrapposizione affascinante; la mia mente era divisa tra la sconfitta e la sete di vendetta. Nel corso dei miei studi, avevo dato tutto. E loro mi avevano rinchiusa all'inferno. Era così dannatamente sbagliato.

Sarei dovuta andare al Torneo dell'immortalità con Rae e Silas!, avrei voluto gridare. Forse lo feci.

Era tutto così nebuloso. Il mio contatto con la realtà scivolò via. Giù, giù, sempre più giù, lungo lo scarico.

E io con lui, in un vortice di follia.

Il mio nome mi seguì nell'oscurità, esattamente come quegli inquietanti occhi verdi. Finché tutto attorno a me non svanì in un mare d'inchiostro.

Freddo. Desolato. Nero.

Ryder

Venti minuti prima

Le urla mi giunsero attraverso la linea. Le parole non erano che un miscuglio confuso di minacce e maledizioni. Sbadigliai, lasciando che Lilith continuasse con la sua filippica. Aveva appena scoperto della rimozione di Yavi.

Purtroppo, il fatto che lo sapesse non cancellava Benita dalla lista dei sospetti. Quell'aspetto mi disturbava ben più dell'isteria di Lilith.

Damien entrò nell'ufficio e si bloccò, sorpreso di trovarmi con i piedi sulla scrivania e le mani intrecciate dietro la nuca. Poi il suo sguardo cadde sul mio cellulare che vibrava sul legno. Le sue labbra si incresparono in un sorriso divertito. Prese posto su una delle due sedie di fronte a me. Doveva avere qualche novità, ma avrebbe aspettato fino alla fine della telefonata per parlarmene.

Iniziai a contare, chiedendomi quanto ci sarebbe voluto prima che Lilith mi riattaccasse in faccia.

Quando arrivai a trenta, ero talmente annoiato che decisi di controllare i monitor e spiare Willow. Il che mi faceva sentire un po' un pervertito, ma mi piaceva controllare come se la passasse in mia assenza. Più che altro per accertarmi che esistesse ancora.

Solo che, non appena le immagini comparvero sullo schermo, non riuscii a trovarla da nessuna parte. Le uniche zone prive di telecamere erano i bagni.

Corrugai la fronte e lasciai scorrere i filmati, in attesa che ricomparisse.

Fu in quel momento che mi resi conto che Lilith aveva smesso di parlare.

Recuperai il telefono e vidi che aveva riattaccato.

«Non credo che approvi la morte di Yavi» informai Damien.

«Ma non mi dire» commentò lui. «Ero convinto che avrebbe steso un tappeto rosso e organizzato una festa in tuo onore».

«Tra quanto pensi che mi sorprenderà con una delle sue piacevoli visite?» gli chiesi.

«Le do una settimana. Forse due».

«Bene, quello sarà il termine ultimo per trovare chi sta facendo il doppio gioco». Speravo con tutto il cuore che non si trattasse di Benita, ma avevo imparato molti secoli prima a non fidarmi di nessuno. E, ultimamente, mi era sembrata fin troppo desiderosa di aiutarmi. «In questa torre non voglio nessuno che non sia degno della mia fiducia».

«Allora vivremo tutti soli soletti». Sembrava divertito. «Posso riempire l'attico di femmine compiacenti?».

Sorrisi e lanciai l'ennesima occhiata allo schermo, sperando di trovarci Willow. «Per il momento, sono felice del mio animaletto».

Solo che non era ancora riapparsa, il che soffocò un po' della mia ilarità. Si era già lavata; lo sapevo perché l'ultima volta che avevo controllato era stata in cucina. Diedi un'occhiata alle immagini della telecamera presente in quella stanza, scorgendo il piatto abbandonato sull'isola, ancora praticamente pieno.

Strano. Ormai il cibo doveva essere freddo.

Senza troppo entusiasmo, ascoltai i risultati delle ricerche di Damien sui clienti di Yavi. Mi confermò la loro propensione a nutrirsi di sangue giovane, anche se su alcuni vi erano ancora dei dubbi.

Gli diedi il permesso di interrogarli più approfonditamente, per determinare se le informazioni di Yavi fossero veritiere. Non escludevo che l'ex sovrano mi avesse dato dei nomi fasulli per coprire i suoi clienti più facoltosi.

Dieci minuti più tardi, ancora nessuna traccia di Willow. Mi alzai dalla scrivania, facendo affidamento sul mio istinto. Ero certo che ci fosse qualche problema. «Devo andare a controllare il mio animaletto».

«Ci sei appena stato un paio d'ore fa» mi ricordò Damien.

«Lo so, ma c'è qualcosa che non va». Me lo sentivo. Era una sensazione martellante. «Torno tra poco».

«Vengo con te» rispose lui.

Non feci obiezioni. Ne avevamo passate abbastanza per sapere quando fidarsi l'uno dell'altro. E il mio istinto sbagliava molto raramente. Per non dire mai.

Lungo la strada, Damien recuperò il suo tablet. «Nessuno è entrato né uscito dalla suite» disse, seguendomi nell'ascensore. «Ma oggi Benita è andata via prima del solito. Interessante».

«Pensi che sia lei la talpa?» gli chiesi, digitando il codice per raggiungere la suite.

«Difficile a dirsi. La terrò d'occhio, così come gli altri quattro». Si infilò il tablet sotto il braccio. «È sempre stata affamata di potere. Potrebbe essere lei la colpevole, soprattutto se convinta della tua caduta».

«Chissà cosa crede di sapere» mormorai. «Sono il vampiro più anziano di tutta la regione, con un distacco di migliaia di anni dagli altri. Chi pensa che possa avere la meglio su di me?».

«Forse qualcuno proveniente da un'altra regione» suggerì Damien.

Già, ci avevo pensato anch'io. «Darius sarebbe il prossimo in linea di successione».

«E di recente è diventato sovrano nella regione di Jace» aggiunse Damien. «Mi metterò in contatto con la nostra comune amica. So che sono in buoni rapporti».

«È stato trasformato da Cam, in effetti avrebbe senso». Uscii dall'ascensore al piano della suite. «Fammi sapere cosa dice».

«Certo» mi rassicurò, camminando a fianco a me lungo il corridoio. Mi fermai solo un istante per digitare il codice di accesso della suite, poi entrai, annusando l'aria. La cucina era alla mia sinistra; il cibo sul bancone era freddo.

Attraversai la zona giorno chiamando Willow, per poi dirigermi verso la camera da letto. «Controlla l'altro bagno» dissi a Damien. Dubitavo che si trovasse lì, ma dividerci i compiti avrebbe velocizzato le ricerche.

La camera era vuota, con le lenzuola ancora stropicciate da prima.

«Willow?» tentai di nuovo, entrando in bagno.

La doccia a due soffioni era vuota e per lo più asciutta, e non era nemmeno vicino al lavandino. Il che lasciava solo la cabina armadio e…

«*Cazzo*». Scorsi i suoi piedi sbucare dalla soglia della stanza dove si trovava il water.

Entrai e la trovai stesa per terra, con la guancia premuta sul pavimento e gli occhi semiaperti. Mi chinai accanto a lei e le premetti il palmo sulla fronte imperlata di sudore. «Willow?».

Le sue pupille si dilatarono, ma la sua bocca restò immobile. Doveva essere vagamente cosciente, ma non del tutto.

«È bollente» dissi a Damien, che stava entrando anche lui nello stanzino.

La presi tra le braccia, lasciando l'asciugamano per terra. Tremò come se avesse freddo, ma la sua pelle rovente diceva l'esatto contrario.

«Puoi bagnare un asciugamano con un po' d'acqua fredda?» chiesi a Damien. Nel frattempo, portai Willow in camera e la stesi sul letto per esaminarla.

Corrugai la fronte quando mi resi conto che il suo battito era rallentato pericolosamente. Non c'era da stupirsi che fosse a malapena cosciente.

«Che cazzo?!» sbottai, frustrato, cercando dei segni, delle ferite, qualsiasi cosa che spiegasse la sua condizione. Ma non trovai nulla.

Willow borbottò qualcosa di incomprensibile, che suonava come delle scuse.

«Sei stata tu a farti questo?» le chiesi. Poi scossi la testa, perché no, Willow era una guerriera. Non si sarebbe mai fatta del male da sola.

Ma allora cos'era successo?

Mi morsi il polso e glielo avvicinai alla bocca. Le sue labbra si schiusero automaticamente; il suo corpo bramava l'essenza immortale che mi scorreva nelle vene. Eppure, in qualche modo non sembrava abbastanza. L'odore di decadimento continuava a impregnare l'aria. Lo riconobbi senza sforzo, avendolo sentito così tante volte nel corso dei secoli. L'aroma dolciastro e nauseabondo di un umano con un piede nella fossa.

Non aveva alcun senso.

Damien tornò con un paio di asciugamani umidi. Gliene sistemò uno sulla fronte e uno sul collo. L'espressione del mio amico rimase impassibile, ma riuscii a cogliere nel suo sguardo un lampo di preoccupazione. Anche lui aveva percepito l'odore della morte imminente di Willow.

«Le ho dato il mio sangue ogni dannatissimo giorno» gli dissi. «Dovrebbe essere più vicina all'immortalità che alla fine».

«Forse gliene hai dato troppo» suggerì.

«Troppo?» ripetei. Non esisteva un "troppo". «È impossibile».

«Gli umani sono delle creature fragili» aggiunse. «Le loro reazioni variano. L'unico metodo infallibile è renderli completamente immortali».

Le sue parole mi rimbombarono nella testa. La verità si mostrò finalmente ai miei occhi.

L'unico metodo infallibile è renderli completamente immortali.

In qualsiasi altra situazione, non avrei nemmeno considerato quell'opzione. Ma Willow non rientrava nella normalità. Era spettacolare. Unica. *Mia.*

«Hai ragione» conclusi. «C'è solo un modo per assicurarmi che sopravviva».

«Oh, no» disse Damien. «Non è quello che intendevo. Cazzo, Ryder. Sei tu che mi hai insegnato che gli umani sono destinati a morire. È per questo che non ci affezioniamo, ricordi?».

Sì, me lo ricordavo. Ed ero tuttora d'accordo. Ma... «Con lei è diverso».

«Ho detto la stessa cosa di Izzy».

«Che infatti è ancora viva» gli feci notare. La maggior parte della gente era convinta che fosse morta, ma quello era un altro discorso. «Willow non può essere un'*erosita*, Damien». Il suo corpo era stato deflorato dai licantropi, e prima ancora da altri umani all'università. Solo una vergine poteva diventare l'eterna compagna di un vampiro.

«Lo so. Però trasformarla va contro le regole dell'Alleanza. Lilith potrebbe anche chiudere un occhio su come governi la regione, ma questo sarebbe un affronto troppo grande da ignorare».

«Non me ne frega niente delle leggi di Lilith». Poteva anche andare al diavolo. «Non si tratta di lei. Si tratta di Willow».

«Un'umana che conosci da qualche settimana» sbottò. «Ma ti ascolti? È un'idea completamente folle, perfino per te». Iniziò a camminare avanti e indietro, con le spalle rigide che esprimevano tutta la sua disapprovazione.

Osservai di nuovo Willow. I suoi occhi azzurri erano vitrei. Mi guardavano come se esistessi in un sogno, non nella realtà. Le sue labbra si muovevano a stento sul mio polso. Il suo corpo si stava spegnendo. Presto sarebbe diventata un cadavere, e la guerriera che si annidava nella sua anima sarebbe sparita per sempre. Cercai di visualizzare quello che stava per succedere, di convincermi a comprendere l'inevitabilità della sua morte.

Damien aveva ragione.

Era per quello che non potevamo affezionarci.

Eppure, nelle ultime settimane, quella femmina aveva sedotto una parte sopita di me. Estranea, addirittura. Forse era solo una cosa temporanea, ma anche qualche breve istante ricolmo delle sensazioni che risvegliava in me valeva la pena di infrangere un altro paio di regole.

Avevo vissuto troppo a lungo per negarmi qualcosa di così prezioso.

«Ho bisogno di più tempo con lei» sussurrai, incapace di staccare gli occhi dal suo sguardo morente. «Non accetto che sia questo il suo destino».

«Cos'ha di così speciale?» domandò Damien, attirando

la mia attenzione su di lui. «Certo, è bella. Ma perché lei? Di sopra ci sono almeno una decina di femmine desiderose di scaldarti il letto. Perché questa qui?».

«Mi fa sentire vivo» risposi, rendendomi conto di come il mio tono si fosse indurito. «E non ho ancora finito con lei». Probabilmente suonavo come un bambino capriccioso a cui avevano appena portato via un giocattolo, ma non mi importava. Che senso aveva possedere la capacità di salvare la vita a qualcuno, se poi non lo facevo?

«Okay, e cosa succederà quando "avrai finito"?» insistette Damien.

Non ne avevo idea. In più, anche quello era un dettaglio irrilevante.

«Voglio salvarla» fu tutto quello che dissi. Avevo preso la mia decisione. Anche perché non dipendeva da lui; Willow era mia, non sua. E io avevo la capacità di curarla, quindi lo avrei fatto. Di quello che sarebbe successo dopo, ne avremmo parlato in un secondo momento. Quando la nostra situazione fosse stata risolta.

«Ti è proprio entrata dentro» si meravigliò Damien, studiandomi con attenzione. «Non ti ho mai visto così innamorato di un'umana».

«Mi serve un posto per trasformarla» lo informai, ignorando i suoi commenti. Forse avevo veramente perso la testa per Willow. Beh, ci avrei riflettuto sopra *dopo* averla guarita.

Damien rimase in silenzio per un altro po'. La sua espressione non lasciava trasparire nulla. Poi si arrese con un sospiro. Perché sapeva meglio di chiunque altro che, una volta presa una decisione, non tornavo più indietro.

«Va bene» disse. «Dobbiamo fare in fretta». Si voltò senza aggiungere altro, determinato nella sua lealtà nei miei confronti.

Non persi tempo a ringraziarlo o continuando a

parlare. Presi Willow tra le braccia, accorgendomi di come la sua temperatura corporea fosse in caduta libera. Così la avvolsi in una coperta e seguii Damien attraverso la zona giorno.

Mi bloccai alla vista della colazione di Willow, che giaceva ancora sul bancone della cucina. Il modo in cui la forchetta era appoggiata al piatto suggeriva che l'avesse usata. «Fa' controllare il cibo per verificare che non fosse avvelenato» dissi a Damien.

«Se anche ci fosse stato del veleno, il tuo sangue l'avrebbe curata» mi fece notare lui, tenendo aperta la porta che conduceva all'esterno della suite. «Ma lo farò analizzare comunque».

Annuii e uscii con Willow stretta al petto.

Damien chiamò l'ascensore. «Non possiamo permetterci che qualcuno scopra cosa stai per fare» disse, precedendomi all'interno. «Se Lilith lo venisse a sapere, ti scatenerebbe contro la furia del consiglio. Tu potresti anche sopravvivere, ma Willow sicuramente no».

Abbassai il mento in un cenno di assenso. «Chiama un'auto».

«Già fatto» rispose, alzando il suo tablet. «Conosco un posto, in città, in cui nessuno verrà a ficcare il naso».

Ovviamente. Damien aveva molta più esperienza del nuovo mondo. Negli ultimi cento anni, era stato il mio unico punto di contatto con la società, dato che anche l'unica altra persona con cui avevo un rapporto viveva come una reclusa.

Willow gemette sommessamente, chiudendo le palpebre. «Non puoi morire, animaletto. Non provarci nemmeno» le dissi.

«Dovrai iniziare la procedura in macchina» mormorò Damien poco prima che si aprissero le porte dell'ascensore.

Aveva ragione. Non avevamo tempo per fare le cose per bene.

Svariati camerieri e altri membri dello staff si gettarono sul pavimento non appena ci videro percorrere l'atrio. Ignorai la receptionist, che ci chiese come potesse aiutarci, e mi immersi immediatamente nell'umidità di San José.

Nessuno fece domande sull'umana che tenevo tra le braccia. Probabilmente pensavano che fosse il mio spuntino di fine serata.

Non appena il parcheggiatore scese dalla berlina, Damien gli prese le chiavi di mano. Era una delle tante auto del garage di Silvano, diventate tutte di mia proprietà. Incurante di controllare la marca e il modello, mi accomodai sul sedile posteriore con Willow in grembo e chiusi la portiera.

«Vai» fu l'unica cosa che dissi, senza perdere tempo con la cintura di sicurezza.

Damien uscì dal parcheggio praticamente sgommando. In quel particolare frangente, la sua passione per la guida veloce si rivelò utile.

Willow rabbrividì. Una muta supplica lasciò le sue labbra. «Andrà tutto bene» le giurai.

Non rispose, ma i suoi occhi brillarono con una strana tinta giallastra, simile a quella dei licantropi. Mi accigliai per il bizzarro cambiamento, poi guardai fuori dal finestrino.

«C'è la luna piena» dissi lentamente.

«Sì» confermò Damien. Non che fosse necessario. Quando me ne resi conto, riuscii a sentire l'energia vibrare nell'aria, nonostante il clan più vicino fosse a centinaia di chilometri di distanza.

Osservai il corpo tremante di Willow, i peli che le danzavano sul collo, il bagliore giallastro nei suoi occhi.

Era tutto collegato alla sua prigionia? Erano circa quattro settimane che mi prendevo cura di lei; la sua fuga dal campo doveva essere avvenuta al massimo un paio di notti dopo l'ultima luna piena.

Che i lupi le avessero fatto qualcosa? Qualcosa che l'aveva imprigionata in quello strano limbo? Perché lo stato in cui versava mi ricordava proprio l'indeterminato confine tra la vita e la morte.

«Puoi accedere al fascicolo di quando si trovava al campo?» chiesi a Damien. «Per scoprire se le hanno fatto qualcosa di specifico?».

«Pensi che sia collegato alla sua condizione?».

«Può darsi».

Imboccò una delle autostrade che conducevano all'esterno della città. O almeno immaginai che fosse un'autostrada, considerando quanto stava correndo. «Ti troverò tutte le informazioni possibili».

«Avrebbe senso» continuai in tono pensoso. Non dissi nulla sulla sua promessa, perché sapevo benissimo che avrebbe portato a termine l'incarico. «È dal primo momento che l'ho vista che ho individuato qualcosa di unico in lei. Ed è quasi troppo abile a combattere per essere una semplice umana». Nelle ultime settimane ci eravamo allenati quotidianamente. Sebbene l'avessi battuta ogni singola volta, era sempre riuscita a tenermi testa. Motivo per cui mi piaceva lottare con lei.

«È molto dotata» concordò. «Ma le università offrono un addestramento eccellente».

Su quello non potevo discutere, anche se l'unico commento adatto mi sembrava una risata sarcastica.

I brividi di Willow si trasformarono in un tremore violento. Sbatteva i denti come se fossimo al Polo Nord. Damien accese il riscaldamento senza che dovessi chiederglielo.

«Sto per iniziare la procedura» lo informai.

«Raggiungeremo un buon posto dove seppellirla in una decina di minuti» rispose.

La misi in una posizione migliore per fare quello che dovevo, stendendola sul sedile posteriore con la parte superiore del corpo appoggiata sul mio grembo. La sua testa giaceva sul mio braccio; lo alzai per avvicinare il suo collo alla mia bocca. «Tra un quarto d'ora sarà pronta».

«Ci sono delle pale nel bagagliaio» aggiunse Damien.

Doveva essere l'auto con cui aveva pianificato di mandare i miei messaggi ai nomi sulla lista di Yavi. Probabilmente aveva intenzione di ucciderne qualcuno per chiarire quanto limitate fossero le loro opzioni. Andarsene o morire. Era esattamente quello che avrei fatto io.

Willow prese a rantolare. I suoi polmoni stavano cedendo.

«Ho bisogno che resti con me ancora per qualche minuto» le dissi dolcemente.

La sua espressione non cambiò. I lampi giallastri continuavano ad attraversare il suo sguardo morente. Li ignorai e mi avventai sul suo collo. I miei denti lacerarono la sua pelle morbida per iniziare ad assorbire tutta la sua essenza vitale.

Aveva lo stesso gusto di sempre, senza nessuna traccia di qualcosa di chimico. Valutai ogni sorsata, catalogando tutti i sapori nella speranza di trovare qualche indizio.

Ma non c'era nulla.

Niente droghe.

Niente veleno.

Niente di niente.

Solo la mia dolce, affascinante Willow.

Chiusi gli occhi e la consumai, desiderando che fosse successo in circostanze diverse. In cui si contorceva dal piacere. Ma i suoi fremiti non erano causati dall'estasi. Quei tremori violenti segnalavano la sua fine imminente.

Non finché ci sarò io, le giurai, aumentando il ritmo e costringendola a darmi la sua vita. Era passato così tanto tempo dall'ultima volta che l'avevo fatto; Damien era la mia unica progenie. Ma l'arte di trasformare qualcun altro in un vampiro era una parte integrante del mio essere. Percepii il momento esatto in cui staccarmi dal suo collo e offrirle il mio sangue. La magia della mia stessa esistenza pulsava dentro di me.

Mi tagliai il polso e glielo premetti sulla bocca, osservando il fluido prezioso colarle tra le labbra e lungo le guance. Ma quello spreco non mi turbò minimamente; mi sarei nutrito più tardi. In quel momento contava solo Willow, e l'unica cosa importante era darle abbastanza energia per sopravvivere alla trasformazione.

Era immobile. L'unico movimento era quello della sua gola.

Non riuscii a sentire nessuna emozione provenire da lei. Niente confusione, né tristezza, né gioia. Ebbi l'impressione di nutrire un cadavere.

Mi sembrava sbagliato, ma al tempo stesso riuscii a cogliere che la procedura stava funzionando. Lasciai cadere la testa all'indietro sul sedile. La mia visione era vagamente offuscata, la mia mente confusa dall'assalto di segnali contrastanti.

Non sta reagendo.

Il legame sta andando al suo posto.

Non è così che dovrebbe essere.

La mia progenie sta nascendo di nuovo.

Damien si mise a bussare sul finestrino. Solo allora mi accorsi che l'auto si era fermata e lui non era più al posto di guida. Mi sentivo intontito, svuotato, *confuso*. Damien si accigliò e aprì la portiera. Disse qualcosa, ma non riuscii a comprendere le sue parole. Poi abbassò lo sguardo sul mio grembo e le sue sopracciglia schizzarono in alto. Controllai anch'io per capire cosa avesse scatenato quella reazione. Mi accorsi che a un certo punto Willow doveva aver perso conoscenza, ma la mia ferita era rimasta aperta.

Quanto sangue aveva bevuto? Era abbastanza? Perché ero così debole?

«Ti ha morso» sentii dire a Damien. Nel suo tono c'era un accenno di emozione. Stupore? Paura? Rabbia? Non riuscivo a decifrarlo sopra il ruggito dei miei pensieri.

Ma sapevo cosa doveva essere detto. «Seppelliscila. Insieme. Seppelliscici». Non volevo lasciarla da sola in una zona sconosciuta durante il giorno. Aveva bisogno di avere a fianco il suo Sire.

«Neanche per idea!» sbottò Damien, portandosi il cellulare all'orecchio. Non riuscii a sentire cosa dicesse. Continuai a ripetere il mio ordine, ma mancava di convinzione.

Scossi il capo per cercare di schiarirmi le idee, ma ottenni l'effetto contrario.

«Non me ne frega un cazzo. Trovalo». Le parole di Damien erano chiare, finché non smisero di esserlo. Qualcosa sulla triade. Ascensione.

Dannazione, stavo malissimo. Non mi ero sentito così... non mi ero *mai* sentito così. E perché diavolo stavo ancora sanguinando?

Cercai di mettere a fuoco il mio polso. Spalancai gli occhi, concentrandomi su degli strani segni di denti. Ah. Willow mi aveva morso davvero. Perché non me ne ero accorto?

«Va bene». La voce di Damien mi giunse di nuovo. «Quattro ore».

Lo fulminai con lo sguardo. «Seppelliscici».

«Ci saremo» disse Damien, e riattaccò. Poi mi si

avvicinò con un'espressione severa. «Vorrei scusarmi per quello che sto per fare, ma penso che te lo meriti».

Corrugai la fronte. «Cosa?». Non era quello il piano. Avremmo dovuto…

Il pugno di Damien si abbatté sulla mia faccia, centrando la mascella con estrema precisione. Avrei dovuto essere in grado di schivarlo, ma non l'avevo nemmeno visto arrivare. E, in ogni caso, non sarei potuto andare da nessuna parte.

Avrei anche dovuto prevedere il secondo.

Solo che non ero nello stato mentale di capire le sue azioni.

E mi aveva fatto male. Molto male.

Oh, dammi qualche minuto e facciamo un bel discorsetto, pensai, stordito, con l'impressione di vorticare nell'oscurità.

Il terzo pugno mi mise definitivamente al tappeto.

Avrei potuto giurare che stesse ridacchiando.

O forse ero io.

Perché tutto ciò a cui riuscivo a pensare era come l'avrei ucciso, non appena mi fossi svegliato.

Con almeno tre proiettili.

Uno per ogni pugno.

Coglione.

Ryder

La testa mi faceva un male infernale.

Cosa diavolo ho fatto ieri notte? Mi sentivo come quella volta in cui io e Damien ci eravamo scolati sei bottiglie di tequila solo per vedere che effetto ci avrebbero fatto.

Risposta: una forte disidratazione.

Ed era stato orribile.

Da allora mi rifiutai di toccare quella roba. Il che era un peccato, visto che vivevo in Texas. O no?

Flettei le dita nel tentativo di portarmele al viso, ma mi resi conto che erano ammanettate dietro la mia schiena. Mi accigliai. *Che cazzo sta succedendo?*

Mi ci volle uno sforzo immane per aprire gli occhi, quasi come se fossi stato drogato. La bocca secca sembrò confermare quella teoria, esattamente come il mio generale stordimento.

«Ho bisogno che mi ascolti, prima di cercare di uccidermi» disse una voce familiare, facendomi aggrottare le sopracciglia.

Perché avrei voluto uccidere Damien? Era il mio migliore amico. La mia progenie. Una delle pochissime persone al mondo di cui mi fidavo.

Ma un ricordo iniziò ad affiorare in mezzo alla

confusione che mi annebbiava la mente. Qualcosa sul mio animaletto...

Quando capii di cosa si trattava spalancai gli occhi, salvo poi strizzarli subito dopo, accecato dalla luce intensa che entrava dalle finestre del mio soggiorno. Mi guardai velocemente attorno, rendendomi conto di dove fossimo.

Di nuovo in Texas.

Che cazzo sta succedendo?, mi chiesi per l'ennesima volta.

Trovai la fonte del mio sconcerto a qualche metro di distanza. Damien era in piedi, con le braccia conserte, e aveva un'aria solo vagamente dispiaciuta.

«Mi hai preso a pugni». Tra l'altro, dovevamo proprio avere quella discussione di giorno? Tutta la stanza era così dannatamente luminosa.

«Ho fatto molto di più che prenderti a pugni» ammise. «Ma devi ascoltarmi».

«Toglimi subito queste dannate manette». Erano quelle che usavo per imprigionare i vampiri nel mio seminterrato. L'avevo capito dal modo in cui si rifiutavano di piegarsi.

«Lo farò quando sarò sicuro che non cercherai di spararmi».

«Oh, puoi star certo che lo farò» promisi. «Dov'è Willow?».

«È viva». Il tono con cui lo disse mi rese ancor più diffidente.

«Non ne sembri molto convinto».

«Ti ha quasi ucciso, Ryder» rispose con un ringhio.

Inarcai le sopracciglia, rifilandogli una risatina priva di allegria. «Penso che quello me lo ricorderei».

Si passò una mano sul viso, lasciando trapelare quanto fosse esausto. «C'è qualcosa che non va in lei».

«Ma non mi dire» replicai in tono piatto.

«No, non capisci. Ti ha *morso*». Iniziò a camminare

nervosamente avanti e indietro. «Ti ha strappato un pezzo di carne dal polso».

«Sono stato io, cercando di nutrirla» sbottai. Anche se ricordavo vagamente dei segni di denti sul polso.

Scosse la testa. «No. Cioè, sì, ma poi ti ha morso, Ryder. Ti ha morso sul serio». Si fermò davanti a me. «Ti ha morso come un fottuto licantropo».

Cercai di ricostruire esattamente cosa fosse successo dopo che mi ero aperto la vena per lei, ma era tutto così confuso. In effetti, però, ricordavo di essermi sentito strano, e di aver pensato che il processo stesse prendendo una piega imprevista.

Non dissi nulla, guardandomi di nuovo attorno. Damien doveva avermi drogato per riuscire a mettermi su un aereo per il Texas. Immaginai che avesse avuto un buon motivo per farlo. Gli *conveniva* avere avuto un buon motivo. «Perché siamo qui?».

«Ho telefonato a Izzy perché volevo parlare con Luka, ma ha insistito che mi rivolgessi a Jace. Così ho fatto, scoprendo che al momento si trova nel territorio del clan Clemente. E… beh, ho organizzato un incontro. Edon sta venendo qui. Con Jace. Dovrebbero arrivare da un momento all'altro».

«Hai invitato un reale a casa mia» mormorai lentamente, incapace di comprendere perché la mia progenie avesse preso una decisione del genere.

Odiavo avere compagnia a prescindere, figuriamoci poi quella di un dannato reale. Ce n'erano sedici al mondo. Diciassette con me. Diciotto contando anche Lilith. Erano i membri più antichi e potenti della mia specie, e me ne piaceva uno soltanto. Io.

Beh, quando ero di buon umore, potevo tollerare Kylan.

E forse Jace.

Ma quel giorno non ero per nulla di buon umore.

Infatti sbottai: «Ti sei completamente fottuto il cervello?». Perché la mia progenie sapeva benissimo come mi sentissi nei riguardi dei membri del consiglio. Invitarne uno nel mio santuario equivaleva a pasteggiare con della merda di vacca. Era esattamente per quel motivo che avevo dato la caccia a Silvano, quando aveva attraversato le mie terre con il suo stupido esercito.

«Potrei chiederti la stessa cosa» borbottò, lasciandosi cadere sulla mia poltrona preferita come se fosse sua. «Izzy mi ha giurato che Jace non approfitterà della situazione. Sta solo venendo ad aiutarci».

Avevo conosciuto Izzy e Damien nello stesso periodo. Dopotutto, erano gemelli. Ma Damien era stato il mio confidente e il mio migliore amico, mentre avevo sempre considerato Izzy come una specie di sorella minore. Per questo mi ero infuriato così tanto, quando Cam l'aveva resa la sua *erosita*.

Mille anni più tardi, e il solo pensiero mi faceva ancora ribollire il sangue.

Era troppo buona per lui.

Ma almeno il bastardo ne era consapevole.

Solo che poi l'aveva lasciata da sola per più di un secolo col clan Majestic. Non per scelta, certo, ma non è che stesse facendo un gran bel lavoro per tornare da lei.

Scossi la testa. Non era il momento di addentrarmi in quel campo minato. Dovevo concentrarmi sulla situazione attuale.

«Dov'è Willow?» chiesi di nuovo.

Damien sospirò e si alzò dalla poltrona, lasciandomi ammanettato sul divano. Più tardi avrei dovuto discutere con lui del suo comportamento. Dopo avergli sparato qualche colpo.

Roteai le mani con cautela, quanto me lo permetteva il

metallo, per lavorare sul meccanismo di rilascio. Un meccanismo che avevo inserito personalmente. Ero in grado di manipolare a mio piacimento ogni oggetto che possedevo.

Damien ne era a conoscenza, quindi sapeva benissimo che presto mi sarei liberato e gli avrei fatto il culo.

Tornò in soggiorno un minuto più tardi, con una Willow svenuta tra le braccia. Sentii la rabbia acuirsi quando la stese accanto a me. «Le manca un segno vitale importante» gli dissi a denti stretti. Sembrava più che altro che stessi ringhiando. Non aveva battito e non respirava. Non appena mi fossi liberato dalle manette, sarebbe stato un uomo morto.

«Lo so» borbottò. «È in una specie di limbo, ed è così da ore».

Raggelai. «Ore?». Un mortale non poteva restare in quella condizione per *ore* senza battito. Ma quando la guardai di nuovo, mi accorsi che non c'era traccia di rigor mortis. «Quante ore, esattamente?».

«Sette» rispose. «Ha esalato l'ultimo respiro prima che ci imbarcassimo sull'aereo. Ho cercato di rianimarla, ma è caduta in questo stato… e non ne è più uscita».

«Perché non l'hai seppellita».

Damien scosse la testa. «Non si stava trasformando, Ryder. Nel tuo delirio non potevi vederlo, ma il tuo sangue non ha funzionato».

«Com'è possibile?». Nel corso della mia lunghissima esistenza, non avevo mai sentito che un umano rifiutasse la trasformazione.

«Non lo so. Per questo ho chiamato Izzy» disse Damien. «È come se Willow fosse intrappolata nella fase di mutazione dei licantropi, non in quella dei vampiri».

Lasciai perdere per un attimo le manette e mi concentrai su Willow, tormentato da un ricordo. «Quel giorno, al fiume, le sue ferite...». La mia voce si spense mentre cercavo di visualizzarle. «Sembrava che fosse stata squartata da un lupo». Ero convinto che fossero segni di artigli, ma... «E se quelle ferite fossero state causate da delle zanne?».

«Allora avrebbe iniziato la transizione in attesa del morso successivo» concluse Damien. Il suo tono indicava che ci aveva già pensato. «Dovrebbe essere morta».

«Già» concordai.

Per diventare un licantropo erano necessari due morsi. Se l'umano non riceveva il secondo morso, sarebbe morto tra atroci sofferenze.

Guardai il mio adorato animaletto a bocca aperta. La sua forza interiore assumeva tutto un nuovo significato. «Se è stata morsa al campo, è corsa qui lottando contro la transizione».

«E tu le hai dato il tuo sangue» intervenne Damien. Un altro pezzo del puzzle andava al suo posto.

«Curandola» sussurrai. «Almeno temporaneamente».

«E hai continuato a darglielo nel corso dell'ultimo mese».

«Così la mia essenza l'ha tenuta in vita e nel limbo per tutto questo tempo» mormorai sconcertato. «Il che spiegherebbe il suo improvviso stato catatonico. L'energia della luna l'ha incoraggiata a trasformarsi». Nonostante i licantropi potessero controllare il cambio di forma, qualcuno inesperto come Willow, che non aveva mai sperimentato il suo lato animalesco, non sarebbe stato in grado di fare molto. «Solo che non poteva».

«Perché non ha ricevuto il secondo morso. E tu non hai potuto trasformarla perché era già nel limbo come licantropo» disse Damien. «Almeno, questa è la mia teoria».

«E perciò volevi parlare con Luka».

«Esatto» confermò. «E invece avremo il nuovo alfa della porta accanto».

Edon.

L'avevo incontrato brevemente un mese prima, per via della faccenda con Silvano. Il mio predecessore aveva orchestrato un qualche ridicolo piano in combutta col vecchio alfa del clan Clemente, Walter. Non era andata bene a nessuno dei due, visto che erano morti. Ma il loro operato aveva portato alla mia nuova posizione e all'ascensione di Edon. Il che mi ricordò... «A un certo punto hai parlato di una triade, o sbaglio?».

«Sì, l'ha completata ieri notte, prima dell'ascensione. Jace era nel bel mezzo dei festeggiamenti, quando l'ho chiamato».

Potevo solo immaginare cosa significasse. La passione di Jace per i licantropi era nota a tutti. «Capisco».

Damien si schiarì la voce. «Non è tutto. Sono riuscito a scaricare il file di Willow durante il volo. Riflette una costante ribellione da parte sua. Ci sono video di lei che lotta mentre la scopano. I filmati sono decisamente... grafici».

Avevamo vissuto innumerevoli atti di violenza, pertanto non c'era molto che ci turbasse. Ma avevo scorto un lampo di rimorso nello sguardo di Damien, e quello da solo bastava a determinare l'orrore che aveva dovuto subire Willow.

Si schiarì di nuovo la voce. «L'avevano destinata all'eliminazione; la sua incapacità di obbedire la rendeva inadatta ai loro scopi».

Damien mi fissò in silenzio. La sua espressione mi diceva che c'era dell'altro, e che non mi sarebbe piaciuto. Abbassai il mento, in una sottile esortazione a continuare.

«Willow è stata destinata all'eliminazione dopo la terza settimana nel campo. Però sono passati mesi dal Giorno del sangue. Ciò significa che ci sono almeno due mesi di dati mancanti dal suo file. Ho sentito delle voci su cosa fanno i licantropi quando giocano con gli umani. Niente di buono, te lo assicuro».

«Allora è un bene che Edon stia per arrivare. Ho un po' di domande da fargli».

«Già, immagino» mormorò Damien.

Scivolammo in un piacevole silenzio, e nel frattempo finii di liberarmi dalle manette. Poi le posai sul tavolino accanto al divano. Damien non fece una piega. Sapeva che sarei riuscito a toglierle, ma aveva fatto affidamento sulla quantità di informazioni che avrebbe potuto fornirmi per evitare che mi scagliassi contro di lui.

«Ti sparerò comunque, eh» gli promisi. «Ma visto che presto avremo compagnia, preferisco che il mio unico alleato sia sano e vigile durante l'incontro».

Si strinse nelle spalle con noncuranza. «Non c'è problema, mi prenderò una pallottola».

«Tre» lo corressi. «Una per ogni pugno».

«Allora ne avanzo quattro» mi corresse a sua volta. «Dovevo accertarmi che fossi davvero privo di sensi».

Studiai i miei polsi a denti stretti. L'unica prova di una ferita erano le tracce di sangue secco sulla manica, che avrebbero potuto essere lì per il taglio che mi ero inflitto da solo. Ma mi sentivo così stanco, praticamente letargico. Era una sensazione strana, che non provavo da secoli. Significava che era passato troppo tempo dall'ultima volta che mi ero nutrito. Dato che, grazie alla mia anzianità, mi bastava poco sangue per sopravvivere, la fame che mi dilaniava la diceva lunga.

Avevo perso molta della mia essenza, eppure, in qualche modo, me n'ero accorto troppo tardi.

«C'è un'altra sacca di zero negativo a scaldare» disse Damien. «Ne hai già usate tre. È così che ti ho rianimato».

Inarcai le sopracciglia. «Tre sacche?».

«Più altre due sull'aereo per tenerti in vita» rispose Damien. «La tua ferita stava guarendo alla velocità di una ferita umana. Non ho mai visto niente del genere».

Abbassai di nuovo lo sguardo sul polso, e poi su Willow. «Solo i morsi dei licantropi possono rallentare la guarigione di un vampiro».

«Un elemento che dà credito alla mia teoria» mormorò Damien. «È chiaro che non è una tipica mortale».

«Cosa diavolo le hanno fatto?» mi chiesi ad alta voce, colpito e disgustato al tempo stesso.

«Una domanda a cui dovremmo avere una risposta a breve» disse la mia progenie, mentre gli allarmi iniziavano a suonare. Ci voltammo entrambi verso lo schermo più vicino. Un'auto procedeva nella nostra direzione con dentro quattro persone.

Damien si alzò e si avvicinò al monitor. Ingrandì l'immagine, che mostrò Edon alla guida del mezzo. La rilevazione termografica indicava la presenza di altri due licantropi seduti dietro e di un vampiro nel bagagliaio. Jace era ovviamente il vampiro in questione; doveva aver scelto di stare nel bagagliaio per nascondersi dalla luce del sole. Ma gli altri? «Edon ha detto che si sarebbe portato dietro qualcuno?».

«Silas e Luna» rispose Damien. «I suoi compagni».

Sì, sapevo chi fossero. Avevo incontrato brevemente anche loro il mese prima. «Okay».

«Li terrò impegnati finché non ti sarai lavato e cambiato» suggerì Damien.

Scossi la testa. «No. Abbiamo già sprecato fin troppo tempo. Falli entrare».

Accogliere un reale e un alfa in un momento di debolezza andava contro ogni mio istinto, ma conoscevo la mia casa meglio di loro. Se avessero scelto di aggredirmi nel mio territorio, l'avrebbero pagata cara.

Damien sembrava pronto a discutere, ma fu abbastanza intelligente da evitare di farlo. «Almeno bevi un po' di sangue mentre vado ad accoglierli».

Su quello decisi di cedere. «Sanno di Willow?» gli domandai, andando a recuperare la sacca di sangue che aveva messo a scaldare in cucina.

Ogni passo era molto più doloroso di quanto avrebbe dovuto, confermando la gravità della mia situazione.

Mi accigliai, preoccupato della mia temporanea mancanza di lucidità durante la sua trasformazione. Non sarebbe mai dovuto succedere. Avrei dovuto rendermi conto dell'ingente perdita di sangue molto prima che diventasse un problema.

Ero talmente perso nelle sensazioni e distratto dal mio desiderio di aiutarla da ignorare i segnali del mio stesso corpo? Se così fosse, Willow era ancora più pericolosa di quanto pensassi. Perché mi aveva realmente messo in ginocchio.

Se Damien non fosse stato lì, forse mi avrebbe addirittura ucciso.

Presi la sacca. Nel frattempo, il mio migliore amico mi aveva raggiunto in cucina.

«No. Izzy ha detto a Jace che avevamo un problema che coinvolgeva un licantropo, ed è la stessa cosa che gli ho detto anch'io» mi rassicurò, rispondendo alla mia domanda su quanto sapessero Edon e Jace. «Ho anche lasciato trasparire come avessimo una certa urgenza».

Quello era uno dei suoi tanti talenti. Riusciva a comunicare l'importanza di una situazione, senza rivelarne i punti chiave.

Il suono della portiera di un'auto che sbatteva mi fece concludere: «Bene, allora andiamo ad aggiornarli».

Ryder

Appoggiato allo stipite della porta d'ingresso, osservai Edon e Jace percorrere il sentiero che conduceva a casa mia fianco a fianco, con Luna e Silas dietro di loro. Jace lanciò un'occhiata alla sacca di sangue che avevo in mano. Quando la portai alla bocca per berne una lunga sorsata, inarcò un sopracciglio.

«Ho avuto una nottata infernale» dissi a mo' di spiegazione.

Mi squadrò dalla testa ai piedi, indugiando sulla manica sporca di sangue e sullo stato del mio abito. «Si vede».

Grugnii e mi staccai dallo stipite, senza permettere loro di entrare. Nell'attimo in cui avessero messo piede in casa, sarebbero riusciti ad annusare Willow. Se non lo avevano già fatto. E prima avevo bisogno di risposte.

«Dimmi dei tuoi campi per la riproduzione, alfa» dissi, rivolgendomi a Edon. «Cosa succede quando destinate un umano all'eliminazione?».

I suoi occhi d'ossidiana incontrarono i miei. Il suo atteggiamento dominante era palpabile, anche mentre mi esaminava. Era più alto di me di qualche centimetro, e le sue spalle erano leggermente più massicce delle mie. Ma ero certo che sarei riuscito ad avere la meglio su di lui anche nel mio stato attuale. Principalmente perché avrei potuto usare le sue debolezze contro di lui, ossia i cuccioli che si era portato appresso.

«Ci hai fatti venire fin qui per parlare dei campi?». Aveva un tono incredulo. «Pensavo avessi un problema con un licantropo».

«Ed è così. Anzi, potrebbe diventare un problema con *dei licantropi*, al plurale, in base a come risponderai alla mia domanda. Te lo chiedo di nuovo. Cosa succede agli umani destinati all'eliminazione?».

«Li uccidiamo» rispose senza esitazione.

«Davvero?» insistetti, guardando Damien di sottecchi.

«È una cosa immediata, o un processo graduale?» chiese la mia progenie, sollevando un sopracciglio.

«Perché non la smettiamo di girarci attorno e andiamo direttamente al punto?» intervenne Jace, facendo un passo avanti. «Ismerelda non ha l'abitudine di chiamarmi per delle chiacchierate inutili».

Giusta osservazione. Ogni volta che prendeva in mano un telefono, rischiava la vita. Era per quello che di solito ci scambiavamo messaggi in codice. Ma Damien aveva ritenuto che la situazione richiedesse una conversazione a voce. Il che significava che prendeva molto seriamente la situazione mia e di Willow.

Forse gli avrei sparato una volta sola, invece di quattro. Era davvero un amico leale, proprio come Izzy. E se lei si fidava di Jace, allora potevo estendergli la stessa cortesia. Almeno per quel giorno.

Finii la sacca di sangue e la ripiegai tra le mani, poi dissi: «Di recente, un'umana destinata all'eliminazione è finita nella mia proprietà. Era messa male, ma l'ho curata col mio sangue».

La faccia di Jace era il ritratto dello stupore. «Hai salvato un mortale?».

«La mia temporanea umanità ti sconvolge?» risposi, accennando un sorriso.

«Sì».

Almeno era stato sincero. «È perché tu non faresti lo stesso?» gli domandai.

«No, è perché conduciamo delle esistenze molto diverse» replicò.

Vero. «Detesto il nuovo mondo e la propensione dei nostri simili a trattare gli umani come bestiame. Onestamente, lasciarla morire sarebbe stato un gesto più compassionevole. Ma ha provato ad attaccarmi, e la cosa mi è piaciuta. Così l'ho tenuta con me. È mia. E adesso sta morendo di nuovo». Rivolsi la mia attenzione a Edon. «Il che mi porta di nuovo alla mia domanda: cosa succede davvero agli umani destinati all'eliminazione?».

«Dovrebbero essere uccisi subito» mi informò Edon, senza traccia di emozione nello sguardo. «Ma è un po' che non mi avventuro in quella parte del mio territorio, lo ammetto. Sono asceso solo di recente».

«Beh, l'umana in questione è stata ritenuta non idonea per la riproduzione, tre settimane dopo essere stata spedita al campo il Giorno del sangue. Eppure l'ho trovata nella mia proprietà solo poco più di un mese fa. E, cosa ancora più importante, ritengo che sia stata morsa».

Quel dettaglio sì che scatenò una reazione negli occhi scuri dell'alfa. Guardò Luna, poi Silas, e sentii l'energia vibrare tra di loro. Sospettai che stessero comunicando mentalmente; era normale tra i licantropi che avevano completato la cerimonia di accoppiamento. Succedeva anche tra un vampiro e la sua *erosita*, ma non tra un Sire e la sua progenie.

Da quello che avevo appreso durante la mia permanenza con il clan Clemente, era stato Edon a rendere Silas un licantropo. L'ultimo arrivato del branco aveva vinto il Torneo dell'immortalità, guadagnandosi la trasformazione. E, a quanto sembrava, aveva conquistato anche il cuore dell'alfa.

Luna fece un leggero cenno d'assenso, confermando le mie impressioni del mese precedente.

Edon la considerava una sua pari.

Caratteristica rara per un alfa, all'epoca.

Forse fu anche per quello che decisi di mettere tutte le carte in tavola. L'avrebbero capito comunque, quindi tanto valeva assicurarsi che avessero tutti i pezzi del puzzle. «Ieri notte ho anche provato a trasformare Willow, e…».

«Willow?» ripeté Silas, spalancando gli occhi.

Lo guardai aggrottando la fronte. «Sì, quello è il nome che si è scelta. Molto meglio del numero di serie che le hanno affibbiato alla nascita. Comunque, come stavo…».

«Devo vederla» mi interruppe di nuovo, facendomi dubitare del suo istinto di sopravvivenza. Dubbio che si tramutò presto in furia, quando girò attorno a Edon e cercò di entrare in casa senza invito.

Gli afferrai la spalla e lo spinsi indietro. Quel lupacchiotto sfacciato ebbe pure il coraggio di ringhiare contro di me. Edon gli si mise a fianco in segno di solidarietà, e Damien fece lo stesso con me.

Jace sospirò drammaticamente. «Bambini, riuscite a fare i bravi per altri cinque minuti, in modo da poter discutere di tutto questo come degli adulti?».

«Devo vederla» affermò Silas ancora una volta, come se fosse un suo diritto divino esigere qualcosa sul mio territorio.

Luna gli si avvicinò e gli posò una mano sul braccio per tranquillizzarlo. Nel frattempo, mi spiegò: «All'università aveva un'amica di nome Willow, che è stata mandata al campo per la riproduzione. Ma giusto ieri sera ha scoperto da Kylan che al momento non si sa dove sia, perché è scappata».

«Kylan? Cosa cazzo c'entra Kylan in tutto questo?».

«Anche la sua *erosita* è andata all'università con loro» rispose Luna. «Kylan l'ha rintracciata come favore a Rae, e ha passato le informazioni a Silas attraverso Jace».

Non seppi nemmeno da dove iniziare per cercare di dare un senso a tutto quanto. Quello che mi aveva appena detto Luna era stupefacente, e rivelava un livello del gioco completamente nuovo. Forse non ero l'unico a cui non piaceva il nuovo mondo. Izzy aveva sempre affermato che ce ne fossero altri, ma non mi era mai importato abbastanza da approfondire la questione. Così mi ritrovai a chiedermi se quegli *altri* non fossero proprio lì, davanti a me.

Scossi il capo e indietreggiai dentro casa.

Nella peggiore delle ipotesi, non era la Willow che conoscevano e avremmo potuto continuare la nostra conversazione.

Nella migliore delle ipotesi, invece, era proprio *quella* Willow e Silas avrebbe incoraggiato Edon ad aiutarla. Non che servissero altre motivazioni, comunque. Avrebbe assistito il mio animaletto, volente o nolente.

Feci strada senza dire una parola. Damien era alle mie spalle, con la sua presenza solida e rassicurante. Quando raggiungemmo il punto in cui cucina e soggiorno si incontravano, mi si affiancò e mi prese di mano la sacca di sangue vuota. Io andai a sinistra, verso il divano, e lui a destra, a riporre la sacca. Mi accovacciai accanto a Willow per assicurarmi che nel frattempo non le fosse successo qualcos'altro.

Continuava a non avere battito, ma per il resto sembrava viva e vegeta.

Silas imprecò, confermando così di conoscerla anche

prima di prendermi a gomitate per raggiungerla. Gli diedi una spinta, ringhiando minacciosamente. «Falle del male e ti ammazzo».

Assunse una posizione di attacco. «Non è sul mio divano che sta morendo».

«Ho cercato di trasformarla per salvarla, lupo. È stata la *tua* specie a ridurla così».

Luna si infilò tra di noi. Mi posò una mano sul petto e mi spinse via senza troppo riguardo, per allontanarmi dal suo compagno. Fissai la piccola femmina focosa, momentaneamente impressionato dalla sua potenza. «Non vuole farle del male, Ryder. È una delle sue migliori amiche».

Silas avvolse le braccia attorno a Luna, tirandola verso di sé come per reclamarla. Però colsi un accenno di bisogno nel suo sguardo, un bisogno di conforto. Aveva detto la verità sul suo legame con la mia Willow. Erano davvero amici. Interessante come il mio animaletto non mi avesse detto nulla su di lui o sull'*erosita* di Kylan. Era perché non si fidava abbastanza di me per parlarmi della sua vita precedente?

Presi mentalmente nota di chiederglielo, non appena si fosse svegliata.

Perché si sarebbe svegliata.

Mi rifiutavo di accettare l'alternativa.

«Posso?» chiese Edon, indicando Willow con un cenno del capo.

Annuii, ma solo perché avevo bisogno della sua opinione. Dal momento che Silas sembrava essersi tranquillizzato, stretto alla sua compagna, andai a sedermi vicino al mio animaletto. Rivolsi tutta la mia attenzione a Willow, riservando solo la mia visione periferica al resto dei presenti.

«Ti sei dimenticato di dirci che ha provato a

trasformarla» osservò Jace con aria disinvolta, in piedi accanto all'ingresso del salotto. Le sue parole erano dirette a Damien, che ci aveva appena raggiunti.

La mia progenie scelse di restare in piedi accanto a Jace, per attuare una rapida strategia difensiva in caso di necessità. Era proprio per quel motivo che c'erano delle armi nascoste in ogni singola stanza. Non lasciavo mai nulla al caso, e nemmeno Damien.

«Non mi sembrava rilevante» rispose la mia progenie al reale.

«Che il tuo Sire abbia provato a trasformare illegalmente un umano in un vampiro?» reiterò Jace. «Hai ragione. Non è per nulla rilevante».

«Non sarebbe stato necessario, se non si fosse ammalata improvvisamente» gli feci notare. «Ha bevuto il mio sangue regolarmente, nell'ultimo mese. Eppure qualcosa, nella luna di ieri, l'ha ridotta in questo stato. La mia ipotesi è che uno dei licantropi di Edon l'abbia morsa. *Illegalmente*» aggiunsi a beneficio di Jace.

«Se il licantropo aveva intenzione di ucciderla, tecnicamente non sarebbe stato un gesto illegale. Solo crudele» ribatté Jace. «Ci vogliono due morsi per trasformare qualcuno in lupo».

«Ed è per questo che ora devo morderla e completare la transizione» intervenne Edon. Rivolgendosi a Silas, non a me. Alle sue parole seguì di nuovo quella strana vibrazione, come una sorta di energia che sfrigolava nell'aria. Stavano comunicando telepaticamente. Probabilmente l'avevano fatto tutto il tempo.

«Parla ad alta voce» gli ordinai. «Stai dicendo che la nostra teoria è corretta, che è bloccata a metà della trasformazione. Completala, allora. Adesso».

«Non è così semplice». Edon scosse la testa, facendomi

venire voglia di strozzarlo. «Quant'è che è in questa condizione?».

«Circa sette ore» disse Damien.

«Oltre a quanti giorni? Ventotto, ventinove? Forse di più?». Edon si passò le dita tra i capelli scuri e sospirò profondamente. «È viva solo grazie al sangue di Ryder, che immagino sia piuttosto vecchio. Non ho idea di come questo abbia influito sulla sua transizione».

«L'ha tenuta in vita» dissi. «Ecco come ha influito. Adesso mordila e sistema tutto».

«Anche se dovessi riuscirci, verrebbe uccisa per essere stata trasformata illegalmente». Edon guardò di nuovo verso Silas e non verso di me.

Bene. Ne avevo avuto abbastanza di giocare con i cuccioli. «Ti stai comportando come se ti avessi fatto venire qui per discutere della situazione. Non era questo il mio scopo. Mordila, o troverò un licantropo che lo farà».

«Tecnicamente, è stato Damien a invitarci» disse Jace, col medesimo tono disinvolto di prima. «Oh, a proposito, hai omesso anche che ha perso la testa per un'umana».

«È uno sviluppo abbastanza recente» borbottò la mia progenie. «Sto ancora cercando una soluzione».

«Che sia il risultato dello stress causato dalla nuova posizione? Da quello che ho sentito, la regione di Silvano è un bel casino. Non la vuole nessuno, nonostante Lilith stia cercando attivamente un sostituto».

«Ryder se ne sta occupando senza problemi» rispose Damien.

«Già» concordai. «E mi sarei occupato anche di questa situazione, ma non sono un fottuto lupo. Sono stati i tuoi licantropi a dare inizio a tutto questo, alfa. Tocca a te trovare una soluzione».

Edon sospirò. «E immagino anche che tu voglia che la teniamo al sicuro? Nel caso te ne fossi dimenticato, al momento siamo tenuti d'occhio, grazie alla guerra scatenata dal tuo predecessore».

«Proteggerla non sarà un vostro problema» dissi, stanco di quella stupida discussione. Ogni momento sprecato a pontificare sul suo destino la portava sempre più vicina alla morte. Ed era assolutamente inaccettabile.

«E di chi, allora?» insistette.

«*Mio*». Lasciai che percepisse il potere che traspariva dal mio tono, sottolineato dalla mia età e dalla mia superiorità. «Willow è mia».

Un'ondata di shock attraversò la stanza. Il mio annuncio aveva avuto l'effetto desiderato.

«Ho provato a trasformarla e ho fallito per colpa di qualcosa che le ha fatto uno dei tuoi bastardi. Adesso hai due opzioni. Puoi sistemare tutto, oppure la porterò al tuo campo e troverò qualcuno che se ne occupi. E fidati, Edon, non vuoi che mi avvicini a quel posto, non dopo tutto quello che ha trovato Damien nei suoi file».

Il suo sguardo si infiammò in risposta alla mia minaccia. L'alfa che si annidava in lui non l'aveva presa bene.

«Se adesso sei convinto che abbia perso la testa,» continuai «aspetta di vedere cosa farò pur di riportarla indietro».

Damien si schiarì la voce. «Ti suggerisco di morderla. Le minacce di Ryder non sono mai a vuoto».

«Perché stai facendo tutto questo?» chiese Silas, la cui voce denotava una certa confusione. Mi ci volle qualche istante per capire che si stava rivolgendo a me, non al suo compagno. Al quale, tra l'altro, avrebbe dovuto rivolgere la stessa cazzo di domanda, visto che continuava a temporeggiare nonostante le mie minacce.

In ogni caso, mi voltai verso il giovane lupo e risposi: «Perché è mia». L'avevo già detto. Ma se aveva bisogno di sentirlo di nuovo per assorbire il concetto, nessun problema.

Forse il suo udito era stato compromesso durante la transizione. Sperai che non succedesse anche a Willow.

«Cosa significa, esattamente?» insistette Silas. «In che senso è tua?».

«Chiediglielo quando si sveglia» ribattei. Probabilmente non avrebbe avuto comunque una risposta, ma il Iupo non aveva bisogno di saperlo. «A meno che tu non voglia che muoia?» aggiunsi. In quel caso, l'avrei considerato un pessimo amico e alleato.

Silas rimase in silenzio così a lungo, che pensai non mi avrebbe più risposto. Ma proprio mentre stavo per prendere Willow tra le braccia e andarmene, disse piano: «Quando il magistrato l'ha spedita al campo per la riproduzione, il mio cuore si è spezzato. Meritava molto di meglio». L'emozione incupì il suo tono, e la sua espressione si indurì. «In questo mondo non c'è un percorso positivo. Ma Willow merita di poter scegliere, cosa che non può fare, intrappolata nel limbo».

«Non sceglierebbe mai di morire» affermai, sicuro delle mie parole.

Apparentemente, quella fu la cosa giusta da dire, perché Silas mi scoccò un'occhiata ricolma di stima e di approvazione. «Sono d'accordo. Ma c'è solo un modo per far sì che Willow lo faccia presente a tutti». Guardò Edon. «Hai il mio voto, alfa».

«E il mio» disse Luna.

Edon li osservò entrambi, poi annuì. «Va bene. Affronteremo le conseguenze insieme».

«Sempre» mormorò Luna, con un accenno di commozione nella voce. Poi gli posò la mano sulla spalla, mentre lui sollevava il braccio di Willow.

«Potrebbe anche non funzionare» mi avvertì. «Ha

un'energia unica, ma finora ho trasformato soltanto Silas. Mi impegnerò, ma non posso promettere nulla».

Non aspettò che dicessi qualcosa; si limitò a voltarsi e conficcare i denti nell'avambraccio del mio animaletto.

Silas trasalì, come se stesse rivivendo il dolore della sua stessa trasformazione. Poi guardò Willow con uno sguardo da predatore e le narici che fremevano. L'odore nella stanza aveva iniziato a mutare. Luna arricciò le labbra in un piccolo ringhio. Tutti e tre i lupi stavano reagendo alla magia che permeava l'aria.

Lanciai un'occhiata a Damien. Aveva un'espressione impassibile. Jace invece aveva la solita aria rilassata; era appoggiato al muro, con le mani in tasca. Se Edon avesse avuto successo, ci aspettava una bella chiacchierata. Perché Jace avrebbe dovuto fare rapporto a Lilith, e io non potevo permettere che ciò accadesse.

Incontrò il mio sguardo. Una sorta di intesa passò tra di noi.

Saremmo arrivati a un accordo, oppure no. Il che sarebbe stato un peccato, perché avrebbe implicato la sua morte. Ed ero sempre stato affezionato a quell'immortale imperturbabile e sicuro di sé. Sapeva sempre quando fosse il caso di assumere il ruolo di mediatore, o quando fosse meglio mandare tutto al diavolo. Ne ero stato testimone proprio il mese precedente, dopo che Silvano aveva perso la testa.

C'era qualcosa che bolliva in pentola. Mentre era nel territorio del clan Clemente, aveva incontrato più volte Darius e Kylan. E l'avevo visto anche con Luka.

Una parte di me era curiosa di sapere cosa stessero combinando, ma non mi interessava abbastanza da fare domande. Dopo tutto quello che era successo, però, non ero più della stessa opinione. Non appena Willow fosse stata bene, avrei chiesto dei chiarimenti.

Riportai lo sguardo su di lei. Le mie dita presero automaticamente ad accarezzarle i capelli.

Edon aveva lasciato andare il suo braccio, posandole invece il palmo sull'addome. Sembrava che stesse cercando la sua anima, irradiando a ondate un potere ancestrale. Lo avevo sottovalutato. Quel maschio, nonostante la giovane età, era una vera forza della natura. Riuscivo a percepire la sua energia primordiale spandersi nell'aria. Avevo visto l'impatto che aveva sui suoi compagni. E mi faceva quasi sentire il bisogno di inginocchiarmi ai suoi piedi.

Si era guadagnato il mio rispetto nel giro di qualche secondo; una rarità, per me.

Quando ringhiò, i peli sulle mie braccia presero a danzare. Il tono di comando in quel suono ferino fece rabbrividire Silas e Luna. La vibrazione aumentò. Il suo petto stava emanando un ordine. Un ordine diretto a Willow.

Poi si aggiunse anche Silas. Il suo ringhio rafforzò quello del suo alfa. Il rombo diventava sempre più intenso, di secondo in secondo.

Altrettanto improvvisamente, anche Luna si unì a loro. Tutti e tre assunsero lo stesso ritmo, riempiendo l'aria di elettricità. La sentii fremere sulla pelle, poi la vidi scintillare su Willow. Il suo corpo iniziò a tremare, nonostante la mancanza di battito.

Spalancai gli occhi. Aveva cominciato a trasformarsi. Le sue ossa si spezzarono con uno scricchiolio rivoltante che mi fece martellare il cuore nelle orecchie.

Respira, la implorai. *Respira, dannazione!*

I ringhi si fecero sempre più assordanti. L'energia vorticava in una spirale di forze invisibili che nuotavano attorno a noi, mentre Willow continuava a mutare. Non la lasciai andare, nemmeno quando la sua testa cambiò sotto le mie dita, allungandosi in un muso. Poi toccò ai suoi capelli; ebbi l'impressione che si sciogliessero tra le mie mani, riformandosi in una pelliccia bianca come la neve.

Ma ancora non respirava.

Deglutii. *Dai, Willow. Sei più forte di così.*

E se non lo fosse stata? E se tutti i segnali mi fossero sfuggiti, ritrovandomi a reagire quando era ormai troppo tardi?

Forse se n'era andata per sempre.

Perché non avevo fatto attenzione.

Perché l'avevo trattata come il mio animaletto, non come una persona.

Avevo considerato la sua perdita di memoria come una benedizione, ma se quella fosse sempre stata la chiave? E io l'avevo ignorata nella mia smania di giocare con lei.

Il pensiero mi fece fisicamente male al petto. Che strana sensazione.

Ero così convinto che un secondo morso avrebbe funzionato, che non mi ero neanche soffermato a riflettere sull'alternativa. Che non avrei più potuto sentire la sua voce. Non avrei più visto la sua forza lampeggiarle nello sguardo. Non avrei più avuto un'altra possibilità di provocarla, adorarla, *assaggiarla*.

Serrai la mascella rivivendo mentalmente, in rapida successione, ogni istante trascorso con lei.

Dal momento in cui aveva afferrato il martello, a quello in cui il gelato le aveva dato la nausea, fino a quando aveva camminato carponi sul tappeto.

Mi ero innamorato di lei sin dall'inizio.

Non sarebbe dovuta finire così. Avevamo bisogno di più tempo. Non era ancora finita tra di noi. Volevo di più da lei, e lei meritava di più da me.

Non riuscivo ad accettare l'idea di perderla.

«Su, Willow. Respira» ringhiai, aggiungendomi al frastuono che già ci avvolgeva. «*Respira*».

La transizione sembrava ormai completa. La sua forma di lupo era stupefacente. L'unico problema era la mancanza di battito.

Spostai la mano dalla sua testa al suo petto, accarezzandole il pelo candido.

«*Respira*». Mi uscì come uno strano miscuglio di supplica e comando, con una voce che non riconobbi. Al pensiero che quelli sarebbero potuti essere gli ultimi istanti con lei, ebbi la netta impressione che il mio cuore si stesse frantumando in un milione di pezzi.

Come aveva fatto a entrarmi dentro così completamente? Quattro settimane insieme, e mi sentivo come se metà della mia anima mi stesse lasciando per sempre.

Che follia.

Avevo vissuto per quasi cinquemila anni. Non mi ero mai affezionato a nessuno. Eppure, a un certo punto, Willow era diventata molto di più che un semplice passatempo. Era diventata una costante nella mia esistenza, una che avevo tutte le intenzioni di mantenere. Solo che non me n'ero reso conto. Almeno non fino a quel momento.

Quando ormai era troppo tardi.

Perché ancora non respirava, né si muoveva.

Non riuscivo a capire.

Era colpa del mio sangue, che in qualche modo aveva bloccato il processo? O gliene serviva di più?

Scossi la testa, sconvolto e distrutto dall'assurdità della situazione. E feci l'unica cosa che potevo fare: mi morsi il polso e glielo avvicinai al muso. Era tutto quello che potevo offrirle. Avevo cercato di trasformarla, avevo cercato di curarla, e ormai non mi restava nulla da fare se non costringerla a morire col mio sangue sulle labbra.

Perché lei era mia da proteggere, e io l'avevo delusa.

Mi chinai per premere il viso sul suo collo, col polso appoggiato al suo muso, dimenticandomi di tutto ciò che ci circondava. I ringhi, i vampiri, i licantropi. Esisteva soltanto Willow.

Non avresti dovuto lasciarmi così presto, le dissi. *Non avevo finito. Non* avevamo *finito*.

Ovviamente non mi rispose, ma non era quello il punto. Avevo bisogno di dirle quelle cose, di farle capire, anche nell'aldilà, che mi ero preso cura di lei. Che mi stavo prendendo cura di lei. Che per quanto il nostro tempo insieme fosse stato infinitamente breve, ci avevo provato.

Il mondo le aveva riservato un destino crudele.

E del tutto immeritato.

L'Alleanza di sangue aveva creato quell'esistenza fredda e depravata. Doveva finire. Doveva esserci un altro modo di convivere tutti insieme, in cui rispettavamo il nostro cibo e non ci divertivamo a tormentarlo.

Le giurai che l'avrei vendicata, che avrei trovato i lupi che l'avevano ridotta così e li avrei fatti fuori.

Poi sarebbe stato il turno dell'Alleanza.

Erano stati quegli stronzi a permettere che succedesse una cosa del genere. Che succedessero un'infinità di cose del genere. Ci prosperavano. E io non avevo più intenzione di stare al gioco. Lilith voleva che mi comportassi bene. Oh, povera illusa.

Tradussi la mia sete di vendetta in un ringhio bestiale. Strinsi i pugni, desideroso di urlare, di distruggere.

Quel cazzo di mondo sarebbe bruciato tra…

Tutto si fermò. I miei sensi erano all'erta. Avevo sentito un flebile accenno di qualcosa. Che me lo fossi immaginato? Stavo definitivamente impazzendo?

Attesi.

E attesi.

E poi mi bloccai di nuovo. Ancora quel qualcosa.

Alzai la testa per osservare Willow.

Passò un altro minuto.

Poi sobbalzai quando la sua lingua guizzò a leccarmi la pelle. Il tocco fu seguito da un rantolo; i suoi polmoni si stavano riempiendo di nuovo, la sua immortalità si stava attivando per riparare i danni.

«Willow» sussurrai.

Non rispose, ma il suo cuore mi regalò un altro battito. E poi un altro. E un altro ancora.

«È viva» mormorai, meravigliato, accarezzandole il pelo. Fu solo allora che mi accorsi che era calato il silenzio. Tutti avevano fatto qualche passo indietro per osservare la situazione. Non chiesi spiegazioni. Non mi importava. «È viva» ripetei, con l'anima di nuovo intatta.

Probabilmente non sarei mai riuscito a capire come qualcuno avesse potuto avere un tale impatto su di me in così poco tempo. Forse era solo arrivata al momento giusto, fornendomi gli stimoli di cui non sapevo di aver bisogno.

In ogni caso, avevamo di nuovo il tempo di scoprirlo. Di andare avanti.

Non lascerò che nessuno ti faccia del male, le giurai. Il mio desiderio di distruggere l'Alleanza era ancora un punto fermo nella mia mente. *Sei mia. La mia dolce Willow.*

Mi leccò il polso come se avesse potuto sentirmi, e decisi di interpretarlo come un assenso. E un po' come se mi stesse rivendicando anche lei.

«Ti rendi conto di cos'è?» chiese Jace, rompendo il silenzio.

Invece di rispondere, mi limitai a guardarlo, incerto sul perché avesse scelto di parlare proprio nel momento in cui mi stavo crogiolando nel sollievo. Inarcai un sopracciglio, l'unico segnale che avrebbe ricevuto per indicare che l'avevo sentito e che stavo aspettando che continuasse.

«Ryder, tu ed Edon avete appena creato un fottuto ibrido».

«Oh, Lilith ne sarà felicissima» mormorò Damien.

Lo ignorai, preferendo rivolgermi a Jace. «Un ibrido» ripetei. «È... cos'è?».

Come faceva a dirlo?

Willow non si era ancora svegliata.

Solo che, esaminandola, mi resi conto che riuscivo ad annusare il miscuglio di vampiro e licantropo che albergava dentro di lei. «Oh, merda...».

Ryder

Un ibrido.

Avevamo creato un fottuto ibrido.

Mi passai la mano sul viso, poi mi strinsi la nuca. «Viveva grazie al mio sangue» dissi, camminando avanti e indietro nel mio ufficio. «Non ne avevo idea. Gliel'ho dato per assicurarle un po' di forza, volevo che fosse il più protetta possibile. Ma non avrei mai pensato che fosse quello il motivo per cui è sopravvissuta così a lungo».

Cazzo.

Anche Edon e Jace erano lì, in piedi uno accanto all'altro, con un'espressione indecifrabile. Ero corso a farmi una doccia e a mettermi un paio di jeans e una maglietta; avevo bisogno di liberarmi dell'abito da sera. Silas e Luna avevano accettato di badare a Willow. Damien stava supervisionando.

«La luna piena di ieri deve aver fatto scattare il suo bisogno di trasformarsi». Edon sembrava pensieroso. «O forse quello che è successo è collegato alla mia ascensione. C'era molta energia lunare nel clan Clemente la notte scorsa. E visto che è stato uno dei miei lupi a dare inizio alla transizione, al campo, deve esserne stata colpita anche lei».

Già, a quel proposito... «Ti rendi conto che voglio

massacrare chiunque sia il responsabile di quello che le è successo, sì?».

«Mettiti in coda» rispose Edon. «Damien ha appena mostrato a Silas i filmati che ha trovato su Willow, e il mio luogotenente mi sta tartassando mentalmente esigendo una punizione esemplare».

«Bene. Può darmi una mano».

Edon grugnì. «Sottovaluti il suo bisogno di vendicarsi».

«E tu il mio» ribattei, fermandomi davanti a lui. «Uno dei tuoi licantropi ha morso Willow per divertimento, probabilmente per farla morire tra atroci sofferenze. Ho intenzione di ricambiare il favore. Poi castrerò ogni singolo lupo che l'ha toccata. E se ancora non sarò soddisfatto, brucerò l'intero edificio con tutti i tuoi bastardi dentro». Facendo prima trasferire gli umani, ovviamente.

Un muscolo si contrasse nella mascella di Edon. «Non hai nessuna giurisdizione nel mio territorio, *Vostra Altezza*».

«Non te lo stavo chiedendo, *alfa*».

«Signori, determineremo il miglior corso d'azione non appena ci saremo occupati del problema più pressante, ossia l'ibrido che sta dormendo in salotto» si intromise Jace. «Il consiglio si aspetterà che venga terminata». Alzò una mano per bloccare le mie proteste sul nascere. «Non sto dicendo che sono d'accordo. Sto dicendo che abbiamo un problema».

«Lilith vorrà che sia condannata a morte» concordò Edon. Le sue spalle imponenti si rilassarono visibilmente, abbandonando la postura difensiva assunta durante il nostro piccolo diverbio. «Ed esigerà un'esecuzione pubblica».

«Già. Ma sapevate entrambi che era una possibilità, anche prima di trasformarla». Gli occhi azzurro argenteo di Jace cercarono i miei. «Qual era il tuo piano? Come avevi intenzione di nasconderla?».

«Non avevo nessun piano, perché non ho mai voluto nasconderla» ammisi in tono piatto. «Forse tu sei a tuo agio a vivere seguendo gli ordini del consiglio, ma personalmente trovo tutto molto noioso. Non sono sopravvissuto così a lungo lasciando che qualcun altro mi dica cosa fare e come».

Le labbra di Jace fremettero. «Ho sempre ammirato il tuo atteggiamento menefreghista, Ryder. Ma in questo caso non credo sia sufficiente. O ti va bene che il consiglio voti per sterminare la tua nuova creazione?».

Mi strinsi nelle spalle. «Possono provarci. Non significa che ci riusciranno». Avrei continuato ad addestrare Willow personalmente, e considerando le sue caratteristiche combinate di licantropo e vampiro, sospettavo che non sarebbe stato così semplice farla fuori. In più, avrebbero dovuto vedersela anche con me. E con Damien, se avesse deciso di aiutarci.

«Non puoi affrontare il consiglio da solo» fece notare Jace.

«Stai dando per scontato che tutti i membri del consiglio obbediscano ciecamente a Lilith» ribattei. «Io sono sicuro che non sia così. Tu ne sei la prova».

«Cosa vorresti dire?».

«Non c'è forse una legge che vieta la frequentazione tra specie opposte?». Inarcai un sopracciglio, pienamente consapevole che sì, tale legge esisteva. «Eppure, la tua predilezione per i licantropi è ben nota».

«Sono le relazioni a essere vietate. Io scopo e basta».

«Può darsi» gli concessi. «Ma sei anche qui, nel mio ufficio, a discutere di come nascondere il mio prezioso animaletto, invece di fare rapporto a Lilith».

«Avrei potuto mandarle un messaggio mentre ti stavi cambiando. Forse sto solo temporeggiando di proposito».

Sorrisi. «Non le hai mandato un bel niente».

«Come fai a esserne così sicuro?».

«Perché la rete che copre la tenuta non permette a nessuna comunicazione di lasciare la proprietà senza il mio permesso». Girai attorno alla scrivania e digitai una sequenza di lettere e numeri sulla tastiera del computer, poi girai lo schermo verso Jace. «Hai mandato un messaggio solamente a Darius, dicendogli che sei stato trattenuto per via di una situazione interessante».

Jace guardò il monitor a bocca aperta. La sua calma esteriore lasciò trasparire per la prima volta un lampo di sorpresa. «Notevole».

«E questo è niente» risposi, spegnendo lo schermo. «Ma ora non è importante. Dobbiamo discutere del fatto che non hai informato Lilith. E nemmeno Edon».

Concessi loro qualche istante per assorbire quello che avevo appena detto, godendomi il loro silenzio. Dimostrava quanto poco sapessero di me e delle mie abilità quelli al potere. Dicevo sul serio quando avevo affermato che non ero sopravvissuto così a lungo piegandomi al volere degli altri.

Nel corso dei secoli, la società si era evoluta. E io con lei.

Non usavo metodi arcaici. L'era della tecnologia era tra le mie preferite, e mi ero impegnato a imparare tutto il possibile al riguardo. Poi avevo progettato e creato il mio stesso sistema di sopravvivenza.

Lo schermo davanti a loro era solo la punta dell'iceberg. Il consiglio era convinto di controllare il mercato della sorveglianza elettronica. Quello che non avevano capito era che vi avevo attinto un secolo prima, appoggiandomi alle loro infrastrutture per creare la mia piccola isola felice.

Il nuovo mondo non mi spaventava. Mi faceva incazzare e basta.

«Quindi, sebbene noi tre costituiamo solo una piccola frazione del consiglio, sono pronto a scommettere che non siamo gli unici a non essere contenti di come vanno le cose» continuai, sicuro delle mie parole. «Alcuni membri potrebbero decidere di dare la caccia a me e Willow, ma posso gestire una manciata di vampiri e licantropi anche con una mano legata dietro la schiena. Il che mi porta a ripetere: non vedo alcun motivo per cui Willow debba nascondersi».

La calma esteriore di Jace era tornata. La sua anzianità e il suo potere erano una maschera dietro cui spesso si nascondeva. Lo capivo perché assumevo anch'io un'espressione simile, quando ero intento a valutare le mie opzioni.

Edon era meno abile a celare le sue emozioni, ma quello era normale per i licantropi. I suoi simili operavano puramente sulla base dell'istinto, soprattutto le ultime generazioni. D'altro canto, Edon si era dimostrato differente, prendendo due compagni e trattandoli come pari.

La maggior parte dei maschi alfa esigeva la sottomissione, anche dalle femmine alfa, il che aveva fondamentalmente distrutto la base della cultura dei licantropi. Ma le azioni di Edon suggerivano che aveva tutte le intenzioni di cambiare le cose. Il suo atteggiamento mi aveva intrigato il mese precedente, e in quel momento ancora di più.

«Evitare di nascondere Willow avrà delle conseguenze non solo per te, ma anche per me e per il mio branco» disse lentamente il licantropo. «E dato che la prossima riunione del consiglio è stata fissata in seguito alle azioni del clan Clemente e degli abitanti della regione di Silvano, direi che ci aspetta una bella discussione».

Sbuffai. «Con "discussione" intendi una scenata

isterica della Dea in persona». Non potei evitare di alzare gli occhi al cielo. «Sono stato costretto a subire i suoi capricci quotidianamente, nelle ultime due settimane. Penso che riuscirò a sopportare l'ennesima tirata».

«Allora cos'hai intenzione di fare?» chiese Jace. «Presentarti alla riunione del consiglio e dirle semplicemente di no?».

«A dire il vero, non ho ancora deciso se andarci o meno. È nella mia agenda, ma potrei anche programmare qualcos'altro per quel giorno». Inclinai la testa di lato. «Perché le permetti di condurre il gioco? È perché sottostare alle sue leggi è più facile che litigare?».

«Ha messo ordine nella società. Un ordine che non ho ancora sentito il bisogno di violare» rispose semplicemente.

«Non ancora» ripetei. «Interessante».

La sua espressione non lasciò trapelare nulla. «Diciamo solo che so come stare al gioco. Ciò non significa che mi piaccia».

«Allora smetti di farlo».

«E a quel punto cosa succederebbe?» insistette. «Se ognuno facesse quello che gli pare, quali sarebbero le conseguenze? La popolazione umana è già il dieci percento di quella che era centocinquant'anni fa. Senza regolamentazioni, rischieremmo la nostra fonte di cibo. Sappiamo entrambi che c'è un motivo se i nostri simili hanno bisogno di queste leggi. Non ci si può fidare che si controllino da soli».

«Il fatto che tu mi stia dicendo tutto questo implica che hai valutato altri modi di governare» dedussi. «Invece di chiedere la mia opinione, dimmi le tue idee. Cosa proponi, Jace?». In una vita passata era un monarca britannico. La sua inclinazione per la politica era nota a tutti.

«Quella è una conversazione molto più lunga».

«E molto più interessante» aggiunsi. «Nascondere

Willow è, nella migliore delle ipotesi, una soluzione a breve termine. Una soluzione che non funzionerà in questa società. Lo sappiamo entrambi. Quindi, invece di perdere tempo a parlare di un qualcosa di irrilevante, troviamo una soluzione a lungo termine. Esponi la tua visione. Poi ti dirò se sono d'accordo o se ho qualche suggerimento».

«Cosa ti fa pensare che abbia un piano?» ribatté Jace.

«Perché me l'hai appena detto». Gli lanciai un'occhiata eloquente. «Se avessi voglia di giochetti, chiamerei Lilith. Non farmi perdere tempo, e io non lo farò perdere a te».

Jace mi studiò per un lungo istante, poi cedette, annuendo. «Va bene. Ovviamente sai che Cam è vivo. Presumo che tu sappia anche quali fossero i suoi piani, prima della riforma».

Glielo confermai con un cenno del capo. La sopravvivenza di Izzy, in quanto *erosita* di Cam, aveva richiesto l'assistenza di diversi personaggi chiave, me compreso. Ma io l'avevo aiutata restando nell'ombra, mentre Damien era il volto dell'operazione. Il mio nome non era stato rivelato perché volevo rimanere nascosto a tempo indeterminato. Solo che le ultime bravate di Silvano mi avevano forzato la mano, e ormai ero troppo curioso di vedere come si sarebbe sviluppata la situazione per fare ritorno alla mia vita da recluso.

Sarebbe stato più semplice tenere Willow con me e vivere lì, insieme, per sempre. Ma dopo tutti gli orrori a cui avevo assistito ultimamente, non potevo starmene con le mani in mano e lasciare che le cose peggiorassero.

Il consiglio si era spinto troppo oltre.

Era giunto il momento di un altro cambio di regime.

E man mano che Jace mi illustrava le sue idee, mi resi conto che non aveva semplicemente un piano di azione. No, aveva un progetto ben definito, con tanto di strategie dettagliate su come realizzarlo.

Mentre Jace parlava, Edon rimase in silenzio, confermando di essere già a conoscenza di tutto. Sospettavo che lo fosse venuto a sapere di recente, considerato quello che era successo nel suo clan.

Mi sedetti alla mia scrivania. Edon e Jace presero posto dall'altro lato, senza che il reale smettesse di parlare.

Mezz'ora più tardi, ebbi un ritrovato rispetto per lui.

C'era solo una piccola falla nel suo progetto.

«Dieci anni sono troppi» dissi, quando finì di spiegare tutto quanto. «Non possiamo aspettare così a lungo. Deve succedere adesso».

«Non siamo ancora pronti».

«Quando lo sarete, sarà già troppo tardi» lo informai. «Una cosa che ho imparato nelle ultime quattro settimane da reale è che i vampiri sono troppo golosi. Non ci sono abbastanza umani per poter soddisfare la nostra sete. Vengono uccisi a destra e a manca, con un immane spreco di sangue».

Accesi di nuovo il computer per mostrargli il rapporto stilato da Damien sullo stato della regione che avevo appena ereditato.

«Guarda queste proiezioni». Girai il monitor verso di lui, assicurandomi che riuscisse a leggere. «Sulla base delle tendenze attuali, questa sarà la situazione tra dieci anni».

I numeri erano eloquenti, perché erano tutti negativi.

«Secondo i miei calcoli, quel dieci percento si abbasserà a cinque, presupponendo che questo comportamento sia simile in tutto il mondo. La tua regione potrà anche essere governata diversamente, ma puoi dirmi in tutta onestà che anche Ankit, Lajos, Sofia e Helias amministrano i loro territori allo stesso modo?». Una risatina amara mi sfuggì dalle labbra. «Quegli stronzi sadici erano tra i migliori amici di Silvano. Oh, e per non parlare di Ayaz e Aika».

Cormac doveva essere uno dei pochi vampiri al mondo che non uccideva umani senza motivo. Forse anche Naomi.

«Avrei aggiunto alla lista anche Kylan, ma le sue azioni più recenti sono state una piacevole sorpresa» mormorò Jace.

«Forse per te. Ma io lo conosco da molto, molto tempo. È solo annoiato, non è un sadico». Il reale in questione non mi piaceva particolarmente, ma lo preferivo di gran lunga alla cerchia di Silvano.

«Era stato sospettato di aver massacrato il suo harem» osservò Jace.

«"Sospettato" è la parola chiave» ribattei. «E anch'io ho sentito la mia buona dose di voci sulla tua crudeltà, ma questo non significa che ci creda».

«Dovresti».

«Ma non lo faccio» replicai, sporgendomi in avanti. «La giustizia non è crudele, è necessaria. Alcuni semplicemente scelgono di non vederla così».

Restò un attimo in silenzio, come a soppesare le mie parole. Poi annuì. «Vero».

«Dieci anni sono troppi» insistetti. «Non puoi aspettare così a lungo. Sarà troppo tardi per il genere umano». Guardai Edon. «E non ho nemmeno iniziato a indagare su cosa stia combinando la tua specie, ma la caccia della luna dice tutto».

«L'ho bandita» mi informò.

«Bene».

«Il campo per la riproduzione è il prossimo» aggiunse. «Non abbiamo bisogno degli umani per creare nuovi licantropi. Possiamo farlo da soli. L'accoppiamento con un mortale dovrebbe essere una rarità. E dovrebbe avvenire solo in una situazione controllata, in cui il successo è assicurato. Non come una serie di esperimenti».

«Sono sicuro che Willow approverebbe». Io di certo lo facevo.

La sua espressione si indurì. «Bene. E a proposito di Willow, ho una richiesta».

«Una richiesta?» ripetei, inarcando un sopracciglio verso il giovane alfa. Coraggioso da parte sua. «Sarebbe?».

«Nasconderla non è un'opzione, sono d'accordo» ammise lentamente. «Detto ciò, è in parte mia, e di conseguenza sotto la mia responsabilità. Se vuole stare con il clan Clemente, la accetterò nel branco e la proteggerò. Se invece sceglie di rimanere con te, mi aspetto che tu faccia lo stesso. Ma la mia richiesta è questa: sarà lei a decidere dove andare».

Willow

Menta. Il mio naso fremette. *Mmm, Ryder*. Il suo odore era intenso, il che significava che era nelle vicinanze. Rotolai sul fianco per raggiungerlo, ma c'era soltanto aria. Niente materasso. Niente cuscini. Aria. Accigliata, rotolai sul fianco opposto, dove trovai un solido blocco di pelle imbottita.

Aprii un occhio e vidi lo schienale di un divano.

Non sarebbe stato un problema, se non avessi scorto anche la mia *zampa* sulla pelle nera. Strillai, e il suono uscì come una specie di latrato che mi fece cadere dal divano e atterrare sul pavimento. *A quattro zampe*.

Cazzo!

Cominciai a roteare su me stessa, sbattendo con la groppa sul tavolino da caffè, colpendo il tavolo col muso e artigliando il tappeto bianco. *Dello stesso colore della mia pelliccia.*

Oh, Dea. Oh, Dea!

Doveva essere un sogno. Un modo del mio cervello di aiutarmi a superare il trauma del campo.

Che potevo finalmente ricordare nei minimi dettagli.

Il mio cuore iniziò a correre all'impazzata sotto l'assalto di tutto l'orrore, i ringhi, le violenze. Non volevo andare là. *No, no, no!*

Emisi un altro strano uggiolio e presi a correre, solo che le mie gambe non sembravano più in grado di farlo. Si mossero a vuoto sotto di me, facendomi finire con la faccia sul pavimento.

Una voce maschile mi disse di smetterla. Scattai in risposta, cercando inutilmente di uscire dalla gabbia della mia mente. Avevo bisogno di svegliarmi. Non poteva star succedendo davvero. Non volevo ricordare!

«*Willow*».

La voce di Ryder. Balzai in piedi in cerca di lui, implorandolo di far cessare tutta quella follia. *Fammi svegliare! Fammi svegliare!*, lo supplicai. *Non voglio essere qui. Non voglio farlo. Non voglio ricordare. Ti prego!*

Le urla e gli ordini continuavano a rimbombare nella mia mente. Era stata spalancata una porta su una serie di eventi che non volevo rivivere. Scossi la testa, rifiutando di lasciare che mi prendessero.

Oh, ma quello con gli occhi verdi non la smetteva di perseguitarmi.

Veniva da me ogni giorno.

Il mio carnefice.

Il mio carceriere.

Il mio aggressore.

Lo odiavo, lo disprezzavo. Volevo attaccarlo, morderlo, massacrarlo. Volevo che provasse lo stesso dolore che lui aveva inflitto a me. Il codardo mi legava. Sebbene fossi solo una piccola umana indifesa, aveva dovuto incatenarmi al muro per scoparmi. Patetico.

Risi di lui.

Lo odiava.

Voleva che lottassi.

Vaffanculo, pensai. *Lurido...*

«Willow». Ryder si era avvicinato. Il suo dopobarba alla menta era come il paradiso per i miei sensi.

Sì, sì, pensai, cercando di nuovo di alzarmi in piedi. *Fammi svegliare. Ti prego, fammi svegliare.*

Riuscivo a vederlo. Stava venendo verso di me, lentamente, girando attorno al divano. Teneva una mano tesa davanti a sé, come a calmarmi. Inclinai la testa di lato, confusa. Perché era entrato in quello strano sogno?

Poi mi resi conto che non era solo. C'era un altro vampiro con lui. Uno con gli occhi azzurro argento. Lo annusai, notando che usava un dopobarba legnoso.

Qualcun altro cercò di avvicinarsi a me.

Un licantropo.

Robusto.

Occhi e capelli neri. Terrificante. Dominante.

Indietreggiai. Non volevo giocare con quelli della sua specie. Era troppo mascolino. Troppo predatorio. Troppo spaventosamente bello e crudele.

«Willow» disse un'altra voce, attirando il mio sguardo su un maschio biondo che pensavo di non rivedere mai più. Solo che era tutto sbagliato. Non era umano come lo ricordavo, ma un licantropo. E alfa. Forte. Proprio come l'altro.

Piagnucolai di nuovo, confusa. Quello non era il mio Silas.

Fammi svegliare, implorai, tornando a guardare Ryder. *Fammi svegliare.*

Cominciò a mormorare delle parole in una lingua straniera. Non ne capivo il significato, ma la melodia mi sembrò familiare. Me l'aveva già cantata una volta, dopo quello che era successo in ascensore. Era così rilassante. Mi fece sentire al sicuro.

Tentai di andare verso di lui, ma mi accorsi della presenza di un altro licantropo. Una femmina. Alfa anche lei.

Mi fece rizzare il pelo, risvegliando il mio istinto. Le

ringhiai contro, tenendola lontana da Ryder mentre mi avvicinavo a lui. Sogno o meno, non avrei lasciato che lo sfiorasse.

«Mi ha appena ringhiato addosso?» chiese la femmina.

«Quando si tratta di me, è molto territoriale» spiegò Ryder. Sembrava divertito. Lo guardai, e lui riprese a cantare, attirandomi sempre più vicino, finché la mia testa non incontrò il suo palmo. Si sedette sulla sua poltrona preferita e trascinò le dita nella mia pelliccia. Era una sensazione strana e piacevole, che mi fece rilassare ancora di più.

Le sue carezze scacciarono i miei incubi, facendoli tornare in quello stato nebuloso che senza dubbio preferivo. Non mi restava altro da fare che svegliarmi.

Chiusi gli occhi, nella speranza di velocizzare il tutto.

Ma un movimento me li fece spalancare di nuovo.

Silas aveva fatto un paio di passi verso di noi, accucciandosi accanto alla poltrona. Non troppo vicino da toccarmi, ma vicino.

Una parte di me voleva ringhiare. *Non sei reale.*

«La sua connessione con la psiche del branco è un qualcosa di unico» disse l'alfa dall'altro lato della stanza, facendomi irrigidire di nuovo. «Non riesco a sentirla come sento gli altri, ma posso percepire il suo rifiuto».

«Chissà come mai si sente così» commentò una voce familiare. *Damien.* Non mi ero accorta di lui. La sua presenza era offuscata da quella dell'alfa. E forse era anche perché ero in una posizione abbassata, incapace di vedere molto al di là del divano e della poltrona. «Si è addormentata umana e si è svegliata un ibrido. Farei fatica ad accettarlo anch'io».

Sbattei le palpebre. *Cosa?*

«Wow, che tatto» esclamò Silas, chiaramente sarcastico.

«Non vedo cosa c'entri il tatto» rispose Damien.

«Non mi dire» sbottò il mio migliore amico, per poi abbassare i suoi brillanti occhi blu su di me. «Willow, tesoro, riesci a tornare in forma umana?».

Lo fissai, incerta su cosa volesse dire. *Preferirei svegliarmi.*

Solo che stavo iniziando a temere che non fosse un sogno.

Si è addormentata umana e si è svegliata un ibrido.

Cosa diavolo è un ibrido?, pensai, rabbrividendo.

La mano di Ryder scivolò sulla mia nuca, dandomi un piccolo strattone. La mia attenzione tornò immediatamente su di lui, come se fossimo in qualche modo connessi. E forse lo eravamo. Avevo bevuto molto del suo sangue. «Va tutto bene» sussurrò, facendomi appoggiare la guancia sulla coscia, senza smettere di accarezzarmi.

«Puoi aiutarla a tornare umana?» lo udii chiedere.

«Sì» rispose l'alfa. «Ma potrebbe farle male».

«Allora è un no» lo corresse Ryder.

«Ho un suggerimento» disse il vampiro dallo sguardo argentato. «Perché non diamo a Ryder e Willow un po' di privacy per parlare di quello che è successo? Forse così si trasformerà di nuovo da sola. E nel frattempo andrò a riposarmi un po'. Il viaggio in pieno giorno è stato stancante, e l'amore di Ryder per i lucernari di certo non aiuta».

«Damien sa come muoversi nell'ala riservata agli ospiti e potrà offrirvi una sistemazione adeguata». Il palmo di Ryder si fermò per un attimo sulla mia testa. «Vuoi andare nella nostra suite, lupacchiotta?».

Solo se giuri di dirmi che è tutto un sogno bizzarro, desiderai rispondergli. Invece mi appoggiai ancora di più a lui, sentendomi stranamente al sicuro. Il che era strano, perché io e Silas eravamo molto più legati. Avevamo trascorso la maggior parte della nostra vita insieme.

Adesso sei un licantropo?, gli chiesi, guardandolo di nuovo. *Un licantropo alfa? Significa che hai vinto il Torneo dell'immortalità?* A quel pensiero, il cuore mi si incrinò.

Silas aveva vinto la sua immortalità, mentre il magistrato mi aveva spedita a morire nei campi per la riproduzione.

Solo che ero fuggita. Avevo lottato. Salvo poi finire nelle mani di Ryder.

La mia attenzione tornò su di lui. Ricambiò il mio sguardo con un'espressione indecifrabile. Lo implorai di spiegarmi cosa fosse successo, di dirmi cosa diavolo significasse "ibrido".

«Damien, portali nelle stanze degli ospiti». Non una richiesta, ma un ordine. Ryder mi lasciò andare e si alzò in piedi, dicendo: «Tu, invece, seguimi».

Non avrei potuto dirgli di no, nemmeno se avessi voluto.

Girò attorno alla sua poltrona, muovendosi con il suo solito atteggiamento autoritario. Lanciai un'occhiata a Silas, momentaneamente incerta. Ma lui mi invitò ad andare con un cenno del mento. «Mi fido del fatto che non ti farà del male» mormorò dolcemente.

Ryder sbuffò. «Ma che gentile».

«Preferiresti che le dicessi qualcos'altro?» ribatté Silas. «Per esempio, che sono sconvolto perché le mie migliori amiche sono diventate le compagne di due reali?».

«Chi ha detto che sono il suo compagno?» chiese Ryder, inarcando un sopracciglio.

«Posso sentirlo» borbottò Silas. «E la guardi nello stesso modo in cui Kylan guarda Rae».

Rae è con Kylan?, pensai, sollevando le sopracciglia. *Aspetta, i lupi hanno le sopracciglia?* Poi scossi la testa, tornando a concentrarmi sulle cose importanti. *Come ha fatto Rae a finire con Kylan?*

Era un reale sadico, celebre per aver trucidato il suo stesso harem.

Oh, Dea. Rae sta bene?, chiesi, concentrandomi su Silas. Tutto ciò che ne uscì fu un'altra specie di ringhio.

«Adesso sta ringhiando al mio compagno» brontolò la femmina alfa.

«Willow» disse Ryder. «Se mi segui, ti spiegherò tutto».

Sì, ti prego. Diedi le spalle a Silas e alla sua… Mi bloccai di nuovo, voltandomi verso di lui. *Un attimo, ha appena detto che sei il suo compagno?*

«Willow» ripeté Ryder, con un accenno di comando nel tono.

Giusto. Dovevo seguirlo per avere delle risposte. Okay. Un passo vacillante dopo l'altro, riuscii ad arrivare in fondo alle scale. Poi guardai in alto e sbuffai. Riuscivo a malapena a far funzionare le mie zampe su una superficie piana. Come diavolo avrei fatto a salire?

Ryder non sembrò accorgersene; aveva già fatto qualche gradino.

Cercai di seguirlo e inciampai con un guaito infastidito.

Fu solo allora che si fermò e mi guardò con un'espressione sprezzante. Poi scese, venendomi vicino, e mi studiò con attenzione. «Dov'è la mia piccola guerriera? È morta durante la transizione? Perché potrei giurare che si muoveva benissimo a quattro zampe quando eravamo a San José».

Ringhiai, infastidita. *Sì, era bravissima a farlo. In forma umana!*

«Vuoi davvero lasciarti sconfiggere da un paio di gradini?». Sbadigliò come se fosse annoiato. «E io che pensavo fossi qui per intrattenermi. Chissà se l'altra femmina sa come salire le scale…».

Quel commento mi fece rizzare di nuovo il pelo. Non poteva dire sul serio.

«Questo atteggiamento è proprio noioso» continuò. «Smettila di piangerti addosso e trova una soluzione».

Una soluzione?! Avrei voluto gridare. *Cosa diavolo è un ibrido? Perché ho quattro zampe? Chi diavolo sono tutte quelle persone? Cosa ci facciamo qui?*

«Suppongo di dover interpretare i tuoi ringhi come un miglioramento» commentò in tono piatto.

Oh, gliel'avrei fatto vedere io il miglioramento. Scattai verso di lui, sopraffatta dall'istinto di morderlo.

Mi diede un colpetto sul naso con due dita. «Niente. Morsi».

«Due parole che non direi mai a una donna» intervenne Damien, salendo le scale con gli altri al seguito.

«Lo faresti, se un suo morso ti avesse quasi ucciso» ribatté Ryder.

«Non esattamente "quasi"» rispose Damien.

«Hai esplicitamente detto "quasi"».

«Ah sì?». Damien era arrivato in cima alle scale. «Uhm… okay, forse ho esagerato».

«Ora ti sparerò *cinque* volte».

Damien sospirò drammaticamente. «Va bene».

Il mio sguardo si posò alternativamente su entrambi. Ero confusa. Di cosa diavolo stavano parlando? Poi una mano mi colpì il sedere. Una che non apparteneva a Ryder. Girai su me stessa e mi ritrovai davanti il maschio alfa coi capelli scuri. «Ryder ha ragione. Piantala di autocommiserarti. Essere un licantropo è un dono. Smettila di rovinarlo e *muoviti*».

Silas gli si avvicinò. «Avevo dimenticato quanto ti odiassi all'inizio della mia transizione».

«Hai affrontato la tua trasformazione come un vero alfa. Lei è qui a tenere il broncio».

«Beh, lei non è un'alfa» commentò la femmina in tono disinvolto. «Mi sembra più una beta».

«Resta comunque forte, per essere un'umana trasformata in licantropo» rispose il maschio. «Ed è anche un ibrido. È ora che si comporti come la potente creatura che è, invece di star qui a lamentarsi».

Forse se qualcuno mi dicesse che diavolo sta succedendo, non sarei in queste condizioni, pensai rivolta a lui, con un ringhio che mi vibrò nella gola.

Anche lui ringhiò di rimando. Fu un suono potente, dominante, che mi fece indietreggiare e rifugiarmi tra le gambe di Ryder. «Un piccolo consiglio, lupacchiotta» disse il maschio con una voce stentorea. «Non sfidare mai un alfa. Perderai ogni singola volta». Mi guardò dall'alto in basso. I suoi occhi neri come l'inchiostro brillavano di potere ed esigevano che mi arrendessi.

Una parte di me sapeva di dover distogliere lo sguardo. Ma una voce interiore, del tutto nuova, mi disse che sottomettersi era parte della vita. Un'altra parte ancora, però, mi ordinò di non farlo, mettendo in dubbio il diritto di quel lupo di dominarmi.

Mi sentivo spaccata a metà, divisa tra l'ordine gerarchico del mondo e un'esistenza da predatrice.

«Notevole» osservò l'alfa. «Cosa ne dici di appoggiarti a quel lato più forte del tuo essere e tornare in forma umana? Così poi potremo vedere chi avrà la meglio». Si mise in posizione da combattimento. La sua forza era una presenza inebriante, che minacciava di ingoiarmi e farmi cadere in ginocchio.

Eppure, quell'altra metà di me si limitò a fulminarlo con lo sguardo, incapace di piegarsi.

Non è a te che rispondo. La convinzione di cui era intrisa la mia voce interiore mi fece ronzare di energia. La mia visuale iniziò a offuscarsi, avvolgendo tutto in una foschia scintillante che mi ricordò il momento tra il sonno e la sveglia, appena prima che termini un sogno.

Sì, sì. Chiusi gli occhi, accogliendo con gioia quella sensazione e lasciando che mi inglobasse completamente. E nel frattempo il mio universo sembrò rimettersi a posto. Solo che la superficie dura su cui mi trovavo sembrava cemento, non il caldo materasso di Ryder.

Per un momento breve e straziante, mi chiesi se il tempo trascorso con lui non fosse stato solo un sogno. Un regalo della mia mente per salvarmi dall'orrore della vita reale. Ma poi riuscii ad annusare il suo dopobarba alla menta. La familiarità di quell'aroma fu un toccasana per i miei sensi. Ancora stordita, mi stiracchiai per sciogliere le articolazioni.

«Ryder?» sussurrai poi. La voce mi uscì roca, come se avessi dormito troppo a lungo. E forse era proprio così. Erano stati solo degli strani sogni. Ma ricordavo tutto molto chiaramente, come se fosse stato vero. Entrambi i mondi erano ancora ben presenti dentro di me. E anche gli odori. Licantropi alfa e un antico vampiro.

Arricciai il naso, aprendo lentamente gli occhi. Mi ritrovai in fondo alle scale della casa di Ryder, raggomitolata su me stessa.

Sbattei le palpebre un paio di volte. Alzai lo sguardo e scorsi l'alfa visto in sogno. Mi sorrideva. Ryder era un po' più in là, con le spalle appoggiate al muro. «Pensavo avessi detto che il tuo metodo le avrebbe fatto male» commentò.

«E infatti gliene avrebbe fatto, se l'avessi costretta a trasformarsi. Ma questa è tutta opera sua» rispose il maschio, continuando a osservarmi. «Tutto perché il suo vampiro interiore voleva sfidare il mio lupo». Mi squadrò di nuovo, con gli occhi che gli brillavano di interesse. «Quando vuoi, tesoro».

«Non è tua. Non ci puoi giocare» lo informò Ryder.

«Non ho detto di volerci giocare» gli fece notare l'alfa.

Silas avvolse il braccio attorno alla vita dell'altro

maschio e si sporse per mordergli il collo, strappandogli un ringhio. «Questa è una sfida, alfa» disse Silas.

«Stai proteggendo la tua amichetta, luogotenente?» chiese l'alfa.

Silas lo morse di nuovo. «Ti sto solo fornendo un avversario migliore».

Un dolce profumo di arance mi solleticò il naso, facendomi starnutire. Proveniva da uno dei licantropi. La femmina, forse?

Perché riesco a sentirlo?

«Se avete intenzione di spassarvela, chiedete a Damien di spegnere le telecamere di sicurezza» intervenne Ryder. Poi si chinò e mi prese tra le braccia. «Io sarò di sopra a fare una lunga chiacchierata con il mio animaletto».

Willow

Naturalmente, *solo in quel momento* Ryder aveva deciso di portarmi in braccio.

Non quando non riuscivo a capire come usare le mie zampe e avevo bisogno di aiuto, ma quando avevo di nuovo due gambe e nessun problema a camminare da sola.

Per quanto volessi dire qualcosa, però, non ne fui in grado. Il pensiero di avere, appunto, *quattro zampe* aveva fatto svanire qualsiasi sprazzo di ironia fosse rimasto in me.

«Sono un lupo» sussurrai, più a me stessa che a Ryder.

«Davvero?» chiese lui. «Non me n'ero accorto».

Lo fulminai con lo sguardo.

Lui mi rispose con un sorriso.

E, in qualche modo, quello alleggerì di nuovo la situazione. Almeno un po'. Mi portò nella sua stanza e si chiuse la porta alle spalle con un colpo di tallone, poi mi mise a sedere sul letto. Mi lasciai cadere indietro sul materasso e lui posò le mani all'altezza dei miei fianchi, chinandosi per baciarmi.

«A dire la verità, a me sembri parecchio umana, Willow» disse dolcemente, mordicchiandomi il labbro inferiore. Mi fece l'occhiolino, poi rotolò via da me, stendendosi anche lui con le gambe a penzoloni. Era una posizione quasi giocosa, e che ben rappresentava Ryder.

«Dimmi cos'è successo».

«Un ordine?» chiese, spostandosi sul materasso in modo da giacere su un fianco, con la testa sorretta dalla mano. «Che atteggiamento lupesco».

Arretrai anch'io sul letto, in modo da ritrovarmi alla sua stessa altezza, e assunsi una posizione simile. Il suo sguardo cadde sul mio seno, facendomi rendere conto solo in quel momento di essere completamente nuda. «Non è la prima volta che le vedi» commentai. «Adesso dimmi cos'è successo».

«Uhm… forse sono ancora interessato, dopotutto».

«Ryder».

«Willow».

Prima o poi l'avrei strangolato. «Dimmi cos'è successo» ripetei per l'ennesima volta.

Sospirò come se informarmi sulla mia trasformazione fosse una fatica immane.

«Qual è l'ultima cosa che ricordi?» mi domandò, allungando la mano nel poco spazio che ci separava per sistemarmi una ciocca di capelli dietro l'orecchio. Il suo tocco mi rilassò praticamente all'istante. Il potere che aveva su di me si perdeva da qualche parte tra il coinvolgente e il terrificante. Nelle ultime settimane era diventato la mia ancora di salvezza, un faro in un mare di oscurità.

Niente di ciò che faceva corrispondeva alle mie aspettative. Come in quel momento, quando tracciò un sentiero di baci lungo il mio collo, fino alla clavicola, guardandomi con quei suoi splendidi occhi scuri e ipnotici.

«Che ero a letto con te» sussurrai. «Credo di essermi addormentata mentre ti stavi facendo la doccia. O forse te l'eri già fatta. È tutto così confuso. Ma ricordo di essermi sentita male. E penso di essermi lavata anch'io. C'era un asciugamano. E del cibo. Ma mi ha fatto venire la nausea».

Scossi la testa. «Non so cosa sia successo dopo. Solo che eri arrabbiato. Mi sembra di aver provato a scusarmi».

«L'hai fatto, ma non ero arrabbiato con te». Mi posò una mano sulla guancia e si sporse verso di me. Le sue labbra carnose impressero sulle mie un bacio intriso di promesse. «Non riuscivo a capire cosa ti stesse facendo male. È stato in quel momento che Damien ha parlato della fragilità tipica degli esseri umani. Così ho provato a trasformarti».

Il mio battito accelerò. *Ha provato a trasformarmi?* «In un vampiro?».

«No, in un pipistrello» rispose in tono sarcastico. Mi morse il labbro inferiore, poi si staccò per guardarmi in faccia. «Sì, animaletto, in un vampiro. Ma, a quanto pare, durante la trasformazione hai cercato di mordermi. Non sono mai stato morso da un licantropo. O, nel tuo caso, da un mezzo licantropo. Comunque, ha avuto lo stesso impatto. Ero stordito dalla perdita di sangue e la mia ferita non voleva saperne di rimarginarsi. Così, Damien mi ha messo al tappeto e ci ha portati entrambi qui».

«Ti ho... ti ho morso?». Era quello che gli aveva detto Damien. Insieme alla storia di come l'avevo quasi ucciso.

«Immagino avessi fame» mormorò. Non sembrava particolarmente turbato. «Avevo quasi esaurito le tue scorte di sangue per la transizione, quindi mi hai semplicemente restituito il favore. Sfortunatamente, non ha funzionato bene per nessuno dei due». Continuò a raccontarmi cosa fosse successo dopo il suo risveglio. Mi illustrò la sua teoria secondo cui ero stata morsa la notte in cui ci eravamo incontrati, spiegandomi come il suo sangue fosse riuscito temporaneamente a curarmi. Ma quando l'energia della luna piena mi aveva imposto una trasformazione che il mio corpo non era in grado di reggere, si era rivelato tutto vano. Il che aveva portato all'arrivo di Edon e al suo morso.

«Edon è l'alfa con i capelli neri?» chiesi.

«Sì, è asceso ieri notte. Luna e Silas sono i suoi compagni». Ryder mi osservò per un istante, corrugando la fronte. «Non mi avevi mai parlato di Silas».

Non era una domanda, ma riuscii a percepire il suo disagio. «La cosa ti disturba?».

«Afferma di essere uno dei tuoi migliori amici» rispose Ryder, ignorando la mia domanda.

«Lo è. E anche Rae».

«Perché non mi hai mai parlato di loro?».

«Perché…» la mia voce si spense in un sospiro. «Non sapevo come».

Rimase in silenzio per qualche secondo, studiando la mia espressione. «È difficile parlare con me?» chiese infine, accarezzandomi lungo il fianco. «Ti faccio paura, Willow?».

La sua domanda mi fece mancare un battito. Se mi faceva paura? A volte. Ma una parte oscura di me amava quella sensazione. Poteva essere così sensuale. Provocante. Rinvigorente.

Perché nonostante fosse lui ad avere tutte le carte in mano, e un'età e un'esperienza di gran lunga superiori alle mie, mi sentivo legata a lui in un modo che mi permetteva di fidarmi.

Forse non aveva alcun senso.

Forse era il sintomo di una frattura nel mio stato mentale.

Ma Ryder mi aveva trattata con una sorta di gentilezza in un mondo dominato dalla crudeltà.

Ha cercato di trasformarmi, mi meravigliai di nuovo. «Perché?» gli chiesi, portando il discorso su una direzione diversa. «Perché hai provato a trasformarmi?».

«Perché tra di noi non è ancora finita» rispose, in un mormorio flebile quanto il mio.

«E cosa succederà quando sarà finita?».

Mi guardò dritto negli occhi. Le sue iridi nere come la notte brillavano di un'emozione che riuscivo quasi ad assaggiare. Solo che non avrei saputo come chiamarla. Era un qualcosa di oscuro, di possessivo. «Edon vuole che tu abbia la possibilità di scegliere. Ne stavamo parlando proprio quando ti sei svegliata».

Un altro cambio di argomento. Tipico di Ryder. Sempre imprevedibile. Sempre intento a rimuginare su qualcosa. «Di scegliere cosa?».

«Clan Clemente o la regione di Ryder» rispose, cancellando la distanza che ci separava. Mi lasciai cadere sulla schiena e lui salì sopra di me, spalancandomi le cosce con il ginocchio. «Vuole che tu scelga a chi allearti. Puoi vivere con i licantropi, o restare a giocare con me».

I suoi gomiti affondarono sul materasso ai lati della mia testa. Sospirai, crogiolandomi nel calore emanato dal suo corpo. Chinò il viso sul mio, trascinando il naso lungo il mio zigomo e verso l'orecchio.

«Vuoi scegliere, animaletto?». I suoi denti mi sfiorarono il lobo. «Vuoi che accetti la richiesta del nuovo alfa?».

Rabbrividii. «Significa che tra di noi è finita?».

«Mmm» mormorò, scivolando con le labbra lungo la mia gola. «No. Non è ancora finita tra di noi». Risalì il mio collo, ricoprendolo di baci, poi indugiò con la bocca a un respiro dalla mia. «E potrebbe non finire mai, Willow. Adesso la mia immortalità vive dentro di te. Per sempre».

«Quindi sono in parte vampiro e in parte licantropo».

«Già».

«È…? È mai successo? È permesso?». La domanda mi fece rivoltare lo stomaco. La consapevolezza stava iniziando a farsi strada nella mia mente. «Quando hai cercato di trasformarmi, hai infranto la legge...». *Oh, Dea. Cosa significava per me?*

Mi sorrise. Dai suoi occhi scuri sprizzava un divertimento che non condividevo. «E lo farei di nuovo» ammise. «Per quanto riguarda la prima domanda, non lo so. Penso che Jace abbia una certa familiarità con gli ibridi, perché è stato lui a farci notare cosa fossi diventata. Gli chiederò se ne conosce altri».

«Jace?» ripetei. «Il reale?».

«Non ti sei accorta che c'era anche lui?».

Il mio cuore si fermò. Il vampiro con gli occhi d'argento era *Jace*. «È... è un reale».

«Lo so».

Perché la cosa non sembrava preoccuparlo? «Mi uccideranno, vero?» chiesi. Il mio cuore ricominciò a battere, chiaramente deciso a recuperare il tempo perduto. «Perché... perché mi hai fatto una cosa del genere? Offrirmi la vita solo per... per...». Non riuscii a finire la frase.

Disse qualcosa che non riuscii a sentire. Mi girava la testa. Immagini della mia morte imminente presero a rimbalzarmi nel cervello. E parole. Così tante parole.

La frase "non è ancora finita tra di noi" continuava a risuonarmi nella mente a ripetizione.

Non c'era da stupirsi che non volesse dirmi cosa sarebbe successo non appena si fosse stancato di me. Sarei morta. Quella era la risposta. Gli afferrai le spalle per spingerlo via, ma non riuscii a spostarlo di un millimetro. Era ancora immobile sopra di me, a fissarmi incuriosito. Era frustrante. Mi sentivo come un giocattolo.

Il che era esattamente come mi vedeva.

Un animaletto.

Un oggetto.

Una vita con cui giocare per un po' e gettarla via.

«*Spostati. Immediatamente*». Le parole mi uscirono con un tono secco, praticamente come un ordine. Ma riuscii a percepirvi anche una nota isterica.

Lui non fece una piega.

Anzi, sembrò vagamente confuso.

Come poteva essere così crudele?

Mi aveva salvata per uccidermi.

E tutto per cosa? Per potermi scopare? Per usarmi come passatempo?

Era quello il piano, no? Tenermi con sé finché non avessi smesso di essere *interessante*.

Cercai di nuovo di spingerlo via, ma era troppo pesante. *Maledizione!*

«Sei arrabbiata» osservò, facendo breccia nel caos che infestava la mia mente. «Perché? La maggior parte degli umani desidera l'immortalità. Avrei dovuto lasciarti morire?».

«*Sto* per morire» sbottai. E sì, la mia voce suonò ancora più isterica.

Aggrottò la fronte. «Non capisco. Mi sembri decisamente viva».

«Perché mi hai trasformata in un ibrido!».

«Esattamente. Quindi qual è il problema?».

Si stava forse prendendo gioco di me? «Avevi il permesso di trasformarmi?» gli chiesi.

«Il permesso di chi?».

«Del consiglio. Della Dea. Non lo so. Di chiunque sia preposto a fare queste concessioni!». Ammesso che esistesse una figura del genere. «L'immortalità viene donata solo a due umani ogni anno, e se la devono guadagnare nel corso del Torneo».

Sbuffò. «Che regola ridicola. Trasformo chi mi pare e piace».

«A quale costo? A costo della mia vita? Della tua?». Fui sul punto di scoppiare a ridere. «Oh, ma nessuno ti torcerà un capello. Tu sei un reale. Sarebbe contro le regole dell'Alleanza di sangue». O c'era bisogno di un processo, o qualcosa del genere. In ogni caso, non gli sarebbe successo nulla. Al contrario di me.

«Davvero?» chiese, riflettendoci sopra per qualche istante. «Interessante. Comunque no, ti ho trasformata perché volevo che vivessi. Niente a che vedere con nessun permesso».

«Ti rendi conto di cosa mi faranno?».

«Sono consapevole di cosa potrebbero *provare* a farti, sì. Ma sembri convinta che glielo permetterò. È una convinzione errata, Willow. Tu sei mia. Dovranno passare sul mio cadavere, e ti assicuro che non è un'impresa facile».

Sbattei le palpebre un paio di volte. Le sue parole furono come una secchiata di acqua gelida sui miei sensi. «Tu…?». Non ero sicura di cosa gli volessi chiedere. Le sue affermazioni non avevano alcun senso.

Inarcò un sopracciglio. «Io cosa? Stai mettendo in dubbio la mia capacità di tenerti al sicuro? È perché ieri sei quasi morta?». Aggrottò la fronte. «Presumo… presumo di averti delusa, in un certo senso. Avrei dovuto accorgermi dei segni. E ammetto di essere stato sbadato, quando ho iniziato a guarirti con il mio sangue. Se avessi esaminato meglio le ferite, probabilmente mi sarei accorto del morso».

Il suo sguardo si incupì, la sua espressione sembrò improvvisamente meno convinta.

«Pensi che non sia in grado di proteggerti adeguatamente per via della mia disattenzione?» domandò, forse più a se stesso che a me. «Posso… posso comunque allenarti e aiutarti a migliorare le tue tecniche di combattimento. Se ti fidi. A meno che… a meno che tu non voglia stare con i licantropi? Per scoprire di più sulla tua natura animalesca e su come lottare in forma di lupo?».

Lo guardai a bocca aperta.

Non era un giochetto mentale, era solo Ryder che ancora una volta faceva proprio quello che non mi aspettavo.

Non aveva un secondo fine.

Mi aveva salvata per nessun'altra ragione se non quella di *salvarmi*.

E adesso voleva assicurarsi che sopravvivessi. Voleva addirittura continuare ad allenarmi.

Alla faccia delle regole.

Avevo davanti un reale che faceva l'opposto di quello che la società gli imponeva.

Un uomo che si comportava come voleva, quando voleva.

«Mi stai guardando in modo strano» mormorò con un tono leggermente incerto. «Non sono bravo a gestire le manifestazioni emotive, Willow. Se stai per metterti a piangere, ti pregherei di non farlo. Non saprei come rimediare».

No, probabilmente no. Perché ragionava in modo logico e determinato. Era solo nella pratica che riusciva a dimostrare quanto tenesse a me, per esempio allenandoci insieme.

Non l'aveva fatto per se stesso, visto che il mio corpo mortale era troppo debole per reggere il passo con la sua forza e la sua esperienza.

L'aveva fatto per me.

Per insegnarmi a difendermi.

Per darmi una possibilità in un mondo violento e crudele.

Quello era il modo in cui Ryder mostrava le sue

emozioni. Esattamente come quando aveva tentato di trasformarmi. Era una soluzione pratica a un problema. Una soluzione nata dalla necessità. Da quello che provava per me.

«Volevi che vivessi».

«Sì, te l'ho già detto». Si accigliò ancora una volta. «I licantropi dovrebbero avere un udito decente. Forse essere un ibrido sta influenzando negativamente i tuoi sensi».

Formulò la frase in modo troppo serio perché fosse una battuta. Ma non riuscii a non sorridere. «Ti ho sentito».

«Sicura? Perché ho dovuto ripetere anche la parte sul fatto che non permetterò a nessuno di ucciderti».

Okay, forse quella non l'avevo sentita; ero troppo impegnata ad andare fuori di testa. Ma finalmente capivo. Non gli importava delle regole. Tutto lì. Non gliene era mai importato. Sarei dovuta arrivarci prima, ma avevo già abbastanza da assimilare.

Sono un ibrido.

Immortale.

Mezza vampira, mezza licantropa.

E Ryder non sapeva se esistessero altre creature come me.

«E adesso?» gli chiesi. «Devo nascondermi?».

«Da cosa?».

«Dal consiglio».

Grugnì. «No. Al diavolo loro e le loro leggi del cazzo».

«Ma Jace è qui... e anche Edon...». La mia voce si affievolì. «Non... non so come interpretare tutto questo, Ryder. Ho bisogno di capire cosa aspettarmi». Aveva detto che poteva proteggermi, e gli credevo. Ma sapevo cosa fosse in grado di fare l'Alleanza. Non erano gentili con chi andava contro le regole. Nel corso degli anni, avevo assistito ad abbastanza incidenti per sapere esattamente cosa mi avrebbero fatto non appena mi avessero catturata.

«Aspettati che non ti nasconda, né che tolleri chiunque osi dirmi chi posso trasformare. Precisamente come ho ignorato gli ordini di Lilith riguardo la mia posizione. È convinta di avere il diritto di impormi il suo volere. Beh, io la penso diversamente». Mi posò la mano sulla guancia. «Tu sei mia, Willow. Gli altri possono andare a farsi fottere».

«Non è così facile».

«Invece sì» ribatté, chinandosi per premere le labbra sulle mie. «Quello che è fatto è fatto. Non lo cambierò, e di sicuro non lascerò che uccidano la mia progenie».

«Progenie» ripetei, assaporando la parola.

«È quello che sei, Willow» mormorò. «Ho vissuto per quasi cinquemila anni e ho trasformato solo due mortali: tu e Damien. Pensi davvero che permetterei a un consiglio di idioti di decidere per me?».

«No».

«Bene. Stiamo facendo progressi».

Aveva detto qualcosa di simile la notte in cui mi aveva chiesto come mi sentissi nei suoi confronti. Gli avevo risposto che non lo sapevo. Gli accarezzai una guancia e abbassai lo sguardo sulle sue labbra, riflettendo di nuovo sulla sua domanda.

«Ryder?» sussurrai. «Ora penso di sapere cosa provo per te». Ma non volevo spiegarglielo a parole. Ryder preferiva le azioni, le capiva meglio. Così, invece di elaborare una risposta, infilai le dita tra i suoi capelli e lo tirai verso di me.

Lo desideravo come non avevo mai desiderato nessun altro.

Volevo divorarlo.

Rivendicarlo.

Un concetto estraneo, portato a galla da una nuova bramosia che albergava dentro di me. *Il mio lupo*, mi resi conto, inalando una boccata dell'aroma alla menta di Ryder.

Mmm, di più, reclamò il mio lupo. Era parte di me, ormai, una parte animata da puro bisogno animalesco. Il mio lato vampiro, invece, mi ricordava Ryder: pratico e concentrato.

Ma entrambe le metà erano pronte per quello che stava per succedere.

Ryder mi aveva posseduta fin dal primo incontro. La sua essenza mi aveva salvata. Il nostro legame, però, andava molto più in profondità, in un livello dell'esistenza che forse non avrei mai compreso. Era molto di più della connessione tra un Sire e la sua progenie. Mi era entrato nel cuore. Nell'*anima*.

Era un mistero, un enigma che volevo risolvere. Aveva sopraffatto tutto il male che avevo subito, rimpiazzandolo con la sua versione del bene. E volevo che lo facesse di nuovo. Che cancellasse gli orrori del mio passato, dandomi dei ricordi a cui ancorarmi quando gli incubi minacciavano di prendere il sopravvento.

Perché ricordavo tutto.

Ogni istante trascorso nel campo.

La ferocia dei lupi.

Li avevo contrastati a ogni passo, anche drogata. Li avevo odiati. Li avevo implorati di fermarsi. Li avevo ricoperti di urla e insulti. Avevo infranto qualsiasi protocollo. E loro mi avevano trasformata in una bestia decisa a sopravvivere. Me n'ero dimenticata; il sangue di Ryder era stato una sorta di antidoto che aveva concesso alla mia mente il tempo per guarire e scacciare il dolore.

Ma il mio risveglio aveva riportato tutto a galla.

Solo che, a un certo punto, avevo capito come mettere tutto a tacere.

Ryder.

Era diventato il mio eroe. La sua presenza era il rimedio per le ferite causate dagli altri. Era un atteggiamento pericoloso, una dipendenza di cui prima o poi avrei pagato il prezzo. Ma, per il momento, me lo concessi. E gli mostrai la mia gratitudine con la bocca e con la lingua.

Ryder mi aveva guarita in un milione di modi diversi, pur spezzandomi in altri. Aveva distrutto le mie aspettative, riprogrammato la mia visione della società e preso possesso del mio spirito.

La nostra relazione non era per nulla convenzionale. A dire il vero, non era nemmeno una relazione.

E lo accettavo.

Accettavo *lui*, quell'antico vampiro dal comportamento eccentrico.

Il mio Ryder.

Ryder

La femmina sotto di me fremette, avviluppata in una miriade di emozioni diverse. Le assaporai una per una, in quel bacio adorante con cui Willow imprigionò i miei sensi.

Mi parlava come non aveva mai fatto nessuno. Non con la voce, ma con il corpo e la mente. La sentivo dentro di me, la sentivo possedermi in un modo che non avevo alcun desiderio di combattere.

Il mio dolce animaletto si era evoluto in un'incantatrice, seducendomi senza provarci e attirandomi in una pericolosa rete di passione. Una rete che ci intrappolò entrambi, tessendo le nostre vite insieme.

Presi il controllo del bacio praticamente dall'inizio, testando i limiti e il desiderio di Willow con l'intensità e la forza della mia bocca. Lei ricambiò con la stessa ferocia, trascinando i denti sul mio labbro inferiore e mordendolo in un tacito ordine.

«Stai provocando la mia bestia interiore» la avvertii. «Non è in grado di comportarsi bene, animaletto».

«Non voglio che lo faccia» ribatté. «Voglio scopare. Voglio che cancelli il loro tocco. Le loro mani. Le loro bocche. Voglio che ogni traccia di quei mostri sparisca, sostituita da te».

Non ebbi bisogno di chiederle chiarimenti. Sapevo a chi si riferisse. *I licantropi*. Ringhiai in risposta, non gradendo la loro presenza tra di noi.

«Cancellerò tutto» le giurai. «E quando avremo finito, ti assicuro che il solo pensiero di scopare con un altro immortale ti ricorderà questo momento».

«Provalo» mi sfidò, inarcandosi verso di me.

«Un'affermazione pericolosa».

«Smettila di parlare e scopami, *Sire*».

«Oh, Willow» ansimai. «Dov'era nascosta questa parte di te?».

Un ringhio le vibrò nel petto, riecheggiando dentro di me e spingendomi a fare altrettanto. Il mio animaletto era sbocciato in un ibrido con le zanne. Mmm, aveva tutta la mia approvazione.

Trascinai i denti lungo la sua mascella, spostandomi verso l'orecchio. «Non ci andrò piano con te, Willow. Ricordati la tua safeword».

«Non ne ho bisogno».

No, infatti. Perché ormai conoscevo i suoi limiti e non l'avrei mai spinta oltre. Non l'avrei mai condivisa. Tantomeno permesso a qualcun altro di sfiorarla. Apparteneva a me. Solo e soltanto a me. E quando avessimo finito, non avrebbe comunque voluto nessun altro.

Affondai le zanne nella sua gola, bramoso di assaggiarla. Lei gridò, graffiandomi la schiena attraverso la camicia. Poi prese a lacerare il tessuto, come se il mio essere ancora vestito fosse un'offesa. Ridacchiai sul suo collo, divertito e compiaciuto che la mia gattina selvaggia si stesse dimostrando all'altezza delle aspettative.

«Ryder» ringhiò.

Le afferrai un seno e lo strizzai, poi scostai la bocca dal suo collo il tempo necessario a dirle: «Pazienza».

Chiaramente non era d'accordo, visto che riprese a strattonare la mia camicia. Tornai a dedicarmi alla sua gola, bevendo una lunga sorsata di sangue. «Mmm». Non avevo mai assaggiato un ibrido, e trovai il sapore di mio gradimento.

Il suo gemito mi incoraggiò ad assorbire un altro po' della sua essenza. Il suo corpo si contorse sotto il mio, vittima delle endorfine che avevo rilasciato nel suo sistema. «Almeno sappiamo che il mio morso ti piace ancora».

«Di più» mi ordinò, inarcandosi di nuovo verso di me. Avevo ancora la coscia incastrata tra le sue, permettendo al mio animaletto voglioso di strusciarsi quanto volesse.

Un padrone più crudele si sarebbe spostato per impedirle di farlo. Ma mi piaceva la sensazione di calore che irradiava dal suo intimo.

Ritornai sul suo collo, concedendole ancora una volta il piacere del mio bacio da vampiro. Lo accolse con un grido, conficcandomi le unghie nelle spalle e abbandonando i suoi tentativi di spogliarmi. Il suo orgasmo fu come una carezza per i miei sensi.

«Oh, oh, oh» cantilenò, tremando violentemente.

Cercai di nuovo il suo orecchio. «Ti ho già detto quanto possono essere intensi gli orgasmi per una creatura immortale?». Trascinai il naso lungo il suo zigomo, inalando il profumo della sua eccitazione. Mi ricordò le ciliegie: dolci e aspre, che non aspettavano altro che essere morse.

Ripresi a baciarla, soffocando il suo respiro ansimante tra le labbra. Sembrava incapace di parlare, ancora troppo scossa dal piacere che la faceva fremere sotto di me.

«Posso farti sentire come se avessi preso fuoco» aggiunsi dolcemente. Le mie parole la fecero rabbrividire, strappandomi un sorriso. «Bruciata viva dall'intensità della passione».

Mi alzai in ginocchio, lasciandole comunque la coscia con cui divertirsi, e mi tolsi la camicia. Spalancò i suoi begli occhi azzurri. La bestia che si annidava nel suo sguardo mi ammirò, visibilmente compiaciuta. Si inumidì le labbra.

Mi ritrovai improvvisamente a capire la predilezione di Jace per i licantropi. Non li avevo mai presi in considerazione, ma vedere la femmina di lupo prendere vita sotto di me risvegliò un nuovo mondo di possibilità.

Willow era resistente.

Risoluta.

Immortale.

E *affamata*.

I suoi capezzoli si inturgidirono in piccoli picchi di marmo che imploravano la mia lingua. Mi chinai per leccarne uno, poi catturai l'altro tra le labbra, succhiando forte. Il mio gesto suscitò in lei un mugolio di piacere.

Affondò le dita tra i miei capelli, stringendomi a sé, prendendo ciò che desiderava. L'altra mano cercò il bottone dei miei jeans, aprendolo abilmente.

Per tutta risposta la morsi, una punizione per aver cercato di dettare il ritmo.

Il mio nome lasciò le sue labbra in uno strillo di protesta che sfumò in un gemito. Volevo distrarla dal suo proposito, ma il mio animaletto era ben concentrato. Abbassò la cerniera, stringendomelo in un attimo nel palmo. Era raro che indossassi della biancheria intima, abitudine che aveva appreso durante il nostro tempo insieme.

Me lo accarezzò con violenza, forse per ricambiare il piacevole dolore che le avevo inflitto col mio morso. Soffocai un ringhio sul suo seno, spostandomi poi sull'altro per riservargli lo stesso trattamento. Sussultò sotto le mie zanne, lasciando cadere la testa all'indietro in un perfetto ritratto dell'estasi.

Tre morsi avrebbero fatto impazzire un umano.

Ma la mia Willow non era più umana.

Infatti, il mio morso non fece che aumentare la sua eccitazione, conducendola verso un altro orgasmo che avevo tutte le intenzioni di sentire sul mio cazzo.

La spinsi fino al limite, finché il suo battito non accelerò, assumendo un ritmo dannatamente erotico sotto la mia lingua. Poi la lasciai andare e mi allontanai dal letto. Il suo ringhio mi colpì dritto tra le gambe, facendomi fremere di eccitazione al pensiero di quello che stava per succedere.

Avevo bisogno di possederla, di rivendicarla così profondamente che nessun altro avrebbe mai più potuto sfiorarla.

«Mostrati a me, Willow. Fammi vedere quanto mi vuoi».

Per tutta risposta, mi lanciò un'occhiata seducente e spalancò le gambe in un invito palese.

«Non era quello che intendevo» mormorai, sfilandomi i pantaloni e restando completamente nudo davanti a lei. I suoi occhi scesero lungo il mio torso, indugiando sul mio inguine. «Ma non nego che sia una splendida visuale». Tornai sul letto, smanioso di avere un assaggio.

Gemette quando la mia lingua la accarezzò tra le cosce. Il suo precedente orgasmo si era lasciato dietro un sapore dolcissimo. Ma mi rifiutai di toccarla là dove mi voleva di più, per prolungare il momento e rendere il suo bisogno ancora più intenso.

Volevo che cadesse a pezzi per me.

Che toccasse il cielo e riuscisse a malapena a tornare.

Ma aveva bisogno di una piccola spinta. Quanto

bastava a provocarla senza che riuscisse a ottenere ciò che desiderava. Almeno non fino a quando avessi deciso che fosse il momento.

Mi sistemai tra le sue cosce, assaporandola e limitandomi a sfiorarle il clitoride con i denti. Le sue dita cercarono di nuovo i miei capelli, in un vano tentativo di dettare il passo. Ma ben presto si rese conto che ero io ad avere il controllo della situazione. Le diedi un piccolo morso, non dove voleva lei, e leccai la ferita per rimarginarla. Poi trascinai il naso lungo il percorso della sua arteria femorale, godendomi il dolce profumo del sangue.

Alzai lo sguardo e la vidi contorcersi sul letto, con la pelle velata da un sottile strato di sudore.

Pura perfezione.

Continuai a risalirle la coscia, inalando il suo profumo inebriante. Stava diventando la mia fragranza preferita.

Le posai le labbra sul fianco, tracciando un provocante sentiero di baci lungo il suo corpo, alternandoli a piccoli morsi e leccate. Quando raggiunsi la sua bocca, aveva le lacrime agli occhi. Lacrime di gioia. Mi attaccò con la lingua, divorandomi, mentre mi teneva stretto a sé e si avvinghiava con le unghie al mio collo.

Era una sottile richiesta di controllo. Gliela concessi, perché era sexy da morire. Mi appoggiai sui gomiti, posizionandoli ai lati della sua testa, dandole accesso al mio corpo. Non si fece problemi a mostrarmi chiaramente cosa volesse. Avvolse le gambe attorno ai miei fianchi, tirandomi verso di sé, verso il suo calore.

Prolungai il momento, trascinando il mio sesso sul suo, invece di affondare dentro di lei. Non era la posizione che avevo in mente, ma non potevo negare quanto fosse intima, perfetta per la nostra prima volta. Tanto, non sarebbe di certo stata l'ultima. Avevo un milione di idee su quello che le volevo fare, abbastanza da durare per un'eternità.

Mi sentivo così affamato di lei.

Insaziabile.

Ossessionato.

Le afferrai i fianchi, spostandola esattamente dove la volevo, e scivolai appena dentro di lei. Quanto bastava per darle un assaggio, per permetterle di abituarsi, per sentirla serrarsi di desiderio intorno a me.

Era immortale adesso, poteva sopportare tutto quello che agognavo darle, ma c'era un lato estremamente gratificante nel protrarre quegli istanti. Il momento della nostra prima unione.

Allontanai la bocca dalla sua, esigendo la sua attenzione.

Volevo guardarla in faccia mentre entravo completamente dentro di lei, per osservare l'impennarsi del suo desiderio, i lampi di incertezza e dolore. E per soffocare tra le mie labbra le grida che avrebbe emesso non appena avessi iniziato a muovermi sul serio.

Non mi deluse. Le sue pupille erano dilatate all'inverosimile, ricolme di brama e fiducia. I suoi incubi erano lontani anni luce. Non mi avrebbe sorpreso se li avesse scordati, concentrata com'era solo su di me.

La sua fame era una presenza palpabile, che mi costrinse a spingermi a fondo tra le sue cosce una frazione di secondo più in fretta di quanto avessi previsto. Ma fu comunque perfetto, ed esattamente ciò di cui avevamo bisogno.

«Ryder» ansimò, cercando la mia bocca con la sua.

Abbassai lo sguardo per ammirare il punto in cui i nostri corpi si congiungevano, uscendo da lei per poi immergermi di nuovo, bruscamente. Il suo sibilo di dolore e sorpresa mi fece sorridere.

«Di più» mi esortò.

«Sei veramente un animaletto perfetto» la elogiai, facendo esattamente ciò che mi aveva chiesto. Mi chinai per catturare le sue labbra schiuse in un grido, frutto della mia spinta ancora più violenta. Durante i nostri allenamenti, mi ero sempre trattenuto perché non volevo farle del male. Ma la fragilità non era più una caratteristica della mia dolce Willow. Almeno non in quel senso.

Certo, avevo comunque tutte le intenzioni di distruggerla.

Tenni una mano sul suo fianco, in modo che restasse in posizione, e le avvolsi l'altra attorno alla gola, reclamandola.

Ansimò sulla mia bocca, continuando a sussurrare il mio nome all'infinito, mentre dettavo il ritmo brutale dei nostri movimenti, spingendola verso l'inevitabile conclusione.

Le sue unghie mi lacerarono la pelle, tingendomi la schiena di rosso. Si inarcò sul materasso, all'apice dell'estasi. Potevo assaporarla, la sentivo stringersi attorno a me in un'innegabile tensione, alla disperata ricerca di un sollievo che non avevo ancora intenzione di concederle. Prese a tremare, ma dell'orgasmo ancora nessuna traccia.

Non ancora.

Ero io a decidere.

Senza rendersene conto, era stata addestrata a reagire ai miei morsi.

E li usai per provocarla, mordicchiandole il labbro, suscitandole quell'inebriante miscuglio di piacere e dolore, in attesa... spingendo... portandola sul ciglio della follia... *lì*.

Conficcai le mie zanne nella sua carne, quanto bastava per inondarle il sangue di endorfine. Accolsi il suo grido con un sorriso.

Wow, era valsa la pena di attendere, perché cominciò a strizzarmelo con una foga che mi costrinse a seguirla in una beatitudine mai provata prima.

Fu come una dannata eruzione. Il piacere mi attraversò con la forza di un terremoto, terminando in un'esplosione dentro di lei che non fu altro che un'ardente dimostrazione di possesso.

Ma non ero io a possedere lei. Era *lei* a possedere *me*.

Strappandomi il miglior orgasmo della mia lunga vita.

Ero convinto che la sua bocca mi avesse messo in ginocchio. Mi sbagliavo. *Quello* mi aveva messo in ginocchio.

«Cazzo, Willow» riuscii a rantolare. «*Cazzo*».

«Sì» rispose. «Ancora».

Esalai una risatina con il viso affondato nel suo collo, in un patetico tentativo di riprendermi. In qualche modo era riuscita a dominarmi. E non se n'era nemmeno accorta.

Ne sarei rimasto colpito, se non mi avesse completamente scioccato.

Quella donna mi aveva consumato. Totalmente. E non potevo nemmeno prendermela. Non dopo quello che era appena successo.

Rotolai sul letto, trascinandola con me, in modo che si ritrovasse a cavalcioni sul mio inguine. «Inizia tu» dissi, dandole una pacca sul sedere.

Si mise a sedere e obbedì, con il seno che mi rimbalzava davanti agli occhi.

La facilità con cui si era ripresa mi rivelò che avevo ancora molto lavoro da fare, perché avrebbe dovuto essere altrettanto esausta.

Okay, animaletto. Accettai la sfida con una piccola spinta. *Preparati a crollare… di nuovo.*

Ci sarebbe voluto tutto il giorno. Forse tutta la settimana. Meno male che avevamo tempo. Gli altri avrebbero dovuto aspettare.

Willow

Mi piegai sul letto, con le gambe spalancate, mentre Ryder mi prendeva da dietro. «Oh» gemetti, dolorante dopo aver trascorso gli ultimi giorni a letto. O era già passata una settimana? Non ne avevo idea. Avevamo lasciato la stanza solo per prendere cibo e acqua dalla cucina.

Gli altri ci avevano lasciati soli.

O almeno così aveva detto Ryder. Qualcosa sul fatto che sarebbero tornati dopo qualche giorno. Forse *quel* giorno.

I suoi denti mi sfiorarono la spalla, riportando la mia attenzione su di lui. «Inarcati di più».

Mi sporsi all'indietro e avvolsi un braccio attorno al suo collo, sollevandomi dal materasso. Lui gemette in risposta, spostando una mano dal mio fianco al seno. Poi iniziò a penetrarmi. Ebbi l'impressione che l'intera stanza tremasse sotto la forza delle sue spinte.

Mi faceva male nel miglior modo possibile. Era come se si stesse imprimendo a fuoco dentro di me, cancellando la presenza di tutti quelli che erano venuti prima di lui.

Era esattamente ciò di cui avevo bisogno per guarire.

Ormai, quando chiudevo gli occhi, vedevo quelli di Ryder, non più quelli del mio aguzzino.

I miei incubi erano stati scacciati da sogni molto realistici, in cui Ryder era tra le mie gambe, intento a condurmi in un meraviglioso oblio. Alcuni di quei sogni non erano veramente tali, bensì eventi concreti. Altri ero convinta fossero fantasie che speravo che prima o poi mettesse in pratica. Come quello. Sembrava tutto troppo bello per essere vero, ma il ringhio che mi si infranse sull'orecchio diceva il contrario.

«Spingi indietro i fianchi, Willow» mi istruì. «Sì. Così, mio dolce animaletto. Proprio. Così».

Il piacere crescente mi fece gridare. Il mio corpo si infuriò con me per averlo sottoposto di nuovo a un assalto di Ryder, subito dopo l'ultimo orgasmo. Ma lui era un amante esigente. E non avrei voluto che fosse altrimenti.

Continuò a spingere con un ritmo selvaggio e dolce al tempo stesso, baciando quella parte dentro di me che solo lui sembrava in grado di toccare. Iniziai a contorcermi, la pressione che mi incendiava il ventre stava diventando troppa. Il suo palmo lasciò il mio seno, scivolando lungo l'addome, fino a raggiungere il mio clitoride. Premette il pollice proprio lì, accarezzandolo con dei movimenti circolari impossibili da ignorare, mentre le sue zanne mi si conficcavano nel collo.

«Ryder!» urlai. Il mio universo collassò con uno spasmo così violento da offuscarmi la vista. Lo sentii gemere dietro di me, riversando il suo seme caldo tra le mie cosce. Mi spinse al limite col suo stesso piacere, facendomi tremare attraverso l'ennesimo orgasmo. Era il delirio, era la beatitudine. Era un'esistenza diversa da qualsiasi altra avessi mai conosciuto. Tutto grazie a Ryder e ai suoi morsi.

No, era molto più di quello.

Era *lui*. La sua abilità. La sua determinazione. La sua forza. Il suo dominio. Il suo tutto. Ero completamente persa per lui. Interamente sua. Un vero e proprio animaletto, desideroso di essere accarezzato giorno e notte, e cavalcato fino all'oblio.

Mi bruciava il petto, non riuscivo a smettere di ansimare. Ryder mi prese tra le braccia e mi portò nella sua doccia. Mi sistemò sulla panchina che c'era all'interno, facendomi così ritrovare con il viso all'altezza della sua erezione. Mi sporsi in avanti e lo presi in bocca, gemendo per il sapore delizioso del nostro piacere. Lui imprecò, ma poi infilò le dita tra i miei capelli e si spinse ancora più a fondo.

«Non smettere finché non sarò io a dirtelo» mi ordinò.

Mi venne quasi da ridere. Come se avessi avuto l'intenzione di farlo. Ero dipendente dal suo sapore. Dal *nostro* sapore. Volevo stare a letto con lui per sempre. O anche in quella doccia.

Allungò la mano per aprire l'acqua, che scrosciò su di noi come pioggia. Chiusi gli occhi per proteggerli dalle gocce che mi colavano sul viso, mentre glielo succhiavo talmente forte da ritrovarmi a incavare le guance.

«Oh, adoro quando fai così» mormorò, tornando a intrecciare le dita tra i miei capelli e curvandosi su di me. L'acqua sparì, bloccata dal suo corpo massiccio, permettendomi di aprire di nuovo gli occhi.

Alzai lo sguardo su Ryder. Aveva l'avambraccio appoggiato alla parete della doccia, e tutto il resto del suo corpo era uno spettacolo di muscoli e bellezza soprannaturale. Mi fece venir voglia di leccarlo, cosa che avevo già fatto più volte negli ultimi giorni. Aveva detto che era per via del mio animale interiore, ma ero abbastanza sicura che non avesse nulla a che fare col mio lupo. Era puro e semplice desiderio. Ryder aveva un corpo che meritava di essere adorato, e io ero ben felice di farlo.

Ringhiò quando lo presi più in profondità. Mi teneva ancora i capelli, facendomi sentire intrappolata.

Circondata dal suo odore inebriante. Posseduta dal suo cazzo infilato in gola.

Avrei voluto che non finisse mai, così procedetti a dimostrarglielo. Sfruttai ogni abilità imparata nel corso degli anni, combinandola con quello che sapevo piacergli, e stabilii un ritmo destinato a farlo impazzire.

Funzionò.

Borbottò qualcosa sul non averne mai abbastanza di me, con tutti i muscoli tesi in un bisogno che non avrebbe dovuto esistere, considerando tutto il tempo che avevamo trascorso a letto. Ma era insaziabile.

«Oh, Willow» ansimò. «Mi costringerai a venire di nuovo nella tua bella gola».

Gemetti in approvazione, dedicandomi a lui anima, corpo e lingua.

Non mi importava quanto tempo ci sarebbe voluto; ero decisa a soddisfarlo.

Una parte di me si rendeva conto che ero completamente impazzita di lussuria, persa nel bozzolo di beatitudine che aveva evocato attorno a noi. Mi rifiutavo di combatterlo. Perché per la prima volta nella mia vita mi stavo divertendo.

Ryder mi faceva sentire viva. Felice. Apprezzata.

Una combinazione bizzarra, soprattutto visto come in quel momento fossi in una posizione di inferiorità. Ma percepivo la sua devozione nel modo in cui il suo pollice mi accarezzava quel punto sensibile dietro all'orecchio. Pur tenendo i miei capelli in una stretta d'acciaio, si stava assicurando che sentissi la sua ammirazione.

Il suo sesso iniziò a pulsarmi nella bocca e i suoi addominali si tesero, facendomi capire che era sul punto di esplodere. Lo succhiai con decisione, costringendolo a darmi tutto e a perdere il controllo, fosse solo per un istante.

«Willow» gemette, iniziando a tremare. E poi lo sentii sulla lingua. Assaporai la sua essenza salata mentre si riversava nella mia gola.

I muscoli del suo collo si contrassero visibilmente, il suo viso era una splendida maschera di selvaggia beatitudine. Mmm, adoravo quel momento. La sua vulnerabilità e il suo piacere erano un dono inebriante che custodivo con cura.

Ringhiò, per la gioia del mio lupo interiore. Seguì un'imprecazione, poi una lode. Mi chiamò il suo dolce animaletto, sostituendo la sua presa sui miei capelli con delle affettuose carezze, continuando a farmi scudo dal getto d'acqua.

«Mi hai distrutto» mormorò in tono meravigliato. «Vieni qui». Le sue dita scesero sul mio mento; lo pizzicò delicatamente, per esortarmi a staccarmi da lui. Poi mi aiutò ad alzarmi in piedi. Gemetti quando mi catturò le labbra. La sua lingua le schiuse con una dolce carezza. Mi tirò sotto il getto, baciandomi appassionatamente, mentre l'acqua lavava via le tracce del tempo trascorso a letto. Ma riuscivo comunque a sentirlo. La sua essenza avrebbe impregnato la mia pelle in eterno.

Non avevo ancora capito tutto ciò che riguardava l'essere un ibrido. In effetti, avevo compreso a malapena come avessi fatto a diventarlo. Ma mentre mi stringeva, ebbi l'impressione che tutte le mie preoccupazioni finissero nello scarico.

Mi aveva spiegato sia come funzionasse la procedura di trasformazione in licantropo, che quella in vampiro. Tecnicamente, non avevo completato nessuna delle due, sperimentando invece una sorta di strano connubio di transizioni.

In ogni caso, ero sicuramente immortale. Ryder sosteneva che ero più forte di un vampiro o di un licantropo della stessa età. Il suo sangue antico aveva operato una magia dentro di me che il morso di Edon aveva portato in vita.

«Scopriremo tutto ciò che c'è da sapere sulla tua condizione insieme» mi aveva giurato Ryder.

Gli credevo.

Ci facemmo la doccia continuando ad accarezzarci e baciarci. Mi spalmò lo shampoo sui capelli e lo sciacquò via. Tentai di fare lo stesso con lui, ma era molto più alto di me. Ridacchiò quando mi misi in punta di piedi. Mi afferrò i fianchi e mi sollevò. La sua erezione, ancora non del tutto sparita, fu come un marchio bollente sul mio ventre.

Stavo per fare un commento, quando udii una voce profonda. Arricciai il naso; era l'odore di Damien. Un miscuglio di cannella e spezie, un qualcosa che il mio lupo riconobbe prima e più di me.

«Cosa c'è?» chiese Ryder, con le labbra che aleggiavano sulle mie.

«Damien» sussurrai, arricciando di nuovo il naso. «Ho sentito una folata del suo profumo». C'era anche qualcun altro con lui. Annusai, cercando di identificare di chi si trattasse. *Un aroma legnoso con un pizzico di cannella*, pensai. *Intenso. Mascolino.* «Non è da solo».

«Jace» mormorò Ryder. «Oggi pomeriggio Damien mi ha scritto per dirmi che lui e Jace sarebbero tornati in serata».

«Tornati?» ripetei. «Quando se ne sono andati?».

Ryder sorrise. «Lo prendo come un complimento». Mi morse il labbro inferiore. «Se ne sono andati una settimana fa. Anche il tuo amico lupo e i suoi compagni. Tornano tutti oggi».

«Oh». Ecco perché la casa era così silenziosa. Non avevo pensato molto agli altri, troppo presa da Ryder. Ma in quel momento mi resi conto di quanto fossi stata insensibile. «Voglio parlare con Silas».

«Ma certo» disse Ryder, posandomi un bacio delicato sulle labbra. «Hai anche bisogno di un po' di sangue». Avvolse la mano attorno al mio collo, sfiorando il mio battito col pollice. «Mi sono nutrito molto questa settimana. Tu no. Te ne scaldo un po'».

«Sangue?» ripetei, facendo una smorfia.

«Adesso sei per metà vampiro, animaletto. Ibrido o meno, il sangue è fondamentale».

«Non ho sete».

«Invece sì» insistette. «Quando ne sentirai l'odore, capirai».

Non ero d'accordo, ma decisi di seguirlo comunque. Mi asciugò con un telo di spugna, poi mi trovò un paio di jeans e una canotta. Nel frattempo si vestì anche lui, con jeans e maglietta. Entrambi scalzi e con i capelli bagnati scendemmo in cucina, dove trovammo Damien.

Porse una tazza a Ryder, con le labbra increspate in un sorrisetto di scherno. «Ammettilo. Il sesso ti mancava».

Ryder grugnì e gli prese la tazza dalle mani, per poi passarla a me. «Annusalo» mi disse. Aggrottai la fronte. Non appena inalai l'aroma ferroso, però, fui travolta dal bisogno. «Bevi».

Sangue. Come faceva a sapere che ero affamata, se non me n'ero accorta nemmeno io? Ma invece di chiedergli una spiegazione, bevvi un sorso. Il sapore mi strappò un gemito.

«Aspetta di provarlo fresco, direttamente da una vena» commentò Damien.

Mi accigliai. Non ero sicura che l'idea mi piacesse.

Ma non aspettò che gli rispondessi. La sua attenzione era tutta rivolta a Ryder. «Una settimana di scopate è stata sufficiente a recuperare un secolo di astinenza? O ti serve più tempo?».

«La tua preoccupazione per la mia vita sessuale è commovente, Damien».

«Un secolo di astinenza?» chiese una voce profonda, proveniente da dietro di me. «Perché diavolo ti sei inflitto una tale punizione?».

Ryder sospirò. «Siete entrambi troppo giovani per comprendere appieno il significato di noia».

«Dà la colpa all'età» intervenne Damien.

Jace si mise accanto a me. La sua vicinanza mi fece mancare un battito. All'università, avevo visto delle fotografie che lo ritraevano. La maggior parte delle ragazze lo trovava di una bellezza devastante, e molte desideravano entrare nel suo harem.

Non ero una di loro, ma non potevo negare quanto fosse splendido. Aveva un fascino aristocratico che gli conferiva un'eleganza regale, rendendo il suo titolo ancora più appropriato. E ritrovandomi così vicino a lui, riuscii a *sentire* il potere che emanava.

Mi rese meno interessata alla mia tazza e più propensa a spostarmi verso Ryder. Lui mi posò la mano sulla schiena, facendomi sentire immediatamente protetta.

«Dev'essere una femmina eccezionale» mormorò Jace. «Per essere riuscita a far breccia nel tuo periodo di astinenza, intendo».

«Ryder non condivide» intervenne Damien in tono disinvolto. «È per questo che il suo harem è mio».

«Ah, adesso tutto ha più senso» rispose Jace. «Peccato per la mancanza di condivisione. Non ho mai assaggiato un ibrido».

Rabbrividii. Non solo per quello che aveva detto, ma per *come* lo aveva detto. Il suo tono era una carezza sensuale completamente estranea. Non ebbi l'impressione che fosse qualcosa di sbagliato, ma nemmeno giusto. Ryder mi baciò la tempia e mi tolse di mano la tazza quasi completamente vuota.

«Tieni, renditi utile» disse a Damien, passandogliela. Poi mi posò il palmo sulla guancia e mi tirò verso di sé. La sua bocca reclamò la mia con una violenza che mi lasciò stordita e senza fiato. L'altra mano mi afferrò la vita, reggendomi, mentre quella sul mio viso si insinuò tra i miei capelli e mi inclinò la testa.

Fremetti, sopraffatta da quell'improvvisa dimostrazione di possesso. Eppure, mi avvinghiai a lui come se fosse la mia ancora di salvezza. Le mie dita affondarono nella sua maglietta, mentre cercavo di ricambiare il suo bacio con la stessa ferocia.

Si sentì il trillo di un campanello, poi Damien si schiarì la voce. «Altro sangue, *Sire*».

Ryder ghignò sulle mie labbra. Lasciò andare i miei capelli per recuperare la tazza. Bevve qualche sorso, senza mai staccare gli occhi dai miei, intrappolando la mia attenzione. Non appena ebbe svuotato la tazza, la posò sul bancone e mi baciò di nuovo.

Succhiai il sangue dalla sua lingua, guadagnandomi l'approvazione della mia bestia interiore. «Willow ha un sapore divino» disse Ryder, sempre senza distogliere lo sguardo dal mio. «E Damien ha ragione. Non amo condividere». Mi morse il labbro inferiore, poi leccò la ferita, chiarendo a chi appartenessi.

Il mio lupo si risvegliò di scatto, prendendo il sopravvento. Ripetei ciò che aveva fatto Ryder, catturando le sue labbra tra i denti e mordendole. Mi sembrò un gesto così naturale che non pensai alle ripercussioni. Almeno finché Ryder non ringhiò.

Alzai lo sguardo, col cuore in gola.

Ops.

Willow

«Cosa ti ho detto sul mordere?» chiese Ryder, con uno sguardo carico di promesse roventi.

«Il mio lupo ha… ehm… reagito» sussurrai.

«Mmh».

«Tecnicamente, non era una regola» aggiunsi lentamente, riferendomi a quello che aveva detto sui morsi la settimana prima.

«Era sottinteso».

«Ma qui non ci sono regole» gli ricordai, sentendomi più audace di quanto avrei dovuto.

Mi studiò, leccandosi via il sangue dal labbro. La ferita che gli avevo inflitto aveva lasciato un segno evidente, che il mio lupo interiore ammirò con soddisfazione. Negli ultimi giorni mi ero abituata alla sua presenza. C'era un qualcosa di profondamente giusto nell'averla lì, dentro di me, come se fosse sempre stata destinata a esserci.

Il mio lato vampiro era tutta un'altra questione, col risultato che spesso nella mia mente infuriava la guerra. Quella parte di me era mortificata di aver morso Ryder, specialmente perché la ferita non sembrava rimarginarsi come avrebbe dovuto. Mi aveva riferito l'effetto del mio precedente morso, quindi avrei dovuto evitare di fare di nuovo lo stesso errore.

Solo che non sembrava arrabbiato con me.

E il mio lupo non voleva saperne di scusarsi.

Mi leccai le labbra, dove avevo ancora qualche traccia del mio stesso sangue. Ma la pelle era già guarita.

Damien schioccò le dita, facendomi trasalire. «Basta mettersi in mostra. Ti abbiamo dato una settimana per scopare. Ora ho bisogno che ti concentri».

Ryder si voltò lentamente verso di lui. «Mi serviva più di una settimana».

Damien alzò gli occhi al cielo. «Avete tutta l'eternità adesso, no?».

«Tutta l'eternità con un'unica donna» commentò Jace. «Beh, dovendo scegliere, presumo che un ibrido sia l'opzione più adeguata».

Ryder mi lasciò andare e si rivolse all'altro reale. «Sbaglio o di recente il tuo nuovo sovrano si è preso un'*erosita*?».

Jace sorrise. «Vedo che hai fatto attenzione».

«Te l'avevo detto» intervenne Damien. «A Ryder piace giocare a fare l'eremita, ma non gli sfugge niente».

«Cos'altro gli hai detto?» gli chiese Ryder, pur mantenendo lo sguardo su Jace.

«Abbastanza» ammise Damien.

«Mi ha mostrato i dati che avete raccolto nelle ultime settimane sulla regione di Silvano. Avevi ragione sulla mancanza di sangue».

«E?» insistette Ryder.

Calò il silenzio.

Mi guardai intorno, notando come Jace stesse fissando Ryder con quei suoi occhi inquietanti e impenetrabili. Era un'esperienza surreale vederlo lì, in carne e ossa. Le tracce della mia umanità mi imponevano di inchinarmi a lui, ma il mio lupo si rifiutò. Nel frattempo, il mio vampiro era… combattuto.

Mi sentivo come se tre personalità diverse lottassero continuamente dentro di me. Il mio io passato e le due parti che componevano il mio io presente.

«Avevi ragione anche sul fatto che dobbiamo agire al più presto» disse Jace dopo qualche istante di tensione. «Silvano non era l'unico reale con un vizio di gola. Sebbene la mia regione sia autosufficiente, la situazione non rimarrà tale, se dovrò iniziare a condividere le mie risorse con altri».

«Che è il modo in cui andrà a finire» aggiunse Ryder.

«Già. Lilith non permetterà che i suoi preferiti facciano la fame». Infilò le mani nelle tasche dei pantaloni, neri come il resto del suo abito. Aveva sempre un aspetto impeccabile. «A proposito, l'altro giorno io e lei abbiamo avuto una conversazione interessante. Voleva conoscere la mia opinione sul tuo stile di governo».

«Davvero?» gli domandò Ryder. Sembrava divertito. «E cosa le hai detto?».

«Beh, per prima cosa le ho chiesto come facesse a sapere che mi trovavo nella tua capitale».

«Ti ha risposto?».

«È stata evasiva».

«Non avevo dubbi».

«L'ho trovato interessante, visto che Damien aveva fatto un così bel lavoro nel tenere nascosta la mia presenza» aggiunse Jace. «Ma sono sicuro che possiate gestire la situazione».

«Sì» confermò Damien, lanciando un'occhiata a Ryder. «Potrei aver usato il suo soggiorno nella capitale come test».

Ryder annuì. «È quello che avrei fatto anch'io».

«Lo so».

«Comunque,» continuò Jace «ho detto a Lilith che

trovo il tuo modo di regnare poco convenzionale. Lei l'ha interpretata come una critica».

«Ovviamente» commentò Ryder.

Jace sorrise. «Mi ha chiesto se l'avrei sostenuta nella votazione per farti rimuovere, al prossimo incontro del consiglio».

Ryder fece un passo indietro, verso il bancone alle nostre spalle. Vi si appoggiò, assumendo una posizione rilassata simile a quella di Jace, con tanto di mani in tasca. «Non avevo capito che la mia posizione dipendesse da un voto».

«Lei sembra pensarla così» rispose Jace.

«Interessante». Ryder si rivolse a Damien. «Forse è il caso di invitarla qui. A quanto pare, la *Dea* ha bisogno di una bella lezione sul concetto di superiorità».

«Mi occuperò di organizzare tutto» disse Damien, facendomi rabbrividire.

Potendo, avrei preferito non doverla incontrare mai. Mi avevano insegnato a pregarla, a temerla e ad adorarla.

«Ryder» sussurrai.

Mi avvolse di nuovo un braccio attorno alla vita, stringendomi a sé. «Non ti farà nulla» giurò, baciandomi la tempia.

Lo disse con una tale convinzione che volli credergli, ma la mia parte umana non era minimamente sollevata.

Vuole invitare qui la Dea dopo avermi trasformata illegalmente. Non andrà a finire bene…

Ma prima che potessi dar voce alla mia preoccupazione, si attivò l'allarme. Ryder mi lasciò andare e si diresse verso il pannello accanto al frigorifero, dietro dove si trovava Jace in quel momento, e armeggiò con i comandi. Mentre Ryder inseriva una serie di codici, Jace si mise vicino a me.

Mi allontanai goffamente di un passo, un gesto che gli

strappò una risatina. «Non preoccuparti, lupacchiotta. Non ti morderò».

«Non è tua. Non puoi flirtare con lei» si intromise Ryder, pur dandoci le spalle.

«Non stavo flirtando» rispose Jace. I suoi occhi argentei si spostarono su Damien. «È veramente fuori allenamento, eh?».

«E temo che resterà così, visto che sembra preferire la monogamia» borbottò Damien con un brivido.

«I lupi sono qui» annunciò Ryder, ignorandoli entrambi.

«Monogamia?» ripetei in un sussurro.

Tutti e tre i maschi si girarono verso di me, ma fu Jace a dire: «Suppongo sia un concetto estraneo, per qualcuno cresciuto in questo ambiente».

«Lo è per me, e sono in giro da un migliaio di anni» commentò Damien.

«Vero» concordò Jace.

Ryder ringhiò e mi prese ancora tra le braccia. «Ignorali. Stanno prendendo in giro me, non te».

Quell'aspetto della conversazione l'avevo già colto, ma non riuscivo a capirne il motivo. Così gli chiesi: «Perché?».

Scosse la testa. «Pensano che ti abbia scelta come compagna».

«Pensano?». Damien ridacchiò. «L'hai scelta un mese fa. O *pensavi* che quel posto in cui ti ho portato per il rituale, a San José, fosse solo una coincidenza? La tua decisione era lampante».

«Non è il momento di parlarne». L'accenno di comando nel suo tono spinse Damien a cedere. «Andiamo a dare il benvenuto ai lupi. Voglio sapere com'è andata l'indagine di Edon».

La mano di Ryder trovò la mia, stringendola in una presa rassicurante. Ci dirigemmo insieme fino alla porta d'ingresso. Silas era lì, con la spalla appoggiata al muro esterno di mattoni. Edon e Luna erano accanto a lui.

Fu la prima volta che vidi *davvero* il mio vecchio amico e che capii cosa significasse la sua presenza lì. «Silas» dissi, lasciando andare la mano di Ryder e gettandomi verso di lui. Silas si scostò dalla casa e mi avvolse in un abbraccio strettissimo. Il suo profumo fresco era stranamente rassicurante. Mi ricordava l'inizio di un nuovo giorno. Il che era appropriato, considerando il *suo* nuovo inizio. «Hai vinto il Torneo».

«Sì» rispose, continuando a tenermi stretta. Le sue braccia erano forti e robuste. «È così bello rivederti. Lo so che ci siamo incontrati una settimana fa, ma in quel momento non sembrava reale. Adesso sì».

«So cosa intendi» mormorai.

Cademmo in un confortevole silenzio, stretti l'uno all'altra. La nostra storia fluì tra di noi, culminando in uno splendido attimo di completezza. «Siamo ancora vivi, S».

«Sì, W, lo siamo» concordò, capendo esattamente cosa intendessi. «E anche Rae».

Le lacrime mi pizzicarono gli occhi. Per una volta, non erano nate dalla tristezza o dal dolore. Anzi, no, non era del tutto vero. Tristezza e dolore erano ciò che ci aveva portato a quel momento, permettendoci di vivere sul serio.

Eravamo stati all'inferno.

Ed eravamo sopravvissuti.

Mi strinse ancora più forte; le sue emozioni rivaleggiavano con le mie. Seppellii il viso nel suo collo, inalando il suo odore, e lui fece lo stesso con me. I nostri lupi erano estranei l'uno all'altra, eppure la mia bestia *conosceva* la sua. Lo sentivo nell'anima. Forse perché era stato il suo compagno a trasformarmi. O forse perché era sempre stato parte del nostro destino.

Ma avevamo lottato duramente per arrivare lì.

Così tante vite perdute.

Così tanto sangue versato.

Così. Tanto. *Dolore*.

Rabbrividii. Il momento si stava rivelando molto più potente di quanto avessi immaginato. Solo quando ci sciogliemmo dal nostro abbraccio ci rendemmo conto che eravamo soli. Gli altri ci avevano concesso un po' di privacy, permettendo ai nostri cuori di spezzarsi e ricomporsi lontano da sguardi invadenti. I lupi avevano capito che avevamo bisogno di restare soli. Gliene ero immensamente grata.

Silas mi prese il viso tra le mani e appoggiò la fronte alla mia. «Non hai idea di quanto sia stato straziante vederli portarti via. Avresti dovuto essere con noi. Non nel campo. E dopo aver visto quel filmato... io...». Gli mancarono le parole. Aveva scritto in faccia quanto si sentisse in colpa.

«Non avresti potuto fare niente, Silas. Lo sai. E lo so anch'io».

«Ma questo non lo rende meno vero. Cazzo, Willow, quello che ti hanno fatto...». Ancora una volta non riuscì a proseguire. Dalla sua espressione trasparivano rabbia e dolore. «*Cazzo*. Ho voglia di uccidere di nuovo quel bastardo».

Aggrottai la fronte. «Quale bastardo?».

«Quello che ti ha morso» chiarì a denti stretti. «Gli ho staccato la testa».

Lo guardai con la bocca spalancata. «*Cosa*?».

«Prima di farlo fuori, ho passato dodici ore ad assicurarmi che provasse la stessa agonia che ti aveva inflitto in quel filmato». L'affermazione gli uscì in un basso ringhio. Il suo lupo prese vita dietro i suoi occhi blu, permettendomi di vedere l'alfa che era diventato.

Quell'uomo con cui ero cresciuta, allenandoci insieme,

era diventato una creatura letale. Sorrisi, perché era la condizione perfetta per lui.

«L'essere un licantropo ti dona» ammisi, scuotendo poi la testa. «Riesci a crederci che adesso è questa la nostra vita?». Avevo sentito quello che aveva detto sul licantropo che mi aveva morsa, avevo capito che era morto. Ma quella notizia impallidiva in confronto alla gioia della nostra *esistenza*. «Ce l'abbiamo fatta, Silas» mormorai, vittima dell'ennesimo crollo emotivo. «Ce l'abbiamo... ce l'abbiamo fatta...».

Mi abbracciò di nuovo, tenendomi stretta mentre singhiozzavo. Tutto lo squallore della mia vita precedente, che avevo accumulato nel profondo del cuore nel corso degli anni, si riversò all'esterno in un torrente di lacrime.

Tutti quei test.

Tutti quei corsi.

Tutti quei fottuti giochetti.

Per diventare *finalmente* un essere superiore.

«Io l'ho sempre detto che ce l'avremmo fatta» sussurrò Silas.

«È vero» concordai. «E avevi ragione».

Lo strinsi così forte che potei giurare di averlo sentito rantolare, ma non mi chiese mai di fermarmi. Anzi, mi cullò con la sua presenza attraverso la valanga di emozioni che mi turbinava dentro in un ritmo caotico, impossibile da placare.

Furia. Sollievo. Tristezza. Perdita. Gioia.

«Sono un disastro» mormorai con una risatina.

«Ti capisco» mi rassicurò.

E sapevo che diceva sul serio.

Rimanemmo là fuori per ore, abbracciandoci come se ne dipendesse la nostra stessa vita. Recuperando tutti gli anni in cui eravamo stati costretti a sopprimere le nostre emozioni, ad alzarci e combattere, o morire nel tentativo.

Non avevamo mai sperimentato la pace. Fino a quel momento. Solo noi due, a respirare aria fresca, sentendoci più vivi che mai.

«Ti voglio bene» gli sussurrai. «Lo sai, vero?». Non mi era mai stato permesso dirlo ad alta voce, ma lo sentivo nel cuore e sapevo che era così. Era il mio più vecchio amico. La mia unica famiglia.

«Anch'io ti voglio bene» rispose. «E anche a Rae».

«E anche a Rae» concordai. Erano i miei fratelli. Le mie ancore di salvezza. Il mio mondo.

Finché Ryder non aveva fatto la sua comparsa, creando una nuova casa dentro di me. Un nuovo porto sicuro. Un nuovo stato dell'essere.

«Ma non dirlo davanti a Kylan» aggiunse Silas. «È molto possessivo nei confronti della sua *Raelyn*».

«Kylan» ripetei, ricordandomi quello che aveva detto l'ultima volta che ci eravamo visti. «Cosa intendevi sul fatto che Rae sta con lui? E da quando si fa chiamare Raelyn?».

Silas ridacchiò. «Oh, è una lunga storia» disse, scuotendo la testa e sciogliendosi dal nostro abbraccio.

«Come quella in cui sei diventato un licantropo e ti sei messo con due alfa?» gli chiesi, inarcando un sopracciglio.

Le sue guance si tinsero di rosso. Arretrò di un passo e si strinse la nuca tra le mani. «Quella… ehm… sì, anche quella lo è».

«Allora inizia a parlare» gli intimai. «Voglio sapere tutto».

Ridacchiò di nuovo e mi mise un braccio attorno alle spalle. «Okay, W. Partiamo con Kylan e Rae». Tornò verso la casa, e io con lui. «Tutto è cominciato quando Rae ha deciso di mordere un reale».

«Potrei saperne qualcosa» ammisi, pensando al labbro di Ryder.

«Anche tu l'hai fatto davanti al consiglio e a Lilith stessa?».

Mi bloccai. «No, non è possibile. Non può averlo fatto».

«Oh, l'ha fatto eccome» mi assicurò. «Ero convinto che l'avrebbero uccisa, e invece Kylan l'ha scelta per il suo harem».

Corrugai la fronte. «Dopo il Torneo?».

«Rae non ha mai partecipato al Torneo». Mi condusse attraverso la porta d'ingresso. «Immagino di dover cominciare dall'inizio».

«Sì, non sarebbe male».

Sorrise. «Va bene. C'era una volta…».

Ryder

I l labbro mi bruciava ancora, nonostante fossero passate alcune ore da quando Willow mi aveva morso. Mi ricordava di lei. Non che ne avessi bisogno, visto che era in un'altra stanza con il suo vecchio amico. Ma era una bella sensazione. «È normale che il morso di un licantropo ci metta così tanto a guarire?» chiesi a Jace. Era seduto nel mio studio, con il suo solito atteggiamento rilassato.

La mia domanda sembrò divertirlo. «Di solito anche di più».

«Mmh». Beh, almeno sapevo cosa aspettarmi in futuro. «Ecco perché non dovremmo giocare insieme».

«Ma il senso del pericolo è inebriante, vero?». Mi rivolse un'occhiata d'intesa. «Ti fa sentire vivo».

Non aveva tutti i torti. Apprezzavo l'idea che Willow fosse in grado di tenermi testa. Almeno un po'. Avremmo dovuto lavorare ancora sulle sue tecniche di combattimento, per poterla rendere un'avversaria a tutti gli effetti. E allora sì che mi sarebbe *veramente* piaciuto giocare con lei.

«Siamo anche più difficili da sedurre» intervenne Edon in tono annoiato. «Prendete questa conversazione, per esempio. Io sono già stanco di sentirvi parlare, mentre voi due ne sembrate particolarmente entusiasti».

Guardai l'alfa con un sorriso. «Non sei poi così male» decisi ad alta voce. E non solo perché mi aveva portato la testa del licantropo che aveva torturato la mia Willow.

I suoi occhi di ossidiana danzarono su di me. «Non ne sarei così sicuro».

Il mio sorriso si allargò. Apprezzavo il suo spirito. L'alfa di certo aveva le palle, per sfidarmi in quel modo. «Beh, puoi sempre migliorare» rilanciai.

Si strinse nelle spalle, poi si rivolse a Jace. «Mancano meno di tre settimane alla prossima riunione del consiglio. Do per scontato che la natura di Willow non rimarrà un segreto ancora per molto. Quindi qual è il nostro piano?».

«Sulla base di cosa sarebbe lui il capo?» intervenni.

«È quello di cui mi fido di più in questa stanza» rispose Edon, senza guardarmi.

Era una valutazione corretta, anche se rischiosa. «E quanto bene conosci Jace?» riflettei ad alta voce.

«La mia reputazione non c'entra» mormorò Jace. «E non sono il capo, Ryder. Ma Edon ha ragione. Dobbiamo pensare a un piano per la riunione».

«Io voto di non andarci» suggerii. «È una fottuta perdita di tempo, con un branco di imbecilli pomposi che vogliono solo stare seduti a discutere del modo migliore per estinguere il genere umano. Passo».

«Devi partecipare, se vuoi consolidare la tua posizione».

«È già mia» gli feci notare. «Lilith può tranquillamente nominare un nuovo reale; mi basterà farlo fuori». Guardai Jace. «Seriamente, cosa potrebbe mai farmi? È una bambina, in confronto a me».

«Ha avuto la meglio su Cam» disse Jace in tono solenne.

«Ma l'ha fatto davvero?» ribattei. «O è stato lui a sparire volontariamente, in attesa del momento giusto per colpire?». Sapevamo entrambi che era ancora vivo. E per quanto non fossi uno dei suoi più grandi fan, avevo sempre ammirato la sua mentalità da stratega.

«Darius è convinto che si sia fatto catturare di proposito». L'ammissione di Jace mi sorprese. Era un grosso passo avanti, una chiara dimostrazione di fiducia. «E io sono propenso a essere d'accordo. Soprattutto perché si è lasciato dietro un piano d'azione che abbiamo seguito nel corso dell'ultimo secolo».

«Un piano d'azione?» ripetei, proprio mentre Damien si univa a noi. Chiuse delicatamente la porta e venne a sedersi vicino a me.

Il mio studio aveva delle dimensioni simili a quelle del mio ufficio, ma era organizzato in modo diverso. Sembrava più una biblioteca, con tre delle quattro pareti coperte da scaffali ricolmi di libri. Al centro c'era un grosso divano, grande quanto la scrivania nell'altra stanza, con di fronte due poltrone reclinabili. Io e Damien occupavamo quelle, mentre Edon e Jace condividevano il divano.

Quando Silas e Willow erano tornati in casa, Luna si era scusata e li aveva raggiunti. Ero abbastanza convinto che lei e Willow ben presto sarebbero diventate amiche, adesso che le rispettive posizioni erano state chiarite.

«Parlami di questo piano» dissi, visto che Jace non sembrava incline a elaborare. «Damien è la mia progenie e il mio migliore amico. Immagino che nell'ultima settimana ti abbia dimostrato la sua lealtà, giusto?».

«L'ha fatto» concordò Jace. I suoi occhi indugiarono per qualche istante su Damien, poi tornarono su di me.

Uhm... quello sguardo persistente nascondeva una storia. Interessante. Doveva essere successo qualcosa tra loro due, nel corso dell'ultima settimana. Qualcosa che aveva permesso a Jace di pensare di *conoscere* Damien.

Presi mentalmente nota di approfondire più tardi.

«Quello che vi ho esposto l'altro giorno non era il mio piano. Era opera di Cam. Io ho semplicemente fatto quello che ho potuto, in attesa dell'ascesa degli altri. Ma dopo aver visto i rapporti sulla tua regione, penso che sia necessaria una strategia. Dobbiamo trovare Cam».

«Chicago» dissi. «Hai provato a controllare se è lì?».

«Non è una città facile in cui muoversi, visto che è sotto il controllo di Lilith. Mi sembra anche troppo ovvio».

«Che è esattamente il motivo per cui si trova lì» insistetti. «Lilith ti fa girare a vuoto tenendolo nell'unico posto in cui non andresti mai a guardare perché sarebbe "troppo ovvio". È esattamente il suo stile».

«Come minimo, troveresti qualche indizio» aggiunse Damien. «Lilith non lascerebbe mai il destino di Cam al caso. Ovunque sia, lo tiene sotto stretta sorveglianza, perché è l'unico a rappresentare una minaccia per lei».

«Allora perché non l'ha semplicemente ucciso?» chiese Edon.

«Potere» risposi immediatamente. «È il suo debole e la sua passione».

Jace annuì. «Ucciderlo sarebbe troppo facile. La mia ipotesi è che ogni tanto vada a trovarlo e gli sbatta in faccia quello che sta facendo».

«Il mondo è così già da centodiciassette anni. Sicuramente avrà iniziato ad annoiarsi».

Scossi la testa. «Per un vampiro, un secolo non è niente».

«In più, lei è convinta che la sua *erosita* sia morta. Di conseguenza, pensa di prolungare l'agonia di Cam per aver perso la sua compagna. Sono sicuro che lo torturi anche con questo, anche perché Lilith disprezza la cerimonia di accoppiamento».

«Perché?» domandò Edon.

Guardai Jace. Conoscevo la storia, ma non volevo essere io a raccontarla.

«È irrimediabilmente spezzata» disse piano. I suoi occhi assunsero un bagliore che conoscevo fin troppo bene. *Paura.* Era il motivo per cui molti di noi non avevano un compagno. Sapevamo cosa sarebbe potuto succedere se l'avessimo perso. I licantropi sperimentavano lo stesso senso di perdita, ma c'era un'enorme differenza tra le nostre specie. I vampiri erano costretti a vivere il loro lutto in eterno, mentre i licantropi prima o poi morivano.

La prima condizione era di gran lunga peggiore.

«Gli umani hanno ucciso il suo compagno» continuò Jace nello stesso tono sommesso. «La perdita l'ha distrutta in un modo che pochi comprendono, principalmente perché lei sa nasconderlo molto bene. Ma credo lo dimostri nel suo odio innato per gli umani. Tutto questo è iniziato come una punizione per vendicare il suo amore perduto. Poi la situazione si è evoluta in qualcosa d'altro. Adesso è sposata con il potere. Legge e ordine sono i suoi amanti. E ogni deviazione dai suoi propositi si traduce in un caos che disinnesca con la punizione».

«Sembri quasi dispiaciuto per lei» osservai.

«Da un certo punto di vista lo sono» ammise Jace. «Il dolore le ha destabilizzato la mente al punto che non le importa nulla della specie da cui aveva avuto origine il suo amore perduto. Eppure, al tempo stesso, desidera la loro devozione come forma di penitenza».

«Ecco perché ha assunto il ruolo di Dea» mormorò Edon. «Costringe gli umani ad amarla e venerarla, come un tempo faceva il suo compagno».

«In un certo senso, è così» disse Jace. «E lo trovo molto triste».

«Beh, io lo trovo molto folle» commentai. «Avrebbe

dovuto essere eliminata tanti anni fa. Ci avrebbe salvati tutti da questa assurdità».

Jace scosse la testa. «C'erano troppi membri della nostra specie e troppi licantropi con gli stessi propositi. Lilith ha semplicemente approfittato di una base già disponibile e vi si è messa a capo».

Annuii. Su quel punto concordavo con lui. «Vero». Quando gli umani scoprirono l'esistenza dei licantropi, la guerra divenne inevitabile. E Lilith, per quanto fosse stata a pezzi, aveva agito in modo impeccabile. Cam era stato il suo principale avversario. Liberarsi di lui l'aveva posta in cima, e l'aveva tenuto in vita solo per alimentare il suo ego. «Ma continuo a pensare che sia a Chicago. Sono convinto che gli parli regolarmente, fosse solo per cercare continuamente conferma della sua vittoria schiacciante».

«Ciò implicherebbe che lui sia cosciente, eppure è da più di un secolo che non parla con la sua *erosita*».

Annuii di nuovo, riflettendoci sopra. «Deve averlo sopraffatto in qualche modo».

«È questo che mi preoccupa» ammise Jace. «Come faccia a tenerlo prigioniero».

«Pensi che abbia una qualche arma».

«Sì» confermò lui. «È l'unica spiegazione sensata».

Damien si sfregò la mascella. «Se è così, allora dobbiamo essere preparati. Potrebbe usarla contro di noi».

«A meno che non esista soltanto a Chicago» dissi lentamente, esaminando la faccenda da ogni angolazione. «Vuole mettere ai voti la mia posizione nel corso della prossima riunione del consiglio… a Chicago».

«È anche dove vuole discutere di quello che è successo al clan Clemente» aggiunse Edon, capendo in fretta dove volessi andare a parare. «E ha ordinato anche a Kylan di essere presente, nonostante gli abbia proibito di partecipare a qualsiasi altro evento».

«Quand'è stata l'ultima volta che ha tenuto una riunione nel suo territorio?» riflettei ad alta voce.

«Le riunioni non sono mai state particolarmente frequenti» rispose Jace. «Di solito ci incontriamo ogni anno per il Giorno del sangue. Altrimenti, ci vediamo solo sporadicamente».

«Ma dopo quello che è successo nel mio clan, ha detto che le cose sarebbero cambiate» gli ricordò Edon. «È questo l'altro scopo del raduno a Chicago: iniziare a riunirsi ogni tre mesi».

«O riprendere il controllo della situazione» mormorò Damien, togliendomi le parole di bocca.

«Beh, cazzo» disse Jace, passandosi una mano sul viso.

Un silenzio sconcertato calò nella stanza.

Le parole di Jace avevano riassunto tutto quanto alla perfezione. *Cazzo.*

Dovetti riconoscere a quella stronza di aver giocato bene le sue carte.

Peccato che adesso avesse anche me come avversario. Perché mi ero accorto della falla nel suo piano e avevo tutte le intenzioni di sfruttarla a mio vantaggio.

«Pensate che sappia qualcosa dei nostri progetti?» chiese Edon, rompendo il silenzio.

«Non esattamente, ma credo che ci siano stati troppi atti di insubordinazione per i suoi gusti, e che voglia mandare un messaggio» rispose Jace. «Il che significa che tu e Kylan siete nei guai. Anche Ryder, visto che sta chiaramente cercando di attirarlo da lei. E la mia ipotesi è che voleva che vi parlassi del voto, quindi è facile che sulla sua lista ci sia anch'io. Probabilmente come risultato dei recenti cambiamenti gerarchici avvenuti nella mia regione».

«Con Darius che è diventato un tuo sovrano» confermai. «Anche lui era noto per essere un recluso, ma è facile che sia soprattutto a causa dei suoi legami con Cam».

«Già. La loro amicizia era ben nota e dà un ottimo motivo a Lilith per non fidarsi di lui. L'unica ragione per cui ha fiducia in me è che nell'ultimo secolo sono stato al suo gioco. Ma il fatto che mi stia usando come pedina dimostra che sospetta di me. E forse è così già da un po'».

«O forse non si è mai realmente fidata di te» disse Damien.

«Anche quello è probabile» concordò Jace, scuotendo la testa. «Razza di stronza».

«Sei ancora dispiaciuto per lei?» gli chiesi con un mezzo sorriso.

Jace grugnì. «E adesso che cazzo facciamo?».

«Oh, quella parte è facile» risposi, strappando un ghigno a Damien. Sapeva esattamente cosa stessi per dire. «La battiamo al suo stesso gioco».

Jace inarcò un sopracciglio. «Okay. Come?».

«Non permettendole di tenere la riunione del consiglio a Chicago» spiegai. Poi mi rivolsi a Damien. «È Benita, vero?».

«Sì».

«Ottimo. Puoi farle sapere che sto per tornare con il mio animaletto? E dille che avrò bisogno di sangue extra».

«Consideralo già fatto».

Sorrisi. «Sei così buono con me, Damien».

«Ci provo».

Ero sul punto di tornare a rivolgermi a Jace, quando mi venne in mente un'altra cosa. «Oh, pensi che dovremmo organizzare anche un bel barbecue? Magari tra due settimane? Puoi invitare un po' dei vampiri su quella famosa lista. Quelli a cui piacciono i bambini».

Damien si massaggiò il mento, valutando la mia proposta. «Sì, potrebbe venirne fuori proprio una bella festa. Forse dovremmo invitare anche il resto dei sovrani della regione, giusto per garantire un finale esplosivo».

«Adoro i bagni di sangue» commentai con un sorriso.

Quando infine riportai la mia attenzione su Jace, lo trovai con un ghigno stampato in faccia. «Ottima esca».

«Vero?» risposi, compiaciuto. «Inviterei anche te per i fuochi d'artificio, ma renderebbe tutto un po' troppo palese».

«Sì, penso che il mio ruolo sia di continuare a fingere di lasciarmi manovrare da lei».

«Sono d'accordo». Incontrai lo sguardo di Edon. «E il tuo sarà quello di proseguire la riforma del tuo branco, ma con cautela. Sono sicuro che stia ricevendo aggiornamenti da qualcuno tra le tue fila. Falle credere che stai ricadendo in quelli che erano i vizi di tuo padre. Aiuterà il suo stato mentale e, si spera, la convincerà a venire fuori a giocare».

Edon annuì. «Dovrebbe già esserle giunta voce di quello che è successo al campo».

Sì, era probabile che l'uccisione di una trentina di licantropi avesse attirato la sua attenzione. E il fatto che Edon avesse deciso di tenere tutti gli umani e provare a riabilitarli avrebbe solo peggiorato le cose.

«Puoi far arrivare un messaggio a Kylan?» chiesi, introducendo l'ultimo punto di cui volevo discutere.

«Sì» rispose Jace.

«Digli che dobbiamo uscire insieme, quando saremo a Chicago. Un doppio appuntamento. Mi sono reso conto di quanto il mio animaletto abbia bisogno dei suoi amici». Guardai di nuovo Edon. «Il tuo Silas continuerà a farle visita. Sembra che le faccia piacere».

Edon sbuffò. «Oh, puoi dirglielo tu stesso. Non è bravo a prendere ordini. Che è esattamente il motivo per cui l'ho scelto come luogotenente».

«Ai miei obbedirà» ribattei con decisione. Poi mi rivolsi

a Damien. «Ho bisogno di qualche altro giorno. Puoi occuparti di San José senza di me, finché non saremo lì la prossima settimana?».

«Nessun problema. Ma voglio tenermi il tuo harem».

«Non ho bisogno di loro».

«Lo so» rispose. «E mi terrò anche Tracey».

«Chi diavolo è Tracey?» gli domandai.

«La cameriera frustata da Meghan».

Ringhiai al ricordo di quello che era successo. La conseguente morte di Meghan era stata fin troppo rapida. «Trattala bene».

«Oh, la sto trattando benissimo» rispose, scambiando un'occhiata con Jace.

Ah, pensai, capendo finalmente quale fosse il loro piccolo segreto. Dovevano aver giocato insieme. Beh, finché tutte le parti si erano divertite, non avevo bisogno di sapere altro.

«Vado a cercare il mio animaletto» annunciai, alzandomi in piedi. «Abbiamo ancora delle posizioni da provare». Tra cui il sesso anale. Quello non l'avevamo ancora esplorato. Sarebbe successo in settimana, o al massimo quella successiva. Perché volevo possedere ogni parte di lei, esattamente come lei mi possedeva completamente.

«Non dimenticarti di darle da mangiare» mi ricordò Damien. «Cibo e sangue».

«Oh, sarà ben nutrita» promisi, camminando verso la porta. Poi mi bloccai un istante, voltandomi verso Edon. «Pensi ancora che abbia bisogno di scegliere?».

«Sono abbastanza sicuro che l'abbia già fatto la settimana scorsa» rispose.

«Sì, lo credo anch'io» concordai.

«A proposito, il suo marchio ti dona» aggiunse Edon, senza preoccuparsi di nascondere un sorrisetto.

Mi leccai il labbro inferiore. Mi faceva ancora male. «Sto per ricambiare il favore».

«Buon divertimento» disse Damien.

Sorrisi. «Non c'è neanche bisogno di dirlo». Dopotutto, era il mio premio. Il mio splendido animaletto ibrido. La mia distrazione. La mia nuova ragione di vita.

Ryder

"Qualche giorno", o meglio, undici giorni più tardi, ricevetti una telefonata da Damien. Aveva bisogno della mia presenza a San José.

Willow era seduta accanto a me nella mia auto. La sua gamba continuava a muoversi incessantemente, sbattendo contro la mia. Rick era alla guida; aveva anche pilotato l'aereo che ci aveva condotti lì. La sua lealtà era ancora ben solida. Infatti, non aveva commentato le novità che riguardavano il mio animaletto.

Il suo odore rivelava come fosse in parte licantropa, ma i suoi occhi brillavano del potere di un vampiro, rendendo piuttosto evidente la sua condizione di ibrido. Eppure, Rick era rimasto silenzioso come al solito.

«Willow». Le posai la mano sulla coscia e la strinsi leggermente per mettere fine al suo rimbalzare agitato. «Basta».

Avevamo concordato di proseguire con la nostra messinscena in cui, in pubblico, lei avrebbe continuato a comportarsi come un'umana sottomessa. In quel modo, tutti avrebbero pensato che avessi creato un ibrido per divertimento. Il che avrebbe permesso alle masse di non accorgersi del suo valore.

Tutti avrebbero sottovalutato le sue capacità e, cosa

323

ancora più importante, il mio crescente affetto per lei. Se il primo aspetto era una risorsa, il secondo era di certo una debolezza.

«Scusa» sussurrò.

«Nessuno ti toccherà» giurai. «Posso farlo solo io».

Indossava uno di quegli abiti succinti procurati da Damien per il suo guardaroba da membro di un harem, a cui avevo aggiunto un collare di pelle. Forse un po' eccessivo, ma l'idea mi divertiva.

Almeno non c'era attaccato un guinzaglio.

Anche se il pensiero mi diede un'idea per qualche nuovo giochetto in camera da letto. Non che avessi avuto bisogno di ulteriori scenari. La mia lista di cose da farle continuava ad aumentare, a prescindere da quante ne avessimo già messe in pratica. E ancora niente sesso anale.

Sospirai. Continuando così, avremmo scopato almeno per un secolo. E Damien ci avrebbe riso sopra altrettanto a lungo.

Oltre all'essere stato ossessionato dal portarmela a letto, io e Willow eravamo anche stati produttivi. Avevamo trascorso molte ore a testare la sua nuova velocità e la sua nuova agilità. Aveva ancora molto da fare, ma la sua attitudine al combattimento si rifletteva nella sua capacità di apprendere nuove tecniche in modo rapido ed efficiente. Era davvero un'ottima allieva.

Le tolsi la mano dalla coscia e gliela avvolsi attorno alla nuca, tirandola verso di me per un lungo bacio appassionato. Lei mi accarezzò il labbro inferiore con la lingua, sorridendo alla leggera protuberanza sulla mia pelle.

«Niente morsi» sussurrai. Era diventato il suo passatempo preferito, ma quel giorno non potevo permettermi di mostrare nessuna debolezza.

«Così mi fai venire ancora più voglia di morderti» ammise.

«Sto ancora guarendo dall'ultimo» le ricordai. I segni dei suoi morsi ci mettevano dalle dodici alle quattordici ore a sparire. Quello che avevo sul labbro me l'aveva inflitto durante il sesso della buonanotte. Dopo aver ricevuto il messaggio di Damien, appena sveglio, le avevo intimato di non...

«Sire» disse Rick in polacco, attirando la mia attenzione. «Abbiamo compagnia».

«Dove?» gli chiesi, sempre in polacco. Sapevo che preferiva usare la sua lingua madre. Il mio polacco non era un granché, ma lo capivo abbastanza bene.

Indicò lo specchietto retrovisore con un cenno del mento. «Dietro di noi».

«Quanto lontani siamo dalla torre?» chiesi, allungando il braccio per afferrare la cintura di sicurezza di Willow e allacciarla.

«Due chilometri» rispose, controllando ancora una volta lo specchietto.

Avvolsi le dita attorno alla mia cintura proprio mentre l'auto scartò di lato. «Ce n'è un'altra!» gridò, sempre in polacco.

Mi allacciai la cintura e dissi semplicemente: «Vai».

Premette l'acceleratore a tavoletta, facendoci sfrecciare lungo la strada. Presi il telefono e feci il numero di Damien.

Drin... drin...

«Ryder!» urlò Willow.

Guardai alla mia sinistra, proprio mentre un veicolo si stava schiantando sul mio lato. *Cazzo!* Il mondo iniziò a vorticarmi attorno, facendomi venire le vertigini. Da dietro arrivò un altro colpo. La cintura di sicurezza mi scavò nel collo per via dell'impatto.

Un terzo urto ci mandò a sbattere nella direzione opposta, facendomi venire la nausea. Willow mugolò qualcosa, ma il suo grido sommesso si perse nell'eco dei vetri in frantumi e nel caos generale.

Sentii il sangue fluirmi alla testa. La fibbia di metallo mi stava scavando nel fianco, mentre la cintura lottava per tenermi sul sedile.

Mi ci volle qualche istante per capire che eravamo capovolti. Il mio borsone giaceva sul tettuccio. Avevamo finalmente smesso di girare, ma il suono di portiere che sbattevano mi fece capire che avremmo sperimentato molto più di un incidente d'auto.

Agii senza perdere tempo a pensare. Mi slacciai la cintura di sicurezza e afferrai il borsone. Mi era sembrato che il messaggio di Damien racchiudesse una certa urgenza. Di conseguenza, ero venuto preparato.

«Rick» dissi a bassa voce.

Nessuna risposta.

Doveva essere svenuto in seguito all'impatto. Gli airbag occupavano la maggior parte dei sedili anteriori. Willow gemette accanto a me, con le dita che cercavano di slacciare la cintura.

«Ti tengo» mormorai, allungando le braccia per aiutarla a scendere.

La sistemai vicino a me, poi presi due pistole dal borsone; ne avevo già una terza nella fondina legata al fianco. Gliene passai una e mi misi a pancia in giù per valutare quale fosse la situazione all'esterno.

Willow fece lo stesso. Il suo vestito era del tutto inutile contro i frammenti di vetro. Io, se non altro, indossavo un abito da sera. Ma non c'era tempo per occuparsi di quello. Avevamo già sprecato dei secondi preziosi per recuperare le armi e metterci in posizione. L'unico elemento a nostro favore era che gli assalitori si stavano avvicinando con estrema lentezza. Non erano sicuri delle mie condizioni, ed erano abbastanza furbi da non precipitarsi a controllare.

Diedi un'occhiata dietro di me, verso l'altro lato dell'auto. Eravamo bloccati contro un rivestimento di metallo, probabilmente un edificio.

Okay. C'era un'unica via di fuga.

«Resta qui e spara a chiunque si avvicini» istruii Willow in tono sommesso. Il suo udito da licantropo le avrebbe permesso di sentirmi senza problemi, al contrario dei vampiri là fuori.

Scrocchiai il collo di lato, cercando di allentare i muscoli irrigiditi dall'impatto, e calcolai mentalmente la traiettoria di avvicinamento di ciascun aggressore. Dalla mia posizione riuscivo a vederne cinque, ma stimai che ce ne fossero almeno altri tre, sulla base del numero di volte in cui eravamo stati colpiti e il modo in cui avevano attaccato.

Il suono delle portiere mi aveva fatto capire che alcune erano state danneggiate, altre no.

Il che significava che qualcuno mi aveva sguinzagliato dietro un'intera squadra.

La domanda era: mi volevano vivo o morto? La risposta avrebbe influito sulla loro mossa successiva.

Okay, non avevano ancora aperto il fuoco sul serbatoio. Che era ciò che avrei fatto io, se avessi voluto uccidere le mie vittime. E la lentezza con cui si stavano avvicinando suggeriva che avevano ricevuto l'ordine di catturarmi, non di farmi fuori.

Il che mi dava un leggero vantaggio, perché io non avevo alcuna remora a eliminarli in maniera definitiva.

Sentii uno scalpiccio. Avevano quasi raggiunto l'auto.

Riuscivo a vedere ancora solo cinque paia di piedi. Il modo in cui erano disposti lasciava trasparire il loro addestramento da dilettanti. Erano estremamente vicini l'uno all'altro, rendendo ancora più semplice ciò che stavo per fare.

Cinque, iniziai col mio conto alla rovescia. *Quattro. Tre. Due...*

Sparai un proiettile nella caviglia dell'Idiota Numero Uno, un secondo nel polpaccio dell'Idiota Numero Due e un terzo nello stinco dell'Idiota Numero Tre. L'Idiota Numero Quattro e l'Idiota Numero Cinque scartarono di lato, offrendomi il momento di distrazione necessario per strisciare fuori dai resti dell'auto, con la pistola puntata verso la direzione in cui erano fuggiti.

Pam! Pam!

Rotolai dietro la parte anteriore dell'auto, controllando rapidamente che non ci fosse nessuno appostato nei paraggi.

Poi mi concentrai sui gemiti, che mi indicarono dove sparare. Li colpii tutti alla testa senza troppa difficoltà.

Dove sono i vostri amici?, mi chiesi, guardandomi attorno alla ricerca del resto del team. Impossibile che qualcuno fosse stato così audace da mandare soltanto cinque uomini.

Solo che non trovai nessun altro. «Dev'essere uno scherzo». Mi sentii profondamente insultato. Chi cazzo aveva avuto quell'idea? Mi alzai in piedi, continuando a ispezionare i dintorni. «Seriamente, c'è qualcun altro qui?».

Fatta eccezione per quelle poche persone che sbirciarono dalle finestre per vedere cosa stesse succedendo, eravamo completamente soli.

Mi avvicinai con circospezione agli uomini che avevano cercato di portare a termine quella ridicola operazione e restai a bocca aperta. «*Vigilanti*? Qualcuno ha mandato degli *umani* a uccidermi?». *Che cazzo di problemi ha la gente?!*

Forse stavo sognando. Forse era tutto un incubo.

Ma no. No. Erano tutti mortali.

Tornai all'auto e mi chinai. «Vieni fuori» dissi a Willow, senza riuscire a celare la mia irritazione. Perché era tutto fottutamente sbagliato. «Prendi il mio borsone».

Lei obbedì, ma i suoi sibili di dolore mi ricordarono che non era vestita in modo adatto. Proprio per nulla. «Merda. Aspetta». Mi tolsi la giacca dell'abito e gliela passai. «Stendila per terra e strisciaci sopra». Addolcii il mio tono quanto bastava per farle capire che non ce l'avevo con lei, ma con l'intera situazione. «Rick?» chiamai.

Ancora nessuna risposta.

«Dannazione» brontolai, alzandomi di nuovo in piedi. Osservai le auto usate per speronarci. Quattro in totale, con due mortali incoscienti all'interno del veicolo più danneggiato. Dovevano essere stati messi fuori combattimento nell'impatto. Pazzesco.

Willow inciampò sui tacchi e atterrò sul cemento con un grido. Tornai da lei, notando il suo vestito distrutto e il sangue che le copriva la pelle. Mi fece venir voglia di uccidere di nuovo i vigilanti. Ma molto più lentamente.

Per fortuna, la sua genetica immortale aveva già iniziato a guarire i graffi più superficiali.

«Dobbiamo trovarti dei vestiti» dissi, proprio mentre uno strano ronzio riecheggiò nella città. Cercai di individuarne la fonte, ma di colpo fu tutto nero.

Willow sussultò. La peluria sulle sue braccia si rizzò. L'aria sfrigolava di elettricità.

«Era tutta una distrazione». Un modo per impedirmi di raggiungere la torre prima che il vero spettacolo avesse inizio. Scossi la testa. «Quella stronza malefica».

«Cos'è successo?» chiese Willow con un tremito nella voce. «Perché…? Dove sono andate a finire tutte le luci?».

«Ha tolto la corrente a San José» risposi, con un sorriso

che cercava di farsi strada sulle mie labbra. Perché, a dirla tutta, ero colpito. «Anzi, probabilmente ha tolto la corrente a tutta la regione».

«Non capisco».

«Lilith» spiegai. «Mi sta mostrando che detiene il potere, impedendoci l'accesso alle sue risorse».

«Può farlo?».

Sospirai. «A quanto pare, sì. Vedi, i vampiri e i licantropi avevano usato una tattica simile durante la rivoluzione. Avevano tolto l'accesso agli umani alla loro preziosa tecnologia. E poi hanno dato loro una dimostrazione della superiorità delle nostre specie costringendoli a lottare praticamente a mani nude».

Ma il problema di usare la stessa strategia in quella circostanza era che non avevo bisogno dell'elettricità o dei mezzi di Lilith per combattere. Avevo già i miei.

«Presume che abbia bisogno delle sue risorse» aggiunsi a voce alta. «Dimostrando che non sa proprio niente di me». Mi chinai per valutare le condizioni di Rick. Era messo proprio male. Con l'ennesimo sospiro, aprii il borsone e presi un coltello. Poi lo usai per liberarlo dalla cintura di sicurezza e dagli airbag che lo circondavano.

«Sei dannatamente pesante» borbottai, liberandolo con uno strattone. Non respirava, e il suo collo aveva una brutta angolazione a causa dell'incidente. Gli ci sarebbero volute ore per riprendersi. Il che lo rendeva, al momento, completamente inutile.

Mi alzai e andai al locale più vicino per bussare alla porta. Alcuni degli avventori avevano sbirciato dalle finestre durante tutta la vicenda, ma nessuno aveva cercato di aiutare. Un'ulteriore prova che sotto il governo di Silvano la regione era andata completamente in malora.

Un'umana bassa e bionda aprì la porta con la testa abbassata. «Sì, Sire?».

«Sai chi sono?» le chiesi.

«Un mio superiore» rispose immediatamente.

«Il tuo reale» la corressi. «Guardami».

La sua paura impregnò l'aria. Iniziò a tremare. «Mi... mi dispiace, mio principe. Non... non sapevo...».

«Guardami» ripetei.

Cercò di alzare lo sguardo, e il suo tremore aumentò vertiginosamente. Riuscì ad arrivare fino all'altezza delle mie labbra; chiaramente, la sua testa era incapace di alzarsi ulteriormente.

Decisi di lasciar perdere. Non avevo tempo per quelle stupidaggini. «Dov'è il tuo proprietario?» le domandai. Odiai doverglielo chiedere, ma sapevo che avrebbe capito.

«Qui, mio principe» rispose una voce femminile proveniente dalle scale. Una vampira dai capelli neri si mosse nell'oscurità con estrema disinvoltura. «A cosa dobbiamo l'onore?».

«Un gruppo di vigilanti ha deciso che avevo bisogno di fare una deviazione» ringhiai. «O ti è sfuggito quello che è successo là fuori?».

«Ho sentito la confusione» ammise. Sulle sue guance sbocciarono due chiazze rosse. «È che non... non sapevo come reagire».

Una risposta onesta invece di una scusa. Una risposta che le aveva salvato la vita senza nemmeno che sapesse di essere in pericolo. «Ho bisogno del tuo aiuto» le dissi.

«Qualsiasi cosa, mio principe» rispose.

«Spero tu dica sul serio» mormorai, osservando il resto della stanza. C'erano altri cinque umani, e sembravano tutti relativamente in buona salute. Un altro punto a favore della vampira. «Come ti chiami?».

«Patricia».

«Patricia» ripetei, guardandomi attorno. «Che posto è?».

«Un salone di parrucchiere e un centro benessere». Finì di scendere gli ultimi gradini e svoltò a sinistra, dove aprì una porta sul retro della lobby. La mia visione soprannaturale mi permise di scorgere, al di là, delle sedie e degli strumenti di vario genere.

«I tuoi umani fanno i parrucchieri?».

«Sì» confermò.

Scrutai di nuovo i mortali in questione. «Non offrono il loro sangue?».

Il suo sguardo sembrò incupirsi. «Solo quando lo esige un cliente».

«Come Silvano?» indovinai. Diversi umani tremarono visibilmente sentendo il suo nome.

«Era nostro cliente, sì».

Serrai la mascella, consapevole di ciò che probabilmente aveva richiesto durante le sue visite. «Capisco. Beh, ho un compito per te. Seguimi». Mi voltai e vidi in lontananza Willow inginocchiata accanto a Rick. L'aveva sistemato in modo da facilitare la sua guarigione. «Anzi, due compiti» dissi, avvicinandomi a loro. «Il mio animaletto ha bisogno di vestiti pratici e scarpe da ginnastica. E mi serve che qualcuno vegli su Rick mentre guarisce».

Patricia restò a bocca aperta alla vista di Willow. Osservò con sospetto quella che sicuramente aveva riconosciuto come una creatura illegale.

«C'è qualche problema?» le chiesi, inarcando un sopracciglio.

«N… no, mio principe. Nessun problema».

«Bene». Andai da Rick e lo sollevai facendo attenzione a non rovinare i tentativi di Willow di allineargli le ossa rotte. Dopo qualche passo, però, mi resi conto che era tutto inutile. Avrebbe dovuto essere riposizionato di nuovo.

«Vado a prenderle dei vestiti» annunciò Patricia,

sparendo di nuovo nella sua struttura. La vidi salire le scale mentre tornavo dentro con Rick.

Gli umani si fecero rapidamente da parte, e uno si affrettò ad aprirmi la porta in fondo alla lobby, tenendo il capo chinato. «C'è un letto o qualcosa di simile su cui possa stenderlo?» chiesi al maschio.

«Sì, mio principe» rispose lui, conducendomi in una stanza allestita per i massaggi. Annusai l'aria alla ricerca di qualsiasi segnale che fosse una trappola, ma trovai solo l'aroma troppo dolce degli oli profumati.

Il mortale prese una manciata di asciugamani da un armadietto e si mise al lavoro per rendere il lettino da massaggi il più comodo possibile. Fui sul punto di dirgli di fermarsi, ma il suo tremare mi costrinse a sforzarmi di essere paziente. Quegli umani erano tutti terrorizzati da me.

Fottuto Silvano, pensai, di nuovo furibondo.

Quando il ragazzo ebbe finito, posai Rick e feci cenno a Willow di entrare. Stava osservando dalla soglia. «Puoi aiutarmi?» le chiesi dolcemente.

Rispose unendosi a me e passando le mani su Rick. Mi resi conto che aveva fatto lo stesso con la serva, dopo che era stata frustata. «Dove l'hai imparato?».

«All'università» rispose, concentrandosi per prima cosa sul collo del mio autista.

«Danno lezioni di medicina?».

«No». Alzò lo sguardo su di me. «Ma sono stata esposta a molte ossa rotte, nel corso degli anni. Alcuni di noi hanno deciso di aiutare».

Aggrottai le sopracciglia. La cosa non mi piaceva. Ma non era il momento di insistere per avere altre informazioni. «Torno subito» le promisi, lasciando la stanza per andare a recuperare il borsone rimasto in strada. Frugai alla ricerca di un telefono che non dipendesse dalla rete di Lilith per funzionare, poi chiamai di nuovo Damien.

Squillò due volte prima che rispondesse.

Solo che non fu lui a farlo.

«Ciao, Ryder» mi salutò Lilith. «Che bello sentirti. Sono passate settimane dall'ultima volta che abbiamo parlato».

Willow

Qualcuno si schiarì educatamente la voce, attirando la mia attenzione verso la porta. Patricia era lì ad attendermi con dei vestiti. Finii di posizionare la gamba di Rick, poi mi girai verso di lei. «Grazie» dissi piano, incerta su come comportarmi. Io e Ryder avevamo concordato che in pubblico avrei recitato il ruolo della sottomessa, ma quello era stato prima dell'attacco in strada.

Invece di voltarsi e andarsene, Patricia entrò nella stanza e andò ad accendere una candela nell'angolo. Non ne avevo bisogno per vederci, ma l'umano presente si rilassò visibilmente. Era rimasto in piedi accanto al muro, ad aspettare in silenzio che gli fossero dati altri ordini.

«Come ti chiami?» chiese Patricia.

Vuole parlare mentre mi cambio?! Fantastico.

«Willow» dissi, appoggiando i vestiti su una sedia. L'abito mi si era incollato alla pelle per via del sangue rappreso, rendendone la rimozione una procedura dolorosa.

Patricia andò verso un lavandino e bagnò un asciugamano sotto l'acqua. Poi me lo passò. «Tieni».

«Grazie» risposi con un pizzico di diffidenza.

«Devi essere nuova» disse dopo qualche istante. Alzai

lo sguardo su di lei, confusa. «Mi ricordi com'ero io, poco dopo essere stata trasformata» aggiunse. «Timida. Incerta su come rivolgermi agli esseri che non erano più i miei superiori».

Deglutii. Non sapevo come rispondere. Così decisi di concentrarmi sul togliermi di dosso quello che restava del mio vestito.

«Non hai vinto il Torneo di quest'anno» mormorò. Non era un'accusa, quanto una considerazione. «E hai l'odore da licantropo, ma la grazia di un vampiro».

Visto che non si trattava di una domanda, continuai a occuparmi delle mie cose, sperando che anche lei facesse lo stesso.

«Tutto bene?» mi chiese dolcemente. La preoccupazione nel suo tono mi lasciò interdetta. Finii di pulirmi il sangue dalle gambe e lanciai un'occhiata ai brandelli dell'abito che giacevano sul pavimento. Era insalvabile.

Poi alzai lo sguardo su di lei. «Erano solo delle ferite superficiali. Sono già guarite».

«Non mi riferivo a quello». Si chinò per raccogliere i resti del mio vestito e li gettò in un cestino lì accanto. Poi andò a lavarsi le mani. «Durante i primi ventidue anni del nuovo regime, il Torneo dell'immortalità non esisteva. È una delle cose che non ti dicono. Dovettero fare il lavaggio del cervello a un'intera generazione per ottenere degli esemplari idonei alla lotta. Quell'anno scelsero sei vincitori, non due. Fu un modo per premiare la prima classe che aveva terminato i corsi con successo».

La osservai mentre mi infilavo un paio di pantaloni neri elasticizzati, curiosa di sapere dove sarebbe andata a parare con quel discorso.

«Jace ha avuto la possibilità di scegliere per primo. Poi Kylan. E infine Silvano». Il suo sguardo si fece momentaneamente assente. «Volevo diventare un licantropo, ma Silvano la pensava diversamente. Mi trascinò qui e…». Deglutì, sbattendo le palpebre come per scacciare il ricordo di ciò che accadde. Poi mi guardò negli occhi. «Sto solo dicendo che se hai bisogno di qualcuno con cui parlare, potrei capire più di quanto pensi».

«Hai partecipato al primo Torneo dell'immortalità?» le chiesi, meravigliata da quella rivelazione.

«Sì. Nell'anno ventidue» rispose, poi di colpo raddrizzò le spalle e impallidì. Ne capii il motivo qualche secondo più tardi, quando il profumo di Ryder mi solleticò il naso. Entrò nella stanza con il telefono incollato all'orecchio.

Emanava un'energia violenta. Mi infilai la maglia che mi aveva portato Patricia, aggrottando la fronte. Ryder non aveva un'espressione particolarmente turbata. Anzi. Sembrava che andasse tutto bene. Eppure, ebbi la netta impressione che fosse sul punto di uccidere qualcuno.

Fece un cenno verso la porta, invitandomi a seguirlo. Poi girò i tacchi senza dire una parola.

«Devo andare» dissi a Patricia, indossando in fretta i calzini e le scarpe che mi aveva portato. Erano un po' strette, ma sicuramente più pratiche dei tacchi.

Quando feci per andare verso la porta, la vampira mi afferrò il braccio. «Se mai dovessi avere bisogno di aiuto, fammelo sapere».

La guardai per qualche istante, la guardai *davvero*, e mi accorsi che il suo sguardo era colmo di una genuina preoccupazione. «Ryder non è Silvano» dissi infine. «Dagli retta. Ti sorprenderà». Non potei aggiungere altro, visto che non la conoscevo. Per quanto avessi percepito la sua sincerità, non era abbastanza per fidarmi di lei.

Non avevo bisogno di essere salvata da Ryder.

Ma lui era stato chiaro sul fatto che non potevamo permettere che altri lo sapessero. Non ancora.

Patricia mi rivolse un sorriso triste, come se fosse preoccupata per il mio stato mentale. Considerando quanto ci volle a me per vedere il vero Ryder, pur essendo continuamente esposta alle sue decisioni, capii la sua esitazione.

Feci un passo verso la porta e lei mi lasciò andare, senza più cercare di fermarmi.

Ryder era già all'esterno dell'edificio, con il telefono ancora premuto sull'orecchio. «Hai la mia attenzione» disse. La sua voce ostentava una calma che non si rifletteva nella sua postura. Non appena mi vide, si chinò per prendere il borsone e gettarselo sulla spalla. Poi mi afferrò la mano e iniziammo a camminare.

Apparentemente, il suo desiderio di tenere Rick al sicuro non prevedeva ulteriori compiti.

«Questa è tutta una novità per me, Lilith» disse qualche minuto più tardi. «Temo che dovremo ripassare le regole insieme».

Solo sentendo il suo nome, un brivido mi corse lungo la schiena. Ma Ryder non se ne accorse, troppo concentrato su qualsiasi cosa lei stesse dicendo. Doveva anche sapere dove stessimo andando, perché si muoveva tra i vicoli con facilità.

I vampiri che incrociavamo lo fissavano a bocca aperta, scioccati dal vederlo camminare lungo le strade della città.

Molti avevano delle candele accese all'interno delle loro case.

Alcuni osarono addirittura avvicinarsi, ma lui li fece desistere con una scossa del capo.

Il suo umore irradiava una nube di pericolo e ferocia che mi stordì. Cercai di camminare più rapidamente, per stare al passo con le sue lunghe falcate.

«Capisco» mormorò. «Ci penserò durante la passeggiata per venire lì. Poi parleremo di nuovo».

Terminò la chiamata e infilò il telefono nel borsone con un ringhio che mi tolse il fiato.

Quello era Ryder quando era veramente arrabbiato.

Non avevo ancora visto quel lato di lui.

All'isolato successivo, smise di camminare e mi spinse verso il muro di un edificio. La sua bocca catturò la mia in un istante. Rabbrividii, scioccata e spiazzata dalla sua improvvisa dimostrazione di affetto. Solo che non mi sembrò un bacio particolarmente affettuoso. Era furioso. Minaccioso. Paralizzante.

I miei polmoni smisero di funzionare.

Perché ebbi l'impressione che fosse un gesto disperato?

Un oscuro presagio mi strinse lo stomaco, facendomi venire le lacrime agli occhi.

Era come se mi stesse dicendo addio.

«Ryder» sussurrai.

«Ssh». La sua lingua si insinuò nella mia bocca, esigendo che ricambiassi. Lo feci solo perché non sapevo in che altro modo reagire. Quel maschio era arrivato a significare qualcosa per me. Glielo dimostrai col mio corpo, sapendo che preferiva i gesti alle parole. Solo che non sembrò contraccambiare il mio sentimento.

C'era qualcosa di sbagliato. Molto sbagliato.

Fondamentalmente rotto.

Mancante.

Mi aggrappai a lui come se potessi riportare alla luce l'uomo che conoscevo. Ma non era lì. Chi mi stava baciando era un estraneo, con le emozioni imprigionate al di là della mia portata.

Alla fine si staccò con un'espressione impassibile. Nel suo sguardo non c'era nemmeno l'ombra di un sentimento. Cercai la sua bestia interiore, il vampiro di cui mi ero innamorata, ma trovai solo un guscio vuoto.

Era successo tutto così in fretta. Rendermene conto fu come ricevere un pugno nello stomaco.

«Vieni, animaletto» disse, col tono gelido del reale che un tempo pensavo fosse. «Abbiamo una riunione a cui partecipare».

Tremai. Avevo il cuore in gola. «Ryder...».

«Non era una richiesta» mi interruppe, voltandosi senza prendermi per mano. Poi ricominciò a camminare, aspettandosi che lo seguissi.

Lo feci solo perché non avevo nessun altro posto dove andare. Era il mio Sire. Il mio amante. La mia unica speranza. Dov'era andata a finire la luce? Era sparita quasi con la stessa rapidità dell'energia elettrica, rimpiazzata da una nebbia oscura e minacciosa.

Abbiamo una riunione a cui partecipare. Non ebbi bisogno di chiedergli con chi. *Lilith.*

Il sangue mi si ghiacciò nelle vene, rendendo i miei passi goffi e rigidi.

Ryder continuò a precedermi in silenzio, con le spalle tese.

«Non farlo» dissi quando raggiungemmo il vicolo successivo. «Non tagliarmi fuori».

«Non è mai stato altrimenti» rispose con freddezza.

«Bugiardo» lo accusai. Mi immobilizzai. Le mie gambe si rifiutavano di continuare. Il mio lupo era venuto a combattere in prima linea, guidando i miei istinti con la sua frustrazione. «Tu sei mio».

Lui si girò lentamente, con un'espressione stranamente accondiscendente. «Io non appartengo a nessuno».

«Il mio lupo dice il contrario».

«Il tuo lupo è un cucciolo» ribatté. «Un poppante. *Tu* sei una poppante».

Lo fulminai con lo sguardo. «Sei contrario a mangiare

bambini, eppure non hai avuto problemi a farlo con me, appena ci siamo svegliati».

Le sue sopracciglia schizzarono in alto.

Prendi questo, pensò il mio lupo, notando l'irritazione della bestia nei suoi occhi scuri. Le mie parole l'avevano sconvolto quasi quanto avevano sconvolto me. Avevo interiorizzato tutta quell'insolenza per così tanti anni, che liberarla mi sembrò quasi rigenerante.

«Sono giovane, certo» continuai, camminando verso di lui. «Ma questo significa soltanto che ho molto da imparare. E che tu mi insegnerai. Mi terrai con te. Così come io ti terrò con me». Mi fermai a meno di mezzo metro da lui e gli conficcai l'indice nel petto, mentre il mio lupo ringhiava: «Tu sei *mio*, Ryder».

Feci l'ultimo passo per coprire la distanza che ci separava, pur consapevole di come la sua aggressività stesse aumentando.

«Dimmi cosa sta succedendo» gli ordinai. «Parlami come una tua pari. Non come il tuo animaletto. O come il tuo giocattolo sessuale. Ma come la tua *compagna*».

«Non sei la mia compagna» ribatté. Le sue parole erano talmente gelide che quasi collassai sotto il peso del suo diniego.

Il mio lupo, però, reagì in modo diverso. La sua furia confluì in un'ondata di determinazione, che spedì la mia mano a sbattere sulla faccia di Ryder. «*Bugiardo*».

La tua testa ruotò sotto il peso del mio schiaffo. E la sua rabbia aumentò. Ma la preferivo di gran lunga allo stronzo impassibile che stava cercando di impersonare il mio Ryder. «Willow». Il suo avvertimento ebbe l'unico risultato di farmi insistere. Lo spinsi con entrambe le mani. E con tutta la forza che avevo.

«Non hai nessun diritto di comportarti così» dissi. «Non dopo avermi convinta a fidarmi di te. A credere in te. A vedere un lato diverso di te. A cambiare qualsiasi percezione avessi del mondo che ci circonda». Lo spinsi di nuovo. «Non puoi portarmi via quell'uomo. È il *mio* vampiro. E non permetterò a questo stronzo insensibile di rovinare quello che abbiamo. Torna in te. *Adesso*».

Feci per spingerlo una terza volta, ma mi catturò i polsi.

Lasciò cadere il borsone e mi spinse all'indietro verso un altro muro. Quando si avventò sulla mia bocca, però, lo fece con una passione che riconobbi. Una fiamma che volevo alimentare. Un fuoco in cui sarei morta felice.

Le sue zanne mi affondarono nel labbro, facendomi sanguinare. Intrecciò le dita tra i miei capelli e li strattonò con violenza, mentre con l'altra mano mi afferrò il fianco.

Ricambiai il suo bacio con altrettanta ferocia, sfogando con la lingua tutta la rabbia e la paura che provavo.

Mi aveva tradita.

Aveva cercato di escludermi.

Mi aveva fatto *male*. Non fisicamente, ma emotivamente. E lo informai con i denti che non avrebbe dovuto farlo mai più.

Ringhiò quando lo morsi nello stesso modo in cui aveva morso me. Il mio lupo rivendicò ancora una volta i suoi diritti, ricordandogli che non ero un giocattolo. Ero la sua progenie. La sua amante. Il suo futuro.

Non avevamo parlato di quali sarebbero stati i passi successivi. E non ce ne sarebbe stato più bisogno, perché con quel bacio gli stavo dicendo esattamente dove fossimo diretti.

Non poteva respingermi.

Non poteva ignorarmi.

Non poteva fingere che non significassi nulla.

Perché avevo visto oltre quella facciata di distacco.

La sua bestia riconobbe la mia. Poteva non essere in

grado di trasformarsi, ma avevo risvegliato quella parte di lui. Lo sentivo nel suo tocco. Le nostre anime danzavano in un modo che nessun altro poteva comprendere.

«Cazzo» sussurrò, afferrandomi per la vita e sollevandomi. Gli avvolsi le gambe attorno ai fianchi, divorandogli la bocca, reclamandolo come se fosse stata la prima volta.

E forse lo era.

Avevo vissuto in un mondo di incertezze.

Ignara di quello che sarebbe successo dopo.

Quando per tutto il tempo mi sarebbe bastato solo allungare la mano.

Il nostro sangue si mescolò nelle nostre bocche. Le sue mani vagavano sul mio corpo prese da un'oscura ossessione. La sua erezione premeva tra le mie cosce.

Ma non era una questione di sesso.

Si trattava di un giuramento, della promessa di realizzare insieme il nostro destino.

«Non tagliarmi fuori mai più» gli dissi, ansimando sulle sue labbra.

«Ha Damien» rispose, con la voce che si spazzava. «Mi ha fatto ascoltare le sue urla, finché non è rimasto solo il silenzio».

Gli presi il viso tra le mani, notando il caos di emozioni che gli vorticava nello sguardo. «Oh, Ryder» sussurrai, capendo cosa lo avesse fatto scattare. Si era chiuso in sé perché c'era troppo da sopportare. La sofferenza della sua progenie l'aveva distrutto.

Fu allora che le vidi. La disperazione del maschio che lottava con la rabbia della sua belva interiore.

Si era chiuso in se stesso per evitare di elaborare il tutto.

Ma quella non era la soluzione. Anzi, dopo tutto quello

che mi aveva raccontato nelle ultime settimane, ero sicura che fosse esattamente ciò che voleva Lilith.

«Non permetterle di controllarti» dissi. «Tu non sei come loro, Ryder. E questa è la tua più grande forza. Almeno per me».

I suoi occhi neri si specchiarono nei miei come se stessero cercando la verità. Mi aprii a lui, lasciando che mi esplorasse, senza alzare nessuna barriera. Perché tra di noi non ce n'erano. Mi aveva posseduta fin dall'inizio. Indossavo ancora il collare che aveva scelto solo per dimostrarglielo.

Mi baciò di nuovo, ma più dolcemente. La sua bocca pronunciò delle parole che solo il mio cuore poté udire.

E poi percepii la sua determinazione tornare al suo posto.

Il mio Ryder non faceva mai quello che si aspettavano gli altri. Ma, per la prima volta, avevo un'idea di cosa sarebbe successo. Solo perché avevo imparato ad anticipare le sue reazioni.

«Grazie» sussurrò, per poi rimettermi lentamente a terra. «Andiamo».

Quando intrecciò le dita alle mie, finalmente sentii il calore nella sua stretta. E non mancai di notare la sicurezza nella sua postura. Recuperò ancora una volta il borsone con un cenno d'assenso, come se avesse preso una decisione.

Qualsiasi fosse, speravo che coinvolgesse un bagno di sangue. Ero *molto* affamata.

Ryder

L ilith mi aveva dato un ultimatum.

"Torna nella tua tenuta da eremita e ti lascerò portare Damien con te. Altrimenti, puoi provare a lottare per la tua posizione. Ma in quel caso…"

Fu in quel momento che iniziarono le urla.

Non volevo mai più sentire quel suono uscire dalla sua bocca.

Stava soffrendo per colpa mia. Perché gli avevo chiesto di attirare Lilith in una trappola e poi l'avevo lasciato a gestire tutti i miei affari da solo, mentre io me la spassavo con Willow.

Per tutta risposta, mi ero completamente chiuso in me stesso. Il mio senso di colpa aveva risvegliato delle emozioni che pensavo morte da tempo.

Poi Lilith aveva pronunciato le sue parole di congedo: «E… Ryder? So tutto del tuo piccolo ibrido. Uccidila come dimostrazione di buona fede, e ti lascerò entrare nella torre per recuperare la tua progenie».

Voleva che scegliessi tra Damien e Willow.

Voleva che scegliessi tra tornare alla mia solitudine e fare ciò che era giusto.

Beh, non trovavo nessuna delle opzioni particolarmente allettante.

Così decisi di crearmene una terza.

Una che non le sarebbe piaciuta.

Willow mi aveva fatto riflettere su una decisione che non sapevo come prendere. Avevo soffocato tutte le mie emozioni, preparandomi a offrire la mia vita in cambio di quella di Damien. E lei mi aveva costretto a vedere l'errore madornale che stavo per commettere.

Era successo tutto così in fretta. La mia mente si era come spenta, sopraffatta da un bizzarro senso di fallimento.

Non avevo mai perso.

Avevo sempre vinto.

Ma per la prima volta nella mia lunga vita mi ero sentito sconfitto.

Poi la piccola guerriera che camminava al mio fianco mi aveva rifilato una bella dose di buon senso, sotto forma di schiaffi e spintoni. Mi aveva ricordato che eravamo nel bel mezzo della battaglia. Non potevo arrendermi prima che fosse veramente finita.

Lilith era riuscita a raggirarmi per bene. Ero colpito dalla sua maestria. Ci aveva messi tutti l'uno contro l'altro, piazzando le sue pedine sulla scacchiera, esattamente dove voleva.

Se si trovava lì, però, era a causa delle mie mosse.

Ero riuscito a spostare la regina dalla sacralità del suo regno, portandola sul mio campo da gioco. E l'avevo fatto per un motivo.

Certo, era arrivata in anticipo e mi aveva messo in crisi con le sue mosse subdole. Ma non era ancora detta l'ultima parola.

Lilith si era messa contro il vampiro sbagliato.

Aveva sottovalutato le mie abilità e la mia anzianità fin dall'inizio, così come io avevo sottostimato il suo talento per gli intrighi.

Ma finalmente mi era tutto chiaro.

E a lei no.

Cosa che avrei usato a mio vantaggio.

Mi fermai a un isolato dalla torre per fare il punto della situazione. Avevo controllato la mappa sul telefono prima di decidere che percorso intraprendere, e volevo farlo di nuovo. Appoggiai il borsone per terra e recuperai il dispositivo, poi controllai le coordinate GPS ricavate durante la conversazione con Lilith.

Willow lanciò un'occhiata allo schermo. Aveva uno sguardo determinato. «Qual è il piano?» mi chiese. La sua fiducia in me era ristabilita e incrollabile.

«Lilith vuole la tua testa» dissi.

Spalancò la bocca. «Cosa?».

«Ha detto che per poter entrare nell'edificio devo ucciderti. Il che mi fa pensare che abbia messo della gente di guardia. Ma mi chiedo se abbia tenuto conto di tutti i punti di ingresso». Benita le aveva sicuramente fornito la posizione di tutte le porte. Ero anche sicuro che fosse stata colpa di Benita se Lilith era riuscita a catturare Damien. Una decisione di cui si sarebbe presto pentita.

Esaminai tutte le strade che conducevano alla torre, determinando quale percorrere.

«Credo che i vigilanti che ci hanno attaccato appartengano a Lilith» dissi. «Quindi è probabile che stia usando degli umani anche per fare la guardia agli ingressi». A meno che non fosse riuscita a trovare degli alleati nella mia regione attraverso Benita. Anche quella era una possibilità.

Mi rimisi a frugare nella borsa per estrarne qualsiasi oggetto avesse potuto servirci. Passai due granate a Willow. «Non tirare le spolette, quegli anellini in cima» la avvertii.

Trovai anche la pistola che le avevo dato nell'auto;

doveva averla rimessa a posto mentre parlavo con Patricia. Controllai quante munizioni ci fossero rimaste.

«Peccato non aver portato un fucile». Sarei potuto salire sul tetto di un edificio vicino e far fuori le guardie. Solo che quello le avrebbe lasciato il tempo di uccidere Damien. Come non detto. Un fucile sarebbe stato una pessima idea.

La mia mente si riempì di calcoli. Sommai armi e proiettili, considerai la traiettoria di ingresso e ipotizzai quante guardie avrebbe disposto all'interno.

«Dev'essere venuta per via aerea» mormorai, rivolgendomi più a me stesso che a Willow. «E dev'essere atterrata tra il momento in cui ho parlato con Damien e il nostro arrivo. Rick avrebbe notato del traffico aereo in zona, quindi presumo che abbia solo un velivolo. Uno piccolo, di quelli che trasportano al massimo una decina di passeggeri. Anche perché conta di tenermi a bada sfruttando Damien».

Tutto lasciava pensare che non avesse un numero sufficiente di guardie. Almeno in teoria.

«Okay, ecco cosa voglio che tu faccia» dissi. Una strategia si stava dipanando tra i miei pensieri. «Corri come una pazza verso l'ingresso. Comportati come se fossi terrorizzata. Urla, implorami di non farlo. Metti su un bello spettacolo. Poi, quando sei abbastanza vicina, estrai le spolette dalle granate».

Interruppi la spiegazione per mostrarle come funzionassero. Quando fui sicuro che avesse capito, continuai.

«Quindi, dicevamo. Estrai le spolette e lancia le granate verso le porte a vetri, poi tuffati dietro le palme per ripararti».

Rovistai ancora una volta nel borsone e le porsi dei tappi per le orecchie.

«Ti serviranno per proteggere i tuoi sensi di licantropo» aggiunsi. Poi presi la pistola. «Riesci a nasconderla da qualche parte?».

Abbassò lo sguardo sui suoi vestiti e scosse la testa. «Non con queste» rispose, sollevando le granate.

Purtroppo non avevo portato altre fondine.

«Allora le granate dovranno bastare. In ogni caso, se le guardie sono come i vigilanti che abbiamo incontrato per strada, non saranno nemmeno armate». La mia specie usava raramente le armi, da quando gli umani non erano più una minaccia. Un altro errore di calcolo di Lilith: si aspettava che reagissi come un vampiro. Chiaramente non condivideva né capiva la mia passione per i giocattoli che uccidono.

«Tu dove sarai?» chiese.

«Entrerò attraverso il vetro» risposi, controllando se la pistola che tenevo nella fondina fosse carica. Non lo era completamente, così rimediai. Poi raccolsi anche quella che Willow non poteva usare e ne recuperai una terza dalla borsa. Sarebbero dovute bastare, perché non potevo portarmi dietro il borsone.

«Vetro?» ripeté.

Sorrisi. «Vedrai». Poi mi avvicinai a lei e premetti le labbra sulle sue. «Inizia a correre, lupacchiotta. E fingi di aver paura».

«Tutto qui? Nessun discorso di incoraggiamento? Nessun altro piano?».

«Fidati, sarà sufficiente. Ora vai e crea un diversivo. Ho del lavoro da fare».

«Almeno puoi dirmi in che direzione?» mi domandò. Il suo tono infastidito era adorabile.

La baciai di nuovo, solo perché mi andava di farlo. Il mio labbro sanguinava ancora dal suo morso di poco prima, ricordandomi come mi avesse fatto tornare in me.

Nessuno era mai riuscito a ispirarmi in quel modo. A spronarmi. A farmi sentire pienamente me stesso. Ed ero abbastanza sicuro di averle affidato il mio cuore in quel momento. O forse lo possedeva già. Non sapevo quando fosse accaduto, ma di una cosa ero certo: era completamente suo.

«È un isolato più in là, da questa parte» dissi dolcemente, indicando la strada con un cenno della mano. «Dovresti riuscire a scorgere l'orribile installazione floreale che Silvano ha piazzato nel vialetto d'ingresso».

Lei seguì il mio sguardo per vedere a cosa mi riferissi e arricciò il naso. «Riesco a sentirlo da qui».

«Già. È orribile».

I suoi occhi tornarono lentamente sui miei. «Sono contenta che tu sia tornato. Questo è il Ryder che riesco a capire».

«Sicura?» le chiesi, divertito. «Perché mi sembra di ricordare che tu mi abbia detto che non saresti mai riuscita a capirmi».

«Quella era la Willow umana» rispose. «La Willow licantropa ti capisce alla perfezione».

Sorrisi. «Allora la prima volta che ci siamo incontrati dev'essere stato il tuo lupo a lottare con me, nonostante stessi morendo».

«Sembra proprio una cosa da lei» ammise Willow.

«È la tua parte guerriera».

«E la mia metà vampira?».

«Quella è la parte logica di te» risposi. «Ed è esattamente a lei che mi sto rivolgendo adesso, esortandola a muovere il suo bel culetto, perché sono stanco delle stronzate di Lilith».

Volevo porre fine a tutto quanto prima che sorgesse il sole.

Willow annuì. «Spero che tu sappia quello che stai

facendo». Se ne andò prima che potessi rispondere, costringendomi all'azione. Feci il giro dell'edificio e corsi fino in fondo al vicolo, battendola sul tempo. Con l'età aumentava anche la velocità, e le sue gambe umane non erano neanche lontanamente veloci come quelle del suo lupo.

Beh, in quel momento forse sì. Era ancora piuttosto goffa a quattro zampe.

Osservai nell'ombra mentre faceva esattamente quello che le avevo detto, attraversando la strada di corsa e gridandomi di ripensarci.

La lasciai alla sua scenata e mi concentrai sull'ingresso principale.

Diversi vigilanti erano all'esterno e la fissavano. Avevano dei mitra, smentendo così le mie ipotesi, ma non miravano a lei. Si stavano guardando attorno cercando me.

Mi appoggiai al muro, concentrato sul loro comportamento. Continuavano a cambiare posizione. Erano chiaramente nervosi. Non tanto per l'arrivo di Willow, ma per il mio.

Beh, non avrebbero dovuto preoccuparsi ancora per molto. Non appena Willow fu a portata di tiro, lanciò le granate dove e come le avevo spiegato.

Mi allontanai dal muro, strisciando nelle ombre create dagli edifici. I vigilanti non avevano una visione soprannaturale, il che li poneva in una posizione di svantaggio. Avrebbero avuto bisogno della luce della luna per vedermi e sapere dove sparare.

Tre.

Due.

Uscii dal mio nascondiglio. I vigilanti alzarono le mitragliatrici. Sorrisi quando le granate esplosero proprio al momento giusto.

A quel punto, feci esattamente ciò che avevo detto a Willow: mi lanciai verso le vetrate dell'ingresso.

Balzai oltre l'aiuola sparando due proiettili che ridussero le suddette vetrate a un cumulo di schegge trasparenti.

Poi non persi tempo e feci fuori tutti quelli che c'erano all'interno della lobby, facendo piovere proiettili su una schiera di vampiri impreparati, convinti che dei vigilanti potessero liberarsi di me. Incolpavo Lilith per la loro ignoranza.

Mi tuffai dietro il bancone della reception, nel caso qualche vigilante fosse sopravvissuto, poi sbirciai di nuovo nella lobby e abbattei chiunque fosse rimasto ancora in piedi.

Successe tutto in pochi secondi, grazie all'aiuto della mia età e della mia velocità. Oh, e della mia esperienza con le armi.

Quando finalmente uscii dal mio riparo improvvisato, trovai sul pavimento una quindicina di corpi. Alcuni erano stati messi fuori gioco dall'esplosione, altri avevano uno o due proiettili in corpo. Nessuno era veramente morto, solo abbastanza ferito da non potersi rialzare per un bel po'.

Mi scrocchiai il collo, guardandomi attorno alla ricerca della fonte dei miei problemi. Niente elettricità significava niente filmati di sicurezza. Quindi doveva essere nei paraggi per poter vedere il mio arrivo.

Se fossi stato al suo posto, non avrei tolto la corrente. Sarei rimasto in cima alla torre a osservare i filmati, concedendomi così il tempo di pianificare un contrattacco.

Non avrei nemmeno sottratto l'unica risorsa di cui i vigilanti avevano bisogno per fare il loro lavoro.

La mancanza di luce implicava una visuale minima. Una debolezza che avevo sfruttato magnificamente, grazie all'aiuto del mio animaletto.

Se non fossi già stato furioso per quello che aveva fatto a Damien, l'insulto di pensare che quegli idioti fossero stati sufficienti a eliminarmi mi avrebbe fatto incazzare all'inverosimile.

«Lilith» la chiamai, iniziando la mia ricerca al piano terra fischiettando.

Contavo sulla sua propensione al dramma. Ero sicuro che avrebbe preferito punirmi facendomi assistere all'omicidio di Damien, piuttosto che farmelo trovare già morto. Il suo bisogno di attenzione le sarebbe stato fatale.

«Su, dolcezza» dissi, sbirciando dietro la reception. Niente. «Pensavo avessimo un appuntamento».

Un grugnito soffocato fece eco al mio commento, strappandomi un sorriso. *Grazie, Damien*, pensai, seguendo il suono. Mi aveva sempre trovato divertente. O almeno era così che avevo interpretato la sua reazione.

«Perché fai la difficile?» chiesi, entrando nel ristorante. Lilith era al centro della stanza, sotto al lampadario spento. Damien era seduto su una sedia accanto a lei. Era legato, imbavagliato e gli mancava un occhio.

Non sembrava esserci nessun altro. Il che significava che era convinta che quella scena sarebbe stata sufficiente a mettermi in ginocchio.

O forse stava aspettando che arrivassero i rinforzi.

Quello avrebbe spiegato il suo silenzio prolungato.

«Sei andato completamente fuori di testa?» mi chiese, inarcando un sopracciglio biondo e ben curato. In un certo senso, corrispondeva al resto del suo aspetto: una gloriosa perfezione avvolta in un abito bianco. Nella mano destra teneva un'ascia, completando così l'immagine da angelo vendicatore.

«Non mi sembra saggio mettere in dubbio la sanità mentale altrui, Lilith» commentai. «Voglio dire, hai guidato una rivoluzione per schiavizzare il genere umano... per cosa? Per vendicare il tuo Michael?».

Lei ringhiò. «Non pronunciare il suo nome».

Mi guardai attorno. «Oh, se lo dico tre volte, lo farà apparire?» chiesi in un sussurro da cospiratore. «O quella è un'altra vecchia leggenda? A volte faccio confusione. Penso sia necessario uno specchio, giusto?».

«Come osi fare battute sulla mia perdita?».

«Perdonami» risposi. «Tendo a cercare di alleggerire la situazione, quando sono incazzato nero. Tipo adesso, dopo aver visto che hai tolto un occhio alla mia progenie. Dovrebbe essere una specie di metafora? Occhio per occhio? Perché adesso mi servirà uno dei tuoi per andare a pari».

Tamburellò con l'ascia sulla caviglia, segno che la sua pazienza stava cominciando a scarseggiare.

«Stai prendendo tempo» osservai. «Aspettiamo compagnia?». Non ero ingenuo al punto da credere che sarebbe stato facile. Per quanto il suo ego inficiasse la sua capacità decisionale, non si sarebbe fatta trovare in una tale situazione di vulnerabilità senza che ci fosse un fine.

Certo, avevo due pistole in mano e una terza appesa alla cintura.

Quindi forse sarebbe stato facile.

Mi sarebbe bastato sollevare un braccio e prendere la mira.

Cosa che feci. «Arriveranno in tempo per salvarti, Lilith?» le chiesi, senza più traccia di un sorriso. Perché, a differenza sua, non apprezzavo la teatralità. Preferivo l'azione. La morte.

«Non mi sparerai, Ryder» disse in tono annoiato.

«Ah no?».

«Non puoi».

Sembrava talmente sicura di sé che mi chiesi se sapesse

qualcosa sulle mie armi. Qualcosa che ignoravo. No, era impossibile. Le avevo appena usate per far fuori il suo patetico esercito.

La mia mente si riempì di calcoli.

E sì, avevo ancora abbastanza proiettili da conficcarle nel cranio.

«Mi permetto di dissentire, Lilith».

Lei scosse la testa, dipingendosi in viso un'espressione dispiaciuta. «Non avevo idea che fossi diventato così delirante, nel corso degli anni. Sarei dovuta venire a vedere come stavi. L'età può veramente avere un impatto negativo».

Quella pazza scatenata stava veramente dicendo che ero *io* quello delirante? Quasi mi lasciò senza parole.

Afferrò il suo cellulare e appoggiò l'ascia contro la gamba di Damien. Nel giro di qualche istante, l'elettricità tornò, accecandomi momentaneamente. Ma non fu sufficiente a farmi perdere la concentrazione. La mia mira non vacillò. In compenso, iniziai a essere sempre più sospettoso.

«Dovremo registrare tutto per il processo» mi spiegò con tutta la disinvoltura del mondo.

«Processo?».

«Sì, il tuo imminente processo» rispose, con l'attenzione rivolta al telefono. «Sei chiaramente inadatto a comandare. E dopo la tua dimostrazione di disobbedienza di stasera, chiederò anche che tu venga terminato».

«Terminato?» ripetei, scoppiando a ridere.

«Sei un pericolo per la nostra società, Ryder» disse in tono severo. «Hai massacrato innumerevoli membri della nostra specie durante il tuo breve mandato, e ora mi stai puntando una pistola alla testa come se avessi l'autorità di spararmi». Scosse di nuovo la testa. «Mi assumo parte della responsabilità per quello che è accaduto. Adesso mi è chiaro che non avrei mai dovuto lasciarti solo».

«Oh, ti assumi parte della responsabilità?» le feci il verso. «E io che pensavo di essere il solo responsabile di me stesso. Ma è bello sapere che ti senti così coinvolta nel mio benessere. Davvero, Lilith, è commovente».

Lei sospirò e riportò l'attenzione sul suo telefono. «Dammi un minuto, devo trovare l'applicazione giusta per iniziare a registrare».

Sbuffai. «Fammi capire bene. Ritieni che sia un pericolo per la società e vuoi che venga fatto fuori, eppure ti aspetti che resti qui e… obbedisca?».

Mi ignorò, rispondendo così alla mia domanda.

«Non so cosa mi colpisca di più, se la tua inettitudine o la tua arroganza» mormorai, accigliandomi. C'era qualcosa che non andava. Finora si era dimostrata una degna avversaria. Anche se mi aveva chiaramente sottovalutato, non potevo commettere lo stesso errore.

Cos'ha davvero in mente?, mi domandai, osservandola con sospetto.

Guardai Damien, accorgendomi del velo di sudore che gli copriva la fronte. Avrebbe potuto essere l'effetto del dolore, ma la sua espressione diceva tutt'altro.

Preoccupazione.

Non per se stesso, ma per me.

Corrugai la fronte. *Cosa mi sta sfuggendo?*

Quella era la donna che aveva eliminato pubblicamente Cam. E ora voleva registrarci. Ciò sottintendeva un piano di qualche tipo, qualcosa che non avevo preso in considerazione. Pensavamo che la minaccia risiedesse a Chicago, ma se l'avesse spostata?

Abbassai lentamente la pistola. Mi concentrai sui miei sensi, cercando una possibile minaccia. Niente. A parte qualche gemito proveniente dall'altra stanza, non c'era…

Un allarme mi risuonò nel cranio, rendendo i miei sensi completamente inutilizzabili. *Cazzo!* Mi premetti le mani sulle orecchie, solo vagamente consapevole di aver lasciato cadere le pistole. Mi accasciai a terra col cervello dilaniato da quel rumore insopportabile, che paralizzò ogni mio istinto.

«Finalmente» disse Lilith. La sua voce mi rimbombò nella testa con un tono fin troppo forte e autoritario. «Dovevo solo trovare la frequenza giusta».

La frequenza giusta?, ripetei a me stesso, rabbrividendo. L'urlo continuò a polverizzarmi la mente. *Cosa cazzo mi stai facendo?!* Ma le parole non riuscirono a lasciare le mie labbra. O forse sì. Non riuscivo a sentire niente, a parte lo stridio che mi trapanava il cervello.

«Adesso che ho la tua attenzione,» continuò Lilith, la cui voce era leggermente più alta del caos che non accennava a placarsi «inizierò eliminando la tua progenie. Tra un attimo abbasserò leggermente la frequenza, così potrai ricominciare a vedere. Ma resterai comunque immobilizzato».

Avrei potuto giurare di aver udito il ticchettio dei suoi tacchi.

Di aver sentito le sue dita tra i miei capelli.

Di aver annusato il suo profumo troppo dolce.

Che diavolo?! Com'è possibile?

«Poi ti riporterò a Chicago per incontrare gli altri» disse. La sua voce era quasi un sollievo, in confronto al suono penetrante che mi trafiggeva il cervello. «Metteremo in scena la tua uccisione in un qualche momento successivo. Probabilmente durante la riunione del consiglio. Ovviamente, potrei tenerti. La tua età e il tuo sangue mi sarebbero utili».

Mi stava davvero trascinando un'unghia lungo il collo? Sulla spalla?

Cazzo, era completamente folle.

Riuscivo a *sentirla* dentro di me. La sua voce era una carezza ipnotica che volevo odiare con tutto il cuore, eppure la desideravo più di quel maledetto allarme che mi stava sfracellando i pensieri.

Iniziai a tremare. Ribollivo di rabbia.

Avrei dovuto spararle quando ne avevo avuto la possibilità.

Perché avevo aspettato? Sapevo benissimo che non avrebbe potuto essere *così* facile.

La sentii tubare nella mia mente. «Su, su» mormorò. Un suono simile alle unghie su una lavagna.

Volevo strangolarla.

Distruggerla.

Staccarle la testa.

E volevo spararmi per non aver sfruttato tutto il tempo che avevo avuto per ammazzarla. Dannazione, avrei dovuto saperlo.

«Sì, è fatta» la sentii dire, apparentemente a qualcun altro. «Hai trovato il suo ibrido?».

Willow.

Merda!

Cercai di ringhiare, di dirle di tenerla fuori, ma quella specie di allarme non fece che strillare ancora più forte. Cazzo, faceva veramente male. Stavo almeno respirando? Ero ancora vivo? Ero morto senza rendermene conto? Che quello fosse l'inferno? Non avevo mai creduto nell'aldilà o nel tormento perpetuo. Ma in quel momento cambiai idea.

Era pura agonia.

Devastazione.

Follia.

Mi contorsi dal dolore, solo vagamente consapevole del pavimento sotto di me.

«Beh, va' a cercarla!» sbottò Lilith. «Non tornare qui senza di lei!».

La sua voce mi offrì un momento di tregua. *Willow è ancora al sicuro.*

Corri, lupacchiotta. Corri, la esortai, con la mente in frantumi sotto l'assalto di Lilith. Sbattei le palpebre senza capire se fossi realmente cosciente o meno. La parola "corri" continuava a riecheggiare nei miei pensieri, fino al punto in cui non riuscii più a capire perché la stessi ripetendo. Ma sapendo quanto fosse importante.

Corri.

Corri.

Corri.

Willow

Diversi minuti prima

Corsi verso l'edificio con un irritante ronzio nelle orecchie. Doveva essere un qualche tipo di frequenza. Era come se mi stesse solleticando le orecchie attraverso i tappi che mi aveva dato Ryder.

Dev'essere una cosa da licantropi, pensai. Ma poi una schiera di vigilanti con le armi spianate mi fece accantonare tutte le mie considerazioni al riguardo. *Merda…*

Il tono isterico con cui pregavo Ryder di non uccidermi divenne molto più realistico, visto che lo stavo indirizzando agli umani che facevano la guardia all'edificio.

Al di là di osservarmi, però, non fecero nulla. La loro concentrazione era tutta rivolta alle mie spalle.

Perché quelle pistole erano per Ryder, non per me.

Non mi ritenevano una minaccia, proprio come aveva previsto. Considerando la dimensione delle loro armi, mi andava benissimo. Non ero ancora pronta a testare i limiti della mia immortalità.

Continuai a recitare e corsi verso di loro, lanciandomi delle occhiate terrorizzate alle spalle. Quando fui abbastanza vicino, tolsi la spoletta alle granate e le gettai verso i vigilanti, per poi tuffarmi dietro una fioriera. Strisciai il più in là possibile, cercando di allontanarmi dall'inevitabile esplosione, e crollai sotto la scossa violenta che fece tremare la facciata della torre.

Wow! Se faceva così male *con* i tappi, non volevo nemmeno sapere che effetto avrebbe avuto senza.

Mi raggomitolai in una palla, con le orecchie che mi fischiavano all'impazzata.

Dai, Willow, mi incitai da sola, contando i secondi. *Dai. Dai. Dai.*

Non c'era un piano dopo quella parte, ma restare per terra all'esterno dell'edificio non mi sembrava comunque la decisione più saggia.

Uno sparo mi strappò dalle mie riflessioni. La vetrata andò in frantumi e Ryder balzò in aria come un dio, entrando nell'edificio proprio come aveva detto.

Lo guardai a bocca aperta, sbalordita.

Poi altri spari riecheggiarono tutto intorno. Furono come dei tuoni per le mie orecchie doloranti.

E quel dannato *ronzio* non aiutava.

Da dove diavolo veniva? Forse c'entrava in qualche modo con la mancanza di corrente?

Mi guardai in giro, accigliata, alla ricerca della fonte. Ma poi sentii Ryder chiamare Lilith. *Ha appena detto qualcosa su un appuntamento?* Scossi la testa. Solo lui avrebbe potuto prenderla in giro in una situazione del genere. Beh, comunque preferivo quel comportamento alla sua precedente freddezza. Mi faceva sentire a casa. Quello era il mio Ryder. Il vampiro sicuro di sé, con un'esperienza millenaria.

Avrei dovuto raggiungerlo? O aspettare?

Uno scalpiccio leggero attirò la mia attenzione verso

un lato dell'edificio. Si fermò, poi fu seguito da un'imprecazione sommessa che mi fece spalancare gli occhi.

Lì così, e senza un'arma, ero un bersaglio facile.

Merda.

Alla mia sinistra c'era un trio di cespugli; il verde mi chiamava. Strisciai al riparo il più silenziosamente possibile. Poi mi tolsi i tappi e aspettai che la fonte del suono facesse la sua comparsa.

La voce profonda di Ryder mi accarezzò le orecchie. La distanza che ci separava rendeva le sue parole indecifrabili, ma il mio lupo si rilassò, contento di saperlo vivo e vegeto.

Nel frattempo, la mia metà vampira ragionò sulla mossa successiva.

Avevo bisogno di un coltello o di una pistola, preferibilmente il primo. Nonostante Ryder mi avesse insegnato a sparare, mi sentivo molto più a mio agio con le lame.

«Uff» gemette una voce femminile. Poi la udii scrollarsi di dosso polvere e detriti, come se fosse stata messa al tappeto dall'esplosione. O forse era caduta. Il terreno aveva tremato piuttosto violentemente, e il lato dell'edificio da cui proveniva la voce era solo a pochi metri da dove mi nascondevo in quel momento.

Se c'era qualcosa che avevo imparato della mia immortalità, era che i miei sensi erano molto più acuti. Di conseguenza, l'esplosione avrebbe avuto un impatto anche sui sensi di chiunque si fosse trovato nelle vicinanze.

Una donna entrò nella mia visuale. Indossava un paio di scarpe rosse. A una mancava il tacco; probabilmente avevo ragione sul fatto che fosse caduta.

Osservai le sue gambe nude e il suo tubino nero. Il viso era nascosto dalle fronde dei cespugli.

Starnutì e maledisse la polvere, poi si avviò traballando verso l'ingresso della torre. Il suo odore ferroso mi fece arricciare il naso. *Vampira*, pensai. Perché non sembrava che stesse sanguinando. Era solo un po' malconcia.

Il ronzio irritante aumentò di intensità, facendomi trasalire. *Che diavolo?!* Cercai di scacciarlo scuotendo la testa, ma la sensazione non fece che aumentare. Era un suono sbagliato. Estraneo. *Invasivo.*

Tutto d'un tratto, tornò la luce. Chiusi gli occhi in una smorfia, infastidita dalla luminosità degli edifici e delle strade circostanti. Sbattei le palpebre un paio di volte, rendendomi conto che stavo lacrimando. Cominciai a capire l'antipatia di Ryder per il sole.

Per fortuna, i miei sensi si adattarono quasi immediatamente. Agli occhi del mio lupo, la scena assunse una diversa tonalità. Percepivo la bestia con più intensità; aveva iniziato a camminare avanti e indietro, inquieta. Il suo nervosismo mi stava facendo attorcigliare lo stomaco.

C'è qualcosa che non va.

Mi allontanai lentamente dai cespugli, dirigendomi verso la parte anteriore della torre. Mi mossi restando accovacciata, in modo da non farmi notare. Il selciato era coperto di sangue e segni di bruciature. La maggior parte degli umani era morta o sul punto di esserlo.

Mi fermai davanti a uno di loro e lo perquisii in cerca di un coltello. Non ne trovai nessuno, così mi spostai sul cadavere successivo, che aveva un pugnale nello stivale. Il terzo corpo mi donò una seconda lama. E il quarto una pistola.

Quando eravamo nella sua tenuta, Ryder mi aveva insegnato a sparare con una pistola di dimensioni simili. Controllai le munizioni come mi aveva spiegato e notai con piacere che era carica.

Perfetto.

Rubai al cadavere anche cintura e fondina, che subito mi allacciai ai fianchi. Non era proprio della mia misura, ma aveva anche un fodero, in cui riposi uno dei coltelli. In quel modo, potevo avere una mano libera.

Un grido agonizzante fece ringhiare mentalmente il mio lupo. *Ryder.* Fui sul punto di mettermi a correre, spronata dall'istinto di aiutarlo. Ma la parte più fredda della mia mente, il mio lato vampiro, me lo impedì.

Cosa farebbe Ryder?, mi chiesi, passando al cadavere successivo per cercare altri coltelli.

Se era nei guai, avevo bisogno di pugnali da lancio.

Ne trovai alcuni dal peso ragionevole.

Poi sentii il rumore di un tacco risuonare sul marmo all'interno dell'edificio.

Merda! Non c'era tempo di ripararmi dietro un altro cespuglio, così mi infilai sotto al cadavere di un umano. Lasciai che il suo sangue e il suo fetore di morte nascondessero il mio odore.

Fu un gesto macabro e istintivo, ma non vidi alternative.

«Trova l'ibrido» borbottò una voce femminile. «Cattura Damien. Prendi Ryder. E poi cos'altro?».

Corrugai la fronte. *Con chi diavolo sta parlando?*

«Oh, e se potessi fare tutto senza nemmeno lo straccio di un ringraziamento, sarebbe fantastico» continuò. «Certo, non vedo l'ora! Vuoi anche che poi te la lecchi?».

La femmina grugnì, camminando nella mia direzione. Era la stessa di prima, quella con le scarpe rosse.

Sospirò. «Da dove posso iniziare?». Si strinse l'attaccatura del naso tra pollice e indice, fermandosi a mezzo metro da me. «Qui fuori puzza tutto di morte».

Già, concordai.

«Cazzo» brontolò, poi si guardò attorno. «Willow!» gridò. «Ryder ti sta cercando!».

Non penserai davvero che funzioni?!

Fischiò e fece qualche altro passo, poi si fermò di nuovo e urlò il mio nome, sostenendo di essere stata mandata da Ryder.

Certo, come no. Continuò così per un po', alternando lo zoppicare al gridare bugie. Aspettai finché non fu a circa sei metri da me, e solo allora iniziai a strisciare fuori da sotto il cadavere.

Era troppo occupata a fischiare e chiamarmi per accorgersi dei miei lenti progressi. Mi ci vollero alcuni minuti, soprattutto perché non volevo rischiare che mi vedesse, ma alla fine riuscii a uscire. E a sistemarmi in una posizione da cui avrei potuto spararle.

Solo che non volevo che qualcun altro mi scoprisse.

Così afferrai un pugnale.

Dal momento che non riuscivo più a sentire nessuna conversazione provenire dall'interno della torre, immaginai che fossero tutti abbastanza lontani da non rischiare di udire i gemiti di quella stronza.

Pur restando accucciata, mi misi in punta di piedi, come in uno squat.

La femmina imprecò e calciò via le scarpe, completamente ignara che mi stessi avvicinando a lei. Considerando che mi riteneva abbastanza stupida da cadere nel suo trucchetto, non poteva aver assolutamente previsto che le arrivassi alle spalle di soppiatto.

Soppesai uno dei pugnali che tenevo in mano, valutando la velocità con cui avrei dovuto scagliarlo. Poi, quando fui a circa un metro e mezzo da lei, glielo lanciai addosso. La colpii tra le scapole. Il suo strillo mutò in un grugnito quando le piombai addosso da dietro.

Finì a terra con un gemito.

Presi un altro coltello e glielo conficcai nel cranio con tutta la forza concessami dal mio lato animalesco.

A parte un gorgoglio, ammutolì.

Mi guardai rapidamente attorno per controllare se qualcuno avesse assistito alla scena. Alcuni vampiri sbirciavano dalle finestre degli edifici vicini, probabilmente chiedendosi cosa avesse da urlare quella donna.

Quando l'unica reazione fu semplicemente una schiera di bocche spalancate, rotolai via da lei e mi alzai in piedi.

Prima o poi si sarebbe svegliata. Probabilmente con un mal di testa. Ero abbastanza sicura che si trattasse di Benita, ma non potei esserne completamente certa. Durante il primo soggiorno nella torre con Ryder, le avevo visto solo le scarpe. Oh, mi sembrò che fosse trascorsa un'eternità da quel giorno. Ryder aveva nominato Benita solo un paio di volte, parlando con Damien, poi mi aveva detto che pensava che fosse lei a passare le informazioni a Lilith.

Se era vero, significava che, all'interno della torre, Lilith era riuscita in qualche modo a vincere.

E considerando le urla strazianti di Ryder di poco prima, sembrava probabile che fosse così.

Ripresi a strisciare tra i cadaveri, ma con lo scopo di entrare nell'edificio. Nella mano sinistra avevo ancora diversi coltelli, mentre la destra era libera per eventuali lanci o per afferrare la pistola.

Mi mossi in silenzio, cosa che sembrò venirmi naturale grazie al mio lupo, e rimasi il più abbassata possibile. Con tutte le luci accese all'interno, mi fu facile vedere la lobby e il suo macabro spettacolo. La maggior parte dei corpi era senza vita; c'era solo qualche spasmo di un arto qui e là. Entrai attraverso l'apertura creata da Ryder, invece che dalla porta principale, poi mi rifugiai dietro la scrivania della reception. Doveva essere quello il motivo per cui aveva scelto quel percorso: sapeva che dall'altro lato c'era un riparo.

«...già visto?» udii chiedere una voce femminile, che mi fece correre un brivido lungo la schiena.

Lilith.

Quanti film mi avevano costretta a vedere, a scuola, dove c'era la sua voce? Quante registrazioni? Quanti filmati di cerimonie?

Il solo ricordo mi seccò la bocca.

Si presentava come una dea splendida e benevola. La pregavamo ogni giorno. La imploravamo di concederci il dono dell'immortalità. Desideravamo che ci scegliesse per il Torneo.

Ci veniva inculcato tutto in testa fin da bambini.

Quando ero piccola, infestava i miei sogni. Adoravo e al tempo stesso temevo la sua voce.

E ritrovarmi a sentire il suo tono spietato, in quel momento, non fece che sottolineare ulteriormente quante bugie ci avesse propinato.

Una cosa così piccola, eppure era riuscita a distruggere uno dei suoi tratti distintivi solo con qualche parola. Qualche parola della *vera* lei.

Perché il tono che aveva usato con Ryder qualche secondo prima era carico di malvagità.

«Oh, Damien, devi essere così scomodo» continuò. «Non preoccuparti, mio dolce bambino. Molto presto finirà tutto. Non appena il tuo Sire *aprirà gli occhi*».

L'elettricità mi crepitava sulla pelle. Lo strano ronzio che mi risuonava in testa aumentò. *È lei*, capii. Era per via di qualcosa che stava facendo. Ma non avevo idea di cosa fosse.

Mi feci coraggio e strisciai fuori da dietro la scrivania per ispezionare di nuovo la stanza in cerca di segni di vita.

Niente.

«Dai, Ryder. Lo so che fa male, ma mi aspettavo che fossi più forte di così» continuò. «Dov'è il ribelle che ho imparato a detestare? Quello che pensa di poter venire qui e smantellare ogni legge che ho creato?».

La sua voce veniva dalla zona riservata al ristorante. Non ero più stata lì dopo la prima notte, quando Ryder aveva ucciso tutti quei vampiri.

Il ricordo mi scaldò il sangue; cosa di cui avevo immensamente bisogno, col gelo che mi scorreva nelle vene. Mi aiutò ad avvicinarmi a loro in punta di piedi.

«Hai idea di quanti secoli ci abbia messo a pianificare tutto quanto?» gli chiese col tono di una chiacchierata tra amici. «Io e Michael avevamo pensato a *tutto*. Come credo tu stia finalmente capendo, eh? Se non ricordo male, sei un appassionato di tecnologia. Ma scommetto che nemmeno tu saresti mai riuscito a immaginare *questo*».

Per tutta risposta Ryder ringhiò, suscitando una risatina squillante da parte di Lilith.

Mi fermai appena fuori dalla porta, aspettando di vedere se sarebbe riuscita a percepire la mia presenza. Un licantropo mi avrebbe sentita subito. E un vampiro?

D'altro canto, però, ero coperta dal sangue del cadavere sotto cui mi ero nascosta. Forse quello avrebbe aiutato a mascherare la mia metà licantropa.

«Si basa sulla psiche collettiva» aggiunse. «Un legame telepatico che disattiva la mente e il corpo. Affascinante, vero?».

Aggrottai la fronte. *Un legame telepatico?* Fui quasi sul punto di sbirciare all'interno, ma riuscii a trattenermi. Non volevo che mi scoprisse. Non ancora.

«Ho usato questo strumento per spezzare così tanti membri della nostra specie». La sua voce traboccava di orgoglio. «Cam, ovviamente, continua a rifiutarsi di comportarsi bene».

I suoi tacchi risuonarono sul pavimento.

«Potreste condividere una cella» ipotizzò, con una nota divertita nella voce. «È diventato mezzo matto, quindi dovreste trovarvi bene insieme. A un certo punto, sottrarrò a Luka la sua *erosita*. È che al momento è molto più divertente torturarlo con la prospettiva di quello che le farò. Oh, dovresti vederlo quando cerca di contattarla mentalmente. È così triste».

Quello era esattamente ciò che mi aspettavo da un vampiro.

Lilith somigliava al male nella sua forma più pura.

E in qualche modo era riuscita a soggiogare Ryder.

«Eccoti qui» disse la vampira.

Mi irrigidii, convinta che mi avesse scoperta. Ma le sue parole successive erano ancora rivolte a Ryder.

«Guarda quei bellissimi occhi scuri che sprizzano rabbia» tubò. «Adorabile. È ora di farti arrabbiare sul serio. Su».

Una sorta di fruscio mi solleticò le orecchie, e la immaginai aiutarlo a mettersi a sedere. Il che voleva dire che Ryder era sveglio, ma paralizzato da qualsiasi cosa gli avesse fatto con il suo collegamento telepatico.

Se fossi riuscita a trovarne la fonte, allora forse avrei potuto liberarlo.

Ma la fonte doveva essere all'interno della stanza.

Una pistola scivolò sul pavimento, andando a sbattere contro lo stipite della porta. «Queste non ci serviranno, eh?» disse Lilith.

Significava che era disarmata?

Ancora il rumore del metallo che scivolava in un'altra direzione. Doveva aver calciato via una seconda arma.

Avvolsi la mano attorno all'impugnatura della pistola che avevo recuperato da uno dei cadaveri, poi lanciai un'occhiata a quella che giaceva sul pavimento meno di un metro più in là. Era la stessa che mi aveva passato Ryder dopo che la nostra auto era stata attaccata.

Era carica?

Che fosse il caso di rischiare di prenderla, o sarebbe stato meglio usare quella appesa alla cintura?

«Ecco qui» mormorò Lilith in tono compiaciuto. «Questa angolazione è perfetta. Potrai vedere chiaramente la testa di Damien rotolare sul pavimento».

Spalancai gli occhi. *Cosa?!*

Ryder ne sarebbe morto.

Ecco perché gli aveva detto che presto sarebbe tutto finito.

Cazzo, dovevo agire.

Era chiaramente sola, lì dentro. Ma aveva un qualche tipo di arma che aveva messo fuori gioco Ryder. Che possibilità avrei avuto io?

Importa?, mi domandai. *O resto qui e ascolto in diretta la sua morte, o cerco di fermare Lilith.*

Non c'era nemmeno da chiederselo.

Dovevo fare qualcosa.

Ryder era andato fuori di testa quando Damien era stato torturato. Se fosse morto...

No. Non succederà.

Dalla mia parte avevo abbondanza di armi e l'effetto sorpresa. In più, Lilith mi avrebbe sottovalutata, esattamente come chiunque altro.

Fallo, mi dissi. *Fallo adesso!*

Varcai la soglia e vidi che mi dava le spalle. Si stava chinando per prendere un'ascia. Ryder era seduto davanti a lei, completamente immobile.

Smettila di fissarli e fa' qualcosa!, gridai a me stessa. Mi piegai e afferrai la pistola che aveva scartato.

Ancora silenziosa. Ancora non vista.

Perché non si aspettava il mio arrivo.

L'ibrido.

L'animaletto di Ryder.

Iniziò a parlare, ma non la ascoltai. Tutta la mia concentrazione era rivolta alla pistola che tenevo in mano. Mirai con attenzione; avevo un solo colpo a disposizione. Una sola possibilità.

Le istruzioni di Ryder mi risuonarono nella mente. Rallentai il respiro, immaginando che fosse dietro di me. Che mi stesse spiegando cosa fare.

Quando sei agli inizi, mira sempre al busto, mi avrebbe detto. *È un obiettivo più ampio, di conseguenza più semplice per chi è alle prime armi.*

Il vestito bianco di Lilith si sciolse nel ricordo dei bersagli che Ryder aveva allineato in giardino.

Il mio lupo si concentrò.

Mirò al puntino nero al centro.

E premette il grilletto.

Il proiettile esplose con un boato assordante. Il contraccolpo mi fece trasalire.

Poi una meravigliosa chiazza di rosso si allargò nella mia visuale.

Lilith girò su se stessa. Era il ritratto dello shock. Lasciò cadere l'ascia. «*Come osi*» boccheggiò.

L'umana che ero un tempo lottò per non inchinarsi.

Ma quell'umana non aveva più voce in capitolo. Il mio lupo aveva preso il sopravvento. Ringhiò nella mia mente, furiosa con la femmina che aveva fatto del male al suo compagno. Mi spinse a fare un passo avanti e a conficcare un altro proiettile nel petto di Lilith. E un altro. E un altro. Finché non rimase solo il suono del grilletto premuto a vuoto.

Ringhiai a pieni polmoni, colta da una rabbia che non

avrei mai creduto di poter provare, e mi lanciai contro di lei impugnando un coltello. Glielo affondai nel cuore, spingendola a terra.

Lilith mi guardò con i suoi occhi verdi e crudeli. Mi avvolse una mano attorno alla gola e iniziò a stringere.

Così la pugnalai di nuovo. Poi le piantai una lama dritta nell'occhio.

E un'altra nel collo. E una terza nel petto. Poi frugai tra i vestiti e la cintura, cercandone altre.

Ma mi resi conto che aveva smesso di muoversi. Che l'avevo abbattuta. Quando alzai lo sguardo su Ryder, lo trovai con le guance rigate di lacrime. I suoi occhi scuri brillavano di un orgoglio che sentii nel profondo dell'anima.

Solo che era ancora immobile.

«Cosa devo fare?» gli chiesi, girando su me stessa e cercando qualsiasi cosa fosse ad averlo ridotto in quello stato.

Un grugnito attirò la mia attenzione su Damien.

Trasalii nel vedere la sua orbita vuota. Il suo splendido viso era ridotto a un ammasso di carne e sangue. Grugnì di nuovo, con una certa impazienza. La palla che aveva in bocca gli impediva di parlare. Mi rialzai e andai verso di lui. Tremavo, ma in qualche modo riuscii a slacciare la cinghia di cuoio legata dietro la sua testa. «Il telefono» disse immediatamente. «Trova il telefono di Lilith. Ce l'ha addosso».

Tornai verso di lei e cercai una tasca tra i brandelli di tessuto. Era vicino alla sua coscia.

«Usa il suo indice destro per attivarlo» mi istruì Damien.

Non ero sicura di cosa intendesse finché lo schermo non si illuminò, chiedendo un'identificazione. Feci come aveva detto Damien e rimasi a bocca aperta davanti a una schermata piena di codici e immagini.

«Portalo qui» mi disse.

Obbedii e glielo tenni davanti agli occhi. Mi fece cliccare su alcune icone, finché non aprii quello che stava cercando. «Lì. Premi il pulsante rosso».

«Sei sicuro?».

«Fallo» sbottò.

Eseguii il suo comando con dita tremanti.

Silenzio.

Deglutii. «Damien, sei…».

«Quella fottuta stronza!» gridò improvvisamente Ryder, facendomi sobbalzare al punto che quasi persi il telefono. Si alzò dalla sedia e si avvicinò a Lilith. Afferrò l'ascia e le tagliò il collo così velocemente, che se avessi sbattuto le palpebre me lo sarei perso.

Poi iniziò a colpirla nel petto, sottolineando ogni affondo con un'imprecazione. La sua furia era palpabile. Il mio lupo iniziò a girare in tondo dentro di me, entusiasta.

Cosa diavolo?!

Guardai Ryder a bocca aperta, confusa dalla mia reazione interiore. E terrorizzata dalla bestia che ricambiò il mio sguardo quando si voltò verso di me.

In un attimo mi afferrò. Il suo palmo fu come un marchio sulla mia nuca. Si avventò su di me per un bacio che mi rubò il fiato.

Mi sciolsi istintivamente tra le sue braccia. I miei brividi divennero un vero e proprio terremoto di violento desiderio.

Qualcuno si schiarì la voce dietro di me, ma Ryder era troppo impegnato a divorarmi per accorgersene. Allora Damien disse: «Puoi almeno slegarmi, prima di scoparla? Non mi dispiace assistere, ma non sono esattamente in una posizione comoda».

Ryder lo ignorò per qualche altro secondo, poi mi sorrise sulle labbra. «Sei così fottutamente mia, Willow».

«Pensavo lo avessimo già stabilito» risposi, senza fiato.

Mi morse il labbro inferiore fino a farlo sanguinare. «Non muoverti. Non abbiamo ancora finito».

Ryder

Lo schermo del dispositivo di Damien lampeggiava di dati provenienti da quello di Lilith. La barra dei progressi procedeva lentamente, ma presto avremmo scaricato tutto.

Mi massaggiai la nuca cercando di rilassare i muscoli irrigiditi del collo e delle spalle. Qualsiasi cosa mi avesse fatto Lilith non era ancora sparita del tutto. Una serie di impulsi persistenti mi causavano spasmi lungo la spina dorsale.

Farla a pezzi con quell'ascia era stato bellissimo, e sicuramente anche Damien si era divertito a decapitare svariati immortali nella lobby. Ma le conseguenze della visita di Lilith mi avevano lasciato più debole di quanto volessi ammettere.

Sollevai le braccia sopra la testa nel tentativo di sciogliere le articolazioni e liberarmi dal suo tocco, che ancora sentivo aleggiare su di me.

Un legame telepatico replicato attraverso l'utilizzo della tecnologia, mi meravigliai per la milionesima volta. Era riuscita a trovare il modo di imbrigliare l'energia della psiche collettiva dei licantropi e sfruttarla a suo vantaggio.

Ero al tempo stesso colpito e disgustato.

Non c'era da stupirsi che fosse riuscita ad annientare Cam. Mi era anche più chiaro perché lui non avesse cercato di contattare Izzy. «Lilith deve essere stata in grado di accedere alla mente delle sue vittime attraverso il legame di accoppiamento» dissi, camminando avanti e indietro. «È l'unica connessione telepatica di cui sono a conoscenza, a parte le rare occasioni in cui viene attivata durante lo scambio di sangue».

Purtroppo, però, quell'abilità io non la possedevo. Oh, quanto mi sarebbe piaciuto accedere ai pensieri di Willow. Soprattutto in quel momento, visto che stava riposando di sopra. Lasciarla nella nostra suite a farsi una doccia era stata un'esperienza straziante; l'unica cosa che volevo era scoparla contro il muro. Ma non potevo lasciare Damien a occuparsi di tutto.

Era stata colpa mia se all'arrivo di Lilith era da solo.

Così come era stato per colpa mia che l'aveva trasformato in una pedina di quel gioco pericoloso.

Non avrei più fatto lo stesso errore.

«Uhm... entrare nella testa di qualcuno attraverso una porta riservata ai compagni spiegherebbe il suono simile a una sirena d'allarme» rispose Damien. «La tua mente si è opposta all'intrusione e ha fatto scattare dei segnali di pericolo, che possono essere interpretati attraverso il suono».

«Ma come ha fatto a immobilizzarmi?».

«Con un qualche tipo di manipolazione mentale attraverso il legame?» suggerì. «O forse è stata una difesa naturale del tuo corpo». Premette un paio di tasti per controllare il progresso dello scaricamento. Dopo novanta minuti, eravamo ancora al sessanta percento. La stronza aveva il telefono pieno di dati.

«Il fatto che abbia sfruttato il legame di accoppiamento

spiegherebbe anche perché Cam non abbia contattato Iz». Avevo sempre pensato che stesse cercando di proteggerla. Dopo aver sperimentato il dolore di un'intrusione mentale, avevo compreso perfettamente la necessità di quella protezione. Ma la mia breve esperienza mi aveva anche fatto capire che contattarla sarebbe stato letteralmente impossibile. «Era come se il mio cervello fosse stato spento. Tutto quello che potevo fare era ascoltare la voce di Lilith».

«Avremo più informazioni non appena si sarà scaricato tutto» disse Damien, appoggiandosi allo schienale della poltrona. Si era cambiato; indossava una maglietta nera abbinata a pantaloni dello stesso colore. A parte la benda sull'occhio sinistro, per aiutare la procedura di guarigione, sembrava come nuovo. «Pensi che Benita sia sveglia?».

Considerai i danni che le aveva inflitto dopo averla trovata all'esterno con un coltello piantato nel cranio. «Se lo è, sta di certo soffrendo» osservai.

«Povera Benita» rispose. «Dubito che abbia avuto questo in mente, quando ha deciso di tradirci».

«Pensi che non sia felice di svegliarsi con un'ascia nello stomaco?» chiesi, fingendomi sorpreso.

«Spero con tutto il cuore che ci guarisca attorno».

«Così potrai strappargliela dalle viscere?» indovinai.

«È per questo che siamo amici» disse, indicandoci alternativamente con la mano. «Mi capisci».

Smisi di camminare in giro per la stanza e inclinai la testa di lato. «Stiamo avendo uno di quei momenti, Damien?».

«Credo proprio di sì».

«Hai bisogno di un abbraccio?» chiesi, inarcando un sopracciglio.

«No, penso di essere a posto».

«Allora è proprio vero che siamo amici» risposi,

strappandogli un sorriso. «Vuoi che vada a controllare il tuo freezer?». Aveva installato un enorme congelatore nell'attico, equipaggiato con un sistema di sicurezza che mi aveva quasi fatto sbavare. A volte riusciva davvero a stupirmi.

Considerò l'offerta. «No. Controllerò io tra qualche ora».

«Vuoi veramente che l'ascia aderisca al suo corpo» commentai, divertito. Aveva legato Benita a una sedia per assicurarsi che non fosse in grado di estrarsi l'ascia dall'addome. Era successo dopo aver riconsegnato a Willow i pugnali che aveva usato per abbatterla.

Il mio animaletto non ne aveva capito lo scopo finché Damien non si riferì alle lame come a dei trofei. Facendole l'occhiolino. Fu un segno d'affetto da parte del mio amico; una rarità, ma del tutto meritata.

«Così, quando andrò a giocare con lei, sarà ancora più divertente» disse Damien, riferendosi a come avesse sistemato Benita.

«Quanto pensi che sappia?» riflettei ad alta voce.

«Spero abbastanza da placare la mia sete di sangue». Si grattò la mascella e fece spallucce. «O forse potrei tenerla in vita e andare da lei ogni volta che ho bisogno di un po' di allenamento».

Grugnii. «La aspetta un'eternità di dolore».

Lanciò un'occhiata alla ragazza che giaceva sul divano nell'angolo. Era addormentata. «Se lo merita, dopo quello che ha fatto a Tracey».

Guardai anch'io la femmina minuta. «Ti piace».

«È sotto la mia protezione» mi corresse. «Benita non aveva nessun diritto di toccarla».

«Ha dimostrato una profonda lealtà, rivelandoti le intenzioni di Benita» mormorai, avvicinandomi al divano.

Benita aveva incaricato Tracey di drogare Damien, minacciandola che, se non avesse obbedito, l'avrebbe data in pasto a Lilith. Ma invece di cedere al ricatto, la ragazza aveva detto tutto a Damien. Una scelta ammirevole e coraggiosa da parte sua.

La sua decisione aveva lasciato a Damien il tempo di mandare alcuni messaggi, prima di bere volontariamente il sonnifero. Poi aveva mandato Tracey a informare Benita della riuscita del piano. E Benita l'aveva ricompensata trasformandola in uno spuntino, per poi lasciarla lassù a morire.

Per fortuna, grazie a una bella dose del sangue di Damien, Tracey si sarebbe ripresa. Mi ero offerto di darle il mio, ma Damien era stato irremovibile.

«Vuoi ricompensarla, oltre ad averla salvata?» gli chiesi, riferendomi all'opzione di renderla immortale.

«Mi supporteresti, se lo facessi?».

Lo guardai. «Ti supporterò sempre».

Annuì, ma non aggiunse altro. Il che significava che ci stava ancora pensando.

Mi afferrai di nuovo la nuca e ripresi a camminare nervosamente. La barra sembrava avanzare sempre più lentamente. «Tra quanto saranno qui gli altri?».

«Dovrebbero arrivare domani, in tarda mattinata» rispose Damien, controllando uno dei suoi monitor. «Stanno volando qui da tutto il mondo. Rick sta aiutando a dirigere il traffico aereo, dato che insiste a lavorare, nonostante sia ancora convalescente».

Sorrisi. «Tipico di Rick». Aveva chiamato non appena si era svegliato, incazzato per essersi perso il combattimento. «Quella di domani sarà una festa indimenticabile».

«Già» concordò Damien. «Puoi andare da lei, Ryder»

aggiunse dopo un minuto. «Ci siamo già occupati di tutte le questioni urgenti, e sto abbastanza bene da poter monitorare lo scaricamento da solo».

Aveva ragione, ma non sembravo in grado di convincere i miei piedi a lasciare la stanza. Sentivo la necessità di restare al suo fianco. E non solo per le scoperte che ci attendevano nei file di Lilith, ma perché glielo dovevo. «Sorvegliare questa regione è mio dovere, e non l'ho preso abbastanza sul serio. Ti ho lasciato qui a gestire tutto in mia assenza, e ti ho quasi perso a causa del mio egoismo. Non succederà più».

Alzò il suo unico occhio funzionante dallo schermo. «Mi stai prendendo in giro, vero?» mi domandò con un'espressione incredula.

«Non è un qualcosa su cui scherzerei».

Lui ridacchiò. «Seriamente, questa robaccia sentimentale non fa per noi. Lo sai».

Non condividevo la sua ilarità. «Lilith ti ha quasi ucciso».

«E ha messo in ginocchio te» ribatté.

«Ti ha quasi ucciso per farmi del male» riformulai.

«Mi ha quasi ucciso perché era una stronza psicopatica in preda a un delirio di onnipotenza» mi corresse ancora una volta, alzandosi in piedi.

«Mi hai lasciato qui a gestire tutto perché sono bravo a farlo». Girò attorno alla scrivania e venne verso di me. «In più, sai benissimo che mi piace. Se non avessi voluto giocare a fare lo stratega, non lo avrei fatto. Se non avessi voluto uccidere dei vampiri che si nutrono di bambini, non lo avrei fatto. E se non avessi voluto passare le giornate tra una riunione e l'altra mandando al diavolo la gente, non lo avrei fatto».

Si fermò davanti a me con un'espressione di sfida.

«Ti diverti a dare ordini, ma sappiamo benissimo che

obbedisco solo quando mi va. Discuto con te quando non sono d'accordo con qualcosa, e se ho bisogno di aiuto te lo dico. E quello che sto cercando di farti entrare in testa adesso è che non ne ho bisogno. Quindi, smettila di fare il melodrammatico e va' a scoparti il tuo lupo. Dopo quello che ha fatto, si merita un bel po' di orgasmi. A meno che tu non abbia intenzione di ricominciare con un altro secolo di astinenza? In quel caso, sarei felice di prendere il tuo posto. Perché quello spettacolo al ristorante è stato sexy da morire».

«Io non condivido» ringhiai.

«Allora va' a fare il tuo dovere!» sbottò. «E lasciami fare il mio».

Lo fulminai con lo sguardo. «In effetti, sembri cavartela bene a dare ordini».

«Ho imparato dal migliore» affermò.

«È vero». Gli afferrai le spalle e lo strinsi in un abbraccio che mi fruttò un grugnito infastidito. Ma non mi importava. «Non farti catturare mai più» gli dissi.

Si rilassò appena, ma non ricambiò l'abbraccio. «Risparmiati i sentimentalismi per il tuo animaletto».

Scoppiai a ridere e lo lasciai andare. «Fatti catturare un'altra volta e ti ucciderò con le mie stesse mani. Va meglio?».

«Sì».

Scossi la testa. «Vuoi che parli con gli addetti alle pulizie per il piano di sotto?».

Mi guardò come se fossi completamente impazzito. «Sei un amante della gratificazione ritardata? È per questo che mi stai facendo queste domande idiote?».

«Sto cercando di aiutarti, stronzo».

«Mi aiuteresti di più se andassi da Willow e mi lasciassi fare il mio lavoro». Sbuffò e tornò a sedersi. La sua irritazione era palpabile. Ma riuscii a cogliere anche l'accenno di un sorriso fare capolino sulle sue labbra. «Se hai bisogno di un compito per sentirti utile, allora va' a ringraziare il tuo lupo da parte mia. Dille che sono felice di essere vivo, così posso continuare a essere il tuo schiavetto per l'eternità».

«Simpatico» commentai.

«A dire il vero, sto considerando una carriera da comico» rispose subito. «Posso usarti come referenza?».

«Ma certo».

«Fantastico». Si rimise a fissare lo schermo. «E non abbracciarmi mai più».

«Ti è piaciuto».

Mi fissò con un'espressione fintamente costernata. «Se la pensi così, allora forse dovrei andare davvero a prendermi cura di Willow. Non vorrei che le infliggessi lo stesso mediocre livello di godimento, specialmente dopo tutto quello che ha fatto stasera».

«Continua a dubitare della mia abilità in campo sessuale e ti costringerò a guardare».

«Lo dici come se fosse una punizione» rispose.

«Lo sarebbe, visto che non ti permetterei di partecipare» rilanciai, dirigendomi verso la porta. «E per la cronaca, non lo farei mai. *Mai*».

«Ryder» mi chiamò quando ero già sulla soglia.

Mi voltai con un sopracciglio sollevato. «Sì?».

«Per la cronaca,» ripeté lentamente «mi saresti mancato anche tu».

Lo fissai per qualche istante, vedendo l'assoluta sincerità che traspariva dalla sua espressione, e annuii.

Non c'era nient'altro da aggiungere, così lo lasciai a occuparsi dello scaricamento. Avremmo discusso più tardi degli altri incarichi. A prescindere dalla sua opinione, non era stato corretto da parte mia abbandonarlo a fare tutto da solo.

Ero il reale della regione e dovevo impegnarmi sul serio a governarla al meglio.

Perché la regina era morta.

E si sarebbe scatenato l'inferno.

Oh, non vedevo l'ora.

Willow

U n'ondata di calore mi attraversò, facendomi riemergere dal mio bozzolo di coperte. Il mio lupo si era risvegliato; il suo ringhio mi vibrò nel petto, senza che riuscissi a contenerlo.

Ryder.

Fui sopraffatta dalla sua presenza. Il suo profumo di menta permeava ogni mio respiro.

È qui.

Ma non riuscivo a scorgerlo. La nuvola di seta mi bloccava la vista.

«Mi hai appena ringhiato contro, animaletto?» mi chiese. Il suo tono era vagamente minaccioso, ma di una minaccia che mi fece stringere le cosce.

Il materasso affondò un po' alla mia sinistra. Poi le lenzuola si mossero, accarezzandomi dolcemente la pelle ed esponendomi al predatore che torreggiava sopra di me. Inalai il suo odore e mi sentii rinata.

Shampoo.

Gocce d'acqua.

E il calore di un maschio molto eccitato.

Mescolati insieme, erano la fragranza più inebriante che avessi mai sentito.

Allungai le braccia verso di lui. Ne volevo di più. Ma

mi catturò i polsi e me li bloccò sopra la testa. «Ferma» disse, continuando a scostare la seta dalla mia pelle nuda. «È un regalo per me?» chiese, facendo riferimento alla mia nudità.

«Sì» mormorai.

«Mmm... brava» mi elogiò, chinandosi per baciarmi il ventre.

Il tocco delle sue labbra mi fece fremere. La sua sola esistenza mi scaldava il sangue. La sua decisione di tracciare un sentiero di baci fino al mio fianco non fece che intensificare il mio bisogno.

«Ryder» gemetti, sul punto di tentare di nuovo di toccarlo. Ma i suoi occhi brillarono nell'oscurità. La sua bestia interiore mi stava sfidando. Volevo quasi metterlo alla prova, solo per vedere come avrebbe reagito.

«Non lo farei, se fossi in te» sussurrò, intuendo le mie intenzioni.

«Perché no?».

«Perché altrimenti ti mordo» rispose.

I miei capezzoli si indurirono al solo pensiero. I miei muscoli si tesero. «Oh, sembra più una ricompensa che una punizione» gli feci notare.

Trascinò i denti lungo la mia coscia. «Una ricompensa?» ripeté, sfiorando il mio sesso con la bocca. «Pensi di meritarti una ricompensa, Willow?».

Il mio battito accelerò. «Sì».

Nel suo sguardo rovente lampeggiò un sorriso. «Sono d'accordo, animaletto».

Gemetti quando la sua lingua mi penetrò. Le sue mani presero ad accarezzarmi le gambe, su e giù, mentre si sistemava tra di loro.

C'era qualcosa di diverso nel suo tocco. Era più potente del solito. Più intenso. Più solenne.

Mi inarcai verso di lui. La sua bocca mi regalò un

bacio intimo che mandò in frantumi ogni mio pensiero, costringendomi a concentrarmi unicamente su di lui.

Mi fece completamente sua. La sua aura mi consumava dall'interno.

Mi sentii posseduta e protetta, adorata e rispettata, divorata e *amata*.

Spalancai gli occhi di colpo. Non mi ero nemmeno resa conto di averli chiusi. Il cuore iniziò a rimbombarmi nel petto con un ritmo caotico.

Ecco la differenza.

Il sentimento.

Era sempre stato lì, alla base di ogni carezza, di ogni bacio. Ma finalmente mi stava permettendo di sperimentarlo pienamente. O forse stava concedendo a se stesso di provarlo.

Lo fissai, confusa e adorante al tempo stesso. Il mio piacere esplose in un'ondata di estasi che mi lasciò ansimante e stordita sotto di lui. Mi resi conto di avere le guance umide e le ciglia imperlate di lacrime.

Accadde così all'improvviso che in un certo senso smisi di funzionare.

E lui fu subito lì, a baciarmi, a venerarmi con le sue labbra sulle mie, a permettermi di assaporare la mia stessa eccitazione di cui era intrisa la sua lingua.

«Ssh» sussurrò, accarezzandomi il viso e facendomi venire le vertigini.

Cos'è questa sensazione?, mi domandai, fluttuando in una nuvola di erotismo, con Ryder come unica guida.

Il mio lupo si stiracchiò dentro di me, felice.

Il mio vampiro si limitò ad accettare ciò che considerava un'ovvietà.

E l'umana che ero un tempo, che mi resi conto fare ancora parte di me, fissò lo splendido maschio che mi ingabbiava sotto il suo corpo nudo.

«Mia» disse semplicemente, graffiandomi il labbro inferiore coi denti.

«Mio» concordai. Mi specchiai nei suoi occhi scuri, ancora sconvolta dalle emozioni che si sprigionavano da lui.

Mi baciò di nuovo. La sua erezione mi si insinuò tra le cosce. «Avvolgi le gambe attorno a me» mi ordinò.

Obbedii, e con una spinta fu dentro di me.

«Reggiti» disse con voce affannosa.

Mi aggrappai alle sue spalle, con le unghie conficcate nella sua pelle. Uscì un attimo, per poi scivolare di nuovo dentro con una spinta ancora più violenta. «*Ryder*».

«Di più» boccheggiò lui, aumentando il ritmo e prendendomi con una ferocia che non avevo mai sperimentato.

Il suo bisogno era come un'oscurità che minacciava di consumarci entrambi. La incoraggiai, inarcandomi verso di lui.

Era una follia selvaggia, animalesca.

Lo feci sanguinare.

Mi morse il collo e la mascella, poi tornò a catturarmi la bocca.

Era intenso.

Veloce.

Brutale.

E assolutamente perfetto.

La sua bestia aveva preso il sopravvento, costringendomi a sentire il suo desiderio, il suo marchio, il suo bisogno di tenermi con sé.

«Per sempre» lo udii sussurrare. La devozione nel suo tono fu come un bacio ai miei sensi. «*Compagna*».

Mi serrai attorno a lui, riconoscendo quella parola nel profondo dell'anima. «*Compagno*» gli feci eco, frantumandomi sotto di lui in un orgasmo che tinse la mia vista in sfumature di nero. Le sue zanne si sigillarono sulla mia spalla, mordendola in un modo che fece ululare di approvazione il mio lupo.

Affondai anch'io i denti nella sua spalla, gemendo nel momento in cui il suo sangue mi lambì la lingua. Ringhiò il mio nome, esplodendo dentro di me in un'ondata pulsante di calore e beatitudine. Il suo tremare rivaleggiò col mio, entrambi riuscivamo a malapena a respirare.

E subito riprendemmo a baciarci, come se le nostre vite dipendessero da quello.

La sua aria diventò la mia.

La mia aria diventò la sua.

I nostri corpi avevano già ricominciato a muoversi. Lo sentivo ancora duro dentro di me. Si girò sulla schiena e lasciò che fossi io a prenderlo. Poi mi fece tornare sotto di sé, per immergersi in profondità. E alla fine si sedette, costringendomi a stare a cavalcioni su di lui, guardandomi dritto negli occhi.

Mi accorsi vagamente che era sorto il sole, rendendomi conto che dovevamo essere andati avanti per ore.

Ma non riuscivo a smettere.

Né avevo intenzione di provarci.

Mi sentivo legata a lui. Marchiata. Completamente posseduta.

Mi strinse tra le braccia. Le nostre lingue duellarono in un bacio pigro, che corrispondeva al ritmo dei nostri movimenti più in basso. Era venuto dentro di me un'infinità di volte, e io insieme a lui.

Ma quel ritmo lento non aveva nulla a che fare col sesso. Stavamo semplicemente esistendo insieme. I nostri corpi si stavano congiungendo in una danza nota solo a dei compagni.

Non riuscivo a comprenderla appieno, ma la mia natura da ibrido sì.

Stavamo tessendo un giuramento eterno.

Nato da un sentimento che non avevo mai pienamente compreso, finché non avevo conosciuto Ryder. *L'amore*.

Amavo Rae e Silas come fossero stati i miei fratelli.

Ma amavo Ryder come qualcosa di *più*.

L'altra metà di me.

La connessione ideale della mia anima.

La bestia perfetta per il mio lupo.

Mi baciò dolcemente. La sua lingua mi sussurrava ciò che provavo. E venimmo insieme. I nostri corpi erano esausti e svuotati, eppure appagati e completi. Iniziai a piangere, era tutto fin troppo intenso da sopportare. Trascinò le labbra sulla mia pelle, cancellando ogni lacrima come fosse il suo dovere. Poi ci fece stendere di nuovo sul materasso, con me sotto di lui.

«Sai cosa significa tutto questo, vero?» mi chiese. La sua voce era una carezza ruvida e mascolina.

«Che mi terrai con te» risposi, posandogli una mano sulla guancia.

«Esatto» disse con un sorriso. «Sarai per sempre il mio animaletto».

«Sappi che non ti chiamerò "padrone"» mormorai, sbadigliando. Mi sembrò la risposta giusta da dargli, principalmente perché il mio lupo si rifiutava di essere completamente domato.

Ridacchiò. «Oh, se ti dirò di farlo lo farai».

«Mmm...» commentai, senza mostrarmi d'accordo o meno.

«Sei magnifica, Willow». Mi posò le labbra sull'orecchio. «E non sto parlando solo del sesso».

Sorrisi. Mi si stavano chiudendo gli occhi. «Lo sei anche tu». Sbadigliai di nuovo. «E sto parlando esclusivamente del sesso».

Scoppiò a ridere. Il suono rimbombò dal suo petto al

mio, facendomi stringere le gambe attorno a lui. «Ti stai dimostrando abbastanza interessante, animaletto» disse, con un chiaro riferimento a una delle nostre prime conversazioni.

«Bene» sussurrai. «Mi piace essere viva».

Sentii le sue labbra incresparsi in un sorriso sulla mia guancia. «Anche a me piace che tu lo sia».

«Allora immagino di aver bisogno di un altro martello».

«Vuoi provare a colpirmi di nuovo?» mi provocò.

Probabilmente no. «Sì» risposi invece.

«Bene». Trascinò il naso lungo la mia mascella. «Stavolta cerca di non mancare il bersaglio».

«Non accadrà».

Scivolò accanto a me e mi strinse a sé. Usai la sua spalla come cuscino. Il segno del morso che avevo inflitto all'altra non aveva ancora iniziato a guarire. Ne fui compiaciuta nel più oscuro dei modi. *Mio.*

«Ti amo, Willow» sussurrò, premendo le labbra sulla mia fronte. «Nel caso non fosse chiaro».

«Lo è» lo rassicurai con un sorriso. «Anch'io ti amo».

«Riposati un po'» aggiunse. «Stasera ti attende una bella sorpresa».

«Una sorpresa?».

«Vedrai, mio dolce animaletto. Ma ora dormi. E sognami».

«Non ho bisogno di farlo» gli dissi. «Non più».

Perché stavo già vivendo un sogno. Lui. Solo che prima non me n'ero resa conto. Ma adesso che era mio, non l'avrei mai lasciato andare.

Era la luce ai margini dei miei sogni. Quel piccolo bagliore di speranza in cui avevo troppa paura di credere. Così preferii correre verso gli incubi e indurirmi il cuore, per prepararmi al mondo in cui vivevo.

Era comunque un'esistenza violenta.

Piena di mostri che si annidavano nell'ombra.

E la società non sarebbe migliorata da un giorno all'altro.

Ma avevo una bestia dalla mia parte.

Il mio reale. Il mio principe. Il mio Ryder.

La stella che brillava anche nella più buia delle notti.

L'avrei cercato per sempre.

Così come sapevo che avrebbe illuminato in eterno il mio cammino.

I miei occhi si chiusero.

Niente sogni.

Solo la realtà.

Col mio compagno.

Mi svegliai qualche ora più tardi con la sensazione di un dito che mi sfiorava il viso. Aprii gli occhi e trovai Ryder in piedi accanto al letto. Indossava un abito da sera nero. «La tua sorpresa è qui» sussurrò.

«Cosa?» domandai confusa. Forse avevo dormito un po' troppo. Un'occhiata fuori dalla finestra mi mostrò una notte nera come la pece con le luci della città che brillavano da ogni lato. Preferivo di gran lunga la visuale dalla tenuta di Ryder. La sua posizione isolata mi attirava.

«Va' a farti una doccia. Poi capirai» disse dolcemente, accarezzandomi col pollice il labbro inferiore.

«Ti unisci a me?».

«Mmm... mi piacerebbe, ma ho degli ospiti da intrattenere». Si chinò per baciarmi teneramente, poi spostò la bocca sul mio orecchio. «E anche tu, mio dolce animaletto».

Aggrottai la fronte, continuando a non capire.

Poi il mio naso si arricciò.

Avevamo compagnia.

«Silas» mormorai con un sorriso.

«Sì, è qui» rispose Ryder. Nello sguardo aveva uno scintillio circospetto, come se stesse tramando qualcosa. «Va' a lavarti. Vedrai».

Incolpai un'intera nottata di scopate e il mio stordimento per non aver pensato alla spiegazione più ovvia. Perché fu solo dopo essermi fatta una doccia, essermi cambiata ed essere andata in soggiorno che finalmente capii quale fosse la *sorpresa* che aveva in serbo per me.

Era in piedi in mezzo al salotto, con i capelli ramati che brillavano sotto la luce del lampadario. Si voltò e mi salutò con un sorriso che sentii nel profondo dell'anima. «Rae!». Corsi verso di lei e la strinsi in un abbraccio infinito. Lei crollò nell'istante stesso in cui ci toccammo. Le sue spalle tremavano, i nostri visi erano rigati di lacrime silenziose. L'infelicità che avevamo condiviso era mutata in una gioia incredula.

Silas era appoggiato alla parete e ci guardava. Il bagliore che gli illuminava lo sguardo diceva che capiva.

Perché era proprio così.

Era così per tutti e tre.

Era quel sentimento inespresso che avevamo condiviso, quella consapevolezza che dopo il Giorno del sangue non ci saremmo mai più rivisti. Eppure, non ne avevamo mai parlato. Ci rifiutavamo di riconoscerlo. Ma era lì, la spaventosa sensazione della nostra separazione imminente, a cui sarebbe seguita la nostra morte. Prese corpo nell'istante in cui chiamarono il mio numero e mi spedirono nei campi.

Quel giorno non avevamo potuto mostrare la nostra paura.

Eravamo stati costretti a nascondere le lacrime.

Ma finalmente potevamo versarle.

E fu quello che facemmo. Per noi. Per il nostro passato. Per il nostro futuro.

Eravamo vivi.

Insieme.

Immortali.

Era il miracolo che non avremmo mai potuto prevedere, un'impossibilità che ci lasciò tutti a bocca aperta. Le nostre lacrime mutarono in sorrisi e sbocciarono in risate. E poi ci stavamo abbracciando tutti e tre. Il nostro trio prosperava in una rinnovata amicizia, rafforzata dalla speranza.

«Non posso credere che tu sia qui» disse infine Rae, afferrandomi le guance come a convincersi che fossi davvero viva e vegeta. «E un *ibrido*? Cos'è? Com'è?».

«Oh, no. Voglio sapere tutto su come sia essere l'*erosita* di Kylan» risposi. Silas mi aveva raccontato della relazione tra Rae e il famigerato reale, ma volevo sentirlo da lei.

«Presumo sia un po' come essere la compagna di Ryder» ribatté, inarcando un sopracciglio. «È così che ti ha chiamata quando sono arrivata, stamattina».

«Davvero?» chiesi, avvampando. Un conto era che lo dicesse a me, un altro che si riferisse a me in quel modo con gli altri.

«Le sue esatte parole sono state: "Tu. Di sopra. La mia compagna vuole vederti"» rispose Silas, in una pessima imitazione della parlata di Ryder. «A quanto pare, anche a me è stato ordinato di essere qui. Mi ha informato che devo venire a trovarti almeno una volta al mese».

Sorrisi. «Suona proprio come Ryder».

«Edon non mi è sembrato troppo felice» mi informò Silas.

«E neanche Kylan» aggiunse Rae.

«"La mia Raelyn ha un nome"» disse Silas, con una voce più profonda e un vago accento.

Rae lo guardò con la fronte aggrottata. «Non avrai mai un futuro come imitatore».

Lui si strinse nelle spalle. «Allora immagino che continuerò a fare il luogotenente».

Sia io che Rae annuimmo. Era decisamente un percorso più adatto a lui.

«Oh, devi conoscere Juliet» disse Rae.

«Juliet?» ripetei.

«L'*erosita* di Darius» rispose. «Darius è uno dei sovrani di Jace. È un vampiro molto serio, fa anche abbastanza paura…».

«Disse la femmina che sta con Kylan» commentò Silas.

«Ma lei è veramente dolce» continuò Rae. «È una vergine di sangue».

«Cosa sarebbe?». Non ne avevo mai sentito parlare.

«Sono degli umani con un gruppo sanguigno unico. Vanno in scuole diverse dalle nostre, completamente separate, e poi vengono messi all'asta per i vampiri più ricchi». Arricciò le labbra di lato. «Non è esattamente come noi. È più mite. Più… accondiscendente?».

«Beh, è stata cresciuta per diventare un giocattolo sessuale per vampiri» borbottò Silas. «Dev'essere stato orribile per la sua mente».

«Noi siamo stati cresciuti per ammazzarci a vicenda nella speranza di ottenere l'immortalità» gli ricordò Rae in tono piatto. «*Quello* è stato orribile per le nostre menti».

Annuii.

Rae allontanò il pensiero con un cenno della mano e cominciò a raccontarmi di Juliet. Dovevano passare molto tempo insieme. Mi parlò anche della sua strana relazione con Darius. A differenza di Ryder, Darius condivideva Juliet. Almeno il suo sangue. Di solito, con Jace.

Sentirlo nominare mi riportò alla mente i ricordi della mia trasformazione, così spiegai a Rae cos'era successo.

Poi ci perdemmo in una lunga serie di resoconti, aggiornandoci a vicenda su quello che avevamo scoperto e su come eravamo finiti in determinate situazioni.

Alla fine, mi sentii di nuovo quasi umana.

Solo che non lo ero.

Perché, a differenza di allora, finalmente potevo sorridere.

E ridere.

E divertirmi.

Tutto perché avevo cercato di combattere con due vampiri mentre stavo morendo a causa del morso di un licantropo.

Due vampiri a cui avevo salvato la vita giusto la notte prima.

Facendo fuori la Dea in persona.

Altro che colpo di scena, pensai. *Cosa cazzo succederà adesso?*

Epilogo

Ryder

L anciai un'occhiata al telefono per controllare come stesse Willow. Stava chiacchierando animatamente con i suoi amici. Sorrisi.

Kylan sbirciò oltre la mia spalla. «Stalker» borbottò. Ma colsi la felicità nel suo sguardo alla vista di Rae.

«Non tutti abbiamo un legame telepatico con i nostri compagni» dissi, rimettendomi il telefono in tasca.

«Già. È strano che tu non sia in grado di parlarle. Quando ho dato il mio sangue a Silas, sono riuscito a comunicare anche con lui per un po'».

Edon ringhiò all'accenno dell'incidente. Avevo intuito che fosse stato in qualche modo collegato al ferimento del suo compagno. Avevano sparato a Silas con un proiettile d'argento e il sangue di Kylan gli aveva salvato la vita.

«Non ho mai avuto il dono della telepatia» ammisi. «Presumo che l'Onnipotente abbia deciso che ero già talmente dotato nell'aspetto, nelle abilità e in altre aree, da non aver bisogno di compensare».

Kylan sorrise. «Ho sempre adorato la tua sagacia, anche quando la applichi in modo errato».

«Non c'è niente di errato in quello che ho detto». Sollevai la caviglia e la appoggiai sul ginocchio opposto.

Poi guardai Jace, seduto a capotavola. «Vedo che sei di nuovo al comando».

«Sembra proprio essere diventato il mio ruolo, ultimamente». Non ne sembrava particolarmente compiaciuto. «Ma dato che sono l'unico intenzionato a decidere che percorso sia meglio seguire, mi prenderò questa responsabilità. Finché qualcuno non dirà altrimenti».

Mi voltai verso Kylan. «Vuoi comandare?».

«No».

«Nemmeno io» dissi in tono disinvolto. «Il che significa che Jace è il prossimo in linea di successione».

«Già» concordò Kylan. «Tutti gli altri sono troppo giovani».

«L'età non è sempre un fattore decisivo» intervenne Darius.

«Stai dicendo che vuoi comandare tu?» gli chiesi.

«Assolutamente no» rispose.

«Allora il tuo commento non conta nulla. Qualcun altro?» domandai, osservando il gruppo eterogeneo di vampiri e licantropi.

C'erano rappresentanti provenienti da tutto il mondo. Ci stavamo a malapena in quella sala riunioni pensata per trenta persone.

Ero davvero colpito che Jace avesse così tanti immortali dalla sua parte per la ribellione. Insieme rappresentavamo tre delle ormai diciassette regioni appartenenti ai vampiri; non contavo più quella che un tempo era di Lilith. E tre dei diciassette clan.

Potevano non sembrare numeri particolarmente favorevoli, ma l'età e l'esperienza presenti nella stanza dicevano il contrario.

C'erano anche molte zone grigie che Luka e Jace erano abbastanza convinti sarebbero passati dalla nostra parte, nel caso di un'eventuale guerra. Guerra che avevo accelerato rimuovendo la testa di Lilith.

Un elemento che in realtà aveva giocato a nostro favore, visto che eravamo entrati in possesso di ogni più piccolo dettaglio sul consiglio.

Avevamo appena trascorso due ore a scorrere tutti gli appunti di Lilith su ogni leader, contrassegnando gli alfa e i reali con cui si era trovata più in disaccordo come quelli da contattare per un potenziale reclutamento.

Ci guardammo tutti quanti e concordammo senza il bisogno di un voto che Jace sarebbe stato al comando. Non l'avrei mai ammesso a voce alta, ma ero convinto che fosse nato per quel ruolo.

Aveva un atteggiamento equilibrato, e la sua inclinazione ai giochi della politica era evidente nel modo in cui si era comportato nell'ultimo secolo e mezzo. Era anche sinceramente ben voluto, perfino dai più forti alleati di Lilith.

«Bene, capo» gli dissi. «E adesso cosa facciamo?».

«Troviamo quel dannato laboratorio» rispose, riferendosi a quello in cui Lilith doveva aver condotto i suoi esperimenti. «E Cam».

«Lo troveremo già equipaggiato con un cappello a punta e una bacchetta?» chiese Kylan. «Perché ci sarebbe proprio utile alla prossima riunione del consiglio».

Sorrisi, divertito. Aveva ragione. Jace continuava a insistere sulla necessità di salvare Cam, come se il solo ritrovarlo ci avrebbe fornito tutte le risposte. E per quanto volessi sinceramente farlo, soprattutto dopo aver scoperto delle torture che gli aveva inflitto Lilith, non vedevo come ciò avrebbe potuto risolvere i nostri problemi.

«Sono stato soggiogato dal suo esperimento telepatico per meno di mezz'ora» dissi. «Mi ha dato un assaggio di quello che ha dovuto sopportare Cam. Quando lo troverai, è probabile che sia completamente impazzito. Credimi».

Mi ci erano volute delle ore per liberarmi di quella strana sensazione nella mente. Non riuscivo nemmeno a immaginare come avrebbe potuto essere subire un'intrusione del genere per più di un secolo.

Jace annuì, confermando di aver recepito entrambi i commenti. «Abbiamo due opzioni. Possiamo informare preventivamente il mondo della morte di Lilith, o aspettare fino alla riunione del consiglio. Entrambe hanno dei vantaggi. La prima permette agli altri di venire a patti con la realtà prima dell'incontro. La seconda ci offre l'elemento sorpresa».

«Perché stiamo parlando di partecipare?» chiesi, leggermente irritato all'idea di concedere alle stronzate politiche di Lilith anche solo un altro minuto della mia vita. «Ci consideriamo parte del suo consiglio? O questo è il nostro consiglio?».

Gli occhi azzurro argenteo di Jace incontrarono i miei con aria di sfida. «Pensi che abbiamo abbastanza alleati in questa stanza per far fuori tutti gli altri membri e provocare un cambiamento?».

«Penso che abbiamo abbastanza alleati in questa stanza per costringerli a discutere di un cambiamento» ribattei.

«È una giusta considerazione» intervenne Ivan. Era seduto vicino a Darius. Ci eravamo incontrati brevemente prima della riunione; Jace l'aveva presentato come una specie di consulente. A quanto sembrava, nel vecchio mondo aveva lavorato nella politica estera.

«Continua» disse Kylan, chiaramente poco convinto. «Spiegami come faranno sei leader a cavarsela contro ventotto».

«È comunque il venti per cento del consiglio. Cosa ancora più importante, abbiamo tre dei vampiri più antichi dalla nostra parte. C'è potere nell'età, come credo tu sappia bene» rispose Ivan.

Damien mi lanciò un'occhiata dall'altro lato del tavolo che diceva: "Mi piace".

Concordai con un cenno del mento. Quel vampiro aveva coraggio. Una caratteristica che apprezzavo.

«Per quanto riguarda i licantropi, non siamo altrettanto forti» disse Luka. «Edon e Logan sono appena diventati alfa, e Jolene è stato fuori dai giochi per secoli. Posso convincere qualcuno a venire dalla nostra parte, ma non tutti». Intrecciò le sue lunghe dita sulla superficie di mogano e si chinò in avanti.

«D'altro canto,» continuò «la tecnologia di Lilith per il controllo telepatico indica che ha sfruttato dei licantropi per crearla. Cosa di cui i miei simili non saranno felici. Se riusciamo a trovare altre prove, avremo anche il voto degli alfa».

«Il che ci riporta a trovare il suo laboratorio» concluse Jace. «E Cam».

Cadde il silenzio. Stavamo tutti riflettendo sulla prossima mossa.

«Possiamo davvero tenere segreta la sua morte fino alla prossima riunione del consiglio?» chiese infine Darius. «È realmente fattibile?».

«Abbiamo il suo telefono» rispose Damien. «Possiamo continuare a comunicare al posto suo. Dovrei anche riuscire a costruire qualcosa che riproduca la sua voce, nel caso qualcuno chiamasse».

«Un'AI modellata su Lilith» commentai rabbrividendo.

Damien ridacchiò. «È quello l'aggiornamento che avevi in mente?».

«Vuoi che dia fuoco a tutto il palazzo?» gli chiesi.

«Voi due dovreste uscire insieme» commentò Kylan.

«Non è il mio tipo» rispose subito Damien. «Il suo animaletto, d'altro canto…».

Gli ringhiai contro. «Attento».

«Possiamo rimandare la riunione del consiglio?» chiese Edon tutto d'un tratto. «Per avere più tempo per trovare il laboratorio? Avete il suo telefono. Non potete mandare un messaggio a tutti dicendo che vuole spostare la riunione al mese prossimo? Potete usare come scusa che sta sistemando i casini di Ryder, o che stanno collaborando per farlo. Qualsiasi cosa sia più credibile».

«Una nostra collaborazione non sarebbe per nulla credibile» dissi.

«E invece sì, se Willow fingesse di essere la Dea» intervenne Luna. Era rimasta in silenzio per la maggior parte della discussione, ma chiaramente stava ascoltando con attenzione.

«Spiega» la esortò Jace.

«È bionda. Ed è alta per essere una femmina. Hanno una figura simile. Basterà metterle addosso i vestiti giusti, farla vedere solo da dietro, tenerla lontana dalla folla ed ecco un assaggio della Dea».

Molti di noi la fissarono a bocca aperta, me incluso. Poi scoppiai a ridere. Perché era un piano brillante nel più immorale e perverso dei sensi. Il che, ovviamente, me lo fece apprezzare ancora di più. «Riesco quasi a sentire Lilith rotolarsi ne… beh, nel congelatore. Non c'è ancora una tomba. Né una bara».

«Potrebbe funzionare» disse Damien, ignorandomi. «Potrei fare un po' di foto e metterle in giro. Possiamo farla stare nell'ufficio di Ryder quando lui ha qualche riunione. Dovrà semplicemente chiudere le tende per darle un po' di privacy, cosa che Lilith esigerebbe. Per qualche settimana? Potremmo assolutamente farcela».

«Mentre io e Jace andremo alla ricerca del suo laboratorio a Chicago» disse Darius.

«Così avremmo anche il tempo di contattare gli altri membri del consiglio che erano in disaccordo con Lilith» aggiunse Jace.

«Di quello posso occuparmene io» disse Kylan. «Lo sanno già tutti che Lilith non mi piace. Quando li chiamerò e dirò delle cose orribili su di lei, nessuno ne sarà scioccato».

Jace annuì. «Nel frattempo Edon, Luka e Logan possono iniziare a lavorare coi clan che confinano con i loro. Scoprite come la pensano, quali sono i punti dolenti. E tu, Jolene, è ora che contatti i tuoi vecchi alleati e controlli chi sia disponibile ad aiutarci a ispirare una rivolta prima del previsto».

«Ecco perché non sei venuto così male» dissi, guardando Edon. «Jolene ti ha tenuto in riga».

Edon grugnì in risposta. Ce l'aveva ancora con me per aver convocato il suo luogotenente nelle mie stanze. Beh, doveva farsene una ragione. Willow aveva bisogno dei suoi amici.

E io avevo bisogno di lei.

Controllai di nuovo il telefono e vidi che non si trovava più nella suite. Accigliato, ispezionai svariati corridoi. Niente.

«Lo sa che la spii?» mi chiese Kylan, sbirciando ancora una volta oltre la mia spalla.

«Dove potrebbero averla portata?» gli domandai di rimando.

Kylan indicò con un cenno le porte di vetro. Erano lì, tutti e tre, e stavano venendo verso di noi. «Ho detto a Raelyn che potevano raggiungerci, così Willow avrebbe potuto accettare il piano ridicolo di impersonare la Dea».

«Non è ridicolo» sbottò Luna.

«È geniale» la rassicurò Edon.

«Non intendevo dire che non funzionerà. È solo che è molto da chiedere a un ibrido appena trasformato, che dovrà mascherare il suo odore ovunque vada con quel fetore che Lilith chiamava profumo».

«Era veramente orribile» concordai.

«Lo so» rispose Kylan. «Avresti pensato che preferisse una fragranza più attraente. Soprattutto visto che ha praticamente conquistato il mondo».

«Eh, ognuno ha i propri gusti» commentai.

«Tristemente vero» mormorò mentre le porte si aprivano. Rae entrò per prima; andò dritta verso Kylan e prese posto nella sedia vuota accanto a lui.

Willow non sembrava altrettanto sicura. La sua sorpresa nel trovarsi in una stanza piena di vampiri e licantropi era palpabile. Mi alzai in piedi per offrirle la mia sedia, dato che non ce n'erano abbastanza. Silas andò a mettersi dietro Edon e Luna. Il suo sorrisetto mi disse che stava comunicando mentalmente con la sua triade, una caratteristica che ora invidiavo.

«Vieni, compagna» dissi a Willow, tendendole la mano.

I suoi occhi sorrisero all'appellativo che avevo scelto. Avrei comunque continuato a chiamarla "animaletto", ma in quella stanza, e in quel momento, avevo bisogno che tutti capissero che era una mia pari.

Invece di sedersi, restò in piedi accanto a me. Le avvolsi un braccio attorno alla vita. «Rae ha detto che avete bisogno di me». Parlò a voce bassa, rivolgendosi solo a me, non al resto dei presenti.

«Vogliamo che ti travesti da Lilith» spiegò Kylan. «Per fare delle foto».

Spalancò gli occhi. «Cosa?». Guardò il reale, poi di nuovo me.

«Solo da dietro» le dissi. Poi le illustrai il piano di

Luna, decisamente meglio di quanto avesse fatto Kylan, includendo anche il motivo per cui avevamo bisogno che impersonasse Lilith. Quando finii, Willow sembrava un po' più rilassata.

«Oh. D'accordo» mormorò, annuendo. «Sì, posso provarci».

«Allora abbiamo l'inizio di un piano» annunciò Jace, apparentemente soddisfatto.

«C'è solo un piccolo dettaglio da discutere» intervenne Damien, rivolgendo l'attenzione a Luka. Sapevo cosa stava per dire perché ne avevamo parlato poco prima. Non mi aveva sorpreso, considerando quello che aveva detto Lilith la notte precedente. «Nel tuo clan c'è qualcuno che faceva il doppio gioco per Lilith. Ho il nome e tutti i dettagli salvati. Le passava informazioni su mia sorella».

Luka inarcò le sopracciglia. «Lilith sapeva di Izzy?».

«Sì» risposi io. «Ieri sera mi ha detto che usava quelle informazioni per tormentare Cam».

Calò di nuovo il silenzio.

Darius e Jace si scambiarono una lunga occhiata. La loro preoccupazione era evidente.

«Non sarà più la stessa persona che conoscevate» li avvertii. «Non riesco a spiegarvi esattamente come fosse averla nella testa, ma... aspettatevi che sia violento, quando lo libererete».

Annuirono entrambi senza aggiungere altro.

«Penso che per ora abbiamo finito» disse Kylan.

«Sì» concordarono molti dei presenti.

«Vieni nel mio ufficio» Damien disse a Luka. «Così parliamo».

Non avevo riconosciuto il nome del colpevole, ma immaginai che sarebbe stata una conversazione difficile. A nessuno piaceva ritrovarsi con un traditore tra le proprie fila. Per esempio, Benita. Era ancora viva e vegeta nel freezer di Damien, a tenere compagnia al cadavere di Lilith. Mi sembrava abbastanza appropriato.

«Non è Mikael, vero?» chiese improvvisamente Kylan.

Damien lo guardò con la fronte aggrottata. «Chi?».

«Il traditore nel clan Majestic» chiarì Kylan.

«Oh, no» rispose Damien. «Perché?».

«Volevo solo assicurarmi di non aver commesso un grave errore di valutazione» spiegò Kylan.

«Si sta ambientando abbastanza bene» disse Luka, sorridendo a Kylan. «Se vuoi, dopo ti aggiorno».

«Sì, perché no» mormorò il reale. Poi la sua attenzione si spostò su Rae. Lei gli sorrise e allungò la mano per stringere la sua. Stavano comunicando mentalmente, facendomi rodere ancora una volta di invidia.

Ma quando guardai Willow, mi resi conto che non ne avevamo bisogno. Perché riuscivamo a leggerci dentro in modi diversi. Attraverso i nostri occhi, i nostri corpi. Come in quel momento: ero certo che voleva che la stringessi a me e la baciassi. Così lo feci. Il sospiro con cui accolse il mio gesto confermò che era stata proprio la cosa giusta da fare.

«Grazie della sorpresa che mi hai fatto» sussurrò.

«Prego». Le presi il viso tra le mani e mi persi nel suo sguardo azzurro. «Ho ancora male alla spalla per il tuo morso».

Un piccolo ghigno le si disegnò sulle labbra. «Bene».

«Ero sicuro ne saresti stata felice». La mia grintosa compagna e il suo lupo possessivo sembravano divertirsi a marchiarmi. Per fortuna, piaceva anche alla mia bestia interiore. «Hai trovato un martello?» le chiesi.

«Non ancora».

«Mmm… peccato» mormorai. «Dopotutto, penso di stare iniziando ad annoiarmi».

Mi lanciò un'occhiata omicida. «Devo morderti l'altra spalla?».

«Perché non un po' più in basso? Ma non troppo forte».

Fiamme azzurre danzarono nei suoi occhi. «Non è una cattiva idea. Potrebbe piacermi».

«Anche a me».

Qualcuno si schiarì la voce, ricordandomi che non eravamo soli. Ma non mi importava che ci avessero sentito. Tutti avevano le loro passioni. La mia includeva succhiare il sangue.

«Ti avevo detto che il senso del pericolo è inebriante» commentò Jace con un luccichio malizioso nello sguardo.

«Di certo mi fa sentire vivo» replicai, ricordando il suo commento. «Su, compagna. Penso che per ora abbiamo finito».

Per il momento, avremmo tenuto in piedi la nostra farsa, facendo credere al mondo che Lilith fosse ancora viva.

Poi sarebbe toccato a Jace informare tutti della realtà dei fatti.

Indugiai sulla soglia per un istante e mi voltai verso di lui. «"Re Jace" non suona male. O preferisci essere chiamato "Dio"?».

«Non dirlo neanche per scherzo» ribatté, per nulla divertito.

«Chi ha detto che stavo scherzando?».

Scosse la testa, accigliato.

Sorrisi.

Re Jace.

Sì, non mi dispiaceva.

«Buona fortuna» gli dissi. «Ne avrai bisogno».

La storia continua con Il re vampiro...

Il re vampiro

*Un tempo, il genere umano governava il mondo, mentre vampiri e
licantropi vivevano nell'ombra.
Ma ora non è più così.*

Calina

Mi restano trentasei ore da vivere.
Trentasei ore per trovare una soluzione.
Trentasei ore per ucciderli tutti.

I miei amici. La mia famiglia. I miei sudditi.

È il destino crudele che mi ha inflitto la mia creatrice più
di un secolo fa, quando mi ha rinchiusa in questo inferno.
Ho imparato che la libertà è un'illusione. Che non c'è via

di fuga. Non sono nient'altro che una bomba a orologeria sul punto di esplodere.

Finché dall'alto non è apparso *lui*. Un vampiro. Un dio con gli occhi di ghiaccio. Afferma di essere la nostra salvezza. Ma io lo vedo per chi realmente è: il demonio sotto mentite spoglie.

Jace

Non voglio essere re. Ma lo diventerò, se significa che posso avere *lei*. La splendida regina di ghiaccio che ho trovato ad aspettarmi nel laboratorio di Lilith. Si dice indifferente, sostiene che non ho alcun effetto su di lei. Ma vedo le braci ardere nei suoi meravigliosi occhi nocciola.

Ma il suo bel viso nasconde molto di più.
Non è né un vampiro, né un licantropo.
È un'immortale impossibile da classificare.
Un segreto che devo tenere a bada in un mondo che sta precipitando nel caos.

Benvenuti nel nuovo inizio.
Io sono Jace, il re. Permettetemi di farvi da guida…

RINGRAZIAMENTI

Wow, non so nemmeno da dove iniziare.

Questo libro mi ha quasi uccisa.

Sembra una battuta, ma probabilmente non lo è.

A dirla tutta, non è stata un'esperienza facile. Ma Ryder mi ha veramente aiutata a venirne fuori. La sua voce è una delle mie preferite; vorrei passare tutto il giorno a parlare con lui. Forse è questo a rendermi un po' pazza? Secondo Ryder non è un problema, e io tendo a fare qualsiasi cosa mi dica.

Per riassumere la situazione: le scadenze fanno schifo.

Non sarei sopravvissuta a questo libro senza l'aiuto di Katie e Jean, e dei loro occhi da lettrici alfa. Mi hanno aiutata a tenere in riga Ryder. Anzi, no. È una bugia. Quell'uomo è impossibile da tenere in riga! Ma hanno cercato di aiutarmi a farlo.

E poi Bethany, la mia straordinaria editor, mi ha aiutata a modificarlo a pezzi… di nuovo. Scusami. È tutta colpa di Ryder. Vi ho già detto che parla tanto? Nella bozza, abbiamo scartato interi paragrafi. Ho dovuto cancellare una lunga sequenza perché Ryder non voleva saperne di starsene zitto! E vuole ancora il sesso anale. Maledetto. Forse scriverò una scena bonus.

Ryder: Correzione. *Scriverai* una scena bonus.

Me: Ssh. Adesso è il momento di tacere, Ryder. Il tuo libro è finito.

Ryder: Oh, umana. Non hai imparato proprio niente?

Vedete con cosa ho a che fare? Voglio dire, santo cielo, quell'uomo è veramente impossibile.

Comunque...

Grazie Katie, Jean e Bethany, per avermi aiutata a mettere insieme tutto questo. Un ringraziamento speciale va anche a Joy, per essere stata la mia lettrice beta e avermi fatta sentire meglio per i contenuti. Un ENORME grazie va a Louise, Diane, Kathy e Chas per aver tenuto in vita il mio marchio e il mio nome quando sono scomparsa per settimane.

Grazie ai miei lettori per essermi stati vicino, mandandomi messaggi positivi, recensendo, commentando e incoraggiandomi ogni giorno a proseguire. Vi amo tutti e adoro chiacchierare con i miei Night Owls!

Grazie, Tracey, per avermi lasciato usare il tuo nome. Jace ti saluta. E, a quanto pare, anche Damien. La tua amicizia significa tutto per me. Mi dispiace che Meghan ti abbia frustata. E anche che Benita abbia cercato di ucciderti. Sto iniziando a pensare che forse non sono granché come amica. Ops! Scusami!

Grazie al mio team ARC per essere stati pazienti con me e le mie richieste dell'ultimo minuto.

Infine, ultimo ma non per importanza, grazie, Matt, per aver sopportato questo mio sogno folle. Ti amo. Sei il mio compagno per l'eternità. <3

Alla prossima!

Pronti per Jace?

LEXI C FOSS

La scrittrice di Bestseller per *USA Today* Lexi C. Foss è un'autrice persa nel mondo della tecnologia. Vive ad Chapel Hill, in North Carolina, con suo marito e i loro figli pelosi. Quando non scrive è impegnata a mettere crocette sulla lista dei posti che vuole visitare. Nella sua scrittura si ritrovano molti dei luoghi in cui è stata, tra cui il mitico mondo di Hydria, basata su Hydra, nelle isole greche. È eccentrica, consuma troppo caffè e ama nuotare.

www.LexiCFoss.com
https://www.facebook.com/LexiCFoss
https://www.twitter.com/LexiCFoss

www.ingramcontent.com/pod-product-compliance
Lightning Source LLC
Chambersburg PA
CBHW051512250626
47156CB00001B/67